A garota alemã

ARMANDO LUCAS CORREA

A garota alemã

Tradução
Denise de Carvalho Rocha

JANGADA

Título do original: *The German Girl.*

Copyright © 2016 Armando Lucas Correa

Copyright da edição brasileira © 2017 Editora Pensamento-Cultrix Ltda.

Publicado originalmente em espanhol como La Niñã Alemana.

Publicado mediante acordo com Atria Books, uma divisão da Simon & Schuster, Inc.

1ª edição 2017.

6ª reimpressão 2023.

A Editora Jangada não se responsabiliza por eventuais mudanças ocorridas nos endereços convencionais ou eletrônicos citados neste livro.

Esta é uma obra de ficção. Todos os personagens, organizações e acontecimentos retratados neste romance são produtos da imaginação do autor e usados de modo fictício.

Editor: Adilson Silva Ramachandra
Editora de texto: Denise de Carvalho Rocha
Gerente editorial: Roseli de S. Ferraz
Produção editorial: Indiara Faria Kayo
Editoração eletrônica: Join Bureau
Revisão: Vivian Miwa Matsushita

Dados Internacionais de Catalogação na Publicação (CIP)
(Câmara Brasileira do Livro, SP, Brasil)

Correa, Armando Lucas
　　A garota alemã / Armando Lucas Correa; tradução [do inglês] Denise de Carvalho Rocha. – 1. ed. – São Paulo: Jangada, 2017.

　　Título original: The German Girl
　　ISBN: 978-85-5539-096-8

　　1. Ficção espanhola 2. Ficção Histórica 3.Judeus - Alemanha I. Título.

17-09206　　　　　　　　　　　　　　　　　　　　　　　　　CDD-863

Índices para catálogo sistemático:
1. Ficção : Literatura espanhola 863

Jangada é um selo editorial da Pensamento-Cultrix Ltda.

Direitos de tradução para o Brasil adquiridos com exclusividade pela EDITORA PENSAMENTO-CULTRIX LTDA., que se reserva a propriedade literária desta tradução.
Rua Dr. Mário Vicente, 368 — 04270-000 — São Paulo, SP
Fone: (11) 2066-9000
http://www.editorajangada.com.br
E-mail: atendimento@editorajangada.com.br
Foi feito o depósito legal.

Para meus filhos Emma, Anna e Lucas

Para Ana Maria (Karman) Gordon, Judith (Koeppel) Steel e Herbert Karliner, que tinham a idade dos meus filhos quando embarcaram no St. Louis, *no porto de Hamburgo, em 1939.*

Vós sois as minhas testemunhas.

Isaías 43:10-11

Lembranças são o que você não quer mais lembrar.

Joan Didion

PARTE UM

Hannah e Anna

Berlim – Nova York

Hannah
Berlim, 1939

Tenho quase 12 anos e já decidi: vou matar meus pais.

Vou para a cama e espero até que durmam. É sempre fácil saber que hora isso acontece, porque um pouco antes Papa tranca as grandes e pesadas janelas duplas e fecha as grossas cortinas verde-bronze. Depois, repete o que diz toda noite após o jantar, que nos últimos dias não é muito mais do que um prato fumegante de sopa com gosto de nada.

"Não há mais nada a fazer. Não podemos continuar aqui. Temos de ir embora."

Então Mama começa a gritar, com a voz entrecortada, enquanto o culpa e anda desesperada pelo apartamento inteiro – sua fortaleza no coração de uma cidade em derrocada, o único espaço que ela conhece há mais de quatro meses –, até que seu corpo se esgota, ela abraça Papa e seus fracos soluços finalmente cessam.

Vou esperar algumas horas. Eles não vão resistir. Papa já está resignado, eu sei. Ele deseja partir. Com Mama será mais difícil, mas, com tantos comprimidos que ela toma para dormir, vai cair num sono profundo, mergulhada em sua essência de jasmim e gerânio. Todo dia, aumenta um pouco mais a dose. Mesmo assim, desperta durante a noite chorando. Quando corro para ver o que está acontecendo, pela porta entreaberta tudo o que posso ver é Mama inconsolável nos braços de Papa, como uma garotinha se recuperando de um terrível pesadelo. A diferença é que, para ela, o pesadelo é estar acordada.

Com meu choro ninguém mais se preocupa; ninguém mais se importa com meus gritos. Papa me diz que eu sou forte. Vou sobreviver ao que quer que aconteça. Mas não Mama. Ela está se consumindo de dor. Ela é uma criança numa casa onde não entra mais a luz do dia. Há quatro meses, chora toda noite, desde que a cidade foi coberta de cacos de vidro e ficou impregnada com um cheiro constante de pólvora, metal e fumaça. Foi então que começaram a planejar a nossa fuga. Decidiram que iríamos abandonar a casa onde nasci, me tiraram da escola onde mais ninguém me queria e Papa me deu a minha segunda câmera fotográfica.

"Para que você possa deixar um rastro, como Ariadne, para sair do labirinto", ele disse no meu ouvido.

Eu me atrevi a pensar que o melhor seria me livrar deles.

Pensei em diluir aspirinas na comida de Papa e roubar as pílulas para dormir de Mama – ela não duraria uma semana sem elas. O único problema eram as minhas dúvidas. Quantas aspirinas ele teria que engolir para ter uma úlcera letal, uma hemorragia interna? Quanto tempo

Mama conseguiria realmente sobreviver sem dormir? Qualquer coisa sangrenta estava fora de questão, porque eu não suporto a visão de sangue. Começo a suar frio e desmaio. Então, o melhor seria que morressem por sufocamento. Sufocá-los com um enorme travesseiro de penas. Mama tinha deixado bem claro que seu sonho era que a morte a pegasse de surpresa enquanto dormia. "Não gosto de despedidas", diz ela, olhando diretamente para mim – ou, se eu não estou ouvindo, ela me agarra pelo braço e me sacode com as poucas forças que ainda lhe restam.

Uma noite, acordei sobressaltada, pensando que meu crime já havia sido cometido. Vi os corpos sem vida dos meus pais, mas não consegui derramar uma lágrima. Eu me senti livre. Ninguém mais poderia me obrigar a me mudar para um bairro imundo e deixar para trás meus livros, minhas fotografias, minhas câmeras, para viver com o pavor de ser envenenada pelos meus próprios pais.

Comecei a tremer. Então gritei: "Papa!". Mas ninguém veio me socorrer. "Mama!" Não havia como voltar atrás. Como havia chegado a esse ponto? O que eu tinha me tornado? O que eu faria com seus corpos? Quanto tempo eles levariam para se decompor?

Pensariam que havia sido suicídio. Ninguém duvidaria. Já fazia quatro meses que meus pais estavam sofrendo. Para as outras pessoas, eu seria uma órfã. Para mim mesma, seria uma assassina. Meu crime estava registrado no dicionário. Eu encontrei. Que palavra horrorosa! Só de pronunciá-la, já sentia calafrios. *Parricídio*. Tentei repeti-la, mas não consegui. Eu era uma assassina.

É tão fácil identificar meu crime, minha culpa, minha agonia! Mas como se chama quem mata os filhos? Será que é um crime tão terrível que não existe nem uma palavra para identificá-lo no dicionário? Isso significa que eles poderiam praticá-lo e não teriam de carregar nas costas o fardo da morte e de uma palavra funesta. Você pode matar os seus pais, seus irmãos, mas não os seus filhos.

Vago pelos cômodos da casa, que me parece cada vez menor e mais escura, uma casa que logo não será mais nossa. Olho para o teto inacessível, atravesso os corredores onde estão enfileiradas fotos de uma família que está desaparecendo pouco a pouco. A luz de uma lâmpada, no gabinete de Papa, com sua cúpula de cristal branco nevado, chega ao corredor onde estou de pé desorientada, incapaz de me mover. Vejo minhas mãos pálidas adquirirem um tom dourado.

Abro os olhos e estou no mesmo quarto, cercada de livros muito gastos e bonecas com as quais nunca brinquei nem nunca vou brincar. Fecho os olhos e pressinto que falta pouco para subirmos a bordo de um enorme transatlântico, num porto deste país a que nunca pertencemos.

No final, não matei meus pais. Não foi necessário. Papa e Mama arcaram com a culpa. Eles me forçaram a me atirar no abismo junto com eles.

O cheiro do apartamento está insuportável. Eu não entendo como Mama pode morar entre estas paredes forradas de seda verde-musgo que engolem a pouca luz desta época do ano. É o cheiro do confinamento.

Temos menos tempo de vida. Eu sei, eu sinto. Não vamos passar o verão em Berlim. Mama colocou bolinhas de naftalina nos armários para preservar seu mundo, e o odor pungente está impregnado na casa. Eu não faço ideia do que ela estava tentando proteger, já que vamos perder tudo de qualquer jeito.

"Você está cheirando como as velhinhas da Grosse Hamburger Strasse", Leo me provoca. Leo é o meu único amigo; a única pessoa que ousa me olhar na cara sem querer cuspir em mim.

A primavera em Berlim é fria e chuvosa, mas Papa muitas vezes sai sem casaco. Quando ele sai, não espera o elevador, mas desce pelas escadas, que rangem quando ele pisa. Eu, no entanto, não tenho permissão para usar as escadas. Ele não desce pelas escadas porque tem pressa, mas porque não quer topar com outra pessoa do edifício. As cinco famílias que moram nos andares abaixo do nosso estão todas esperando o dia em que iremos embora. Aqueles que antes eram nossos amigos deixaram de ser. Aqueles que costumavam agradecer a Papa ou que tentavam fazer amizade com Mama e suas amigas, que elogiavam seu bom gosto ao se vestir ou pediam conselhos sobre como combinar uma bolsa de cores vivas com seus sapatos elegantes agora torcem o nariz para nós e estão prestes a nos denunciar.

Mama passa mais um dia sem sair de casa. Toda manhã, quando se levanta, ela recoloca os brincos de rubi e prende os lindos cabelos, que provocava inveja nas amigas sempre que ela aparecia no salão de chá do Hotel Adlon. Papa a chama de "a divina", porque ela é fascinada por cinema, seu único contato com o mundo exterior. Ela nunca perdia a estreia de um filme estrelado pela verdadeira deusa das telas, "A Divina" Greta Garbo, no Palast.

"Ela é mais alemã do que ninguém", Mama insistia em dizer quando mencionava a divina Garbo, que, na realidade, era sueca. No entanto, naquela época, os filmes eram mudos e ninguém se importava em saber onde a estrela havia nascido.

Nós é que descobrimos Greta Garbo. Sempre soubemos que seria adorada. Gostamos dela antes de qualquer outra pessoa; é por isso que Hollywood reparou nela. E, em seu primeiro filme falado, ela falou num alemão perfeito: *Whisky – aber nicht zu knapp!*".

Às vezes, quando meus pais voltavam do cinema, Mama ainda tinha lágrimas nos olhos. "Eu adoro finais tristes... nos filmes", explicava ela. "As comédias não são para mim."

Ela desmaiava nos braços de Papa, levava a mão à testa, segurando com a outra a cauda de seda imaginária de um vestido longo, atirava a cabeça para trás e começava a falar em francês.

"Armand, Armand…", ela repetia lânguida e com um forte sotaque, como a própria A Divina.

E Papa a chamava de "minha Camille".

Espère, mon ami, et sois bien certain d'une chose, c'est que, quoi qu'il arrive, ta Marguerite te restera", ela respondia, às gargalhadas. "Dumas fica horrível em alemão, não acha?"

Porém Mama agora não vai mais a lugar algum.

"Muitas janelas quebradas" é a desculpa dela desde o terrível *pogrom* de novembro, quando Papa perdeu o emprego. Nesse dia ele foi preso em seu gabinete na universidade e depois levado para a estação de Grolmanstrasse, onde o mantiveram incomunicável por um delito que nunca compreendemos. Ele compartilhou uma cela sem janelas com o pai de Leo, *Herr* Martin. Depois de serem soltos, os dois passaram a se encontrar diariamente, e isso preocupa Mama ainda mais, como se estivessem planejando uma fuga para a qual ela ainda não está preparada. Na realidade, o medo é o que a impede de abandonar a sua fortaleza. Ela vive em constante sobressalto. Antes, costumava ir ao elegante salão do Hotel Kaiserhof, a poucos quarteirões de casa, mas agora ele é frequentado por gente que nos odeia; aqueles que pensam que são puros, os quais Leo chama de Ogros.

No passado, ela se vangloriava de Berlim. Quando fazia compras em Paris, sempre ficava no Ritz; e se acompanhasse Papa numa conferência ou num concerto em Viena, eles ficavam no Imperial: "Mas temos o Adlon, nosso Grand Hotel na avenida Unter den Linden. A Divina ficou lá e imortalizou-o nas telas".

Agora, ela olha pela janela e tenta encontrar uma explicação para o que está acontecendo. O que aconteceu com seus anos felizes? A que eles a condenaram, e por quê? Ela sente que está pagando pelos pecados de outras pessoas: de seus pais, de seus avós... cada um dos seus ancestrais ao longo dos séculos.

"Sou alemã, Hannah. Eu sou uma Strauss. Sou Alma Strauss. Isso não é suficiente, Hannah?", ela me diz em alemão, e depois em espanhol e em inglês, e finalmente em francês. Como se alguém a estivesse escutando; como se quisesse deixar isso bem claro em cada um dos idiomas que fala com fluência.

Eu combinei de me encontrar com Leo para tirar fotografias. Nós nos vemos todas as tardes no café de *Frau* Falkenhorst, no pátio interno do Hackesche Höfe. Sempre que nos vê, o dono sorri e nos chama de "bandidinhos", e nós gostamos disso. Se um de nós dois se atrasa, o primeiro a chegar pede um chocolate quente. Às vezes, nos encontramos no café que fica na saída da estação Alexanderplatz, com prateleiras cheias de bombons embrulhados em papel prateado. Quando precisa me ver com urgência, Leo me espera no quiosque de jornais perto da minha casa, para não corrermos o risco de encontrar um dos nossos vizinhos que, apesar de serem também nossos inquilinos, sempre nos evitam.

Para não desobedecer aos adultos, eu evito as escadas acarpetadas, que estão cada vez mais cheias de pó, e pego o elevador. Paro no terceiro andar.

"Olá, *Frau* Hofmeister", cumprimento, sorrindo para a filha dela, Gretel, que costumava brincar comigo. Gretel está triste porque, não faz muito tempo, ela perdeu seu lindo cachorrinho branco. Eu sinto pena dela.

Temos a mesma idade, mas sou muito mais alta. Ela olha para baixo e *Frau* Hofmeister tem a ousadia de dizer a ela: "Vamos pelas escadas. Quando será que eles vão embora? Estão nos colocando numa situação tão difícil...".

Como se eu não estivesse escutando, como se fosse só a minha sombra parada dentro do elevador. Como se eu não existisse. Isso é o que ela queria: que eu não existisse.

Os Ditmar, os Hartmann, os Brauer e os Schultz moram em nosso edifício. Alugamos nossos apartamentos para eles. O edifício pertence à família de Mama desde antes de ela nascer. Os inquilinos é que tinham de sair. Eles não são daqui. Nós é que somos. Somos mais alemães do que eles.

A porta do elevador se fecha, ele começa a descer, e eu ainda posso ver os pés de Gretel.

"Gente suja!", escuto.

Será que ouvi direito? O que fizemos para ter de suportar isso? Que crime cometemos? Eu não sou suja. Não quero que me vejam como uma pessoa suja. Saio do elevador e me escondo debaixo das escadas para não encontrá-las novamente. Eu as vejo sair do edifício. A cabeça de Gretel ainda está abaixada. Ela olha para trás, procurando por mim, talvez querendo se desculpar, mas a mãe a empurra.

"O que está olhando?", grita ela.

Corro de volta até as escadas fazendo barulho e chorando. Sim, chorando de raiva, de impotência, por não poder dizer a *Frau* Hofmeister que ela é mais suja do que eu. Se nós a incomodamos, ela pode ir embora do prédio, do *nosso* prédio. Quero dar murros nas paredes, quebrar a câmera valiosa que Papa me deu. Entro em nosso apartamento e Mama não entende por que estou tão furiosa.

"Hannah! Hannah!", ela me chama, mas prefiro ignorá-la.

Vou para o banheiro frio, bato a porta e ligo o chuveiro. Ainda estou chorando; ou melhor, quero parar de chorar, mas não consigo. Completamente vestida e ainda de sapatos, entro na banheira perfeitamente branca. Mama continua me chamando e depois finalmente me deixa em paz. Tudo o que eu ouço é o barulho da água escaldante caindo sobre mim como uma cascata. Deixo que entre em meus olhos até começarem a arder; nas minhas orelhas, no meu nariz, na minha boca.

Começo a tirar as roupas e os sapatos, que estão mais pesados por causa da água e da minha sujeira. Eu me ensaboo, me cubro com os sais de banho de Mama que irritam a minha pele e me esfrego com uma toalha branca para me livrar de todos os últimos vestígios de impureza. Minha pele está vermelha, tão vermelha que parece que vai descascar. Giro a torneira para que a água fique ainda mais quente, até eu não poder aguentar mais. Quando saio do banho, desabo no piso frio de ladrilhos preto e branco.

Felizmente, já não tenho mais lágrimas para chorar. Eu me seco, esfregando com força a pele que não desejo e que, se Deus quiser, vai começar a se desmanchar depois de todo aquele calor. Examino cada um dos meus poros na frente do espelho embaçado: rosto, mãos, pés, orelhas, tudo, para ver se não sobrou algum vestígio de impureza. Quero só ver quem é sujo agora.

Eu me encolho num canto, tremendo e me sentindo como um rolo de carne e osso. Este é o único esconderijo que encontro. No final, sei que, por mais que eu me lave, queime minha pele, corte meu cabelo, arranque meus olhos, fique surda, me vista ou fale de forma diferente ou adote um nome diferente, eles sempre vão me ver como alguém impuro.

Não seria má ideia bater na porta da distinta *Frau* Hofmeister e pedir que ela me examine, veja se eu tenho alguma manchinha na pele, e dizer que ela não deve manter Gretel longe de mim, que eu não sou má influência para a filha dela, que é tão loira, perfeita e imaculada quanto eu.

Vou para o meu quarto e me visto toda de branco e rosa, as cores mais puras que encontro no guarda-roupa. Vou atrás de Mama e a abraço, porque sei que ela me entende; mesmo que tenha optado por ficar em casa, sem enfrentar ninguém. Ela construiu uma fortaleza em seu quarto e vive protegida pelas grossas colunas do apartamento, num pré-dio feito de enormes blocos de pedra e janelas duplas.

Tenho que me apressar. Leo já deve estar na estação, andando de um lado para outro, tentando ficar fora do caminho dos pedestres que correm para pegar o trem.

Pelo menos eu sei que ele me acha limpa.

Anna
Nova York, 2014

No dia em que meu pai desapareceu, minha mãe estava grávida de mim. De apenas três meses. Ela teve chance de abortar, mas não quis. Nunca perdeu a esperança de que meu pai voltaria, mesmo depois de receber o atestado de óbito.

"Me dê alguma prova, um traço do seu DNA, e podemos conversar então", ela sempre dizia.

Talvez porque papai sempre tivesse sido um estranho para ela, num certo sentido – era um homem esquivo e solitário, de poucas palavras –, ela achava que ele fosse voltar a qualquer momento.

Papai se foi sem suspeitar que eu fosse nascer.

"Se ele soubesse que tinha uma filha a caminho, ainda estaria aqui com a gente", mamãe insiste em dizer, todo mês de setembro, desde quando eu consigo me lembrar.

No dia em que papai não voltou mais para casa, minha mãe iria preparar um jantar íntimo para os dois, com o intuito de lhe dar a notícia na sala de jantar, ao lado da janela de onde se pode ver as árvores do Morningside Park iluminadas pelos postes de bronze. Ela ainda pôs a mesa naquela noite, porque se recusou a admitir a possibilidade de ele ter desaparecido. Ela nunca chegou a abrir a garrafa de vinho tinto. Os pratos ficaram sobre a toalha branca por dias. A comida acabou no lixo. Naquela noite, ela foi para a cama sem comer, sem chorar, sem fechar os olhos.

Quando me conta, ela abaixa a cabeça. Se fosse por ela, os pratos e a garrafa ainda estariam sobre a mesa e, quem sabe, a comida também, apodrecendo, seca.

"Ele vai voltar", ela sempre diz.

Eles já tinham falado sobre ter filhos. Viam isso como uma possibilidade remota, um projeto de longo prazo, um sonho do qual não haviam desistido. O que ambos tinham certeza era que, se tivessem um filho um dia, ele se chamaria Max se fosse menino e Anna se fosse menina. Essa era a única exigência de papai.

"É uma dívida que tenho com a minha família", ele dizia a ela.

Eles estavam juntos havia cinco anos, mas ela nunca conseguiu fazê-lo falar sobre os anos que ele vivera em Cuba, com a sua família.

"Estão todos mortos", era a única coisa que ele dizia.

Mesmo depois de tantos anos, isso ainda incomodava mamãe.

"Seu pai é um enigma. Mas o enigma que mais amei em toda a minha vida."

Tentar resolver esse enigma era uma maneira de ela desabafar. Decifrá-lo era o seu castigo.

Algumas noites, quando vou para a cama, imagino que ele não desapareceu, mas está perdido. Que partiu numa grande viagem de barco, que está dando uma volta ao mundo e logo vai voltar.

Eu guardei a sua pequena câmera digital. No início, ficava horas repassando as imagens que ele deixou no cartão de memória. Não havia nenhuma de mamãe. Para quê, se ela estava sempre ao seu lado? As fotografias eram todas tiradas do mesmo ângulo da varandinha da sala de estar. Fotografias do sol nascente. Dias chuvosos, dias claros, escuros ou nublados; dias laranja, dias azuis, dias violeta. Dias brancos, com a neve cobrindo tudo. Sempre o sol. O amanhecer é um horizonte oculto por edifícios de diferentes tamanhos, num Harlem silencioso, com chaminés expelindo fumaça branca, o East River entre duas ilhas. E sempre o sol – dourado, grande, às vezes parecendo quente, outras vezes frio – visto da nossa porta de vidro dupla.

Mamãe me diz que a vida é um quebra-cabeça. Ela acorda, tenta encaixar a peça correta, buscando todas as possíveis combinações para criar paisagens remotas. Eu vivo desmontando o quebra-cabeça para poder descobrir de onde vim. Estou criando meus próprios quebra-cabeças com as fotos que encontrei na câmera de papai e imprimi em casa.

Desde o dia em que descobri o que realmente aconteceu com papai, e que minha mãe percebeu que eu sei me virar sozinha, ela se trancou no quarto e eu me tornei uma espécie de babá. Ela converteu seu quarto num refúgio, mantendo a janela com vista para o pátio interno sempre fechada. Nos sonhos, eu a vejo cair num sono profundo depois de tomar suas pílulas antes de ir para a cama, envolta em seus lençóis e travesseiros cinza. Ela diz que as pílulas aliviam seu sofrimento e evitam que fique acordando a noite toda. Às vezes, faço uma oração silenciosa, para que ela não possa ouvir ou se lembrar, pedindo que ela continue a dormir e sua dor vá embora para sempre. Não suporto vê-la sofrer.

Todos os dias, antes de ir para a escola, levo para ela uma xícara de café preto sem açúcar. À noite, ela se senta para jantar comigo como um fantasma, enquanto invento histórias sobre minhas aulas. Ela escuta, leva a colher até a boca e sorri para mostrar quanto é grata por eu ainda estar com ela e preparar sua sopa, que ela engole por obrigação.

Sei que a qualquer momento ela pode morrer. Para onde eu iria, então?

Quando meu ônibus escolar me deixa na entrada do nosso edifício todas as tardes, a primeira coisa que faço é pegar a correspondência. Depois disso, preparo o jantar para nós duas, termino a lição de casa e verifico se há contas a pagar, e as entrego à mamãe.

Hoje recebemos um envelope grande com listras amarelas, brancas e vermelhas e um aviso em grandes letras maiúsculas vermelhas: NÃO DOBRE. O remetente é do Canadá e se dirige à mamãe. Deixei o envelope sobre a mesa de jantar e me deitei na cama para ler um livro da escola. Algumas horas depois, lembro que não abri o envelope.

Bato com insistência na porta do quarto de mamãe. *A essa hora da noite?*, ela deve estar pensando. Finge dormir. Silêncio. Continuo batendo.

As noites são sagradas para ela: tenta conciliar o sono, relembra coisas que não pode mais fazer e pensa em como poderia ter sido a sua vida se pudesse prever o destino ou simplesmente apagá-lo.

"Chegou um pacote para nós hoje. Acho que devemos abri-lo juntas", digo, mas não recebo resposta.

Fico junto à porta e depois abro uma fresta devagarzinho para não incomodá-la. As luzes estão apagadas. Ela está cochilando, seu corpo parece quase não ter peso, perdido no meio do colchão. Verifico para ver se ela ainda está respirando, se ainda existe.

"Não pode esperar até amanhã?", ela murmura, mas eu não me movo.

Ela fecha os olhos e então volta a abri-los, virando-se para me ver ainda parada na porta. A luz do corredor contra a minha silhueta ofusca seus olhos acostumados à escuridão.

"Quem enviou?", ela pergunta, mas eu não sei dizer.

Insisto para que venha comigo, que fará bem a ela se levantar.

Por fim, consigo convencê-la. Ela se levanta desequilibrada, alisando o cabelo preto e liso, que não corta há vários meses. Apoia-se no meu braço, e vamos até a mesa de jantar para descobrir o que nos mandaram. Talvez seja um presente de aniversário para mim. Alguém se lembrou de que vou fazer 12 anos, que eu cresci, que eu existo.

Ela se senta devagar, com uma expressão no rosto que parece dizer "Por que você me fez sair da cama e perturba a minha rotina?".

Quando ela vê o nome do remetente, agarra o envelope e o segura contra o peito. Com os olhos bem abertos, ela me diz solenemente:

"É da família do seu pai."

O quê? Mas papai não tem família! Ele veio a este mundo sozinho e deixou-o da mesma forma, com ninguém mais por perto. Lembro-me de que os pais dele morreram num acidente de avião quando ele tinha 9 anos. Predestinado para a tragédia, como disse minha mãe uma vez.

Depois da morte dos pais, ele foi criado por Hannah, uma tia idosa que provavelmente já morreu também. Nós não sabemos se eles se comunicavam por telefone, carta ou e-mail. A única família que ele tinha. Eu me chamo Anna em homenagem a ela.

O pacote foi enviado do Canadá, mas na verdade partiu de Havana, a capital da ilha caribenha onde o meu pai nasceu. Quando abrimos, vimos que continha um segundo envelope. "Para Anna, de Hannah" está escrito do lado de fora, numa letra grande e tremida. Isso não é um presente, eu penso. Devem ser documentos ou sabe-se lá o quê. Provavelmente não tem nada a ver com o meu aniversário. Ou talvez seja da última pessoa que viu o meu pai vivo e agora finalmente decidiu nos enviar as coisas dele. Doze anos depois.

Estou tão nervosa que não consigo parar de andar em volta da mesa; depois me sento e em seguida me levanto novamente. Ando até o canto da sala e volto. Começo a brincar com uma mecha do meu cabelo, torcendo tanto que ele fica todo emaranhado. É como se papai estivesse conosco outra vez. Mamãe abre o segundo envelope. Dentro dele encontramos velhas fotografias de cor sépia, um monte de negativos em preto e branco, junto com uma revista – em alemão? – de março de 1939. Na capa tem a imagem de uma menina loura e sorridente, de perfil.

"*A Garota Alemã*", minha mãe diz, traduzindo o título da revista. "Ela se parece com você", ela me diz com um ar enigmático.

Essas fotos me fazem pensar que eu posso agora começar um novo quebra-cabeça. Vou me divertir com todas essas imagens que chegaram da ilha onde meu pai nasceu. Estou bem animada com a descoberta, mas esperava encontrar o relógio do meu pai, herança do seu avô Max e que ainda funcionava, ou sua aliança de ouro branco, ou seus óculos sem aro. Estes são detalhes de que me lembro graças à foto do meu pai que guardo sempre comigo e fica ao meu lado todas as noites sob o travesseiro que costumava ser dele.

O pacote não tem nada a ver com papai. Não com a sua morte, pelo menos.

Nós não reconhecemos nenhuma das pessoas. É difícil distinguir alguma coisa em imagens tão pequenas e borradas, impressas em papéis que parecem resgatados de um naufrágio. Papai poderia estar numa delas. Não, é impossível.

"Estas fotos têm uns setenta anos ou mais", minha mãe explica. "Acho que nem o seu avô havia nascido ainda."

"Temos que mandar imprimi-las amanhã", eu digo, controlando meu entusiasmo para não deixá-la agitada. Ela continua a analisar as misteriosas imagens, aqueles rostos do passado que está tentando decifrar.

"Anna, elas são de antes da guerra", diz minha mãe, tão séria que me assusta. Agora estou ainda mais confusa. De que guerra ela está falando?

Continuamos olhando os negativos e nos deparamos com um cartão-postal velho e desbotado. Ela o segura com todo o cuidado, como se tivesse medo de que pudesse se esfarelar na sua mão.

De um lado, um navio. Do outro lado, uma dedicatória.

Meu coração dispara. Essa deve ser uma pista, mas a data do cartão é 23 de maio de 1939, então não acho que tenha algo a ver com o desaparecimento do meu pai. Mamãe manuseia o cartão-postal como se fosse uma espécie de arqueóloga, como se precisasse vestir um par de luvas de seda para não danificá-lo. Pela primeira vez em muito tempo ela parece mais animada.

"Está na hora de descobrirmos quem é o papai!", digo, usando o tempo presente, assim como mamãe sempre faz quando fala dele. Fico olhando para o rosto da menina alemã.

Tenho certeza de que meu pai não vai voltar, que eu o perdi para sempre num dia ensolarado de setembro. No entanto, quero saber mais sobre ele. Não tenho mais ninguém além da minha mãe, que vive trancada num quarto escuro, dominada por pensamentos sombrios que ela não conta a ninguém. Eu sei que às vezes não há respostas, e temos que nos conformar com isso, mas não consigo entender por que, quando eles se casaram, ela não quis saber mais sobre ele; por que não tentou conhecê-lo melhor. No entanto, agora é tarde demais. Mamãe é assim.

Contudo, temos um projeto agora. Pelo menos, eu tenho. Acho que estamos prestes a descobrir uma pista importante. Mamãe vai voltar para o quarto, mas estou pronta agora para arrancá-la dessa passividade. Eu me agarro a este objeto enviado por uma parente distante que agora não vejo a hora de conhecer. Ergo o pequeno cartão sobre o abajur do meu criado-mudo e diminuo a intensidade da luz. Então me deito na cama, puxo as cobertas e fico analisando a imagem até cair no sono.

O cartão mostra um transatlântico chamado *St. Louis*, Hamburg-Amerika Linie. A mensagem está escrita em alemão: "*Alles Gute zum Geburtstag Hannah*".[1] Assinado: "*Der Kapitän*".

---

[1] Feliz aniversário, Hannah. (N.T.)

Hannah
Berlim, 1939

Ao abrir a enorme porta de madeira escura, faço soar sem querer a aldrava de bronze. O barulho ecoa no edifício em silêncio, um lugar em que eu já não me sinto mais protegida. Eu me preparo para o ruído estridente da Französische Strasse, que está cheia de bandeiras nas cores vermelha, branca e preta. As pessoas avançam, tropeçando umas nas outras sem pedir desculpas. Todos parecem estar fugindo.

Chego ao Hackesche Höfe. Cinco anos atrás, ele pertencia a *Herr* Michael, um amigo de Papa. Os Ogros o tomaram dele e ele teve de deixar a cidade. Como sempre ao meio-dia, Leo está esperando por mim na porta do café de *Frau* Falkenhorst, no pátio interior do edifício.

Lá está ele, com aquela cara de menino malcriado, pronto para reclamar do meu atraso.

Eu pego a minha câmera e começo a fotografá-lo. Leo faz pose e ri. A porta do café se abre e um homem de nariz avermelhado sai, trazendo com ele uma lufada de ar quente e cheiro de cerveja e tabaco. Quando me aproximo de Leo, sou atingida pelo aroma de chocolate quente em seu hálito.

"Temos que sair daqui", ele diz. Eu aceno com um sorriso. "Não, Hannah. Temos que sair de *tudo isso* aqui!", ele repete, se referindo a toda a cidade.

Desta vez eu compreendo: não queremos continuar vivendo rodeado por todas essas bandeiras, esses soldados, todo esse empurra-empurra. *Eu vou com você para onde quiser*, penso, enquanto disparamos numa corrida.

Corremos contra o vento, as bandeiras, os carros. Eu tento acompanhar Leo na corrida, porque ele sabe se esgueirar em meio a essa multidão de pessoas que se considera pura e invencível. Quando estou com Leo, há momentos em que não ouço o barulho dos alto-falantes ou os gritos e as canções dos homens marchando em perfeita sintonia. Não é possível estar mais feliz, mesmo sabendo que a minha felicidade não vai durar muito tempo.

Atravessamos a ponte, deixando o Palácio da Cidade e a catedral para trás, para podermos nos apoiar no parapeito e olhar para as águas do rio Spree. Suas águas são tão escuras quanto as paredes dos edifícios que o rodeiam. Meus pensamentos vagam, seguindo o ritmo da corrente. Sinto como se pudesse me atirar e deixar que o rio me leve com ele, ficando ainda mais impura. Mas hoje estou limpa; tenho certeza disso. Ninguém vai se atrever a cuspir em mim. Eu sou como eles. Por fora, pelo menos.

Nas fotografias, as águas do Spree tendem a ter um brilho prateado ao sol poente, com uma das extremidades da ponte se reduzindo a uma sombra. Estou em pé no centro dela, acima do arco pequeno, quando ouço Leo me chamando exasperado.

"Hannah!"

Por que tenho de sair do meu devaneio? Nada neste instante pode ser mais importante do que me isolar, ignorar tudo à minha volta e pensar que não temos de ir a parte alguma.

"Um homem está fotografando você!"

É só então que reparo num homem magro, com o princípio de uma barriguinha. Ele está com uma Leica nas mãos, tentando me focalizar. Eu me mexo, corro, mudo de posição para dificultar o trabalho dele. Deve ser um Ogro que vai nos delatar ou um dos traidores que trabalha na delegacia de polícia em Iranische Strasse e só pensa em nos denunciar.

"Ele fotografou você também, Leo. Não pode ter sido só eu. O que ele quer? Não podemos nem ficar em nossa ponte?"

Mamãe insiste em dizer que não devemos passear pela cidade, pois ela está cheia de guardas truculentos. Ninguém nem acha necessário colocar uma máscara para nos ofender. Somos o delito; eles são a razão, o dever, a execução. Os Ogros nos agridem, gritam insultos e nós temos de aguentar calados, silenciosos, mudos, enquanto eles nos expulsam.

Eles descobriram a nossa mácula, as nossas impurezas, e nos denunciaram. Eu sorrio para o homem com a Leica. Ele tem uma boca enorme. Um líquido transparente e viscoso escorre de seu nariz. Ele o limpa com o dorso da mão e aperta o botão da câmera várias vezes mais. *Tire todas as fotos que quiser. Mande-me para a cadeia.*

"Vamos pegar a câmera dele e jogar no rio", Leo sussurra em meu ouvido.

Eu não consigo parar de olhar para aquele homem patético, que sorri para mim e quase se joga aos meus pés em busca do melhor ângulo. Tenho vontade de cuspir nele. Olho com nojo o seu nariz grande e úmido. Ele é tão descomunal quanto os das caricaturas dos impuros na primeira página da *Der Stürmer*, a revista que nos odeia e que agora está na moda. Sim, deve ser um daqueles que sonha em ser aceito pelos Ogros. Lixos humanos, como Leo costuma chamá-los.

Eu começo a tremer. Leo sai correndo e me arrasta com ele, como se eu fosse uma boneca de pano. O homem começa a acenar e tenta nos alcançar. Eu o ouço gritar:

"Menina! O seu nome! Eu preciso do seu nome!"

Como ele pode pensar que eu vou parar para dizer a ele o meu nome, meu sobrenome, minha idade e meu endereço?

Esgueirando-nos em meio ao trânsito, atravessamos a rua. Um bonde lotado passa, e vemos o homem ainda em pé na ponte. Nós rimos, e ele se atreve a gritar um adeus!

Vamos para o café de Georg Hirsch, na avenida Schönhauser. É o nosso café favorito em Berlim, onde geralmente compramos doces e podemos passar a tarde inteira sem medo de sermos insultados. Leo está sempre com fome, e eu fico com água na boca só de pensar nos biscoitos de especiarias *Pfeffernüsse*, frescos mesmo que não seja dia de festa. Eu prefiro os polvilhados com açúcar e extrato de anis, e Leo prefere os cobertos de canela. Nós manchamos os dedos e o nariz de branco e depois fazemos a saudação dos Ogros, que Leo transforma no sinal de "Pare!" com que os guardas controlam o trânsito, inclinando a mão para cima e fazendo a letra L com o braço. Esse palhaço do Leo, como diria Mama.

Quando nos aproximamos do café, de repente estancamos paralisados, na esquina: as janelas do café de Georg Hirsch foram estilhaçadas também! Não posso deixar de fotografar. Dá para ver que Leo ficou triste. Nessa esquina, um grupo de Ogros marcha a um só passo e canta um hino que é uma ode à perfeição, à pureza, à terra que só a eles deve pertencer. Adeus, *Pfeffernüsse!*

"Outro aviso de que temos de partir", diz Leo, com tristeza, e saímos correndo de novo.

Partir, eu sei: não desta esquina, ou da ponte, ou da Alexanderplatz. Simplesmente partir.

É bem provável que estejam nos esperando em casa para nos prender. E se não os Ogros, mamãe. Só que das mãos dela não escaparemos.

Na estação de Hackescher Markt, entramos no primeiro vagão, atrás da locomotiva a vapor do S-Bahn. Sentamos-nos em frente a duas mulheres que estão reclamando o tempo todo de como tudo está caro, da escassez de comida, do quanto está difícil hoje em dia encontrar um café de qualidade. Toda vez que elas agitam os braços, lançam no ar ondas de suor misturadas com essência de rosa e tabaco. Aquela que fala mais tem uma mancha de batom vermelho no dente da frente que parece um corte. Eu olho para ela e, sem perceber, começo a transpirar. Não é sangue, eu digo para mim mesma, olhando para sua boca escancarada. Incomodada com a minha insistência, ela faz um gesto para que eu pare de encará-la. Baixo os olhos, e seu odor rançoso preenche minhas narinas. O condutor de uniforme azul aparece e pede para ver nossas passagens.

Entre a estação do Zoo e a de Savignyplatz, contemplamos pela janela as fachadas escurecidas dos prédios. Janelas sujas, uma mulher sacudindo um tapete manchado numa varanda, homens fumando nas janelas e as bandeiras tricolores em toda parte. Leo aponta para um belo edifício em chamas na Fasanenstrasse, perto do cruzamento de nível do

S-Bahn. A fumaça ainda sobe do telhado principal da cúpula destruída. Ninguém mais olha para o edifício devastado. Devem estar se sentindo culpados. Não querem ver como a cidade está ficando. A mulher com a mancha no dente abaixa a cabeça também. Ela não só não quer ser uma testemunha da fumaça, como agora também não ousa nos fitar nos olhos.

Descemos na estação seguinte e voltamos algumas quadras a pé até chegar à Fasanenstrasse. Entramos por uma viela lateral do edifício, que tinha o estuque carcomido pela umidade e pela sujeira. Antes mesmo de chegar à janela do Herr Braun, já podemos ouvir o rádio dele no volume máximo, como de costume.

Um velho surdo e repugnante. Mais um Ogro. Sentamos debaixo da janela da sua sala de jantar bagunçada, cercados de guimbas de cigarro e poças de água suja. É nosso esconderijo favorito. Às vezes, o Ogro nos vê e grita palavrões que Leo e eu nos recusamos a pronunciar. Somos alemães antes de tudo, como sempre repete mamãe.

Leo não consegue entender por que eu fotografo as poças, a lama, as guimbas de cigarro, as paredes em ruínas, os cacos de vidro no chão, as janelas despedaçadas. Eu acho que qualquer uma dessas imagens vale mais do que as dos Ogros ou dos edifícios com suas bandeiras, uma Berlim que não quero ver.

Nem mesmo a fumaça do edifício em chamas consegue disfarçar o bafo do Ogro, com sua mistura de alho, tabaco, aguardente e salsicha de porco rançosa. Ele nunca para de cuspir e assoar o nariz oleoso e cheio de catarro. Não sei o que revira mais o meu estômago: o cheiro pestilento da sua casa ou ver a cara dele. Só que, graças à sua surdez, conseguimos descobrir o que está acontecendo em Berlim.

Não temos mais permissão para ligar o rádio em casa, comprar jornal ou usar o telefone.

"É perigoso", diz Papa. "Não vamos arranjar mais problemas do que já temos."

O Ogro fica mudando a estação do rádio a todo instante. Em alguns minutos começam os noticiários – ou as ordens, como Leo diz –, e o Ogro não para de se mexer ou de fazer ruídos. Por fim, ele se senta ao lado da janela e Leo me puxa para trás, evitando que uma densa e sonora cusparada espirre em mim. Não conseguimos parar de rir; já conhecemos todos os hábitos dele.

Leo sabe que eu ficaria feliz em passar o dia inteiro ali com ele, que me sinto protegida ao seu lado. Que quando estamos juntos não penso na agonia da minha mãe, nem nas maneiras pelas quais Papa pensa em mudar a nossa vida.

Leo é uma pessoa intensa. Ele não anda, corre. Sempre tem pressa, uma meta a alcançar, algo que precisa me mostrar e que não posso perder. Ele também visita vários bairros, tentando descobrir o que está acontecendo nesta cidade onde nascemos e que aos poucos vai ficando destroçada. Às vezes, ele se mistura aos Ogros que marcham e gritam pelas ruas, empunhando suas bandeiras, mas nunca se atreve a segui-los. Conversa comigo com ansiedade, como se pudesse prever que não nos resta muito tempo. Nosso momento de paz é aqui, entre as imundícies e cuspidas do Ogro, gratos pelo velho rádio sintonizado em volume máximo.

Leo é mais velho do que eu. Dois meses. Isso o faz se sentir mais maduro, e eu o deixo pensar assim porque ele é o único amigo que tenho, a única pessoa em quem posso confiar.

Às vezes, ele espiona o pai dele, que se confidencia com o meu desde que se conheceram na delegacia de polícia – que, de acordo com Leo, fede a urina –, e me conta algumas ideias arrepiantes que eu prefiro ignorar. Eles estão planejando algo grande, nós sabemos; algo em que podemos estar incluídos ou não. Não acho que vão nos abandonar ou nos mandar para alguma escola especial fora de Berlim, ou para outro país, que fale outro idioma, como fizeram os vizinhos de Leo com os filhos. Mas estão tramando alguma coisa, Leo tem certeza. E isso me assusta.

Leo mora com o pai, um contador que perdeu todos os clientes, num quarto de pensão na Grosse Hamburguer Strasse número 40. O prédio deles fica ao lado de um abrigo comunitário de impuros, que vive cheio de mulheres, velhos e crianças – ninguém sabe o que fazer com eles e para onde mandá-los –, num bairro em que Mama não se atreveria a pôr os pés nem que a obrigassem.

A mãe de Leo conseguiu fugir para o Canadá, onde mora com o irmão, a cunhada e os sobrinhos que ela nem conhecia. Leo e o pai não têm esperanças de encontrá-la em breve. Eles buscam "outras opções de fuga", como Leo gosta de dizer, e nesses planos estão incluindo meu pai. De acordo com Leo, ele também está enviando dinheiro para o Canadá desde que começaram a fechar nossas contas bancárias em Berlim.

Isso, ao menos, me deixa feliz. Qualquer decisão que nossos pais tomem, se incluírem Leo e eu, juntos, as duas famílias, podemos aceitar. Leo está convencido de que meus pais estão ajudando o dele, que não tem um centavo nem possibilidade de trabalhar, para que eles também possam fugir.

Leo está acostumado a acompanhar o pai aos encontros matutinos com o meu e finge que não está prestando atenção, que está ocupado com outra coisa, para que não interrompam suas conversas e seus projetos. Eu, de brincadeira, costumo dizer que ele virou o espião do complô Martin-Rosenthal. No entanto, manter os olhos e os ouvidos bem abertos é algo que Leo leva muito a sério.

Ele se nega a me deixar visitá-lo em sua nova casa.

"Não vale a pena, Hannah. Para quê?"

"Não pode ser pior do que aquele beco onde passamos tanto tempo."

"*Frau* Dubiecki não gosta que a gente receba visitas. Ela é uma megera que se aproveita da nossa situação. Ninguém gosta dela.

E Papa só ficaria zangado. Além do mais, não há espaço para se sentar."

Ele tira um pedaço de pão preto do bolso e coloca um bocado enorme na boca. Me oferece, mas eu não aceito. Perdi o apetite, só como porque tenho de comer. Mas Leo devora o pão com uma fome voraz, e, enquanto ele come, dou uma boa olhada nele.

Meu amigo exala energia por todos os poros. Ele é cheio de cores: sua pele é corada, seus olhos são castanhos.

"O sangue flui pelas minhas veias!", ele justifica, com as bochechas brilhando. "Você é tão pálida, quase transparente! Eu posso ver dentro de você, Hannah." Fico vermelha.

Ele não gesticula muito, e nem precisa; em apenas uma sentença seu rosto expressa mil emoções. Quando conversa comigo, não consigo deixar de prestar atenção. Ele me bombardeia com suas palavras, me deixa nervosa, me faz rir e estremecer, tudo ao mesmo tempo. Sempre que ouço Leo falando, é como se a cidade fosse explodir a qualquer momento.

Ele é alto e magro. Embora tenha a minha altura, parece vários centímetros mais alto. Seu cabelo é abundante, cacheado, e parece que nunca viu um pente. Quando vai dizer algo importante, ele morde o lábio com força quase a ponto de sangrar. Tem olhos assustados e muito abertos, e seus cílios são os mais longos e negros que já vi. "Seus cílios sempre chegam antes de você", gosto de dizer. Como tenho inveja deles! Os meus me entristecem, são tão claros que parece que nem existem, como os de Mama.

"Você não precisa deles", ele diz para me consolar. "Não com esses olhos tão azuis!"

O odor me faz lembrar de que estamos num corredor asqueroso. O Ogro anda de um lado para outro. Raras vezes sai, a menos que tenha alguma coisa para comprar.

Leo me conta que o Ogro trabalhava no açougue de *Herr* Schemuel, a algumas quadras da casa dele, até que ele mesmo denunciou o dono. O velho se sente no controle desde que os Ogros tomaram o poder. Imagine dar liberdade de fazer e desfazer a alguém tão insignificante quanto ele!

Na terrível noite de novembro de que todo mundo ainda fala, apedrejaram as janelas de *Herr* Schemuel e fecharam seu açougue. Desde esse dia, o fedor tomou conta da cidade: canos quebrados, água de esgoto e fumaça. *Herr* Schemuel foi preso, e não se ouviu mais falar do homem que vendia os melhores cortes de carne do nosso bairro.

Agora o Ogro está sem trabalho. Queria saber o que ele ganhou denunciando *Herr* Schemuel.

Berlim está cheio de Ogros. Em cada quarteirão há um vigilante. Eles são encarregados de delatar, perseguir, tornar impossível a vida de todos que pensam de modo diferente; que vêm de famílias que não se encaixam no seu conceito de família. Precisamos ter cuidado com eles e com os traidores, que pensam que podem se salvar nos denunciando.

"É melhor viver confinado dentro de casa, com as portas e janelas fechadas", Leo insiste em dizer. Mas nós não conseguimos parar quietos num único lugar. De que adianta, se no final nossos pais vão nos mandar para onde acharem melhor?

É difícil para os Ogros identificar o que eu sou. Posso me sentar nos bancos dos parques que são proibidos para os impuros e entrar nos vagões reservados para a raça pura. Se eu quiser, também posso comprar um jornal.

Leo costuma dizer que posso me passar por quem eu quiser. Eu não tenho marca alguma por fora, embora por dentro tenha o estigma que herdei dos meus quatro avós e que os Ogros detestam. Com Leo é a mesma coisa. Pensam que ele é igual a eles, embora Leo ache que seu nariz possa traí-lo, assim como seu jeito de olhar. Apesar disso, ele não teme nem um pouco que o descubram e o chamem de sujo ou tentem agredi-lo, porque ele sabe muito bem como escapar e, se quiser, pode correr mais rápido que o grande campeão olímpico americano Jesse Owens.

Contudo esse poder que tenho de me fazer passar por quem eu quiser sem que cuspam em mim ou me chutem se volta contra mim quando estou com os que são como eu. Eles pensam que me envergonho deles. Ninguém me quer, não pertenço a nenhum dos lados. Porém isso não me preocupa de verdade. Eu tenho o Leo.

Muitas vezes, nos refugiamos no beco do Ogro para descobrir o que está acontecendo. Se numa tarde não conseguimos chegar lá a tempo, Leo fica ansioso porque tem medo de perder alguma notícia que pode mudar o nosso destino.

O filho do padeiro, que tem orgulho do seu enorme nariz, nos interrompe em nosso esconderijo. Mas ele é amigo de Leo. Eu baixo a cabeça. Se Leo quer brincar com ele, que vá. Vou procurar outra coisa para fazer.

"Com ela outra vez?", reclama o amigo. "Saia desse buraco fedido e deixe a *garota alemã* aí." Quando ele me chama assim, pronuncia cada sílaba bem devagar e me olha de cara feia. "Deixe ela aí. Ela acha que é melhor que a gente. Vamos olhar a briga lá na esquina. Estão se matando. Venha!"

Leo faz um gesto para que ele fale em voz baixa e vá embora.

"*Liebchen, Liebchen, Liebchen*",[2] ele cantarola, como se Leo e eu fôssemos namorados, e desaparece.

Leo tenta me consolar. "Não liga pra ele", diz com gentileza. "É um pé-rapado."

Eu quero ir para casa e aumentar meu nariz, cachear meu cabelo e pintá-lo de preto. Estou farta de que confundam quem eu sou. Talvez

---

[2]   Amorzinho, querida. (*Dicionário Infopédia de Alemão-Português*. Porto: Porto Editora, 2003-2017.) (N.T.)

eu não seja filha dos meus pais, mas uma órfã verdadeiramente pura, adotada por impuros endinheirados que se acham superiores porque têm dinheiro, joias, propriedades.

As notícias vindas do rádio a pilha do Ogro me arrancam da minha patética autopiedade. Vamos ter novas regras e regulamentações a cumprir. Eu me sobressalto a cada nova ordem, que ressoa como um rugido. Isso me dói.

Vamos ter de fazer uma lista de todos os nossos bens. Muitos de nós precisarão mudar de nome e vender suas propriedades, suas casas e seus negócios pelos preços que eles quiserem.

Nós somos monstros. Roubamos o dinheiro dos outros. Escravizamos aqueles que têm menos do que nós. Destruímos o patrimônio do país. Tiramos o sangue da nação. Não prestamos. Cremos em deuses diferentes. Somos impuros. Eu olho para Leo e para mim mesma. Não consigo ver o que há de tão diferente entre ele, Gretel e eu.

Começou a limpeza em Berlim, a cidade mais suja da Europa. Potentes mangueiras de água começaram a nos encharcar para nos deixar limpos.

Eles não nos querem. Ninguém gosta de nós.

Leo me faz ficar em pé e vamos embora. Eu o sigo a esmo, deixando que ele me leve.

O Ogro vai até a janela olhar a fumaça, feliz como todos os Ogros, com a limpeza que se avizinha – já era hora! –, a mesma que ele havia iniciado em seu bairro. Chegou o momento de aniquilar os indesejáveis, de triturá-los, queimá-los, asfixiá-los até não restar mais nenhum vivo por perto; ninguém para estragar sua perfeição, sua pureza.

E com a satisfação que dá o poder de aniquilar, de ser quem é, de ser superior aos demais, de se sentir Deus em seu magnífico castelo cercado de lama e guimbas de cigarro, ele lança outra sonora e viscosa escarrada.

Anna
Nova York, 2014

Hoje acordei mais cedo do que o habitual. Não consigo tirar o rosto da garota alemã da minha cabeça; ela é parecida comigo. Quero abrir bem os olhos para poder esquecê-la. No meu criado-mudo, onde deixei a foto de papai, agora está também o cartão-postal desbotado do navio.

Essa foto é a minha imagem favorita de papai. Parece que ele está olhando diretamente para mim. Mostra seu cabelo castanho penteado para trás, seus olhos grandes e caídos e suas sobrancelhas negras e grossas escondidas atrás dos óculos sem aros, a sugestão de um sorriso nos lábios finos. Meu pai é o homem mais bonito do mundo.

Sempre que preciso comentar algo sobre a escola ou simplesmente fazer um resumo de como foi meu dia ou compartilhar minhas preocupações com alguém, pego a fotografia dele e coloco embaixo do abajur com cúpula marfim, decorada com unicórnios cinza galopando, até que a luz se apaga e eu caio no sono.

Às vezes, tomamos chá juntos. Dividimos um biscoito de chocolate ou eu leio para ele o trecho de um livro da biblioteca que estou usando para um trabalho escolar.

Se eu tenho que ensaiar alguma apresentação para a aula de espanhol, faço isso com papai. Não existe ouvinte melhor: ele é o mais compreensivo, generoso e tranquilo.

Minha mãe uma vez me contou que, quando ele era menino, seu livro favorito era *Robinson Crusoe*, e no dia em que comecei na escola, ela me deu um de presente. Colocou as mãos delicadas sobre os meus ombros e me olhou nos olhos dizendo: "Para que você aprenda a ler mais rápido".

Olhei para as poucas ilustrações dos dois homens cobertos de trapos numa ilha deserta e me perguntei por que não havia mais ilustrações nesse livro de mais de uma centena de páginas de que papai tanto gostava. Para mim não havia nada de tão interessante num monte de páginas cheias de palavras escritas em tinta preta sobre um fundo branco, sem nenhuma cor.

Depois que aprendi a ler, tentei decifrá-lo, repetindo cada palavra, cada sílaba, para mim mesma, mas ainda assim achei muito difícil. Aquelas frases complicadas pareciam tão estranhas para mim que eu não conseguia passar da primeira.

"Nasci no ano de 1632, na cidade de York, de uma boa família, embora não original daquela região, sendo meu pai um estrangeiro..."

Não havia menção a cães ou gatos, luas perdidas ou florestas encantadas. Por isso, era um livro de aventuras. Primeiro mistério resolvido.

Comecei a lê-lo sílaba por sílaba com o papai. Toda noite, conquistaríamos uma página. Na primeira, foi uma luta. Logo, porém, as sentenças começaram a fluir sem que eu nem percebesse.

No dia em que finalmente compreendi a história daquele náufrago preso numa ilha onde havia apenas duas estações, a seca e a chuvosa, no meio do nada com seu amigo Sexta-Feira, a quem ele havia salvado dos canibais, eu me enchi de esperança. E depois comecei a criar minhas próprias aventuras.

Meu pai poderia estar perdido numa ilha distante e eu navegaria no meu majestoso barco a velas, atravessaria mares e oceanos, lutando contra terríveis tempestades e ondas enormes até encontrá-lo.

Mas hoje não é dia de leitura. Tenho de contar a ele sobre o pacote que veio de Cuba, uma verdadeira relíquia de família. Porque, se alguém sabe alguma coisa sobre aquele navio e sobre a dedicatória em alemão, tem de ser ele. Vou convencer mamãe a ir a um laboratório fotográfico para revelar as fotos em preto e branco. Eu sei que ele vai me ajudar a descobrir quem são. Seus pais provavelmente estão lá, também, e até mesmo os avós, pois, até onde sabemos, as fotografias foram feitas antes da guerra. A Segunda Guerra Mundial, a mais terrível de todas.

Todas as manhãs, quando acordo, pego a fotografia dele e a beijo. Então preparo o café da mamãe. Só assim consigo fazer com que ela se levante. Enquanto preparo o café, respiro pela boca, porque o cheiro de café preto me deixa enjoada, mas à mamãe ele agrada e desperta. Eu carrego sua grande xícara bem devagar, segurando-a pela asa para não me queimar. É como uma poção mágica que irá despertá-la do seu torpor. Eu bato na porta do quarto duas vezes, mas, como de costume, ela não responde. Abro a porta lentamente e a luz do corredor entra comigo.

Então eu a vejo: pálida, imóvel, os olhos revirados e o queixo apontando para o teto! Está contorcendo o corpo todo. Eu deixo cair a xícara de café, que se espatifa no chão e mancha as paredes brancas do quarto.

Corro para o corredor, luto para abrir a porta da frente e depois subo as escadas correndo até o quarto andar, para bater na porta do sr. Levin. Quando ele abre, seu cão, Vadio, salta em cima de mim. "Eu não posso brincar com você agora, mamãe precisa de mim!" O sr. Levin nota a minha angústia e me abraça. Eu não consigo conter mais as lágrimas.

"A mamãe está passando mal!", digo a ele, porque não me atrevo a pronunciar a palavra que mais temo. Que eu a perdi, que ela se foi, que me abandonou. De agora em diante, vou ser uma órfã não só de pai, mas também de mãe. Talvez eu tenha até que deixar o meu apartamento, as minhas fotografias, a minha escola. Quem sabe Deus para onde vão me mandar. Cuba talvez. Sim, eu poderia pedir aos assistentes sociais que virão atrás de mim se eles conseguem localizar a minha família em Cuba – encontrar Hannah, a única pessoa que me resta no mundo.

Disparo pelas escadas com Vadio, enquanto o sr. Levin toma o elevador. Eu chego primeiro e espero do lado de fora do quarto de mamãe, sem olhar lá dentro. Meu coração martela no peito. Está batendo tão forte que todo o meu corpo dói. Com muita calma, o sr. Levin entra no quarto, acende a luz, senta-se na cama de mamãe. Ele toma seu pulso e então olha para mim e sorri.

Começa a chamá-la:

"Ida! Ida! Ida!", ele chama, mas o corpo dela continua imóvel.

Pouco a pouco, vejo os braços de mamãe começando a relaxar e ela move ligeiramente a cabeça para a esquerda, como se evitasse olhar para nós. A cor volta às suas bochechas e ela parece incomodada com toda aquela luz no quarto.

"Não se preocupe, Anna, já chamei uma ambulância. Sua mãe vai ficar bem. Que hora chega o ônibus escolar?", pergunta o único amigo que eu tenho em todo o universo, que por acaso é dono do cachorro mais nobre do prédio.

Mamãe vê meu rosto molhado de lágrimas e parece que isso a deixa mais triste do que nunca, como se pedisse perdão, cheia de vergonha, mas sem forças para pronunciar uma só palavra. Eu me aproximo e dou um abraço nela com cuidado, para não machucá-la.

Seco as lágrimas e corro para pegar o ônibus. O sr. Levin sai na nossa varanda para ter certeza de que o motorista do ônibus me fez embarcar. Ao subir no ônibus e atravessar o corredor até o meu assento, as outras crianças podem ver que eu estava chorando. Eu me sento na última fila, e a garota de tranças que está na minha frente se vira para trás e me observa. Tenho certeza de que ela acha que me castigaram porque me comportei mal: não fiz a lição de casa ou não arrumei meu quarto ou não tomei o café da manhã ou não escovei os dentes antes de sair.

Não consigo me concentrar em nenhuma das minhas aulas. Por sorte, os professores não me aborrecem com perguntas que não sei responder. Não sabia se mamãe passaria alguns dias no hospital ou se eu teria de ficar na casa do sr. Levin por um tempo.

Ao voltar para casa depois da escola, meu amigo está na varanda outra vez. Acho que isso significa que mamãe está no hospital e que eu terei de encontrar outro lugar para ficar.

Desço do ônibus sem me despedir do motorista, e espero perto da entrada do nosso prédio alguns minutos, porque não quero entrar. Vejo os primeiros brotos verdes da parreira cobrindo a lateral do edifício.

Pego a correspondência, como todo dia, e subo as escadas correndo. Quando entro, Vadio corre até onde estou e começa a me lamber. Eu me sento no chão e faço carinho nele, tentando adiar o momento de entrar na sala. Quando finalmente entro, vejo o dr. Levin, agora com Vadio aos seus pés, e minha mãe na poltrona de couro, perto da porta aberta da varanda. Ambos sorriem. Mamãe se levanta e caminha em minha direção com passo firme.

"Foi só um susto", ela sussurra em meu ouvido, para que o sr. Levin não ouça. "Prometo que não vai acontecer outra vez, minha menina."

Fazia muito tempo que ela não me chamava de "minha menina".

Ela começa a acariciar o meu cabelo. Eu fecho os olhos e recosto a cabeça em seu peito, como fazia quando era pequena e não sabia o que tinha acontecido com papai; quando tinha esperanças de que ele entraria pela porta a qualquer momento. Respiro fundo e sinto o seu cheiro de roupa limpa e sabonete.

Eu a abraço e ficamos assim durante vários minutos. De repente, o cômodo parece enorme e eu me sinto tonta. *Não se mexa, continue assim um pouquinho mais. Abrace-me até eu me cansar, até não aguentar mais.* Vadio vem lamber meus pés e me arranca do meu devaneio, mas, quando abro os olhos, mamãe se levanta, sorrindo, com as bochechas coradas. Ela está bonita outra vez.

"A pressão baixou demais. Vão mudar os medicamentos e tudo vai ficar bem", diz o sr. Levin. Mamãe agradece a ele, se afasta e entra na cozinha.

"Agora, vamos jantar", ela anuncia, entrando numa zona desconhecida para ela, ao menos nos últimos anos.

A mesa está posta: guardanapos, pratos, talheres para três. Do forno vem um cheirinho de salmão com limão e alcaparras. Mamãe coloca a travessa na mesa e começamos a comer.

"Amanhã vamos a um laboratório fotográfico em Chelsea. Já telefonei e marquei um horário."

Era o que eu precisava ouvir para me esquecer do susto. De algum modo, me sinto culpada, pois sei que às vezes eu desejava que ela não acordasse, que não abrisse mais os olhos; só continuasse a dormir, livre de todo o sofrimento. Se pudesse, lhe pediria perdão. Mas agora vamos descobrir quem está nessas fotos. E sinto que mamãe está recuperando o controle ou pelo menos tem mais energia.

Eu acompanho o sr. Levin e o Vadio até o apartamento dele. No caminho, topamos com a vizinha encarquilhada que não suporta o cachorro mais nobre do edifício.

"Esse cachorro fedido que ele encontrou na rua...", ela diz aos outros vizinhos toda hora. "Deve estar cheio de pulgas!" Todos acham que ela é meio doida.

Mas ainda assim Vadio a cumprimenta ao vê-la. Ele não se importa que ela o rejeite. Ele tem falhas no pelo. Tem um olho caído. É um pouco surdo. Seu rabo é torto. É por isso que a velha o odeia. O sr. Levin o resgatou e fala com ele em francês.

"*Mon clochard*", ele o chama. Ele me disse que o cão pertencia a uma velha francesa que morava sozinha com ele e foi encontrada morta em La Touraine, um dos mais antigos edifícios de apartamentos em Morningside Drive.

De repente, lembrei que mamãe costumava dizer, nos tempos em que me contava histórias para dormir: "Moramos na parte francesa de Manhattan".

Quando o porteiro abriu a porta da senhora francesa, Vadio escapou e não conseguiram capturá-lo. Uma semana depois, em uma de suas caminhadas de manhã cedo, o sr. Levin viu o cachorro lutando para subir os degraus íngremes do Morningside Park e depois sentando-se aos seus pés.

"*Mon clochard*", ele chamou, e o cão pulou de alegria.

Vadio seguiu obedientemente o sr. Levin, um velho encorpado com espessas sobrancelhas grisalhas, de volta ao seu apartamento. Desde então, ele se tornou seu companheiro fiel. O dia em que apresentou Vadio para mim, ele disse muito sério: "No ano que vem, vou fazer 80 anos, e nessa idade a gente conta os minutos que ainda restam. Eu não quero que meu *clochard* passe outra vez pelo que passou da última vez. No momento em que arrombarem a minha porta para descobrir por que não atendo à porta, eu quero que o meu cãozinho saiba o caminho da sua casa".

"*Mon clochard*", eu digo para Vadio no meu sotaque americano, acariciando-o. Ainda que minha mãe nunca tenha me deixado ter um animal de estimação – além de peixes, que não duram mais que uma flor –, ela sabe que não pode negar que Vadio venha morar conosco, pois sempre estaremos em dívida com o meu único amigo.

"Anna, o sr. Levin vai viver muito tempo ainda, então não tenha muitas esperanças", ela me disse quando eu insisti que teria de cuidar do cão.

Para mim, o sr. Levin não parece nem velho nem jovem. Eu sei que ele não é forte, porque anda com muito cuidado, mas sua mente ainda é tão lúcida quanto a minha. Ele tem resposta para tudo e, quando olha bem dentro dos meus olhos, eu realmente tenho de prestar atenção.

Agora Vadio não quer me deixar e começa a choramingar.

"Vamos lá, seu cachorro mal-educado", o sr. Levin o conforta. "A senhorita Anna tem coisas mais importantes a fazer."

Quando ele se despede de mim diante da porta do seu apartamento, o sr. Levin toca seu mezuzá e eu reparo numa única fotografia antiga na parede, dele com os pais. Na época, ele era um jovem de boa aparência, com um sorriso no rosto e cabelos pretos e abundantes. Quem sabe o sr. Levin guarda algumas lembranças daqueles anos na sua aldeia, que na época pertencia à Polônia. Isso foi há muito tempo.

"Você é uma menininha com uma alma antiga", ele diz, pondo a mão pesada na minha cabeça e me dando um beijo na testa.

Eu não sei o que isso significa, mas tomo como um elogio.

Vou para o meu quarto, contar todos os acontecimentos do dia a papai, que está esperando no meu criado-mudo. Amanhã vamos revelar os negativos no laboratório. Conto a ele sobre o Vadio e o sr. Levin e sobre o jantar que mamãe fez. Só evitei mencionar o susto que passamos de manhã. Não quero preocupá-lo com essas coisas. Tudo vai ficar bem, eu sei disso.

Eu me sinto mais cansada do que nunca. Não consigo manter os olhos abertos. Acho impossível continuar falando ou apagar a luz. Estou cochilando quando ouço mamãe entrando no quarto e desligando o abajur. Os unicórnios param de girar e vão descansar, assim como eu. Mamãe me cobre com a coberta roxa e me dá um beijo demorado e suave.

Na manhã seguinte, um raio de sol me acorda; eu me esqueci de abaixar as persianas. Levanto assustada, e por alguns segundos me pergunto se foi tudo um sonho.

Ouço barulhos do lado de fora do quarto. Alguém está na sala ou na cozinha. Eu me visto bem depressa para descobrir logo o que está acontecendo. Nem penso em me pentear.

Na cozinha, mamãe está segurando sua xícara de café. Ela bebe lentamente, sorri e seus olhos castanhos se acendem. Está usando uma blusa lilás, calças azul-marinho e os sapatos que ela chama de "sapatilhas de bailarina". Ela se aproxima e me beija, e eu não sei por que, mas, quando a sinto perto de mim, fecho os olhos.

Começo a tomar meu café da manhã bem rápido.

"Vá com calma, Anna…"

Mas quero terminar o mais rápido possível. Quero descobrir quem são aquelas pessoas que estão nas fotos, porque acho que estamos muito perto de descobrir a família de papai. A história de um navio que pode ter afundado no meio do oceano.

Quando deixamos o apartamento, vejo mamãe se virar para trás com um breve gesto. Ela tranca a porta e fica lá por um instante como se tivesse mudado de ideia.

Ao chegarmos lá fora, minha mãe desce os seis degraus da escada que a separam de um mundo do qual ela se esqueceu, sem segurar no corrimão de ferro. Na calçada, pega na minha mão e me faz acelerar o passo. Parece que quer sorver todo o ar possível, mesmo que esteja um pouco frio, e sentir o sol da primavera em seu rosto. Ela sorri para as pessoas que encontra no caminho. Sente-se livre.

No laboratório fotográfico em Chelsea, tenho de ajudá-la a abrir as pesadas portas duplas de vidro. O homem atrás do balcão, que está esperando por nós, coloca um par de luvas brancas, espalha os rolos de negativos numa mesa iluminada e começa a examiná-los um a um através de uma lupa.

Recebemos um tesouro de Havana. Eu sou o detetive investigando um mistério prestes a ser desvendado. As imagens que vemos são invertidas: o preto fica branco; o branco, preto. Nossos fantasmas estão prestes a ganhar vida sob lâmpadas potentes e produtos químicos.

Fazemos uma pausa numa imagem em particular que está marcada com uma cruz branca. No canto, há uma inscrição borrada em alemão, que mamãe traduz para nós: "Tirada por Leo em 13 de maio de 1939". Há uma menina que se parece muito comigo olhando pela janela de algo que o homem grisalho acha ser a cabine de um navio.

Acho que mamãe fica um pouco preocupada quando me vê tão animada com os negativos. Ela acha que estou esperando que eles forneçam respostas demais e que vou ficar decepcionada. Agora vamos ter que descobrir de onde eles vêm, quais dos parentes de papai aparecem nas fotos e o que aconteceu com eles. Sabemos pelo menos que um deles foi para Cuba. Mas e os outros?

Papai nasceu no final de 1959, mas esses negativos têm mais de setenta anos, então estamos falando da época em que meus bisavós chegaram a Havana. É possível que meu avô também esteja entre eles, ainda bebê. A mamãe acha que são fotos da Europa e da travessia por mar, quando estavam fugindo da guerra que se aproximava.

"Seu pai era um homem de poucas palavras", ela diz novamente.

No táxi de volta para casa, ela pega minha mão para que eu lhe dê toda a atenção. Eu sei que há outra notícia que ela quer me contar, algo que não contou para ninguém todos esses anos. Ela ainda acha que sou nova demais para entender o que aconteceu com a minha família. *Sou forte, mamãe. Você pode me contar qualquer coisa. Eu não gosto de segredos. E me parece que esta família está cheia deles.*

Teria sido mais fácil se ela tivesse simplesmente me contado que perdi meu pai antes do dia em que entrei no jardim de infância, em Fieldston. Mas mamãe sempre insistiu em dizer a mesma coisa: "Seu pai foi embora um dia e não voltou mais". Isso foi tudo.

"Acho que é hora de você saber uma coisa. Por parte de pai, você é alemã também", ela diz com um leve sorriso, como se estivesse se desculpando.

Eu não respondo. Não reajo.

Quando o táxi entra na West Side Highway, eu abro a janela. A brisa fria do rio Hudson e o barulho do tráfego não deixam que a minha mãe continue. Não consigo parar de pensar no que ela acabou de me dizer.

Quando chegamos em casa, minhas bochechas estão vermelhas e congeladas. Nós topamos com o sr. Levin e Vadio; depois do passeio, muitas vezes, eles se sentam para descansar na escadaria da frente.

"Posso ficar aqui um tempinho?", pergunto à mamãe, que sorri em resposta.

"Quando as fotos ficarão prontas?", o sr. Levin quer saber, mas Vadio já está em cima de mim, me fazendo tantas cócegas que não consigo responder. Vadio é um cão malcomportado, mas muito divertido.

Assim que chego ao apartamento, vou direto para o meu quarto. Na frente do espelho, tento descobrir os traços alemães que devo ter herdado de um pai que até agora achei que era cubano. O que vejo no espelho? Uma garota alemã. Não sou uma Rosen?

Quando pergunto a ela mais tarde, mamãe me diz que a família Rosen deixou a Alemanha em 1939 e passou a morar em Havana. E o que mais?

"Isso é tudo que eu sei, Anna", diz ela. Em vez de ir para a cama, ela se senta em sua poltrona para ler.

Não sei por que aprendi espanhol. Alemão teria sido melhor. Eu tenho alemão no meu sangue, não é?

A garota alemã.

Hannah
Berlim, 1939

O jantar está servido. A sala de jantar se tornou a nossa prisão, com seus painéis de madeira escura que ninguém encera mais. O teto, com suas pesadas molduras quadradas, parece que vai cair em nossa cabeça a qualquer momento.

Não temos empregados na casa agora, todos nos deixaram. Até Eva, que me viu nascer. Não é seguro para ela, e ela não quer nos ver sofrer. Embora eu pense que, na verdade, ela tenha nos abandonado porque não quer ser obrigada a nos delatar.

Sem que ninguém saiba, porém, Eva não deixa de nos visitar, e Mama continua lhe pagando como se ela ainda fosse nossa empregada.

"Ela faz parte da família", Mama explica a Papa sempre que ele a adverte de que temos de diminuir os gastos ou vamos ficar sem um centavo em Berlim.

Às vezes, Eva nos traz pão ou cozinha na casa dela e traz a comida numa enorme travessa para requentarmos. Ela tem uma chave e costumava entrar pela porta da frente. Agora tem de usar a entrada de serviço, para que *Frau* Hofmeister não consiga vê-la da janela.

Aquela mulher está sempre bisbilhotando; ela é a polícia do prédio. Posso sentir seus olhos em minha nuca. Sempre que vou para a rua, seu olhar me segue e me pesa nas costas. Ela é uma sanguessuga que daria qualquer coisa para pôr as mãos num dos vestidos de Mama, para entrar em nosso apartamento e levar as joias, as bolsas e os sapatos feitos à mão, que nunca caberiam em seus pés rechonchudos.

"O dinheiro não compra bom gosto", sentencia mamãe.

Frau Hofmeister gasta uma fortuna em vestidos, mas nela eles sempre parecem emprestados.

Eu não consigo entender por que mamãe costuma se vestir e se maquiar como se estivesse saindo para uma festa. Ela usa até cílios postiços, que lhe dão um olhar ainda mais sonhador. E tem grandes pálpebras, "ideais para a maquiagem", comentavam as amigas. Mas ela aplica só um pouco de cor na pele. Tons de rosa, branco e preto e um pouco de cinza ao redor dos olhos. Batom apenas em ocasiões especiais.

Nossa sala de jantar fica maior a cada dia. Eu desabo na minha cadeira e olho para os meus pais a distância. Não consigo ver seus rostos; suas feições estão desfocadas. A única luz vem da lâmpada pendurada sobre a mesa, que dá aos pratos brancos de porcelana um pálido tom alaranjado.

Estamos sentados a uma mesa retangular de mogno com pernas resistentes. Ao lado do prato de Papa, vejo uma edição de *Das Deutsche Mädel – A Garota Alemã*: a revista de propaganda da Liga das Meninas

Alemãs. Todas as minhas amigas – ou melhor, minhas colegas de classe – assinam a revista, mas Papa não me permitiu trazer uma cópia desse "lixo impresso" para casa. Não consigo entender por que ele tem uma ao lado dele agora. Será que podemos começar a comer? Ambos parecem preocupados, de cabeça baixa. Parece que temem falar comigo. Levam silenciosamente a colher de sopa até a boca em sincronia e engolem com dificuldade. Nenhum deles olha para mim. O que eu fiz? Papa faz uma pausa e levanta os olhos. Agora ele está olhando para mim. Vira a revista e empurra-a em minha direção com uma raiva reprimida.

Eu não posso acreditar. O que vai acontecer comigo agora? Leo vai me odiar! Vou ter de abrir mão de nossos encontros diários ao meio-dia, no café de *Frau* Falkenhorst. Ninguém mais vai beber chocolate quente comigo. *O garoto padeiro tinha razão, Leo. Você devia ter me deixado lá. Não venha mais me procurar.*

Na capa da revista para meninas puras – as mesmas que não têm manchas herdadas de seus quatro avós, com narizes finos e pequenos, pele branca como a neve, cabelos loiros e olhos mais azuis que o próprio céu, onde não há espaço para qualquer imperfeição –, lá estou eu, sorrindo, os olhos fixos no futuro. Eu me tornei a "garota alemã" do mês.

A sala de jantar parece vazia. Nem o barulho das colheres mergulhando nas miseráveis tigelas de sopa pode ser ouvido. Ninguém fala comigo. Ninguém me censura.

"Não foi minha culpa, Papa! Acredite em mim!"

O fotógrafo que pensávamos que era um informante se revelou um Ogro que trabalha para a *Das Deutsche Mädel*. Ele descobriu minha mácula, embora naquele dia eu tivesse me esfregado com tanta força que minha pele até descascou, e foi por isso que ele me fotografou.

"Como ele pode ter se confundido?", perguntei, mas ninguém respondeu.

"Você está suja, Hannah. Não quero ver você assim à mesa", diz Mama. É a primeira vez que ouço alguém me chamar de suja como se fosse uma carícia. Sim, estou, e quero que o mundo saiba que eu não me importo de estar suja, manchada, amarrotada. Quero dizer isso aos meus pais, mas não posso, porque, no final, todos estamos sujos. Ninguém se salva. Nem mesmo a inteligente e altiva Alma Strauss, que agora é apenas mais uma Rosenthal, tão suja quanto os indesejáveis que vivem espremidos nos quartos do bairro de Spandauer Vorstadt. Nem mesmo Papa, o eminente professor Max Rosenthal, que agora anda de um lado para o outro cheio de tristeza, olhando para o chão.

Saio da mesa e vou trocar de roupa para agradar a minha mãe. Coloco um vestido branco de mangas curtas, perfeitamente passado. *É o que você gosta, Mama? Vou usar este vestido no dia em que tivermos de deixar tudo para trás.* Eu não posso me mexer. Se fizer isso, o vestido pode estragar. Se eu me sentar, ele amassa. Mesmo uma única lágrima pode manchá-lo. E eu ensaboo tanto as mãos que elas ainda cheiram a sulfato quando volto para a mesa de jantar. Enquanto tomo mais uma colher de sopa, mamãe me olha de cima a baixo, mas sem demonstrar contrariedade.

Papa suspira. Pega a revista e guarda-a na pasta.

"Talvez seu rosto na capa da revista seja útil um dia", diz com resignação. "O estrago já está feito."

"Podemos comer em paz agora?", pergunta Mama.

Agora ouço o tilintar delicado das colheres raspando na porcelana Meissen que mamãe começou a usar desde o dia em que percebeu que logo teria de se desfazer dela, deixando que passasse para as mãos de uma vulgar família berlinense.

"Porcelana que esteve na família Strauss por mais de três gerações", suspira, tomando outra colher de sopa.

Não toco no meu prato. Acho que, se eu quebrar alguma coisa, eles vão colocar a "garota alemã" num trem para só Deus sabe onde. E ai de mim se fizer algum barulho tomando a sopa rala e sem gosto, com apenas um par de batatas e uma fatia mal cortada de cebola roxa flutuando no caldo. Eles me mandariam direto para a cama com o estômago vazio.

"Madagascar", diz papai. Eu não tenho ideia do que ele está falando.

Mama leva outra colher de sopa fria até a boca e se força a engolir. Silêncio. Espero que Papa continue. Madagascar.

"Em que continente fica Madagascar? África? Vamos tão longe assim?", pergunto, mas eles me ignoram.

A Deusa deixa escapar uma lágrima, apesar do esforço para contê-la. Secando-a rapidamente no guardanapo de renda branca, ela sorri e acaricia a minha mão para tentar mostrar que a lágrima não significa nada para ela. A tristeza passou. Nós temos que emigrar: é nossa única saída.

"Quanto mais longe formos, melhor", diz ela, confirmando sua aprovação com outra colher de sopa. Leva as mãos branquíssimas ao pescoço e o acaricia com um ar aristocrático.

"Etiópia, Alasca, Rússia, Cuba", Papa continua enumerando nossos destinos.

Mamãe olha para mim, sorri e começa um discurso que parece não ter fim.

"Não chore, Hannah. Vamos para onde for preciso. Conhecemos várias línguas. E, se for necessário, aprenderemos outras. Somos diferentes, mesmo que queiram nos tratar como todo o resto. Vamos recomeçar do zero. Se não pudermos ter uma casa em frente a um parque ou um rio, teremos uma à beira-mar. Vamos aproveitar os nossos últimos dias em Berlim."

Ela está tão serena que me assusta. Fala sublinhando cada palavra, estendendo as vogais como se recitasse uma ladainha. Faz uma pausa para respirar e depois continua. Sinto que ela de repente pode irromper em lágrimas, culpar Papa, amaldiçoar sua existência terrível, seu passado, sua herança.

Ela parece tão frágil que tenho certeza de que não conseguiria sobreviver a uma viagem para Madagascar. Nem mesmo a um simples passeio ao Hotel Adlon; ou para ver o Portão de Brandemburgo pela última vez; ou para nos despedir do Siegessäule, o monumento às vítimas na Grande Guerra que costumávamos visitar nas tardes de outono.

"Podemos ir ao Adlon, Hannah. Temos de dizer adeus a Monsieur Fourneau, que sempre foi tão gentil conosco. E a Louis, claro."

Fico com água na boca só de pensar nos bombons que Monsieur Fourneau nos servia. Lembro-me de como ele desdobrava o guardanapo para mim e do seu nariz pontudo que chegava tão perto do meu rosto que eu podia sentir sua respiração.

Louis é o filho do dono, que agora assumiu a direção do hotel. Ele ficava encantado com Mama e com o ar distinto que ela dava ao hotel. Costumava se sentar conosco e nos dizer quais eram as celebridades da alta sociedade alemã, e mesmo de Hollywood, que estavam hospedadas no hotel naquele momento.

Mamãe acha difícil aceitar o fato de que já não é mais bem-vinda ao hotel que ela considerava seu. Ela gostava de se vangloriar de que aquele lugar era o símbolo da modernidade alemã, o símbolo da elegância: uma fachada sóbria, porém, com imensas colunas de mármore por dentro e uma fonte com uma escultura de elefantes pretos.

Os pais dela tinham até sido convidados para a inauguração em 1907. Naquele dia, o vovô deu de presente à vovó a Lágrima – uma pérola imperfeita –, sua joia favorita, que um dia seria minha, como mamãe costumava me lembrar todos os anos. Quando ela fez 12 anos, a Lágrima passou para ela, que a usa apenas em ocasiões muito especiais.

Agora, no entanto, Louis hospeda os Ogros. São eles que dão categoria ao hotel, que representa a alta sociedade e o poder, e não uma simples herdeira que se considera mais misteriosa que Greta Garbo, casada com um reles professor. Nós somos agora os impuros, pessoas que estragariam a reputação de uma instituição tão lendária.

Uma vez, quando os enormes tapetes persas da nossa casa estavam sendo lavados, ficamos hospedados no hotel, em dois quartos com vista para o Portão de Brandemburgo. Meu quarto era enorme e conjugado com o dos meus pais. De manhã, eu afastava as cortinas de veludo vermelho e abria as janelas para deixar entrar os ruídos da cidade. Adorava ver as pessoas correndo atrás dos bondes, no tráfego caótico da Unter den Linden, uma das avenidas mais bonitas da cidade. O ar frio de Berlim tinha aroma de tulipas, algodão-doce e açúcar de anis dos *Pfeffernüsse* recém-saídos do forno.

Eu desaparecia entre as almofadas de penas e os branquíssimos lençóis que eram trocados duas vezes por dia. Eles me traziam café da manhã na cama, e as camareiras me cumprimentavam com *"Guten Morgen Prinzessin Hannah"*[3]. Nós nos vestíamos elegantemente para almoçar, trocávamos de roupa para o chá e usávamos um terceiro traje à noite.

"Sim, os bombons de Louis, com recheio de cereja!", digo cheia de entusiasmo, com uma expressão brincalhona de ganância infantil para diverti-la.

Eu olho para Mama com atenção: seus movimentos lentos, o esforço para levar uma simples colher à boca. Eu queria que ela me olhasse, que percebesse que eu existo. Vou para o meu quarto sozinha. *Mama,*

---

[3]   Bom dia, princesa Hannah. (N.T.)

por favor, volte a ler para mim aquelas narrativas históricas e românticas do século passado. Conte-me sobre Madame Bovary, a mulher entediada e sedenta de amor. Você quase chegou a me dar o nome de Emma em homenagem a ela, mas papai não deixou. Dessas histórias de traições, só me lembro de Emma tomando colheres de vinagre para que o marido pensasse que ela estava doente e abatida. Um dia, me levantei cedo; estava muito triste, mas nem você nem Eva perceberam. Fui para a cozinha e bebi vinagre, para que meu rosto refletisse o que eu sentia. Também queria ter um lenço de algodão com gotas de vinagre como o de Emma, para o caso de alguém desmaiar. No entanto, em nossa família, a única pessoa que desmaia sou eu. Basta eu ver uma gota de sangue.

Vamos praticar o espanhol com as novelas de cavalaria de Quixotes e Sanchos. Vamos encenar Romeu e Julieta no inglês difícil que você domina perfeitamente. Vamos voltar a ser a família de antes. Prometa-me, Mama. Não espere agora que eu seja a menininha inteligente que sabe se comportar e falar sobre literatura e geografia nos salões de chá. Não. Quero ser com você uma menina levada, que corre, grita, pula e chora. Quero fazer birra como as crianças da minha idade. "Não quero ir! Não quero sair do meu quarto! Vão vocês e me deixem aqui com Eva!"

Vou para a cama com a boneca de vestido de tafetá vermelho que ganhei de Mama no ano passado e detestei. Brinco de ser uma garotinha outra vez e culpo os meus pais por tudo, mas lá no fundo eu sei que o meu destino não está em minhas mãos ou nas mãos deles; eles estão simplesmente tentando sobreviver numa cidade que está sendo aos poucos destruída.

Ouço uma batida na porta. Escondo-me embaixo das cobertas, mas posso perceber alguém entrando e sentando na cama ao meu lado. É Papa, me olhando com piedade.

"Minha menininha, a garota alemã", ele diz, e eu deixo que o homem que mais amo no mundo me faça um carinho. "Vamos morar nos

Estados Unidos, em Nova York, mas ainda estamos na lista de espera para que nos deixem entrar. É por isso que temos de ir para outro país primeiro. É provisório, eu prometo."

A voz de Papa me acalma. Seu calor me invade, seu hálito me envolve. Se ele continuar falando comigo nessa cadência, eu caio no sono.

"Nosso apartamento na cidade dos arranha-céus já está esperando por nós, Hannah. Vamos morar num edifício que tem o nome de uma montanha, o Mont Cenis, numa rua chamada Morningside Drive. Ele é coberto de trepadeiras. Da sala de estar, dá para ver o sol nascendo toda manhã."

Está na hora de você me mandar ir dormir, Papa. Não quero saber dos seus sonhos. Quero que você cante uma música de ninar, como fazia quando eu era pequena e eu costumava cair no sono em seus braços, os mais fortes do mundo. Sou outra vez uma menina obediente e educada, que não interrompe os mais velhos. Uma menina que não quer se separar de você e o abraça até que o sono a vença.

Vou ser um bebê outra vez. Vou despertar e pensar que tudo não passou de um pesadelo, que nada mudou.

Papai não sofre porque vamos perder o que é nosso por direito ou porque temos de deixar Berlim e viajar para o fim do mundo. Ele tem uma profissão. Pode começar do zero sem um centavo no bolso; está no seu sangue. Ele sofre por Mama, porque para ela é como se cada dia tivesse o peso de um ano.

Eu não acho que ela vá conseguir viver fora da nossa casa, sem as suas joias, os seus vestidos, os seus perfumes. Ela vai enlouquecer. Tenho certeza. Sua vida está se esvaindo aos poucos, entre as paredes da casa que é dela há gerações. O único lugar em que gosta de viver, onde estão as fotografias dos parentes, onde ela guarda a Cruz de Ferro que o avô ganhou na Grande Guerra.

Papa vai sentir mais falta de seu gramofone e dos discos. Vai ter de se despedir para sempre de Brahms, Mozart e Chopin. O bom da música, como ele sempre diz, é que você pode levá-la junto a você, na sua cabeça. Ninguém pode roubá-la.

E eu, do que já começo a sentir falta são as tardes que passo com papai em seu escritório, descobrindo países nos mapas antigos, ouvindo os relatos de suas viagens pela Índia ou de quando subiu o Nilo, e imaginando uma excursão que faríamos juntos à Antártica ou um safári na África.

"Algum dia, nós iremos", ele tenta me consolar.

Não se esqueça de mim, Papa. Quero voltar a ser sua aluna outra vez, aprender a geografia dos continentes longínquos. E sonhar, simplesmente sonhar.

Anna
Nova York, 2014

Eu fecho os olhos e estou no convés de um enorme navio, navegando sem rumo. Abro os olhos e sou ofuscada pelo sol. Sou a menina do navio, com o cabelo curto, sozinha no meio do oceano. Acordo, mas ainda não sei quem sou: Hannah ou Anna. Sinto como se fôssemos a mesma garota.

Sobre a mesa de madeira da sala de jantar, mamãe espalha as fotos em preto e branco que nos chegaram de uma ilha que fica lá longe no mapa, no mar do Caribe.

Na parede branca do corredor, ao lado da estante de madeira, está pendurada a fotografia ampliada da menina na escotilha da cabine. Ela não está olhando para a costa, para a água ou para o horizonte. Ela parece estar esperando algo. Não dá para dizer se estão entrando no porto ou se ainda estão em alto-mar. Sua cabeça está apoiada na mão, como se ela estivesse resignada. Seu cabelo está dividido de lado, e o corte revela seu rosto redondo e o pescoço delicado. Ela parece ter cabelo loiro, mas a fotografia está tão desbotada que é difícil distinguir a cor dos olhos ou saber se realmente se parece comigo.

"Olhe o perfil, Anna, o perfil", diz mamãe com um sorriso. Ela também é fascinada por essas fotografias, especialmente a da menina.

Eu encontro a revista com as páginas frágeis e as fotos desbotadas e gastas, e verifico novamente se é a mesma garota do navio. Folheio-a, mas não encontro referência alguma a qualquer travessia transatlântica. Ninguém pode resolver esse mistério. Mamãe entende um pouco de alemão, mas não olha muito para a revista porque está mais interessada nas fotografias que nos devolveram. Ela começa a classificá-las por tema: retratos de família, em ambientes fechados, a cidade, as tiradas a bordo do navio. No canto da mesa ela deixa as que mostram o mesmo menino.

Não consigo acreditar que uma carta de Cuba tenha conseguido tirar a minha mãe da cama. Ela é outra mulher! Mas ainda não tenho certeza de que isso se deva ao envelope ou ao susto do dia anterior. Pela primeira vez sinto que ela está prestando atenção em mim, se dando conta da minha presença. Dá para ver quanto está concentrada nessas imagens de uma família fugindo para outro continente às vésperas de uma guerra anunciada.

"É como ver um filme de Berlim dos anos vinte ou trinta, um mundo que estava prestes a ruir. Não resta muito daqueles dias, Anna", ela diz depois de examinar as fotos.

Ajeita o cabelo atrás da orelha, como costuma fazer. Também começou a usar um pouco de *blush*. Com sorte, neste fim de semana, vai me deixar maquiá-la e brincar com a maquiagem como costumávamos fazer antes de eu começar a ir à escola e ela não passar o dia na cama.

É hora de fazer a lição de casa, mas prefiro ficar com mamãe à mesa. Mais alguns minutos e depois, sim, vou para a cozinha e faço um pouco de chá.

As janelas das lojas quebradas, a Estrela de Davi, cacos de vidro por toda parte, grafites nas paredes, poças de lama, um homem fugindo da câmera, um velho triste carregando livros, uma mulher com um carrinho de bebê enorme, outra usando um chapéu que voa e cai numa poça que mais parece um espelho, um casal de namorados num parque, homens usando chapéu e trajando preto. Eles parecem uniformizados. Todos os homens com a cabeça coberta. Bondes lotados. E mais vidro... O fotógrafo está obcecado pelos cacos de vidro no chão. Parecem cristais.

Mamãe também trouxe para casa um CD com as fotos digitalizadas, para que eu possa imprimir como quiser, recortá-las, deixá-las maiores. Há muito a descobrir.

Depois que o chá fica pronto, chego perto dela. Aproveito o momento e fecho os olhos, respiro fundo para sentir o aroma de seu sabonete. Observo a foto que ela tem na mão, de um belo edifício com o telhado destruído pelo fogo. Olho suas unhas curtas, bem-feitas, os dedos sem anéis – nem mesmo a aliança de casamento – e os acaricio. Ela recosta a cabeça na minha. Estamos juntas novamente.

"Esta foi a noite mais horrível, 9 de novembro de 1938. Ninguém esperava", mamãe fala com emoção.

Enquanto a ouço contar o terrível drama, não consigo me sentir triste, porque estou feliz por tê-la comigo. Tenho medo de que essa tristeza possa mandá-la de volta para a cama. Melhor deixar de lado as fotos até que ela se recupere completamente.

Mas ela continua.

"Quebraram as janelas de todas as lojas. Talvez uma daquelas lojas em ruínas pertencesse aos seus bisavós. Quem sabe? Na *Kristallnacht*, a chamada Noite dos Cristais por causa dos cacos de vidro no chão, incendiaram todas as sinagogas. Apenas uma ficou em pé, Anna."

"Eles levaram os homens, famílias foram separadas. Todas as mulheres foram obrigadas a acrescentar o nome de Sarah, e os homens, de Israel, ao próprio nome", ela continua sem fazer pausas. "Algumas pessoas conseguiram escapar, outras foram exterminadas nas câmaras de gás."

Um filme de terror. Não posso imaginar nós duas sozinhas nessa cidade, naquela época. Não sei se mamãe teria sobrevivido. Berlim era um inferno para pessoas como nós. Elas perderam tudo.

"Deixaram para trás suas casas, suas vidas. Muito poucos sobreviveram. Viviam escondidos em porões. Fugir do país era a única alternativa. Os judeus eram agredidos na rua, detidos, encarcerados e desapareciam para sempre. Alguns preferiram mandar os filhos para outros países, para que fossem educados numa cultura diferente, em outra religião, por famílias que nem conheciam."

Eu fecho os olhos e respiro fundo. Vejo papai em Berlim, Havana, Nova York. Sou alemã. Essa é a minha família, forçada a adotar o nome de Sarah e Israel, e cujo negócio destruíram. A família que fugiu do país, que sobreviveu. É daí que venho.

Mamãe acha que as fotos mais tristes são as feitas em ambientes fechados, mas estas mostram um homem e uma mulher bem-vestidos, em grandes salões que mais parecem palácios. A mulher é alta e elegante, usa um vestido justo na cintura e um chapéu largo e está em frente a uma janela. O homem usa terno e gravata e está sentado perto de um antigo gramofone que tem a boca em forma de uma flor gigante. Outra foto mostra os dois vestidos para uma ocasião especial. Ele está de fraque e ela usa um vestido longo de seda branco.

"Só Deus sabe se foram separados ou se tiveram chance de morrer juntos", mamãe continua comovida.

Minhas fotos favoritas são as do menino de grandes olhos castanhos. Nelas, ele corre, salta, escala uma janela ou trepa num poste de luz, ou aparece deitado na grama. Sim, é sempre ele em todas as fotos. Sempre sorrindo.

Eu me levanto e me detenho em frente à imagem ampliada. A garota do navio é a mesma estampada na capa da revista da Liga das Meninas Alemãs. Acho que no final de semana vou cortar o cabelo como o dela.

"É Hannah, a tia que criou o seu pai", ouço mamãe falar, em pé atrás de mim. Ela me abraça e me dá um beijo. "Você se chama Anna por causa dela."

⚮

Eu quero escapar dessa armadilha, mas não consigo. Não tenho ideia de onde estou e tento abrir os olhos, mas minhas pálpebras estão coladas. Ar! Preciso de ar! Este é outro pesadelo ou estou acordada? O peso dos meus braços me arrasta para o fundo. Não consigo sentir as pernas, elas estão congelando. Todas as minhas forças se foram e, quando meus pulmões estão no limite, perco a consciência e flutuo para Deus sabe onde. Levanto a cabeça e meu nariz aparece... na superfície? Eu me endireito, viro a cabeça para a esquerda e para a direita, tento descobrir onde estou, enquanto o vento bate com força contra o meu rosto.

Meu rosto está molhado. Minha pele queima. Minha cabeça está tão quente que parece girar; o frio que sinto no corpo me paralisa. Respiro com desespero e engulo ar e água salgada aos borbotões. Acho que estou me afogando e tusso sem controle até minha garganta começar a arranhar. Abro os olhos.

Estou flutuando sem rumo.

Vejo o reflexo do meu rosto na superfície da água. Eu sou a menina do navio.

Não sei como cheguei aqui, mas agora tenho que ver como volto, se é que é possível. Minhas pupilas estão dilatadas, meus olhos, cheios de água salgada. Começo a movimentar os braços para manter a cabeça fora da água; volto a sentir as pernas. Estou acordada e viva. Acho que posso tentar nadar.

Esfrego os olhos e vejo que as palmas das minhas mãos estão enrugadas. Quem sabe quanto tempo estou nesta água fria? Será que estou numa praia? Não! Estou flutuando no meio de um oceano azul-escuro.

"Mãe!" Por que estou gritando, se estou sozinha? "Mãe!"

Não adianta usar o pouco de energia que ainda me resta. *Nade quanto puder! Você é forte. Nade em direção à praia, aproveite cada impulso do vento, uma onda, a corrente.*

A luz me ofusca. Eu tenho que manter os olhos fechados. Estou com sede, mas não quero beber água salgada. Agora tenho feridas ainda mais profundas, e a água salgada infiltra-se nelas. Meu corpo inteiro arde.

Tenho que nadar até o infinito. Para longe do sol. Posso ver a praia. Sim, posso distinguir a cidade! Vejo árvores, areia branca. Não, não é uma cidade. É uma ilha.

Dou braçadas curtas. O vento está contra mim. As ondas estão contra mim. O sol está contra mim. A luz brilhante me cega.

Para a costa! Essa é a sua meta. Você pode. Claro que posso. Mas quero dormir.

Não! Acorde e continue. Você não pode parar! Eu me deixo levar e fico dando voltas a esmo.

Papai está esperando por mim. Esta é a ilha a que ele chegou no dia em que desapareceu; aqui, encontrou refúgio. Talvez tenha fugido num avião; talvez tenha ocorrido um acidente e ele tenha caído no mar. Como eu, nadou e nadou até alcançar a terra.

É por isso que estou encalhada aqui, porque sei que você está lá e está olhando por mim. Eu vim para ser sua Sexta-Feira, pai. Essa é a única coisa que me mantém flutuando: pensar que vou encontrar você. Nós vamos ficar juntos como dois Robinsons Crusoe naquela ilha deserta, e você me protegerá dos canibais, dos piratas, dos furacões.

Com o passar dos anos, depois de sobreviver a tempestades, terremotos, erupções, vulcões, secas e ataques de animais, seremos finalmente resgatados e viajaremos juntos para terra firme, para um continente. Mama estará lá esperando por nós. Porque ela precisa de você, Papa, tanto quanto eu.

Agora não estou mais na água. Meu corpo está deitado na areia quente que gruda na minha pele queimada. O sol me deixa desorientada. Abro os olhos e vejo você. É você?

Eu sabia que você não me abandonaria. Que um dia você viria me buscar. Que encontraríamos uma terra distante, em outro continente, numa ilha perdida no meio do oceano. Que eu seria a sua garota. Sua única filha, de quem você vai cuidar para sempre.

"Anna!", alguém grita.

Eu me levanto bruscamente. É mamãe. Estou molhada de suor, na minha própria cama, no meu quarto. Esta é a minha ilha. Procuro papai no criado-mudo e lá está ele, olhando para mim com aquele meio sorriso, ao lado do cartão-postal do navio que recebi de sua tia.

Mamãe me abraça, e eu começo a chorar. Sou sua garotinha novamente, e caio em seus braços para que ela possa me acalmar, me acariciar. Ela começa a cantarolar. Mal posso acreditar: é uma canção de ninar! Fecho os olhos e ouço sua voz suave sussurrando em meu ouvido: *"Bye lulu-baby, bye lulu-baby, bye lulu-baby, bye lullaby"*.

Sou seu bebê outra vez. Eu escondo o rosto nela, puxo-a para mim e ouço sua voz novamente. Sim, mamãe costumava me cantar essa canção de ninar quando eu era pequena e tinha pesadelos. *Não pare de cantar, mamãe.* Nós duas ainda estamos aqui, esperando o dia em que receberemos a surpreendente notícia de que papai está vivo numa ilha distante, que foi resgatado e está voltando para nós.

"O que vamos fazer no seu aniversário?" Ela para de cantar e eu abro meus olhos.

Não me lembro de ter uma festa que não fosse só nós duas, com um *cupcake* de chocolate e uma vela cor-de-rosa. A maioria das minhas amigas de Fieldston mora fora da cidade, então normalmente só nos encontramos durante as aulas.

Eu não me interesso mesmo por festas. Quero algo melhor: uma viagem. Sim, vamos atravessar o Golfo do México. Vamos conquistar as ondas do Caribe, vislumbrar a costa de uma ilha cheia de palmeiras e coqueiros, com muito sol. Chegaremos a um porto onde seremos cumprimentados com flores e balões, e haverá música. As pessoas estarão dançando e abrirão caminho para nos dar passagem até a terra prometida.

"Cuba! Vamos para Cuba!"

O rosto de mamãe se contrai. Ela entreabre os lábios e um brilho começa a iluminar seus olhos. Eu quero dizer a ela, "Mãe, nós não estamos sozinhas", mas não tenho coragem.

"Poderíamos encontrar a família do papai e a tia que o criou", digo, e de início ela não reage.

Com sorte, a tia dele cuidará de mim se acontecer alguma coisa com mamãe. Talvez eu até encontre outros tios e algumas tias ou alguns primos que cuidem de mim até que eu tenha idade suficiente para decidir por mim mesma sem que a assistente social me obrigue a viver com uma família que não conheço.

Agora tenho um objetivo: descobrir quem foi de fato meu pai.

"Por que não vamos para Cuba?", eu insisto.

Mamãe ainda não diz nada. Ela sorri e me abraça:

"Amanhã conversaremos com sua tia Hannah."

Hannah
Berlim, 1939

Chego cedo para o nosso encontro no café de *Frau* Falkenhorst. Não vejo Leo em lugar algum, então começo a perambular pela estação do Hackescher Markt. Está cheia de soldados. Vejo ainda mais pessoas do que de costume. Algo está acontecendo e Leo não está aqui comigo. Mais bandeiras. Só vejo em toda parte o vermelho e o preto. Um tormento. As ruas estão lotadas de bandeiras, homens e mulheres, os braços levantados para o céu.

Pelos alto-falantes, uma voz cheia de animação fala sobre um aniversário, a celebração de um homem que está mudando o destino dos alemães. O homem que devemos seguir, admirar, adorar. O homem mais puro de um país onde, muito em breve, apenas pessoas puras como ele vão viver. Os alto-falantes tornam impossível ouvir os anúncios das saídas e chegadas dos trens. Um enorme cartaz agradece ao Ogro maior da Alemanha em que vivemos: "*Wir danken dir*". Então uma cantata de Bach começa a ecoar na estação: "*Wir danken dir, Gott, wir danken dir*". "Nós te agradecemos, Deus, nós agradecemos." Então agora o Ogro é Deus. É dia 20 de abril.

Meu vestido verde se confunde com as paredes de azulejo da estação. Eu me sinto um camaleão. Quando me vê, Leo solta uma gargalhada. Corro até a saída que dá no café, na direção dele.

"O que a garota alemã da Französische Strasse tem a dizer?", ele ri com uma ironia que faz seus olhos parecerem ainda mais travessos do que de costume. "Vamos para Cuba! E você vai ver que essa revista abrirá as portas para você. A garota alemã está aqui!", ele grita e ri.

Cuba. Um novo destino. Leo é capaz de descobrir tudo. Ele tem certeza de que é Cuba. Começa a chover, então corremos para a loja de departamentos Hermann Tietz, que já não se chama assim porque é um nome muito impuro. Agora eles a chamam de Hertie, para não ofender ninguém. Apesar da chuva e da hora, todos os andares parecem vazios.

"Para onde foi todo mundo?"

Encontramos as escadas centrais e corremos para cima. Topamos com algumas mulheres que olham para nós como se estivessem se perguntando onde está o adulto que nos acompanha. Passamos pelo andar dos tapetes persas e chegamos ao último andar, sob o telhado de vidro, onde podemos ver a chuva caindo.

"Cuba? Onde é Cuba? Na África ou no oceano Índico? É uma ilha? Como se soletra?", eu pergunto enquanto sigo Leo, sem fôlego, desejando poder me sentar e parar de me desviar das mulheres carregando sacolas de compras.

"C-u-b-a", Leo soletra. "Eles estão falando sobre comprar as passagens de navio. Seu pai vai nos ajudar com as nossas."

É uma ilha. Não há nenhum outro lugar para onde possamos ir. Que seja bem longe dos Ogros. Quanto mais distante, melhor.

"A chuva está mais fraca, vamos!", Leo desce as escadas sem me dar tempo de recuperar o fôlego. Céus, aonde ele quer ir agora?

Saímos para a praça principal salpicada de poças. Vamos esperar o bonde, e Leo se agacha e começa a desenhar na lama: uma ilha redonda, muito pequena, ao lado de outro desenho que ele diz que é a África. Ele fez um mapa de água e lama. Então desenha uma cidade ao lado de outra poça.

"Aqui é onde estará nossa casa, perto da praia." Ele pega minha mão e eu sinto a dele suja e molhada. "Vamos para Cuba, Hannah!"

A expressão do rosto dele desmorona quando ele percebe que não conseguiu me deixar tão entusiasmada quanto ele próprio.

"O que vamos fazer nessa ilha?" É a única coisa que me ocorre perguntar, embora eu saiba que não vou conseguir uma resposta.

A possibilidade de partirmos é cada vez mais real; isso me deixa nervosa. Até agora, temos conseguido driblar os Ogros e as crises de Mama. Só de saber que logo vamos partir minhas mãos começam a tremer.

De repente, Leo começa a falar de casamento, ter filhos, viver juntos, mas ele nem me falou que estávamos noivos. *Somos muito novos, Leo!* Acho que ele devia pelo menos ter pedido a minha mão para que eu pudesse aceitar; sempre foi assim. Mas Leo não acredita em convenções. Ele tem suas próprias regras e desenha seus próprios mapas na água.

Nós vamos para Cuba. Nossos filhos serão cubanos. E vamos aprender a língua que se fala nesse país.

Enquanto Leo está agachado desenhando na saída da Hermann Tietz, uma mulher carregando uma caixa de chapéu tropeça e cai no meio da poça, destruindo o nosso mapa.

"Crianças imundas!", ela fala, olhando Leo com desprezo.

Do chão, onde estou, a mulher parece gigantesca, com seus braços gordos e cheios de pelos, e as unhas das mãos em garras, pintadas de vermelho.

Eu não suporto grosseria. As boas maneiras desaparecem a cada dia que passa nessa cidade onde todos vivem quebrando janelas e chutando qualquer um que cruze seu caminho. As boas maneiras já não são mais necessárias. Ninguém mais fala, todos só gritam. Só se salva quem é mais forte, mais branco, mais puro. Papa reclama que a língua perdeu toda a sua beleza. Para Mama, o alemão despejado pelos alto-falantes sobre toda a cidade é como um vômito de consoantes.

Olho para cima e vejo que os céus estão prestes a desabar sobre nós. Uma massa cinzenta de nuvens anuncia tempestade. Ao nosso redor, as pessoas correm para o Portão de Brandemburgo a fim de assistir ao desfile; os alto-falantes anunciam que hoje é dia de festa: o homem mais puro da Alemanha faz 50 anos.

Quantas bandeiras mais esta cidade vai suportar? Tentamos chegar à Unter Den Linden, mas quase não conseguimos abrir passagem entre a multidão. Nas janelas, nos muros e nas varandas, crianças e adolescentes se aglomeram para ver o desfile militar. Todos parecem gritar "Somos invencíveis! Vamos dominar o mundo!".

Leo se diverte com eles, imitando sua saudação com o braço direito, porém mais uma vez apontando a mão para cima e fazendo o sinal de "Pare!".

"Está louco, Leo? Essas pessoas não brincam com essas coisas!", eu digo, puxando seu braço.

Nós nos lançamos na multidão novamente. Agora a odisseia vai ser chegar em casa. Um ruído ensurdecedor vem do alto. Um avião dá um rasante acima, e depois outro e mais outro. Dezenas deles no céu. Leo de repente fica sério. Enquanto nos despedimos, um destacamento da cavalaria montada passa. Eles olham para nós com perplexidade, como se dissessem "Por que vocês estão aqui e não no desfile?".

A primeira coisa que faço quando chego em casa é procurar o atlas. Não consigo achar Cuba nas páginas da África, nem no oceano Índico ou nos arredores da Austrália, ou perto do Japão. Cuba não existe, não aparece em continente algum! Não é um país nem uma ilha. Vou precisar de uma lupa para examinar os nomes menores, perdidos nas manchas azul-escuras.

Talvez seja uma ilha dentro de outra ilha, ou uma pequena península que não pertence a país algum. Pode também ser desabitada, e neste caso seríamos os primeiros a chegar.

Vamos começar do zero e transformar Cuba num país ideal, onde qualquer um possa ser loiro ou moreno, alto ou baixo, gordo ou magro. Onde você possa comprar jornal, usar o telefone, falar a língua que quiser e se chamar pelo nome que quiser, sem ser incomodado por causa da cor da sua pele ou do deus em que acredita.

Em nossos mapas de água, pelo menos, Cuba já existe.

Eu sempre achei que não existe ninguém mais corajoso e inteligente do que papai. Mamãe conta que, quando era jovem, ele tinha um perfil perfeito, era uma verdadeira escultura grega. Hoje em dia ela já não o elogia mais. Já não corre para Papa quando ele volta cansado da universidade, onde eles o reverenciavam. O rosto dela não fica mais iluminado como costumava ficar quando eles a chamavam de "a senhora do doutor" ou "a esposa do professor" nas festas da sociedade onde ela parecia divina em seus vestidos de baile plissados, feitos por Madame Grès.

"Ninguém chega aos pés das modistas francesas", ela se gabava às suas aduladoras.

Papai adorava vê-la assim: feliz, sensual, elegante. O dom do mistério que muitas estrelas de cinema cultivavam parecia vir naturalmente para ela. Qualquer um que a visse pela primeira vez não sossegava enquanto não era apresentado à etérea Alma Strauss. Ela era a anfitriã perfeita. Falava com desenvoltura sobre ópera, literatura, história, religião e política, e sem ofender ninguém. Era o complemento ideal para papai, que, abstraído em suas próprias ideias, às vezes confundia as pessoas com suas teorias científicas incompreensíveis.

Ele mudou. Seu sofrimento e sua preocupação quanto a encontrar um país aonde nos levar o devastaram. Esse homem invencível tornou-se mais frágil do que a folha da árvore mais antiga do Tiergarten, que Leo me dera e eu guardava em meu diário. Todo dia Papa tinha algo do que se lamentar.

"Meus olhos estão enfraquecendo", ele nos disse certa manhã.

Eu o vejo morrer pouco a pouco. Sei disso e estou preparada. Vou ser órfã de pai e terei que cuidar de uma mãe deprimida, que nunca para de se lamuriar pelos seus dias de glória.

Eu não faço ideia de como superar essa inércia em que caímos nós três quando estamos em casa. Não estamos chegando a lugar algum. Não sei aonde tudo isso vai dar. Vivo à espera de alguma surpresa. E detesto surpresas.

Era hora de tomarmos uma decisão. Não importa que a gente cometa um erro, termine no lugar errado. Temos de fazer alguma coisa!

Mesmo que isso signifique ir para Madagascar ou para a Cuba de Leo.

E eu continuo pensando: *Onde será que fica Cuba?*

Anna
Nova York, 2014

$\mathcal{M}$amãe diz que minha tia-avó é uma sobrevivente, como o sr. Levin. Ela deve estar cheia de rugas e manchas, com os cabelos ralos e brancos, com as costas curvadas e as juntas enrijecidas. Talvez não possa andar ou use uma bengala ou esteja numa cadeira de rodas. Mas sua mente é lúcida e ela tem um senso de humor muito especial e uma doçura misturada com um toque de amargura que cativou a minha mãe. Ela ficou surpresa depois de falar com minha tia. Disse que ela fala com muita clareza e pausadamente, e sua voz soa mais jovem do que ela de fato é. Ela alterna entre o inglês e o espanhol sem dificuldade. Mamãe tem certeza de que não vamos encontrar uma mulher devastada pela idade.

"Ela é tão calma e tranquila...", diz mamãe, como se pensasse em voz alta. "E não é triste, Anna, só está resignada. Ela quer conhecer você. Disse que precisa."

Para mim, Cuba é nada. Quando ouço do meu quarto mamãe conversando com o sr. Levin sobre a nossa viagem, eles sempre falam de um país onde falta tudo. Mas eu imagino uma ilha deserta, rodeada por ondas furiosas, varrida por furacões e tempestades tropicais. Um minúsculo ponto no meio do mar, sem edifícios, ruas, hospitais ou escolas. Nada. Ou melhor, um vazio. Eu não sei como meu pai pode ter estudado lá. Talvez por isso ele tenha acabado em Manhattan, uma ilha mais civilizada, a um passo da terra firme.

A família do meu pai chegou a Cuba num navio e passou a morar ali. Mas ele cresceu e foi embora, como quase todos os nascidos em Cuba. "É preciso ir embora dessas ilhas", ele sempre dizia à mamãe. "Isso é o que você pensa quando um mar sem fim é a sua única fronteira."

Papai era um homem tímido. Não sabia dançar, não bebia nem fumava. Mamãe costumava dizer brincando que de cubano ele só tinha um passaporte velho. E a língua espanhola. Um espanhol que ele falava sem estridências, pronunciando os Ss e sem engolir as consoantes. O inglês era sua segunda língua, que ele falava fluentemente e sem sotaque graças à tia que o criou depois da morte dos pais. Conseguiu a cidadania americana por causa do pai, que tinha nascido em Nova York. Essa foi a única informação que mamãe conseguiu obter durante os poucos anos em que foram casados, e que verificou com a tia-avó num telefonema cheio de chiado na linha.

Às vezes, um filme a fazia se lembrar do homem com quem ela havia decidido formar uma família que ele nunca chegou a conhecer. Foi graças a ele que mamãe descobriu o cinema italiano do pós-guerra.

Papai era fascinado por Visconti, Antonioni, De Sica. Mas também gostava de Madonna. Essas eram suas contradições. Quando eles começaram a sair juntos, um dos seus primeiros encontros foi no Film Forum em Greenwich Village, em Manhattan, para ver a versão original do *Il Giardino dei Finzi-Contini*, um dos filmes favoritos dele. Papai sempre saía do cinema comovido.

"Eu via seus olhos cheios de lágrimas e ele dizia que eu parecia a heroína do filme", lembra mamãe. "Essa foi uma coisa muito romântica partindo de alguém que fala tão pouco. Eu pensei: *Com esse homem eu posso viver*. Seu pai nunca demonstrou suas emoções, mas, no cinema, ele sempre chorava."

Papai encontrou refúgio em seu trabalho, nos livros e no escuro do cinema, onde as histórias eram contadas através de imagens em movimento. Ele não tinha amigos. Eu costumava imaginá-lo como um super-herói que vinha resgatar os oprimidos e aqueles que não tinham nada. Mamãe ria das minhas loucas fantasias. Porém ela nunca as criticava, porque sabia que, para mim, ele ainda estava vivo.

Mamãe é muito solitária. Ela é filha única, e seus pais morreram, um logo depois do outro, quando ela estava prestes a terminar a faculdade. Em seguida, meu pai apareceu. Eles se conheceram num concerto de música barroca na Universidade de Colúmbia, onde ela dava aulas de literatura latino-americana.

O dia em que ela anunciou que iria se casar, nenhum de seus amigos perguntou se o meu pai era latino-americano, judeu ou um estrangeiro só de passagem. A origem dele não era importante; falava bem o inglês, e isso bastava. Tinha um emprego num centro de estudos nucleares, bem como um bom apartamento herdado da família.

Papai trabalhava fora da cidade, mas tinha um escritório no centro, onde ele ficava toda terça-feira. Aquele era o único dia em que ele chegava em casa mais tarde, mas ela nunca o questionava sobre isso.

Meu pai não era alguém que se pudesse questionar ou mesmo de quem sentir ciúme. Não porque ele não fosse bonito, mas porque não gostava de complicações nem nada que invadisse seu espaço, que era muito bem definido.

Ela nunca o apresentou a suas amigas da faculdade, por isso não precisava explicar nada. Tudo o que ela sabia sobre o meu pai era que seus pais tinham morrido num acidente de avião quando ele era garoto e que ele havia sido criado pela tia. Isso era suficiente. Ele nunca falava sobre o passado.

"É melhor esquecer", ele dizia a ela.

Eu entro no quarto de mamãe. Ela está ajoelhada na frente do armário, vasculhando papéis e livros. Apanha uma caixa de sapato velho. Dentro dela, posso ver um par de abotoaduras, óculos de sol masculinos, vários envelopes.

Quando mamãe me ouve à porta, ela se vira e me lança seu melhor sorriso.

"Algumas coisas do seu pai", diz ela, fechando a caixa e entregando-a a mim.

Eu corro de volta para o meu refúgio, com o meu novo tesouro, e me tranco ali para examiná-lo.

Olha quantos tesouros eu tenho! Sei que você se lembra deles, falo baixinho a papai para que mamãe não ouça. *São documentos, contas bancárias, mas nem uma única foto. Pensei que fosse encontrar outra foto sua. Vou guardar suas abotoaduras e os óculos na gaveta do meu criado-mudo.*

No fundo da caixa, encontro um envelope azul. Abro-o com cuidado; dentro há uma pequena folha de papel da mesma cor. É a letra do papai; a carta sem data é dirigida à mamãe. De repente, acho que é melhor mencionar a carta a ela antes de lê-la, mas depois decido que não. Faz doze anos que ela guarda essa caixa. Agora tudo pertence a mim.

De repente, sinto fome; é sempre assim quando estou nervosa. *Preciso me acalmar, porque estou prestes a ler uma de suas cartas. Não quero descobrir nenhum segredo; já há segredos demais me aguardando em Cuba.*

Vou ler para você, papai. Então você vai se lembrar da mamãe, que nunca se esqueceu de você, mesmo depois de tantos anos.

Ida, meu amor,

Faz cinco anos que estamos juntos, e eu me lembro como se fosse hoje do momento em que a vi pela primeira vez, na fileira de trás do concerto de outono na Capela Saint Paul, na universidade.

Você estava falando em espanhol com seus alunos, e não consegui tirar os olhos do seu rosto. Você se deixou levar pela música, e a vi prendendo o cabelo atrás da orelha, deixando à mostra o seu lindo perfil. Eu o teria delineado com os dedos, da testa até as sobrancelhas, o nariz, os lábios, as bochechas.

Você ainda se lembra do concerto, da música, da orquestra. Eu me lembro somente de você.

Nunca falo que a amo, que você é a melhor coisa que já me aconteceu. Que adoro os seus silêncios, estar ao seu lado, ver você dormir, vê-la acordar, tomar café da manhã com você nos fins de semana ao nascer do sol. Já disse que aquelas manhãs juntos, quando, às vezes, não dizemos nada, são minhas favoritas, porque você está ao meu lado?

Você entrou na minha vida quando eu já estava resignado com o fato de que ninguém nunca aceitaria a minha solidão. Um dia vamos viajar pelo mundo, nos perder entre outras pessoas. Só você e eu. Promete?

Ida, meu amor, sempre estarei aqui com você.

Louis

Hannah
Berlim, 1939

Há manhãs em que acordo com a sensação de que não consigo respirar, com a sensação de que uma tragédia se aproxima, e meu coração começa a martelar no peito. Às vezes ele bate muito rápido e, de repente, parece que parou completamente. Será que ainda estou viva? Um desses dias foi terça-feira. Eu odeio as terças-feiras. Elas deviam ser apagadas do calendário. Logo que chegarmos a Cuba, Leo e eu instituiremos um decreto: "Não existirão mais terças-feiras".

Quando acordo, meu corpo está febril, mas não estou resfriada nem sinto dor alguma. Papa, de gravata e já segurando o chapéu cinza de feltro, mede minha temperatura. Ele sorri e me beija na testa: "Você já está boa. Vamos, pode sair da cama!".

Ele fica comigo um tempo, me dá outro beijo e depois sai do meu quarto. O barulho da porta da frente batendo me assusta. Agora somos apenas mamãe e eu no apartamento. Abandonadas.

Sei que não tenho febre e não estou doente, mas meu corpo se recusa a levantar da cama. Perdi até a vontade de sair e encontrar Leo para tirar fotos. Tenho um pressentimento, mas não sei dizer o que é.

Hoje, Mama está usando uma maquiagem leve, mas sem cílios postiços. Ela está com um vestido de mangas compridas azul-marinho que a deixa com um ar formal. Coloco a boina marrom que ela me trouxe de sua última viagem a Viena e me fecho em meu quarto com o atlas, na esperança de localizar nossa pequena ilha, que não encontrei ainda.

Estamos prestes a ir a algum lugar. Papa não pode continuar mantendo nosso destino final em segredo. Estou pronta para aceitar qualquer coisa. Nada mais pode nos acontecer: estamos vivendo num estado de terror, numa guerra ainda não declarada; não acho que exista muita coisa pior do que isso.

Leo disse que Papa até comprou uma casa em Cuba.

"Se não vamos ficar lá por muito tempo, por que precisamos de uma casa?", perguntei ao meu amigo. Como sempre, Leo tinha a resposta.

"É a maneira mais fácil de obter um visto de entrada. Quem compra uma casa mostra que não vai ser um peso para o Estado."

Não sei onde o meu pai passa todas as manhãs, se um mês atrás proibiram seu acesso à universidade. Ele deve ir aos consulados de países com nomes estranhos para conseguir vistos, uma permissão de refugiados. Ou está envolvido, com o pai de Leo, em alguma conspiração que pode lhes custar a vida.

Imagino Papa como um herói que vem para nos salvar, num uniforme de soldado e com um baú cheio de medalhas, como o vovô, que derrotou os inimigos do povo alemão. Eu o vejo confrontando os Ogros, que são impotentes contra sua força e se rendem à sua valentia.

Estou começando a ficar confusa com todos esses pensamentos perturbadores quando Mama coloca um disco no gramofone. Esse é o tesouro do meu pai, sua joia mais preciosa. Seu território.

Um dia, enquanto colocava um disco sobre a caixa de madeira polida, Papa explicou o funcionamento dessa maravilha que o mantinha em êxtase por horas. Era um verdadeiro truque de mágica. A caixa de som da RCA Victor, a que ele chama simplesmente de Victor, como se fosse um amigo, tem um braço móvel que termina numa agulha de metal. Essa agulha marca numa cadência perfeita as ranhuras do disco negro, que dá voltas e mais voltas até me deixar tonta só de olhar. As ondas sonoras se transformam em vibrações mecânicas e saem de um lindo alto-falante dourado em forma de trombeta, um enorme sino. A primeira coisa que ouço é um chiado, uma espécie de sussurro metálico que dura até a música começar a tocar. Fechamos os olhos e imaginamos que estamos num concerto na casa da ópera. A música derrama-se da trombeta, todo o cômodo vibra, e nos deixamos levar. Nós nos elevamos no ar, uma experiência incrível para mim.

Então ouço os versos de sua ária favorita: *"Mon coeur s'ouvre à ta voix, comme s'ouvrent les fleurs aux baisers de l'aurore!"*.

Não tenho nada com que me preocupar. Mama está extasiada com a música do compositor francês Camille Saint-Saëns, que vem de um dos discos que Papa cuida com carinho, limpando-o antes e depois de colocá-lo no Victor. É uma gravação recente com Gertrud Palson-Wettergren, a sua *mezzo-soprano* favorita. Uma vez ele foi a Paris com a mamãe só para ouvi-la cantar. Posso ver o olhar nostálgico no rosto de Mama. "Ontem" é agora uma noção distante para ela. Eu, por outro lado, enquanto escuto a ária da mulher desesperada, me imagino correndo pelos prados com Leo, escalando montanhas e cruzando rios na ilha onde vamos viver.

Nada de ruim vai acontecer. Papa vai voltar para casa na hora do jantar. Gostaria de ir ao encontro de Leo, e no meu atlas encontraríamos a ilha perdida no meio de algum oceano desconhecido.

Eu sei o que tenho de levar na minha mala. A câmera, com muitos rolos de filme, é claro. Apenas alguns vestidos; não vou precisar de mais nada. Vou adorar ver a bagagem de Mama. Ela só vai ficar feliz se deixarem que leve as suas joias. Os perfumes. Os cremes. Precisaremos de um carro apenas para levar toda a sua bagagem.

De repente, ouço duas batidas fortes na porta do apartamento. Ninguém nos faz uma visita há meses. Eva tem a chave da entrada de serviço.

Mama e eu nos entreolhamos. A música continua tocando. Nós duas sabemos que o momento chegou, embora ninguém tenha me preparado para isso. Olho para ela em busca de alguma resposta, mas ela demora para reagir; não sabe o que fazer.

Ela se levanta da poltrona e ergue o braço da vitrola. O disco para de girar e o silêncio toma conta da sala de estar, que agora parece tão grande quanto um castelo. Eu me sinto como um inseto na porta do castelo. Duas outras batidas na porta, e Mama estremece. Seus lábios começam a tremer, mas ela se empertiga na poltrona, ergue o queixo, estica o pescoço e anda devagar até a porta – tão devagar que há tempo para que soem não só dois, mas três golpes violentos na porta, fazendo o cômodo todo estremecer.

Mama abre a porta, faz uma leve reverência e acena com a mão para que entrem, sem perguntar a quem procuram ou o que querem. Quatro Ogros entram na sala de estar, em fila indiana, trazendo com eles um golpe de ar frio. Não consigo parar de tremer. A corrente fria penetra em meus ossos.

Quando o Ogro principal chega ao centro da sala e se detém sobre o espesso tapete persa, Mama dá um passo para o lado, evitando obstruir o campo de visão desse homem que vem mudar as nossas vidas para sempre.

"Vocês, sim, é que moram bem...", comenta ele sem disfarçar a cobiça. Ele começa a analisar cada detalhe da sala: as cortinas de tecido verde-bronze; as de seda branca que filtram a luz da janela para o pátio; o imponente sofá com almofadas amarelas; o retrato a óleo de Mama, com sua pérola imperfeita e os ombros descobertos.

O Ogro inspeciona todos os objetos com o olhar frio de um leiloeiro. Fica óbvio, pelo seu jeito de observar, as coisas que mais o agradam e as quais ele está planejando reservar para ele.

Nossa sala agora está impregnada com o cheiro de pólvora, madeira queimada, janelas quebradas, cinzas.

Eu me interponho entre os Ogros e Mama. Quando ela põe as mãos sobre os meus ombros, posso sentir seu tremor.

"Você deve ser Hannah", diz o Ogro chefe no sotaque refinado de Berlim. "A garota alemã. Você é *quase* perfeita."

Ele pronuncia "quase" num tom inconformado que é como se fosse uma bofetada.

"Pelo que vejo, *Herr* Rosenthal não está em casa."

Quando ele diz o nome de Papa, sinto que meu coração vai explodir. Respiro fundo para tentar acalmá-lo, para impedi-los de ouvir meu sangue bombeando tão alto. Começo a transpirar. Mama ainda tem um sorriso paralisado no rosto. Suas mãos frias deixam meus ombros dormentes.

Tenho de pensar em outra coisa, escapar da sala, da minha mãe, dos Ogros: começo a contemplar o brocado do papel de parede de seda. Largas folhas de samambaia que terminam em cachos de flores que se repetem indefinidamente. *Continue, Hannah, siga as raízes da planta e não pense no que vai acontecer*, não paro de repetir. Uma, duas, três folhas em cada haste. Uma gota de suor começa lentamente a rolar pela minha têmpora e me desconcentra. Eu não me atrevo a detê-la, então deixo que ela escorra pela minha testa.

Pressinto que Mama está prestes a desmoronar. *Por favor, não chore, Mama. Não deixe que vejam quanto estamos desesperadas. Fique com esse seu belo sorriso frio, do jeito que ele está agora. Trema quanto quiser, mas não chore. Eles vieram atrás de Papa e sabíamos que esse momento chegaria. Já era hora de ouvirmos as batidas na porta.*

O Ogro chefe vai até a janela para verificar de que lado da rua fica nossa sala de estar e provavelmente para calcular quanto vale o nosso apartamento. Então caminha até o gramofone. Pega o disco frágil de Papa, examina-o e olha diretamente para Mama.

"Uma peça-chave para qualquer *mezzo-soprano*."

Eu podia sentir que Mama estava prestes a lhes oferecer chá ou outra coisa para beber, então tentei indicar a ela, com a minha frieza, que não fizesse isso. *Fique como está, orgulhosa e firme. Eu vou lhe proteger. Apoie-se em mim; não desmorone e não ofereça nada aos Ogros.*

O homem anda lentamente em volta da sala e, quando faz isso, uma corrente de ar frio se forma em torno dele. Eu não consigo parar de tremer. Vou ter de correr para o banheiro.

O Ogro faz um sinal para que seus dois homens vasculhem os outros cômodos. Talvez pretendam roubar nossas joias. Não seria difícil encontrá-las: estão na caixa com a bailarina na tampa, juntamente com o relógio Patek Philippe que Papa usa apenas em ocasiões especiais. Ou talvez estejam atrás do dinheiro que Mama guarda em uma das gavetas do criado-mudo. Todo o nosso dinheiro está lá, com exceção do que ela deu a Eva para um caso de emergência. O resto foi para contas bancárias na Suíça e no Canadá.

O Ogro volta para o gramofone.

Levanta o braço do aparelho e o observa com avidez. Se quebrá-lo ou alguma coisa acontecer ao gramofone, Papa é capaz de matá-lo. Isso, sim, ele não perdoaria por nada.

"O sr. Rosenthal está para chegar", diz Mama, e me pergunto como ela é capaz de avisá-los, se sabe que estão ali para levá-lo.

De repente fica claro para mim que não é o dinheiro que eles querem, nem as joias, os quadros ou o maldito gramofone de Papa; eles querem os seis apartamentos do nosso edifício! Querem nos assustar e depois nos levar. Sem dúvida, o Ogro chefe vai se mudar para cá, dormir na suíte principal, tomar posse do gabinete de Papa e sem dúvida destruir todas as nossas fotos.

Silêncio.

O Ogro se acomoda na poltrona de veludo de Papa e começa a acariciá-la como se avaliasse a qualidade do tecido. Corre a mão pelo braço do móvel, olhando fixamente para mim o tempo todo, me dizendo em silêncio que está disposto a esperar por Papa pelo tempo que for necessário. Ele está confortável e aproveita para começar a observar as fotografias da família Strauss exibidas nas paredes ao redor da sala.

Eu nunca antes havia notado como a escadaria que leva ao nosso apartamento range, mas agora o barulho que ela faz é tão alto quanto o sino de uma igreja. Chegou o momento.

Silêncio.

O Ogro chefe também escuta os passos e senta-se imóvel, com os ouvidos atentos. Do ângulo em que está, ele domina toda a sala.

Mais um passo, e sei que Papa estará atrás da porta. Meu coração está prestes a explodir. A respiração de Mama se acelera; sou a única que ouço seus arquejos baixinhos atrás de mim.

Estou prestes a gritar *"Não entre, Papa! Os Ogros estão aqui! Um deles está sentado na sua poltrona favorita!"*. Mas percebo que não vale a pena.

Não temos como escapar. Berlim é um ovo; cedo ou tarde, o encontrariam. E Mama está a ponto de desmaiar.

O Ogro e sua comitiva se colocam atrás da porta. Posso ouvir a chave entrando com dificuldade na fechadura; ela sempre fica um pouco presa.

O silêncio se estende cada vez mais.

O atraso desconcerta o Ogro chefe, que troca olhares com seus homens. Para mim, cada segundo parece uma hora. Chego a desejar que eles levem Papa embora de uma vez por todas, para que sumam logo daqui. Mais alguns minutos como esses, e eu é que vou desmaiar. Quero ir ao banheiro, não consigo segurar mais. Não quero ser testemunha do espetáculo humilhante que o Ogro preparou com esmero para nos obrigar a implorar e chorar desconsoladas. Mama não se mexe.

A porta se abre.

E entra o homem mais forte e mais elegante do mundo. O mesmo que me coloca para dormir e me dá um beijo sempre que tenho medo. O mesmo que me abraça, me embala e jura que nada vai acontecer, que vamos para bem longe, para uma ilha aonde os tentáculos dos Ogros nunca chegarão.

O olhar do meu pai mostra seu pesar por nós. Parece que ele está se perguntando como pode ter nos colocado nessa situação. Já experimentamos algo parecido naquela noite de novembro, quando ele foi preso. Mas este momento é decisivo. É um caminho sem volta, e ele sabe disso. É hora de dizer adeus à mulher que ama, à filha que adora.

"*Herr* Rosenthal, preciso que nos acompanhe até o distrito policial."

Papa concorda com a cabeça sem olhar o Ogro no rosto. Dá vários passos em minha direção, tentando não olhar para Mama, porque sabe que isso pode enfraquecê-la. Sou eu que posso resistir, que no final ficarei sem pai para me proteger de fantasmas, bruxas, monstros. Mas não dos Ogros. Ninguém pode nos defender deles.

Ele coloca os braços em volta de mim e segura minhas mãos geladas. As dele estão quentes. *Empreste-me um pouco do seu calor, Papa. Arranque esse terror dos meus ossos.* Eu o abraço com a pouca força que me resta. E choro. Isso é o que os Ogros querem: nos ver sofrer.

"Minha Hannah, o que fizemos com você...", ele sussurra, a voz abafada.

Fecho os olhos com força. Eles estão me separando do homem que até hoje me protegeu; daquele em que depositamos toda a esperança de nos salvar. Eles o estão levando para longe. Mama me segura e me puxa para ela. Percebo que, de agora em diante, a pessoa mais fraca da família será minha única sustentação. Eu ainda estou com os olhos bem fechados, cheios de lágrimas.

"Não se preocupe, Hannah", ouço meu pai dizer. Ele ainda está aqui. Mais um segundo. Mais um minuto, por favor. "Tudo vai ficar bem, minha menina."

Não o levaram embora? Mudaram de ideia?

"Olhe pela janela", diz Papa. "As tulipas estão prestes a florir."

Essas foram as últimas palavras que ouvi. Quando abro os olhos novamente, ele desapareceu com os Ogros. Todo o edifício pode me ouvir chorar. Eu grito pela janela:

"Papa!"

Ninguém me ouve. Ninguém me vê. Ninguém se importa.

Sinto um sussurro atrás de mim. É Mama.

"Para onde o estão levando?", ela pergunta, a voz trêmula.

"É rotina", ouço um dos Ogros dizer da porta. "Vamos para a delegacia de polícia de Grolmanstrasse. Não se preocupe, nada vai acontecer ao seu marido."

Sim, é claro. Eles o mandarão de volta são e salvo. E ele voltará para nos dizer que foi tratado como um cavalheiro. Que, em vez de água, eles lhe serviram vinho numa cela ampla, quente e bem iluminada. Mas eu sabia o que estava realmente para acontecer: ele iria dormir numa cela lotada e passar fome. E, se tivermos sorte, receberemos alguma notícia da sua vida miserável.

Desde o dia em que pegaram o *Herr* Samuel, o açougueiro do nosso bairro, não tivemos mais nenhuma notícia dele. Não há diferença entre ele e meu pai. Para eles, todos nós somos farinha do mesmo saco, e sei que desse inferno ninguém mais volta.

Eu deveria tê-lo abraçado por mais tempo, me agarrado a esse instante de que já não posso mais recordar, porque costumo apagar esses momentos tristes da minha mente.

Mama corre para o quarto e fecha a porta. Corro atrás dela assustada e a vejo abrir gavetas e tirar documentos que ela examina com pressa.

"Eu tenho que ir", ela murmura. "Nos vemos mais tarde."

Eu não posso acreditar. *Aonde você vai, Mama? Não podemos fazer nada. Perdemos Papa!* Mas não adianta; com a força da família Strauss, reprimida até agora, Mama se lança na rua depois de meses fechada em casa. Ela bate a porta da frente e desaparece, sem se preocupar com a maquiagem, se está de sapatos e bolsa combinando, se o vestido está devidamente passado ou se está usando o perfume de primavera adequado.

Fecho os olhos novamente e digo a mim mesma: você não pode se esquecer disso. Começo a fazer uma lista na minha cabeça de tudo que tenho de gravar na memória: o revestimento de brocado das paredes, a luz no corredor, a poltrona de veludo, a fragrância da Mama. Mesmo assim, a coisa mais importante me escapa: o rosto de Papa.

Eu estou sozinha. Num instante, vejo como é ficar sem meus pais. E também sei que não será a última vez.

Anna
Nova York, 2014

Tia Hannah perdeu seu sobrinho, seu único descendente, sua última esperança. Perdeu meu pai.

Até meus 5 anos de idade, sempre tive certeza de que, um dia, papai iria aparecer inesperadamente em casa. Toda vez que a campainha tocava, eu corria até a porta para ver quem era.

"Você parece um cachorrinho!", mamãe dizia.

Ele deixou um mapa enorme que eu pendurei na parede atrás da minha cama. Imaginava papai viajando para países exóticos em aviões a jato, submarinos nucleares e zepelins. Eu podia vê-lo escalando o Everest, banhando-se no Mar Morto, emergindo de uma avalanche no

Kilimanjaro, cruzando a nado o Canal de Suez, lançando-se numa canoa nas Cataratas do Niágara. Meu pai era um viajante imaginário que um dia viria me buscar e me levaria com ele para lugares desconhecidos, numa grande aventura.

Isso até um dia nublado de setembro, o quinto aniversário daquele fatídico dia em que papai decidiu desaparecer. Minha escola tinha organizado uma homenagem e, no pequeno anfiteatro abarrotado de crianças, alguém leu uma lista de desaparecidos. O nome do meu pai foi o último. Fiquei ali sentada como uma estátua; não sabia como reagir. As crianças da minha classe começaram a me abraçar, uma por uma.

"Anna perdeu o pai", a professora declarou solenemente quando voltamos para a sala de aula. "Nós que vivemos aquele dia nunca vamos esquecer o que estávamos fazendo a esta hora da manhã", a professora continuou a dizer. Ela fez uma pausa e nos mirou nos olhos para garantir que estávamos prestando atenção. "Naquela manhã, eu estava na minha sala de aula quando fui chamada ao escritório de George. As aulas foram suspensas de repente e as crianças foram para casa. Não havia transporte público, as pontes de Manhattan foram fechadas. Uma amiga me pegou aqui na escola e eu passei a noite na casa dela em Riverdale. Foram dias de muita angústia."

Os olhos da professora se encheram de lágrimas. Ela procurou um lenço no bolso e continuou.

"Muitas pessoas em nossa escola perderam familiares, amigos ou alguém que conheciam. Levou muito tempo para se recuperarem."

Tentei reagir com tranquilidade, embora estivesse completamente abalada.

No ônibus, eu me sentei sozinha na fileira de trás e comecei a chorar baixinho. As crianças na minha frente estavam gritando, arremessando lápis e borrachas umas nas outras. Percebi então que, a partir daquele dia, para os outros, eu seria a pobre menina que havia perdido o pai num dia de setembro.

Minha mãe estava à minha espera na entrada do nosso prédio. Desci do ônibus sem me despedir do motorista e fui até o elevador sem nem olhar para ela. Quando chegamos ao nosso apartamento, eu a confrontei:

"Papai morreu há cinco anos! A professora disse na classe."

Quando ouviu a palavra "morreu", mamãe teve um sobressalto, mas se recuperou rápido, como se quisesse mostrar que a notícia não a afetava tanto.

Fui para o meu quarto, não conseguia imaginar o que mamãe faria. Ela não tinha energia, talvez nem mesmo vontade de me dar uma explicação. Seu luto já havia terminado, enquanto o meu estava apenas começando.

Mais tarde, fui ao quarto dela, que estava às escuras, e a vi, ainda vestindo as roupas e os sapatos, enrodilhada como um bebê. Eu a deixei descansar um pouco. Percebi que, dali em diante, falaríamos de papai no passado. Eu tinha me tornado órfã. Ela era viúva.

Comecei a sonhar com ele de uma forma diferente. Para mim, era como se de algum modo ele ainda estivesse perdido numa ilha distante. Mas para mamãe, pela primeira vez, ele estava realmente morto.

Todo mês de setembro, invariavelmente, penso em papai saindo do nosso apartamento numa manhã ensolarada, para nunca mais voltar. Assim como eu.

Naquele dia, quando eu tinha quase 5 anos de idade e descobri como papai havia morrido, deixei de ser uma menininha e me refugiei no meu quarto com a fotografia dele. Antes disso, havia parques e árvores, vendedores de frutas e flores nas esquinas da Broadway. Antes, costumávamos sair para tomar sorvete na primavera, no verão e até mesmo no inverno. Mamãe havia prometido me ensinar a andar de bicicleta no Central Park. Ela nunca cumpriu a promessa.

Com a cabeça afundada no travesseiro e sua voz monótona e cansada, mamãe me contou o que aconteceu naquele dia terrível com uma voz inexpressiva que me deixou assustada. Todo mês de setembro, sua voz volta à minha memória como uma liturgia que se repete sempre igual.

Quando o despertador tocou às seis e meia da manhã, os olhos de papai já estavam abertos. Ele se virou para ver se ela ainda estava dormindo, embora, na realidade, fosse só fingimento. Ela havia passado a noite com náuseas, dores de cabeça e idas ao banheiro.

Por alguns segundos, ele se sentou na beira da cama em silêncio. Levou seu terno azul-escuro para o banheiro, para se vestir sem fazer barulho. Tomou uma ducha, fez a barba com pressa e, assim que terminou de abotoar a camisa, notou uma gota de sangue no colarinho branco engomado. Pressionou o dedo indicador contra o pequeno corte e depois verificou a correspondência. Deixou as cartas amontoadas, como de costume, e levou dois envelopes com ele, assegura mamãe: um do seu trabalho e o outro do seu fundo fiduciário. Ele verificou se mamãe ainda estava na cama e fechou atrás de si a porta com muito cuidado.

Ela estava planejando dar a ele a boa notícia à noite. Ela havia esperado três meses porque queria ter certeza de que não era alarme falso. Minha mãe não gosta de celebrações prematuras. Poderia ter contado a ele em uma das muitas madrugadas passadas em claro por causa do mal-estar dos primeiros três meses de gravidez. O médico havia confirmado que ela estava grávida de doze semanas no dia anterior. Havia todos os sinais.

Ela comprou o vinho tinto favorito dele. Iria contar durante o jantar: no ano que vem tudo vai mudar, vamos ser pais. Ela queria encontrar o momento ideal para surpreendê-lo.

Papai não tinha ideia do que ela estava planejando. Aquele dia de setembro era como outro qualquer. Um pouco frio, mas ensolarado, com o tráfego constante da hora do *rush*. Mamãe olhava pela janela e o viu abrir a porta da frente do prédio, parando no topo da escada para respirar fundo. Ainda havia vestígios do verão. No cruzamento da 116th Street com a Morningside Drive, ele contemplou o sol nascente e as árvores ainda frondosas do parque. Eram sete e meia. Naquela hora do dia, o síndico do edifício sempre levava seu cachorro para passear. Papai o cumprimentou e dobrou a 116th Street em direção a oeste. Atravessou o *campus* da Columbia University e pegou o trem da linha 1 na esquina da Broadway. Mamãe conhecia perfeitamente sua rotina; era só mais uma terça-feira.

Quando chegou à estação da Chambers Street, dirigiu-se para o John Allan's, no Trinity Place, a fim de fazer seu corte de cabelo mensal. Ele havia se filiado a um clube só para homens quando começou suas viagens semanais ao distrito empresarial de Manhattan. Sentia-se à vontade ali. Tinha uma atmosfera de privacidade que lhe dava confiança. Já tinham preparado seu café preto (sem açúcar) e ele estava folheando as manchetes do *Wall Street Journal*, do *New York Times* e do *El Diario La Prensa*.

Meu pai nem chegou a cortar o cabelo. Nunca chegou ao seu escritório. Isso ficou claro. Pergunto-me agora onde ele estava quando, às 8h46, ouviu a primeira explosão. Ele poderia ter ficado onde estava, como os outros fizeram, os que se salvaram. Alguns minutos a mais e a litania de mamãe seria completamente diferente. Apenas alguns minutos a mais.

Talvez ele tenha corrido para ver o que estava acontecendo ou para ver se era possível salvar alguém. A segunda explosão aconteceu às 9h03. Todo mundo deve ter ficado desnorteado. Ninguém sabia direito o que estava acontecendo. Os telefones ficaram mudos. Então começou o dilúvio de corpos contra a calçada. Às 9h58, um dos arranha-céus foi abaixo. Às 10h28, o outro o seguiu.

Uma espessa nuvem de poeira cobriu a extremidade da ilha. Era impossível respirar, manter os olhos abertos. Só se escutavam as sirenes ensurdecedoras dos carros de bombeiros e das viaturas de polícia. Eu imagino que de repente o dia tenha se transformado em noite. Homens e mulheres corriam numa batalha contra o fogo, o terror, a angústia. Para o norte; eles tiveram que correr para o norte.

Eu fecho os olhos e prefiro ver papai carregando uma pessoa ferida para um lugar seguro. Em seguida, ele volta ao ponto central do massacre e junta-se aos bombeiros e à polícia na operação de resgate. Gosto de pensar que papai está seguro, mas ainda perdido, sem saber aonde ir. Talvez ele tenha se esquecido do nosso endereço, de como chegar em casa. A cada setembro que se passava e eu crescia sem ele, as chances de ele voltar iam se reduzindo. Ele deve ter ficado preso entre os escombros. Os edifícios foram reduzidos a pó de aço, vidro quebrado e pedaços de alvenaria.

A cidade ficou paralisada. Mamãe também.

Ela esperou dois dias antes de reportar que papai havia desaparecido. Não sei como ela conseguiu dormir naquela noite, levantar-se e ir trabalhar no dia seguinte, e em seguida voltar para a cama, como se nada tivesse acontecido. Sempre com a esperança de que meu pai voltasse. Assim é mamãe.

Ela não conseguia relacioná-lo à terrível tragédia; se recusava a aceitar que ele estava sepultado entre os escombros. Essa era a sua defesa para não desmoronar, para me impedir de me desvanecer dentro dela.

Mamãe se tornou mais um fantasma na cidade extinta. Restaurantes fechados, mercados vazios, linhas de trem bloqueadas, famílias mutiladas. Um código postal obliterado. Esquinas cheias de fotografias de homens e mulheres que tinham saído para trabalhar naquele dia, como papai, e nunca mais voltaram. Na entrada dos edifícios, das academias, dos escritórios, das livrarias, milhares de rostos perdidos. Todas as manhãs os rostos se multiplicavam; novos semblantes apareciam. Menos o de papai.

Mamãe não foi aos hospitais, não foi ao necrotério nem à delegacia de polícia. Ela não era uma vítima, muito menos a esposa de uma vítima. Não aceitava condolências. Nem atendia ao telefone quando as pessoas ligavam para lhe dar a notícia que ela se negava a ouvir, ou para se compadecer dela. Papai não estava ferido nem morto. Essa era a sua convicção.

Ela iria deixar o tempo passar, e ele colocaria tudo no lugar. Ela não poderia consertar algo que não tinha solução. Não derramaria nem uma única lágrima. Não tinha por quê.

Minha mãe se recobriu de silêncio. Esse era o seu melhor refúgio. Ela não ouvia o barulho do tráfego ou de qualquer uma das vozes ao seu redor. Toda música de fundo desapareceu. Todas as manhãs, ela percorria o bairro que cheirava à fumaça e metal derretido, com poeira e escombros em todos os lugares. As fotos continuavam nos postes de luz. Às vezes, ela parava para olhar: as fisionomias pareciam estranhamente familiares.

Ela tentou continuar sua rotina diária. Ir ao mercado, comprar café, pegar o remédio na farmácia. Deitava-se para dormir com o cheiro de fumaça e metal carbonizado impregnado na pele. Mamãe abandonou o trabalho e não voltou lá desde então. De início, ela pediu uma licença, que mais tarde se estendeu até se tornar uma demissão não oficializada. Ela não precisava trabalhar. O apartamento de papai pertencia à família dele desde antes da guerra e vivíamos da pensão que o seu avô tinha deixado muitos anos antes.

Às vezes, penso que a decisão de se retirar do mundo foi a única maneira que ela encontrou para suportar a dor. Não só de ter perdido papai, mas por não ter chegado a contar a ele que eu iria nascer. Que ele seria pai.

Hannah
Berlim, 1939

Abro as janelas da sala de jantar, puxo as cortinas, deixo entrar a luz da manhã. Então respiro fundo. Nenhum odor de fumaça, metal ou pólvora. Quando fecho os olhos, posso sentir o cheiro da fragrância de jasmim. Volto a abri-los e o chá está servido na mesa de jantar da sala, sobre a delicada toalha de renda, no canto mais próximo à janela, para que possamos apanhar um pouco de sol. Lá estão os biscoitos de baunilha de que minha amiga Gretel e eu gostamos tanto. Preciso de um chapéu. Ah, e uma echarpe! Sim, um lenço de seda rosa para receber Gretel e Don, seu cão. Quando terminarmos, vou correr escada abaixo com ele.

Gretel abre a porta e atravessa a sala de estar, mas o primeiro a entrar é Don, que corre ao redor da mesa como um louco. Tento acariciá-lo e segurá-lo pelo rabo para acalmá-lo, mas nada consegue contê-lo. Ele é livre.

Gretel não para de tagarelar: Don disse olá, ele está aprendendo a cantar, ele a tira da cama todas as manhãs. Don é um *terrier* todo branco, sem nenhuma manchinha ou pinta escura, nem um único defeito, e com as proporções perfeitas, como todos os cães da sua raça. É privilegiado; já esteve até em Villa Viola, onde são adestrados apenas cães com *pedigree*. Ele foi adestrado junto a um cão muito conhecido, um pastor-alemão chamado Blondi.

Gretel gosta de beber água gelada em taças de champanhe. Ela fecha os olhos, toda charmosa, e finge que as bolhas a deixam tonta. Eu me divirto tanto com minha amiga! Ela vem em casa duas vezes por semana para tomarmos chá e champanhe sem bolhas.

"O que está fazendo aí sentada no escuro?", Mama chega em casa e põe fim ao meu devaneio: minhas lembranças do chá da tarde com Gretel.

Eu a sigo até seu quarto, e o aroma de 10.600 flores de jasmim e 336 rosas da Bulgária invade o meu nariz. Ela me explica que essa é a composição do seu perfume, do qual ela borrifa uma gota na nuca e outra nos pulsos.

Quando eu era pequena, costumava passar horas nesse cômodo, o maior e com o cheiro mais delicioso de todo o apartamento. Seu enorme lustre, com longos braços de aranha, me assustava, e eu terminava sempre dentro do enorme *closet* de Mama, onde costumava experimentar colares de pérolas, chapéus de aba larga e sapatos de salto alto. Isso era quando Mama ria ao me ver brincar, passava batom vermelho brilhante no meu rosto e me chamava de "minha palhacinha".

Os tempos mudaram, embora os tapetes dos quais ninguém mais cuida, os lençóis de cambraia que ninguém mais passa e as cortinas de seda empoeiradas ainda estejam impregnados de essência de jasmim misturada agora com o cheiro nauseante de naftalina. Mama insiste em preservar um passado que evapora diante dos nossos olhos, enquanto observamos impotentes.

Deito-me na colcha de renda branca, olhando a aranha no teto que não me assusta mais, e percebo mamãe andando pelo quarto. Ela vai para o banheiro sem me dirigir uma palavra. Está exausta.

É evidente que essa mulher frágil, com suas poses lânguidas de Greta Garbo, de alguma forma recuperou, no rosto e nos movimentos, a força da família Strauss, extraída de algum lugar insuspeito e remoto. Reagiu ao desaparecimento de Papa com um vigor que surpreendeu até ela mesma. Eu era a única agora que achava difícil deixar a nossa prisão. Se não me encontrar com Leo no café de *Frau* Falkenhorst hoje, ele é capaz de aparecer no apartamento sem aviso, correndo o risco de esbarrar na assustadora *Frau* Hofmeister e na idiota da sua filha Gretel.

Sem maquiagem, com o cabelo molhado e as bochechas rosadas por causa da água quente, Mama parece ainda mais jovem do que é. Ela atravessa o quarto e enrola uma toalha branca pequena em torno da cabeça e, em seguida, fecha as cortinas, para que nem o menor raio de sol possa entrar.

Ainda não pronunciou uma só palavra. Não sei se teve alguma notícia de Papa ou que providências está tomando. Nada.

Sentada em frente à sua penteadeira, começa o seu ritual de beleza e vê pelo espelho que fui acomodar-me em sua poltrona *bergère*, de quase duzentos anos, sem nem perguntar se lavei as mãos. Ela não se importa mais que eu possa manchar suas amadas peças de coleção, assinadas por um tal Avisse. Respira fundo e, enquanto examina os primeiros sinais de uma ruga, comunica em tom solene:

"Estamos partindo, Hannah."

Ela evita olhar para mim. Fala tão baixinho que mal consigo entendê-la, embora eu possa sentir sua determinação. É uma ordem. Minha vontade não conta, nem a de Papa ou a do Leo. Nós estamos partindo e ponto-final.

"Já temos as licenças e os vistos. Só falta comprar as passagens de navio."

E papai? Ela sabe que ele não vai mais voltar, mas como podemos abandoná-lo?

"Quando partimos?", é a única coisa que me atrevo a perguntar. Sua resposta não ajuda muito.

"Logo."

Pelo menos não vai ser hoje nem amanhã. Tenho tempo de elaborar uma estratégia com Leo, que já deve estar esperando por mim.

"Amanhã começaremos a fazer as malas. Vamos ter de decidir o que queremos levar." Ela fala tão devagar que fico inquieta.

Preciso sair e me encontrar com Leo, mas ela continua.

"Não voltaremos mais aqui. Mas vamos sobreviver, Hannah. Disso eu tenho certeza", ela me assegura, escovando o cabelo com uma fúria contida.

Mama apaga a luz do quarto e só deixa acesa a da penteadeira. Ficamos ali sentadas na penumbra. Ela não tem mais nada a me dizer.

Eu me esgueiro para fora do quarto e desço correndo as escadas, sem me preocupar com os vizinhos que estão ansiosos para nos ver partir. Ah, se soubessem que somos nós os primeiros a querer sair desse confinamento absurdo!

Chego sem fôlego à estação do Hackescher Markt e corro para o café. Leo está saboreando o restinho do seu chocolate quente.

"C-u-b-a, é assim que se soletra", diz ele, ressaltando cada letra. "Nós vamos para a América!"

Ele se levanta e eu o sigo, embora ainda não tenha recuperado o fôlego. Ainda estou arfando por ter corrido tanto. Mas ele disse "Nós vamos...", e essa é a única coisa que me interessa. Não o nosso destino, mas o plural. Nós. Pergunto de novo para me certificar, porque não quero nenhum mal-entendido.

"Estamos indo para a América. Sua mãe pagou uma fortuna pelas licenças."

A essa altura, devemos estar sem um centavo. Estamos certos de que Papa ajudou a custear as licenças de Leo e do pai dele. Tinham aberto essa possibilidade para muitos em Berlim, e aqueles que podiam aproveitar estariam a salvo. As duas famílias, a dele e a minha, estavam entre os sortudos.

A melhor notícia de todas era que Papa estava vivo:

"Eles vão soltá-lo", afirma Leo com tanta certeza que me deixa muda.

Papa é um homem de sorte, não é como *Herr* Samuel, que nunca mais voltou. Os Rosenthal podem ser indesejáveis, mas também são ricos. As condições que os Ogros impuseram é que entreguemos ao governo o prédio de apartamentos e todas as nossas outras propriedades, e deixemos o país em menos de seis meses. Tão logo Mama consiga garantir o transporte, eles libertam Papa e podemos conseguir o visto dele e as passagens para nós três. Por isso ainda não as compramos. Agora eu entendo.

Nós temos que ir ouvir o rádio no corredor fedorento do Ogro; precisamos ficar sabendo de todos os regulamentos mais recentes. Todos os dias eles inventam novas maneiras de tornar a nossa vida impossível. Não só não nos querem aqui, como estão tentando fazer o que podem para que ninguém no mundo nos aceite. Se formos rejeitados em todos os continentes, por que eles haverão de ser os únicos a suportar o fardo? A jogada perfeita: o triunfo da raça superior.

Só que alguém já nos aceitou. Uma ilha no meio das Américas vai nos receber e permitir que vivamos lá e formemos nossas próprias famílias. Vamos trabalhar, virar cubanos e ali nascerão nossos filhos, netos e bisnetos.

"Vamos no dia 13 de maio", diz Leo, sem parar de andar. Eu caminho atrás dele sem fazer perguntas. "Partiremos do porto de Hamburgo, com destino a Havana."

O dia 13 de maio é um sábado. Por sorte, não vamos numa terça-feira, o dia da semana que mais odeio.

Uma pedra suja. Um caco de vidro. Uma folha seca. Serão essas as únicas relíquias de Berlim que esconderei em minha mala no dia 13 de maio. Todas as manhãs, vago sem rumo pelo nosso apartamento com a pedra na mão. Às vezes, passo horas esperando Mama. Ao sair ela sempre promete que vai estar de volta antes do meio-dia, mas nunca cumpre a promessa. Se alguma coisa acontecer a ela, vou ter de ir com Leo. Ou talvez Eva possa dizer que é uma parente distante e possa me acolher. Ninguém vai descobrir que sou impura. Vão me dar novos documentos, vou ficar com a mulher que me viu nascer e terminar meus dias ajudando-a com as tarefas nas casas de outras pessoas.

Os documentos para a transferência dos nossos bens já estão prontos. O edifício, o apartamento onde nasci, a mobília, as peças de decoração, meus livros, minhas bonecas.

Mama conseguiu ficar com suas joias mais valiosas graças a uma amiga que trabalha na embaixada de um país exótico. A única coisa que ela se recusa a entregar são as escrituras do mausoléu da nossa família, que não interessa aos Ogros porque fica em nosso cemitério, em Weissensee. É ali que descansam meus avós e bisavós, e é onde deveríamos terminar também, mas tenho certeza de que vão destruir esse lugar, assim como já conseguiram destruir tantos outros.

Hoje em dia proliferam-se os documentos falsos para emigrar para a Palestina e a Inglaterra; todo mundo se aproveita da nossa situação desesperadora para nos roubar e enganar. Às vezes são os Ogros, mas outras vezes os responsáveis são informantes impuros sem piedade. Não se pode confiar em ninguém.

É por isso que Mama quis se assegurar de que nossas licenças para entrar em Cuba como refugiados sejam autênticas.

"Além de cento e cinquenta dólares americanos por licença, paguei um depósito de outros quinhentos. Essa é a garantia de que não vamos procurar trabalho na ilha e que não seremos um fardo para o país", ela explica, virando as costas para mim.

Nós vamos para uma pequena ilha que se vangloria de ser a maior do Caribe. Uma faixa de terra entre a América do Norte e a América do Sul. Entretanto esse pontinho minúsculo no mapa é o único lugar que está abrindo as portas para nós.

"De acordo com o Atlas, esta ilha faz parte do mundo ocidental", Mama declara com certa satisfação.

Vamos partir de Hamburgo e teremos de atravessar o oceano Atlântico num navio alemão. Porém, por mais que queiramos ir, não nos sentiremos completamente a salvo numa embarcação tripulada por Ogros.

"As passagens de primeira classe vão custar cerca de oitocentos *reichsmarks*", continua Mama com suas explicações sem sentido para mim, "e a companhia exige que sejam de ida e volta, embora saibam muito bem que não vamos voltar."

Todos tiram vantagem de nós.

Ela voltou cedo porque Papa deve retornar a nossa casa hoje. Está usando um vestido preto, como uma espécie de luto antecipado, e uma faixa branca que não se ajusta direito na cintura. Seu rosto está limpo, com bem pouca maquiagem. Ela não está mais usando cílios postiços nem lápis de sobrancelhas ou sombra nos olhos. Mama é uma mulher diferente.

Sentada na ponta da cadeira com as mãos cruzadas sobre o colo, ela parece uma aluna indisciplinada de castigo na escola para onde não me enviam mais porque não me aceitam.

"Fique tranquila", ela diz ao me ver andando de um lado para o outro na enorme sala cheia de poeira.

Papa está subindo as escadas. Podemos ouvi-lo. Já está aqui! *Nós estamos partindo! Conseguimos! Vamos viver num pedacinho de terra, Papa, onde não há quatro estações, só verão. A época da chuva e da seca. Eu li isso no Atlas.*

Quando entra, Papa parece ainda mais alto do que antes. Seus óculos estão tortos. Seu cabelo foi totalmente raspado. A gola de sua camisa está tão suja que é impossível dizer de que cor é. Mas sua magreza faz com que ele pareça ainda mais elegante; apesar da fome, do sofrimento e do mau cheiro, ele ainda está ereto. Corro até ele e o abraço; ele cai em prantos. *Não chore, papai. Você é a minha força. Você está seguro aqui agora, com nós duas.*

Eu fico ali, abraçada com força a ele, e respiro seu cheiro de suor e latrina. Posso ouvir sua respiração entrecortada, seu peito arfando. Ele levanta a cabeça e olha para Mama.

Ele me beija na testa como se eu fosse um bebê, enquanto Mama lhe estende a mão para que se levante. Eu queria saber onde encontrou essa força súbita essa mulher que antes não saía do apartamento e passava os dias chorando! Não me acostumo com essa nova Alma. Ouvi-la falar me surpreende mais ainda.

"Temos apenas dois vistos de saída assinados pelo Departamento de Estado cubano, porque acabam de publicar um novo decreto restringindo a entrada de refugiados alemães na ilha." Mama não se interrompe nem para recuperar o fôlego. "Mas não se preocupe; a Hamburg-Amerika vai vender vistos de turista por um período limitado, assinados pelo diretor-geral da imigração, alguém chamado Manuel Benítez."

Ela tentou pronunciar este nome em perfeito espanhol.

"Precisamos de apenas um. Se conseguirmos um Benítez" – ela já tinha batizado os vistos salvadores – "carimbado pelo consulado cubano, você vai poder ir conosco. Mas temos de evitar comprá-lo de intermediários. Seria melhor comprar três, assim todos nós poderemos viajar com os mesmos documentos."

"Que outra opção nós temos se não conseguirmos um Benítez?", pergunto. "Vamos de todo jeito e deixamos Papa em Berlim?"

Ela não me responde. Continua com sua explicação sem nem tomar fôlego:

"Pelo menos temos duas cabines na primeira classe reservadas para nós. Isso é uma garantia. O problema é que estamos autorizados a levar apenas dez *reichsmarks* por pessoa."

Isso significa vinte *reichsmarks* para os meus pais e dez para mim. A soma total da nossa fortuna. Poderíamos esconder um pouco mais de dinheiro, mas, não, seria muito arriscado; poderiam tirar as nossas autorizações de desembarque. Melhor seria levar o relógio do Papa ou alguma outra joia. Isso seria de grande ajuda.

"Até chegarmos a Havana, não teremos acesso à nossa conta canadense. Teremos umas duas semanas de viagem, não muito mais do que isso", Mama continua, muito prática. "Podemos nos hospedar no Hotel Nacional nos primeiros dias, até nossa casa ficar pronta. Ficaremos em Cuba um mês, um ano talvez. Quem sabe..."

Ela termina de dar todas as notícias a Papa e, em seguida, fecha-se em seu quarto. Não o abraçou, só lhe deu um beijo frio em cada bochecha. Nós não temos mais família; estamos sozinhos. Ao longo dos últimos meses, perdemos todos os nossos amigos. Cada um está tentando sobreviver como pode.

E Leo? Eles devem ter ajudado Leo e o pai com as passagens de navio.

A chegada de Papa me impede de sair para encontrar meu amigo. Em vez disso, ele vem me buscar e, quando desço para deixá-lo entrar, vejo que *Frau* Hofmeister está enxotando o meu amigo.

"Saia daqui, seu vira-lata sujo! Aqui não é lata de lixo!"

Corremos para o parque Tiergarten. Não nos resta muito tempo, e Leo sabe disso. Ele e o pai ainda não conseguiram seus vistos.

"Os vistos estão acabando", ele me diz. "E ainda falta o de Papa."

E, como se já não bastasse, temos outro problema: os nossos pais estão planejando nos matar, caso a gente não consiga sair de Berlim. Leo tem certeza disso.

Ele ouviu Papa e o pai dele falando de um veneno letal. Leo sabe de tudo.

"Hoje em dia, o cianeto é tão precioso quanto ouro", explica ele, como se fosse um traficante.

Ele está exagerando, penso, e não acredito nele. Ninguém quer morrer. Tudo o que queremos é fugir; isso é o que mais queremos no mundo.

"Seu pai disse que prefere morrer a ter de voltar para a cadeia", Leo diz sério. Ele parou de correr. "Pediu para o meu pai comprar três cápsulas para sua família no mercado negro. Você não acredita em mim?"

"Claro que não, Leo!", respondo, com falta de ar.

"As cápsulas de cianeto ficaram conhecidas durante a Grande Guerra." Leo agora assume um ar de apresentador de circo mambembe prestes a expor um fenômeno da natureza. O pai dele deve perceber que esse menino sempre ouve suas conversas. Leo é perigoso. "É melhor morrer do que ser preso. Tiram as suas armas, mas você pode esconder um comprimidinho debaixo da língua, se necessário."

Leo dramatiza cada frase com grandes gestos. Então, faz uma pausa para ver se estou furiosa ou com medo.

"As cápsulas não dissolvem com facilidade. Elas têm um revestimento fininho para evitar que se quebrem por acidente. Na hora certa, você morde o revestimento e engole o cianeto de potássio." Com isso, ele faz uma pantomima cômica, atirando-se ao chão, tremendo, estrebuchando, prendendo a respiração, arregalando os olhos, tossindo. Então volta à vida e recomeça a falar. "A solução é tão concentrada que, quando entra no sistema digestivo, causa morte cerebral na mesma hora", diz ele, respirando fundo e ficando imóvel como uma estátua.

"Será que não dói?", pergunto, entrando no jogo.

"É uma morte perfeita, Hannah", ele sussurra. Depois, começa outra vez a gesticular como louco. "Ele destrói sua mente, então, você não sente nada, e seu coração para de bater."

Este pelo menos é um consolo: uma morte sem dor nem sangue. Eu iria desmaiar se visse sangue e não suportaria sentir dor, também.

Se nossos pais nos abandonarem, as cápsulas serão perfeitas para nós dois, Leo. Dormiremos e pronto.

Eu me encosto na parede cheia de cartazes. "Milhões de homens sem trabalho. Milhões de crianças sem futuro. Salvem o povo alemão!" *Eu sou alemã, também.* Quem vai me salvar?

"Você tem que encontrar as cápsulas!", exige Leo. "Procure no apartamento todo. Você não pode partir sem elas. Temos de jogá-las no lixo."

"Livrar-se de algo que vale seu peso em ouro, Leo? Não seria melhor guardá-las e vendê-las?"

Ainda há outro problema: agora tenho de verificar cuidadosamente tudo que me dão para comer, embora eu realmente não ache que pensem em misturar o conteúdo das cápsulas em minha comida, porque eu notaria na hora. Queria saber qual é o cheiro do cianeto. Deve ter uma textura diferente, um sabor que se destaca, mas Leo não mencionou nada disso. Eu vou ter de averiguar. Agora, cada segundo conta.

Eles podem vir até a minha cama depois que eu tiver adormecido, abrir a minha boca e despejar lá dentro o pozinho da cápsula. Eu não iria gritar nem chorar. Queria só poder olhar nos olhos deles para que soubessem que estou morrendo, que o meu coração está parando de bater.

Meus pais estão desesperados, e numa situação-limite podem agir sem pensar. Tudo é possível. Não espero nada bom vindo deles. Mas eles não podem decidir por mim; eu estou prestes a completar 12 anos. Não preciso deles. Poderia fugir com Leo; iríamos crescer juntos.

Leo, me ajude a sair daqui!

Vou para casa dormir e tentar esquecer o cianeto, pelo menos por algumas horas. Amanhã, assim que Papa e Mama saírem, eu inicio a busca.

Acordo mais tarde do que o habitual; Leo me deixou exausta. Aproveito que estou sozinha para começar a vasculhar o cofre escondido atrás do retrato do vovô, no gabinete de Papa. A combinação ainda é a minha data de nascimento, mas, quando abro a portinha, tudo que encontro são documentos, pilhas de envelopes.

Depois abro a caixa de joias. Nada. Em seguida, a maleta intocável de Papa. Examino todas as gavetas do apartamento, mesmo as que eu nunca abri antes. Procuro entre os livros, atrás dos enfeites. Eu me aproximo com cuidado do gramofone e verifico no interior do trompete. Nada. Procuro em todos os lugares. As cápsulas não estão no apartamento.

Provavelmente meus pais as levam com eles. Essa é a única possibilidade. Talvez Papa as guarde em sua grossa carteira. Ou, quem sabe, na boca, certo de que o revestimento vai protegê-lo. A tarefa que Leo me deu, de encontrar o maldito pó, me deixa esgotada.

Não aguento mais. Olhei em todos os cantos, e já é hora de eu sair. Chego em Rosenthaler Strasse ao meio-dia, mas não consigo encontrar Leo no café de *Frau* Falkenhorst. É quase sempre ele que tem de esperar por mim; essa é sua vingança.

Entro e saio do café; muitas mesas estão cheias de fumantes. Leo não veio, e imagino que não vá aparecer agora. Vou para Alexanderplatz e dou algumas voltas na estação. Eu me distraio deslizando as mãos pelos azulejos frios verde-gaio. Meus dedos ficam pretos, e não tenho ideia de como limpá-los.

Pego o S-Bahn e ouso me aventurar até o beco malcheiroso da janela do Ogro. Leo pode estar lá, à caça de notícias quentes no rádio. Não sei o que faço sozinha aqui. Chego mais perto da janela do homem mais fedorento de Berlim, com o seu aparelho de rádio estridente. Sinto vontade de perguntar "O senhor viu o Leo, por acaso?". No rádio, ouço que vai haver uma reunião de Ogros no Hotel Adlon para decidir o que fazer com os impuros. Eles poderiam ter ido para o Hotel Kaiserhof, mas não foram; tiveram de escolher o Adlon, apenas para que a nossa dor seja ainda maior.

O Adlon é o símbolo de uma Berlim majestosa. Todos queriam se hospedar lá. Agora eles estão fugindo. As bandeiras dos Ogros estão em todas as varandas do hotel e nos postes em torno das avenidas onde antes passeávamos alegremente.

Mas estamos de partida. Isso é o que importa. Por sorte, não sinto apego a nada. Nem ao nosso apartamento, nem ao parque, nem às minhas aventuras com Leo nos bairros dos impuros.

Eu não sou alemã. Não sou pura. Não sou ninguém.

Tenho de encontrar Leo, então decido arriscar: vou pegar o S-Bahn novamente e aparecer na casa dele, no número 40 da Grosse Hamburger Strasse.

Repito o endereço para mim, para não me esquecer. Esse é o bairro em que Mama se recusa a morar, em que todos os impuros de Berlim agora moram. Leo poderia ter esperado por mim do lado de fora do nosso prédio. Ele não tem medo de ninguém, muito menos da *Frau* Hofmeister.

❧

Desço na estação de Oranienburger Strasse. Quando chego ao cruzamento com a Grosse Hamburger Strasse, ando com os olhos pregados no chão e trombo com uma mulher carregando um saco cheio de aspargos brancos. Peço desculpas e ouço a mulher resmungando atrás de mim: "O que uma menina pura faz sozinha num bairro como este?".

Quando chego à rua de Leo, tenho que parar para me orientar. Do lado direito está o cemitério e a escola pública para os filhos dos impuros. A casa dele é à esquerda, na direção do Koppenplatz Park. Enfim, consigo me localizar.

Os edifícios sem graça dessa rua se amontoam em blocos de três ou quatro andares e têm fachadas idênticas, sem varandas, são todos iguais. Suas paredes cor de mostarda estão começando a descascar porque não são pintadas há séculos.

Aqui, as pessoas caminham como se tivessem tempo de sobra. Andam perdidas, desorientadas. Dois velhos vestidos de preto estão na entrada de um dos edifícios. Respiro um ar de abandono e camadas de suor nos paletós que passam de mão em mão sem um dono fixo.

Pelo menos não há cheiro de fumaça, embora dê para ver cacos de vidro na calçada. Ninguém parece se importar, pisam nos cacos e os esmagam. O rangido me provoca arrepios.

Numa loja, pregaram enormes placas de madeira para substituir as janelas quebradas em novembro. Alguém tinha pintado com tinta preta estrelas de seis pontas na madeira, junto com frases que me recuso a ler.

Estou procurando o número 40, nada mais me interessa. Não quero saber por que os velhos não saem da porta, ou por que um menino que parece não ter nem 4 anos de idade morde esfomeado uma batata crua e, em seguida, cospe tudo.

O número 40 é um prédio de três andares pintado de mostarda e escurecido pela umidade. As janelas estão desencaixadas, como se tivessem perdido as dobradiças. A porta da frente, encostada, tem uma fechadura arrombada. Subo as escadas estreitas e escuras, e o ar lá dentro é mais frio ainda. É como pisar num frigorífico imundo, com cheiro de comida estragada. A escada é iluminada apenas por uma lâmpada sem lustre. Algumas crianças descem as escadas correndo e me empurram. Agarro o corrimão para não cair e sinto algo pegajoso na palma da minha mão.

Ando pelo corredor sem nenhuma ideia de como me limpar. Há vários quartos com as portas abertas. Imagino que, em algum momento no passado, este era o enorme apartamento de uma única família. Agora é dividido entre os impuros que perderam suas casas.

Nenhum sinal de Leo ou do pai. A última porta se abre e um homem descalço sai dali vestindo uma camiseta manchada. Eu ando com cautela. O homem tem o mesmo nariz de cogumelo venenoso e a estrela de seis pontas no peito que eu tinha visto na capa do *Der Giftpilz*, o livro que fomos obrigados a ler na escola. Quando ele me vê, para por um momento e coça a cabeça. Não diz nada, então continuo, porque não tenho medo dele. Nem de ninguém.

Espio dentro de um dos quartos, onde devem estar cozinhando batatas, cebolas e carne com molho de tomate. Uma mulher mais velha está balançando numa cadeira. Outra mulher descabelada faz chá. Um menininho me encara enquanto tira meleca do nariz.

Agora entendo por que Leo não queria que eu visse onde ele passa as noites. Não tem nada a ver com o fato de *Frau* Dubiecki, a síndica, ser uma megera. É por causa dessa tristeza; Leo queria me proteger do horror.

Leo, você podia ter pedido ajuda. Podia ter vindo morar com a gente. Seria perigoso, eu sei, mas deveríamos ter aberto nossas portas para vocês, no entanto, não fizemos isso. Perdoe-me, Leo.

Ao chegar ao segundo andar, alguém agarra meu braço.

"Você não pode ficar aqui." A mulher baixinha com uma barriga enorme pensa que não gosto deles. Que eu sou pura.

"Estou procurando o quarto da família Martin", digo num fio de voz, tentando esconder o fato de que estou com muito medo.

"Quem?", ela pergunta com desdém.

"Preciso falar com Leo. É urgente. Um assunto de família muito grave. Sou prima dele."

"Você não é prima dele!", vocifera a harpiazinha, virando as costas para mim.

Agora sou eu que a seguro pelo braço.

"Solte-me!", ela grita. "Você não vai encontrar ninguém lá. Eles fugiram na noite passada como ratos, com suas malas. E não me disseram nada!"

Não sei se choro ou se suspiro aliviada. Fico parada por alguns segundos, olhando bem nos olhos dela, e não consigo deixar de lamentar o estado da mulher. Desço as escadas correndo e saio em busca do S-Bahn. Não sei para que lado eu tenho que ir.

Na calçada, a luz me cega e o barulho da rua me paralisa. O sino da porta de uma padaria nas proximidades ressoa dentro da minha cabeça com um golpe num metal que continua reverberando. As conversas dos transeuntes misturam-se em minha mente. Uma mulher grita com o filho. Posso ouvir a respiração nas narinas cabeludas dos velhos como se estivesse amplificada por alto-falantes, o seu hálito rançoso cheirando a álcool, as suas conversas numa língua incompreensível.

Estou perdida. Não quero andar na direção do antigo cemitério, com as suas lápides repletas de pequenos seixos empilhados. Quem, pelo amor de Deus, poderia querer viver tão perto da morte? Leo não está aqui para me guiar. Eu tenho que encontrar a estação.

Quando a avisto, por fim, sei que estou salva. Tenho que ir embora daqui. Não pertenço a lugar algum. *Você tem muito que me explicar, Leo, porque tenho muitas perguntas que não posso fazer aos meus pais.*

No caminho de volta, toda vez que a antena sacode nos cabos aéreos, eu tenho um sobressalto. Os outros passageiros estão estranhamente calmos; eles olham para o chão, e todos parecem estar vestidos de cinza. Não há um único respingo de cor nessa massa uniforme. Minhas bochechas estão queimando, meus olhos estão cheios de lágrimas que eu me forço a não deixar cair. Ninguém quer se sentar ao meu lado; eles me evitam. Sei que pareço pura, mas sou tão cinza quanto eles. Moro num apartamento de luxo, mas a mim também expulsaram.

Vou para casa sozinha. Ninguém nunca mais vai andar comigo. Ainda não consigo acreditar que Leo não pôde correr até a minha casa e arriscar bater à nossa porta para me contar que seu pai o levaria para a Inglaterra ou aonde quer que fosse, que ele escreveria para mim, que nunca ficaríamos distantes um do outro, mesmo que um continente ou oceano nos separasse.

Só consigo pensar em como me preparar para uma viagem sem futuro para a pequena ilha que Leo imaginou em seus mapas de água.

É terça-feira. Eu deveria ter ficado no meu quarto olhando para o teto. Tudo teria sido um sonho, ou melhor, um pesadelo horrível. Quando acordasse pela manhã, Leo estaria lá como sempre, com os seus enormes cílios e seus cabelos desgrenhados, esperando por mim ao meio-dia no café de *Frau* Falkenhorst.

⚭

Quando abro a porta do apartamento, vejo meu pai em pé na janela contemplando as tulipas. Agora é ele a pessoa que mais fica em casa. Ele se refugia em seu gabinete de madeira escura, de costas para a fotografia do vovô, com seu bigode farto e olhar de general. Papa esvaziou as gavetas da escrivaninha e jogou no lixo centenas de papéis: os seus estudos, seus escritos.

Vou até ele. Ele me beija na testa e continua contemplando o jardim. Deve saber para onde levaram Leo e se ele e o pai conseguiram obter as autorizações para desembarcar em Havana.

"E o Leo e o pai dele?", me arrisco a perguntar.

Silêncio. Papa não reage. *Pare de olhar as tulipas, Papa! Isso é importante para mim!*

"Está tudo bem, Hannah", ele responde sem olhar para mim.

Isso significa que não há boas notícias, eu sei.

Vou para o quarto de Mama. Preciso que alguém me diga o que está acontecendo. Se vamos partir ou não, se a viagem ainda está de pé. Agora é ela quem sai todas as manhãs para providenciar tudo.

"Está tudo certo, Hannah", ela confirma. "Não há nada com que se preocupar. Já estamos com as passagens e já consegui a permissão para desembarcarmos, o Benítez, para Papa."

"O que mais falta?"

"Vamos partir no sábado, ao amanhecer. Vamos em nosso carro; um dos ex-alunos de Papa vai nos levar. O carro será seu pagamento."

"Ele é de confiança", acrescenta Papa, que aparece na porta do quarto para me tranquilizar.

Mas eu não consigo parar de pensar em Leo.

O quarto de Mama está um caos: roupas em todos os lugares, *lingeries*, sapatos. Ela anda de um lado para outro e a ouço cantarolar uma musiquinha. Não entendo bem. Parece ter se transformado no que era ou na ilusão do que foi. Parece que a cada dia tenho uma mãe diferente. Isso pode parecer divertido, mas não é. Leo desapareceu sem dizer adeus.

Mama arrumou quatro enormes malas cheias de roupas. Não há mais nenhuma dúvida: ela enlouqueceu.

"O que você acha, Hannah?" Ela põe um vestido e começa a dançar em volta da sala. Uma valsa. Cantarola uma valsa. "Se estamos indo para a América, tenho de levar um vestido Mainbocher", ela continua – como se estivéssemos saindo de férias para alguma ilha exótica.

Ninguém em Cuba vai estar interessado na marca dos vestidos que ela usa. Ela chama todos pelo nome da estilista: um Madame Grès, um Molyneux, um Patou, um Piquet.

"Vou levá-los todos!", ela diz com uma risada nervosa.

São tantos que ela não vai precisar repetir nenhum durante a travessia. Ela sabe que, cada vez que se refugia nesse tipo de euforia, eu me distancio dela. Sei que está sofrendo, não estamos saindo de férias. Ela tem consciência da nossa tragédia, mas está tentando enfrentar isso da melhor maneira possível.

Ah, Mama! Se você tivesse visto o que eu vi hoje. E você, Papa, não devia ter abandonado Leo e o pai dele naquele pesadelo!

Um inventário de todos os nossos bens foi feito, a *Vermögens Erklärung*, a declaração que todas as famílias têm de entregar antes de partir. Mama pode levar suas roupas e as joias que estiver usando, mas o resto da nossa vida tem de ficar na Alemanha. Não podemos perder ou quebrar nada listado no inventário. Qualquer erro bobo, e nossa partida será adiada indefinidamente. E nos mandarão para a prisão.

Anna
Nova York, 2014

O sr. Levin nos colocou em contato com uma sobrevivente do *St. Louis*, o transatlântico que levou tia Hannah para Cuba. Vamos visitá-la hoje. Talvez ela conheça a família do meu pai – a minha família. Estamos levando cópias dos cartões-postais e das fotos, porque talvez ela consiga reconhecer alguns dos seus parentes ou até ela mesma, ainda jovem, no navio. Essa é a nossa esperança.

O sr. Levin diz que só restam poucos sobreviventes. Claro, já se passaram tantos anos!

A sra. Berenson mora no Bronx. Quem nos receberá é seu filho, que já avisou que vamos encontrar uma velhinha amável, de poucas palavras, mas que tem uma memória viva do passado. O presente, ela esquece cada dia mais. Convive com a dor há mais de setenta anos, diz seu filho. Para ela não existe perdão. E, mesmo que quisesse esquecer, não consegue.

Muitas vezes o filho já pediu que ela lhe contasse como conseguiu sobreviver, sobre a perseguição que sofreu, sua odisseia a bordo do navio e o que aconteceu aos pais. Ele queria que ela contasse tudo em detalhes, mas ela se recusa. Aceitou a nossa visita só por causa das fotografias.

A sra. Berenson tem sua mezuzá no batente da porta. Quando seu filho a abre, uma rajada de ar quente nos surpreende. Ele é idoso, também. O corredor está cheio de fotos antigas exibidas numa ordem aleatória. Casamentos recentes, aniversários, recém-nascidos. A história da família Berenson depois da guerra. Mas nada da sua vida na Alemanha.

Na sala de estar, a sra. Berenson descansa numa poltrona perto da janela e não se volta para nós quando entramos. A mobília é feita de mogno escuro e pesado. Tudo no apartamento deve ter custado uma fortuna. Não há muito espaço para andar entre as cristaleiras, mesas, sofás, poltronas e os ornamentos. Tenho medo de espirrar e quebrar alguma coisa. E cada peça do mobiliário é protegida por uma toalha de renda. Que obsessão por cobrir as superfícies! Até as paredes são cobertas com um papel de parede num tom triste de mostarda.

Estou convencida de que o sol nunca entrou nesta casa.

"Vocês podem ver que ela é um pouco nervosa", o filho explica, talvez para que a mãe ouça e tenha alguma reação. No entanto ela continua imóvel.

Mamãe pega na mão dela e a senhora responde com um sorriso.

"Sorrir é o melhor que posso fazer na minha idade", diz a velhinha, quebrando o gelo. Não entendo bem o que ela diz. Viveu quase toda a sua vida em Nova York, mas seu sotaque alemão ainda é muito forte.

Mamãe me apresenta, e eu aceno com a cabeça de um canto da sala. Com dificuldade, a sra. Berenson levanta a mão direita, cheia de anéis de ouro, e faz um leve movimento para me cumprimentar.

"A tia-avó da minha filha nos enviou os negativos. Ela viajou no navio com a senhora. Hannah Rosenthal."

Eu não acho que a sra. Berenson tenha algum interesse pela nossa família. Quando sorri, seus olhos se abrem mais e transparece um ar de menina travessa por trás da idosa entediada que sobreviveu à guerra e agora só consegue se locomover com ajuda.

"Esses eram nomes muito comuns naquela época. Trouxe as fotos?"

Ela não está interessada em conversar. Vamos ao que interessa: façam o que vieram fazer e depois podem ir embora. Ela não quer ser incomodada. Sorrir é mais do que suficiente.

Num canto da sala fica a maquete de um edifício sobre uma mesa alta. Ele tem uma fachada simétrica e é cheio de portas e janelas, com uma grande entrada no centro. Parece um museu.

"Não chegue muito perto, criança."

Não posso acreditar que ela me repreendeu. Eu rapidamente me afasto para outro canto da sala. Como que se desculpando, a sra. Berenson explica:

"Foi um presente do meu neto. É a réplica do edifício que tínhamos em Berlim. Não existe mais. Foi bombardeado pelos soviéticos no final da guerra. Vamos ver as fotos."

Mamãe espalha as fotografias sobre a toalha que cobre a mesa ao lado da velha senhora, e ela começa a pegá-las uma a uma.

Ela se acomoda melhor na sua poltrona e se concentra nas fotos, esquecendo-se da nossa presença. Ri, apontando para as crianças que brincam a bordo do navio, e depois murmura algumas frases em alemão. Ela parece encantada com as imagens: a piscina, o salão de baile, o ginásio, as mulheres elegantes. Algumas pessoas estão tomando sol, outras posam como estrelas de cinema.

Ela examina todas novamente e reage como se as visse pela primeira vez. O filho se surpreende ao vê-la: sua mãe está feliz.

"Eu nunca tinha visto o mar antes", é a primeira coisa que ela diz.

Ela pega um segundo envelope de fotos e acrescenta: "Também nunca tinha ido a um baile de máscaras."

Ela parece cada vez mais ansiosa, como se esperasse um terceiro envelope. "A comida era maravilhosa! Fomos tratados como se pertencêssemos à realeza."

Ela se detém numa fotografia em particular. Tinha sido tirada de um porto. Seria o porto de Havana? Talvez. Os passageiros estão aglomerados na balaustrada do navio, acenando. Alguns carregam os filhos. Outros têm olhares desesperados no rosto.

A velha senhora leva a fotografia ao peito, fecha os olhos e começa a chorar. Em apenas alguns segundos, os soluços baixinhos se tornam agoniados. Não sei se ela está chorando ou simplesmente gritando. O filho se aproxima para confortá-la. Ele a abraça, mas ela não para de tremer.

"É melhor irmos embora", minha mãe diz, segurando-me pelo braço.

Deixamos as fotografias sobre a mesa de centro sem nem sequer nos despedirmos. A sra. Berenson ainda está de olhos fechados e segura a foto contra o peito. Ela se acalma por um segundo; em seguida, começa novamente a chorar.

Seu filho nos pede para perdoá-la. Eu não entendo nada. Gostaria de saber o que aconteceu com a sra. Berenson. Talvez ela tenha reconhecido alguém da família no navio. Será que eles chegaram a desembarcar em Havana? Talvez tenham naufragado; mas, no final, ela foi salva, então não devia estar feliz pela sorte que teve?

Enquanto esperamos o elevador, ainda podemos escutar seus gritos angustiados.

Descemos em silêncio. Os gritos continuam.

Não posso falhar com meu pai assim como falhei com mamãe. Não quero acabar com o mesmo sentimento de culpa em relação a ele. Só vou fazer 12 anos! Na minha idade, ainda queremos nossos pais por perto. Gritando conosco, recusando-se a nos deixar brincar quando queremos, dando ordens e fazendo sermões quando não nos comportamos.

Ainda que eu tenha desejado que a minha mãe não acordasse mais – que ela continuasse para sempre afundada nos lençóis, na escuridão do seu quarto –, reagi a tempo, corri, pedi ajuda e a salvei. Quero que papai acorde também, que saia das sombras, que venha me buscar e me leve embora com ele, para bem longe, num veleiro que desafie os ventos. Agora estou prestes a me encontrar com o seu passado.

Pergunto-lhe sobre o calor em Havana, a cidade onde ele nasceu e cresceu. *Acorda, papai! Conte-me alguma coisa.* Eu levo a foto dele para mais perto da luz, o que lhe dá um tom rosado ao rosto, e sinto que agora ele realmente me escuta. *Eu confundo você com todas as minhas perguntas, não é, papai?*

Disseram que o calor em Havana é insuportável, e isso deixa mamãe preocupada. O sol é escaldante, de matar, e deixa você fraco a qualquer hora do dia. É preciso usar muito protetor solar, nos advertem.

"Mas não vamos para o deserto do Saara, mãe. É uma ilha onde há brisa e mar por todos os lados", eu explico, mas ela olha para mim como se perguntasse a si mesma: *O que sabe essa menina? Ela nunca foi para o Caribe!* Mamãe se recusa a acreditar que estamos preparadas.

125

Ela preferia que ficássemos num quarto de hotel com vista para o mar, mas a minha tia-avó insiste em dizer que a casa onde meu pai nasceu é nossa casa também, nos pertence. Não podemos ofendê-la, então tenho de convencer mamãe a se esquecer de todos os hotéis com nomes de cidades espanholas, ilhas italianas ou balneários franceses que ela encontrou disponíveis em Havana.

Estou curiosa para ver como vive uma mulher alemã com uma voz suave e melodiosa e que constrói suas frases em espanhol com tanto cuidado, numa ilha onde as pessoas falam aos gritos e balançam os quadris ao andar. Pelo menos foi o que disse o sr. Levin.

Talvez a minha tia tenha uma grande surpresa para nós. Chegaremos ao aeroporto de Havana ao entardecer, quando o sol e o calor já estiverem mais fracos. Vamos desembarcar do avião e, quando as portas de vidro que separam o terminal da cidade se abrirem, você vai estar lá esperando por nós, papai, com os seus óculos sem aro e seu meio sorriso. Ou, melhor ainda, vamos sair do aeroporto e, quando chegarmos à casa onde nasceu, tia Hannah vai abrir uma enorme porta de madeira, nos convidar para entrar e você estará sentado na espaçosa sala de estar iluminada. Não poderia haver uma surpresa maior, poderia?

Ah, não me escute, pai; são apenas minhas fantasias de menina. Eu quero é conhecer o seu quarto, o lugar onde você deu seus primeiros passos, onde brincou quando criança. Tenho certeza de que minha tia-avó guardou alguns brinquedos seus.

Eu já fiz a minha mala. É melhor deixar tudo pronto antes da hora, para não correr o risco de esquecer alguma coisa.

Eu não conto a papai sobre a nossa visita à sra. Berenson. Seus gritos ainda me provocam pesadelos. Não quero que ele se preocupe. Sei que ele deve estar contente porque vamos para Cuba. Acho que ele teria adorado fazer essa viagem conosco.

Eu não acredito que a minha tia seja como a sra. Berenson. Talvez ela nunca tenha se esquecido do passado, também. Mas não parece uma pessoa amarga ou ressentida.

Na hora de dormir, começo a folhear o álbum em que mamãe colocou as fotos do navio. Procuro a garota que se parece comigo e olho para ela por um longo tempo. Quando fecho os olhos, ela ainda está lá sorrindo para mim. Levanto-me e corro pelo convés do gigantesco navio, vazio. Encontro a menina com olhos grandes e cabelos louros. Sou essa garota. Ela me abraça e eu a vejo em mim mesma.

Acordo de sobressalto em meu quarto, e meu pai está ao meu lado. Eu o beijo e lhe dou a notícia: estamos partindo em poucos dias. Vamos fazer uma breve escala em Miami e, em seguida, tomaremos outro avião para um percurso de apenas 45 minutos.

Que perto estamos da ilha! Vamos chegar à casa da tia Hannah ao anoitecer.

Hannah
Berlim, 1939

É sábado. Dia da nossa partida.

Estou usando um vestido azul-marinho um pouco pesado para esta época do ano, diria Mama. Papa e eu estamos esperando pacientemente na sala de estar. Não estou interessada em manter impressão alguma de Hamburgo, embora eu possa ouvir uma das frases favoritas de Mama em minha cabeça: "A primeira impressão é a que fica".

Tampouco estou muito chateada por deixar para trás o único lugar onde vivi e apagar doze anos da minha vida num só golpe. O que me deixa triste é que Leo, meu único amigo, me abandonou e eu não sei para onde ele fugiu; não sei que mundos exóticos ele vai descobrir sem mim. Só me consola pensar que ele sempre poderá me encontrar na ilha, onde um dia sonhamos constituir uma família. E ele sem dúvida sabe que até o dia da minha morte vou esperar por ele.

A única coisa boa desde que Leo desapareceu é que me esqueci das cápsulas de cianeto. Pouco me importa a decisão que meus pais tenham tomado. Finalmente vamos fugir e não precisaremos mais delas. Se eu fosse Papa, no entanto, nunca as deixaria num lugar onde Mama pudesse encontrá-las; ela passa um dia prostrada na cama e outro festejando a nossa partida.

Pergunto a Papa novamente sobre a família Martin. Ele deve saber alguma coisa.

"Estão em segurança", é tudo que ele me diz, mas isso não é suficiente, porque não quero me separar de Leo. "Está tudo bem."

Suas frases favoritas agora são: "Não está acontecendo nada", "Não se preocupe", "Está tudo bem".

Ele nunca perde a compostura, mesmo nas situações mais difíceis. Fica sentado no sofá, olhando para o nada. Suponho que a essa altura esteja indiferente a tudo. A bendita pasta de couro fica aos seus pés. Quando pergunto se ele quer que eu faça um chá antes de sairmos, está distraído demais para responder. Prefere pensar que temos sorte e recusa-se a se fazer de vítima.

Sete malas pesadíssimas estão na porta. O ex-aluno de Papa, que agora é membro do partido dos Ogros, chega para nos buscar e começa a levá-las para o nosso carro, que no final do dia será dele. A caminho, dá uma boa olhada na sala de estar. Deve achar que alguns dos bens mais valiosos que pertencem às famílias Rosenthal e Strauss por gerações de repente podem passar para as mãos dele. E quem sabe se, depois de nos deixar no porto e voltar para Berlim, ele não arrombará nosso apartamento e levará embora o vaso de Sèvres da vovó, o serviço de prata, a porcelana Meissen...?

"Os vizinhos estão lá embaixo", diz Papa. "Formaram duas filas do lado de fora do edifício. Não podemos sair pelos fundos?"

"Vamos sair pela porta da frente e de cabeça erguida", declara Mama ao sair do quarto com uma aparência radiante. "Não somos fugitivos. Estamos deixando nosso prédio para eles. Podem fazer com ele o que bem entenderem."

Quando ela passa, deixa um leve rastro de jasmim e rosas da Bulgária. Ninguém, exceto ela, poderia ter tido a ideia de viajar de carro para Hamburgo e subir a bordo de um navio com um vestido de cauda. Um véu curto cobre a metade superior de seu rosto perfeitamente maquiado: sobrancelhas arqueadas nas têmporas, bochechas alvíssimas e lábios num tom escarlate brilhante. Complemento perfeito ao seu vestido preto e branco Lucien Lelong, um broche de platina e diamantes arremata a sua cintura.

O vestido delineia sua figura esbelta e a obriga a dar passos curtos o suficiente para que todos possam admirar essa visão esplêndida. Isso, sim, é saber causar uma ótima primeira impressão!

"Vamos?", ela diz sem olhar para trás. Sem se despedir de tudo que foi dela. Sem um último olhar para os retratos de família. Sem nem reparar em como Papa e eu estamos vestidos. Ela não precisa aprovar nossos trajes: seu brilho ofuscará tudo ao seu redor.

Ela é a primeira a sair. O ex-aluno fecha a porta (ele a trancou?) e pega as duas malas que restam.

É o perfume de Mama que chega à rua, primeiro. As harpias que estão esperando para gritar insultos contra nós ficam inebriadas – enfeitiçadas – com a fragrância da Deusa.

Talvez tenham inclinado ligeiramente a cabeça quando entramos no carro que em breve deixará de ser nosso. Eu prefiro pensar que sentem vergonha do seu mau comportamento, mostrando pelo menos um pouco de humanidade. Eu não sei se Gretel está entre eles. O que importa? *Frau* Hofmeister ficará satisfeita. A partir de agora, ela poderá usar o elevador quando quiser sem que uma menina suja estrague seu dia.

Deixamos nosso bairro tão rapidamente quanto as estrelas cadentes que eu e Papa descobrimos nas noites de verão em nossa casa à beira do lago, em Wannsee, nos arredores de Berlim. As elegantes ruas do bairro de Mitte ficam para trás. Atravessamos o que um dia foi o mais lindo bulevar de Berlim, e eu digo adeus à ponte sobre o Spree, que atravessei com Leo tantas vezes.

Sentada entre Papa e eu, Mama olha para a frente, observando o tráfego de uma cidade que um dia foi uma das mais vibrantes da Europa. Evitamos olhar uns para os outros ou falar. Nenhum de nós vai derramar uma lágrima. Ainda não.

Quando Berlim torna-se um pontinho a distância, atrás de nós, e chegamos cada vez mais perto de Hamburgo, começo a tremer. Não consigo controlar a minha ansiedade, mas não quero que ninguém no carro perceba. Eu ainda tenho que me comportar como uma menina mimada de 11 anos de idade a quem nunca faltou nada. Esta pode ser a minha libertação. Mais uma explosão antes de chegar ao navio que nos levará para fora desse inferno. Eu sei que vou chorar e me contenho.

Irrompo em lágrimas.

"Vamos ficar bem, minha menina", mamãe me conforta, e eu posso sentir o tecido do vestido dela em minha bochecha. Não quero manchá-lo com as minhas lágrimas bobas. "Não há por que chorar pelo que estamos deixando para trás. Você vai ver como Havana é bela."

Quero dizer a ela que não estou chorando pelo que estão tirando de nós, mas porque perdi meu melhor amigo. É por isso que eu estou tremendo, não por causa de algum apartamento antigo idiota ou uma cidade que já não significava nada para mim.

"Não precisa ter muita pressa." Finalmente, alguém fala com o motorista.

Mama pega um espelhinho na bolsa e verifica se sua maquiagem não está manchada.

"Na verdade, seria melhor se chegássemos na hora combinada", diz ela. "Quero ser a última a embarcar."

Paramos no acostamento para esperar o momento perfeito em que ela possa fazer a sua entrada triunfal. O ex-aluno liga o rádio e ouvimos um dos discursos intermináveis típicos dos últimos dias: "*Permitimos que essas pessoas que envenenam o nosso povo, o lixo, os ladrões, os vermes e os delinquentes, deixem a Alemanha*". Referiam-se a nós. "*Nenhum país quer recebê-los. Por que devemos suportar o fardo? Limpamos nossas ruas e queremos continuar a fazer isso até que o mais distante rincão do império esteja livre desses sanguessugas.*"

"Acho que devemos ir para o porto." Essa é a primeira coisa que meu pai diz desde que deixamos Berlim. "Já basta." Ele faz um gesto para que o Ogro siga adiante, e ele desliga o maldito rádio.

Quando vira a esquina, a ilha flutuante que será nossa salvação começa lentamente a aparecer. Uma enorme e imponente massa de ferro preto e branco, como o vestido de Mama, flutua na água e ergue--se tão alto quanto o céu. Uma cidade inteira no mar. Espero que seja seguro lá. Vai ser a nossa prisão nas duas próximas semanas. E depois disso, liberdade.

A bandeira dos Ogros tremula numa extremidade do navio. Abaixo dela, em letras brancas, um nome que vai ficar conosco para sempre: *St. Louis*.

Os poucos passos entre o carro e a pequena cabine da alfândega que divide o aqui e o lá parecem quase eternos. Você quer chegar, mas não consegue, mesmo que corra. A curta travessia suga o pouco de energia que me resta. Meus pais fazem o possível para manter a cabeça erguida. Logo chegará a hora de remover a máscara e poder descansar.

A viagem de carro foi a mais longa, mais intensa e mais exaustiva da minha vida. Tenho certeza de que a travessia de duas semanas no transatlântico passará num piscar de olhos; será muito mais rápida do que o trajeto de Berlim, a grande capital, até Hamburgo, o principal porto da Alemanha.

Ao nos aproximarmos do embarque, uma pequena banda, com todos os músicos vestidos de branco, começa a tocar "Frei Weg!". Eu salto assustada ao primeiro acorde. Nunca gostei de marchas; seus ares triunfais me deixam de cabelo em pé. É inevitável sentir uma marcha chamada "Aqui vamos nós!" como um soco no estômago. Não sei qual é o objetivo de quem governa esse navio: elevar nosso ânimo ou nos lembrar de que, assim que pusermos os pés no *St. Louis*, nunca mais voltaremos à Alemanha.

O navio é mais alto que o nosso prédio de apartamentos em Berlim. Um, dois, três... Conto pelo menos seis andares. As pequenas escotilhas fechadas devem ser as cabines. Há muitas pessoas em todos os pavimentos. Todo mundo já deve ter subido a bordo. Seremos os últimos. Claro, como de costume, Mama faz as coisas do seu jeito.

Dois Ogros sentados a uma mesa improvisada perto da passarela nos olham com desprezo. Papa abre a maleta e entrega primeiro os três documentos assinados por funcionários cubanos da imigração, autorizando-nos a viajar e permanecer em Havana por tempo indefinido. Os dois homens verificam os papéis minuciosamente – que eles não podem entender porque estão em espanhol – e pedem a Papa nossos passaportes e nossas passagens de ida e volta no *St. Louis*.

Mama observa a passarela flutuante que logo vai separá-la do país onde nasceu. Ela sabe que em alguns minutos não será mais alemã. Não será mais uma Strauss ou Rosenthal. Pelo menos, vai continuar a ser

Alma. Não vai perder seu nome próprio. Ela se recusa a falar com os Ogros, militares de baixa patente que ousam interrogá-la – ela, que é neta de um veterano da Grande Guerra condecorado com a Cruz de Ferro.

Depois de inspecionar os nossos documentos, página por página, o Ogro umedece uma almofadinha com tinta vermelha e pressiona o carimbo com força contra as nossas fotos. A cada golpe, Mama estremece, mas não baixa os olhos. Somos marcados com um infame "J" vermelho no único documento de identidade que nos acompanhará em nossa aventura a Cuba. Uma cicatriz indelével. Seremos para sempre exilados, o povo que ninguém quer, expulso de seus lares desde eras remotas.

Mama está se esforçando para não chorar, mas duas lágrimas ameaçam estragar a maquiagem impecável com que ela planeja entrar nesse espaço em que espera ser feliz nos próximos quinze dias. Talvez para evitar demonstrar suas emoções, ela me abraça por trás, e sinto seus lábios em minha orelha.

"Tenho uma surpresa para você."

Espero que ela não faça nenhuma loucura: *Não se esqueça, Mama: nossas vidas estão em jogo neste momento!*

"Vou contar quando chegarmos à nossa cabine."

Acho que ela só está tentando acalmar nós duas. No entanto, me faz prometer que não direi nada a Papa. Ela nos dará a notícia quando estivermos a salvo no navio e a costa da Alemanha já estiver distante.

Eu a vejo sorrir. Ela deve ter mesmo uma boa notícia.

Um dos Ogros não tira os olhos de Mama; sem dúvida, ela é a passageira mais elegante do navio. Provavelmente ele está tentando contar quantos diamantes há no broche em sua cintura. Devíamos ter nos vestido com mais simplicidade, sem ostentar que somos diferentes ou que nos consideramos melhores do que o resto. Mas assim é Mama. Acha que não tem por que se envergonhar do que herdou de todas as gerações de Strauss. Agora um Ogro desprezível acredita ter algum direito sobre essa fortuna, que leva e sempre levará a sua marca. Mas esse Ogro é quem decidirá se ela poderá levar as suas joias com ela e se poderemos partir. Num abrir e fechar de olhos ele pode rejeitar os nossos documentos e prender Papa. Aí, sim, não teremos mais futuro.

Nos pavimentos do navio, amontoam-se centenas de passageiros que parecem formiguinhas quando vistos lá no alto. Alguns deles nos observam; outros procuram parentes nas docas. De repente, nossos olhos são ofuscados por um *flash*. Um homem começa a nos fotografar. Eu me escondo atrás de Papa. Deve ser alguém enviado pela *Deutsche Mädel. Eu não sou pura*, quero gritar para ele.

Mama inclina-se para trás, endireitando a postura, ao mesmo tempo que coloca os ombros ligeiramente para a frente e alonga ainda mais o pescoço; então, ergue o queixo. Não posso acreditar que mesmo neste momento em que podem nos registrar, tirar todas as nossas posses e cancelar nossa partida e nos prender, ela encontra tempo para se preocupar com o ângulo em que vai ser fotografada.

O Ogro verifica todos os nossos documentos uma vez mais e se detém no registro de Papa. Penso na possibilidade de sair correndo, fugir do porto e me esconder nas ruas escuras de Hamburgo.

"Vermes...", o Ogro resmunga com raiva. *Não se vire, Mama. Não preste atenção nele. Não deixe que ele insulte você.* Para eles, somos vermes, parasitas, sanguessugas; seres astutos, inescrupulosos, repulsivos. Essa é a lista completa. *Deixe que nos chamem como quiser*, eu penso. Nada me ofende.

Quatro marinheiros desembarcam do navio e caminham em nossa direção, observando nossos movimentos de perto. Papa dá uma olhada nos Ogros e depois nos marinheiros e se volta para ver se nosso carro ainda está lá.

Os marinheiros nos cercam. Um deles pega as nossas malas e os demais o imitam. Eles dividem nossa bagagem entre si e começam a subir a passarela balançante. Pelo menos nossas malas já vão subir a bordo.

Uma onda se quebra contra o casco do *St. Louis*.

Os Ogros observam Papa. Eu e Mama, eles ignoram. Se prenderem Papa, nós ficaremos em terra. Não poderemos ir sem ele! Contudo, agora, Mama perdeu o medo e só está pensando em sua entrada triunfal. Ensaiando mentalmente.

"*Herr* Rosenthal, espero que não tenhamos de voltar a vê-los", declara o Ogro.

Talvez ele espere uma resposta, mas Papa só pega os documentos em silêncio e os guarda novamente na maleta.

Então ele se inclina em minha direção e sussurra: "Esta é a bagagem mais importante que levamos. Podemos perder nossas roupas, nossos pertences, inclusive o dinheiro, mas estes documentos são a nossa salvação."

Ele me beija e afirma em voz alta, olhando para o ponto mais alto do navio: "Cuba é o único país que nos quer. Nunca se esqueça disso, Hannah".

A banda parou de tocar. Nossas primeiras malas já estão em nossa cabine. Só faltam duas para ser levadas a bordo. E nós três. Ainda estamos em solo alemão.

A passarela de entrada está vazia. Mama observa com atenção a proa do navio.

"Nossas cabines são no piso mais alto", ela diz, alisando o cabelo e me pegando pela mão. "É menor do que os cômodos da nossa casa, mas você vai adorar, Hannah. Você vai ver."

Um marinheiro pega as nossas últimas duas malas. Papa está prestes a segui-lo. Porém Mama o detém pelo braço. Percebo de repente que ela nunca entraria no *St. Louis* junto à bagagem, mesmo sendo a dela.

No momento em que ela vê o marinheiro desaparecer pela entrada principal do navio e constata que a passarela está completamente vazia, ela dá um beijo na bochecha de papai para fazê-lo entender que é hora de começar a andar.

Ele é o primeiro a subir a passarela. Atrás dele, eu me seguro com força para não cair na água. Como essa passarela balança! O apito do navio me assusta. Eu me viro e vejo Mama andando lentamente atrás de mim, do jeito especial que ela tem de se mover com o nariz empinado, ignorando ao máximo tudo ao seu redor. Por trás dos ombros de Mama, posso ver os Ogros ainda em seus postos. Se somos os últimos a embarcar, não sei por que não vão embora. E, a distância, posso ver o nosso carro.

No final da passarela, nos aguarda um homem pequeno, de uniforme, com um ridículo bigode. Parece um militar. Ele não sorri. Tem a coluna reta, as mãos para trás, como que para deixar claro quem ali é o responsável pelo maior navio ancorado no porto.

"Não precisa ter medo, Hannah, esse é Gustav Schröder, o capitão", explica Papa, me tranquilizando para que eu saiba que não se trata de mais um Ogro ameaçador.

Aperto com força o corrimão da passarela para me apoiar. O dia está frio, mas sei que não é por isso que estou tremendo. *Estou apavorada, Papa*, quero dizer a ele, e o olho para que entenda quanto preciso dele; que não posso dar um simples passo sem a sua proteção.

Entretanto, por ora, estamos chegando ao alto da passarela, e eu apuro os ouvidos para o caso de alguém nos dar alguma ordem de parar. Não ouço nada.

Estamos salvos, repito várias vezes para me convencer.

Somos realmente os últimos a subir a bordo. Tudo que posso ouvir é "te amo" e "nunca te esquecerei!" pronunciados por bocas desesperadas, despedidas aos gritos dos conveses, prantos que se confundem com os apitos dos navios que entram e saem do porto.

Estamos em terra firme ainda. Mais abaixo, as pessoas parecem minúsculas e indefesas, correndo de um lado para outro na tentativa de lançar um último olhar para os que estão partindo.

A cada passo que dou, me sinto mais alta e mais segura. O porto e os Ogros vão ficando para trás, cada vez menores. Eu, por outro lado, sou agora do tamanho do navio. Tornei-me um gigante poderoso de ferro, enquanto o porto vai desaparecendo.

Sou invencível! Escalamos a montanha: Papa e eu chegamos ao topo! O medo desaparece como por encanto quando piso no imenso navio, que agora é nosso escudo. Começou nossa aventura!

O barulho é ensurdecedor. Abaixo, ninguém pode nos ouvir, mas muitos continuam gritando mensagens aos infelizes que não conseguiram o visto da salvação – uma passagem no navio que nos libertará.

O capitão vem até nós. É tão baixinho que tem de erguer a cabeça para fitar Papa nos olhos. Com uma cortesia a que não estamos mais acostumados, ele estende a mão para os meus pais, que respondem com um sorriso distante.

"*Herr* Rosenthal, *Frau* Rosenthal", a voz dele é grave como a de um cantor de ópera.

O capitão toma com delicadeza a minha mão direita e a beija, sem fazer contato com a minha pele. Se eu não estivesse tão confusa, teria respondido com uma reverência.

Enfim, aqui estamos. Não há espaço para caminhar pelo convés, os passageiros se amontoam na balaustrada para olhar o porto como se quisessem ficar mais perto do que nunca mais vão ver, de uma imagem condenada a desaparecer da sua memória.

Assim que entramos, Mama se detém receosa. Ela não quer dar um passo a mais e se misturar com os outros, os desesperados. De repente, se dá conta de que tanto Papa como eu, e inclusive ela mesma, somos tão miseráveis quanto todos os outros desterrados a bordo. Quer queira, quer não, estamos todos na mesma situação.

Dê uma boa olhada neles, Mama. Somos uma massa infame de pessoas chutadas da própria casa. Em poucos segundos, vamos nos tornar imigrantes, algo que ela nunca vai aceitar. No entanto é hora de encarar a realidade.

De repente, um braço fino tenta abrir espaço entre as pessoas e chegar até onde está o capitão, ainda ao nosso lado. Empurrando um senhor que ainda se despede aos gritos, para que saia do seu caminho, ouço uma voz me dizendo: "Vem comigo! Rápido!".

No final do braço aparece um cabelo preto, mais emaranhado do que nunca, uma camisa fechada até o último botão, calças curtas. Olhos enormes e cílios que sempre chegam antes dele.

"Leo! É você! Não acredito!", eu grito para que ele possa me escutar apesar de todo o barulho.

"O que foi? Não escutou? Vem comigo, corre!"

Escutamos o apito do navio. Vamos embora juntos! Para um lugar onde ninguém vai avaliar nossa cabeça, ou nosso nariz, nem comparar a textura do nosso cabelo, nem classificar a cor dos nossos olhos. Vamos à ilha que ele desenhou na água enlameada de uma cidade para onde nunca voltaremos.

Para Havana, Leo! Chegaremos, em duas eternas semanas, a Havana!

Vamos plantar tulipas? Não sei. Precisamos ver se as tulipas crescem em Cuba.

PARTE DOIS

Hannah
St. Louis, 1939

Sábado, 13 de maio

Ouvi alguém dizer que, ao morrer, nossa vida passa na frente de nossos olhos como as páginas de um livro até que o nosso cérebro pare, sem que isso cause dor ou nostalgia. Agora que deixamos a Alemanha, só consigo me lembrar de três coisas da minha infância.

A primeira lembrança que tenho é de estar aninhada nos braços de Eva, encostada nos seus enormes seios brancos e quentes, na cama do quartinho ao lado da cozinha. Papa diz que eu era muito novinha para ter uma imagem tão nítida como essa, mas me lembro com clareza do aroma da colônia de limão, bergamota e cedro mesclada com suor e condimentos, dessa mulher que me viu nascer e cuidou de mim enquanto Mama se recuperava do parto que a manteve no hospital por várias semanas. Ainda me lembro do jeito terno com que Mama, mais tarde, me avisava que já era hora de ir para o meu quarto, e das minhas lágrimas desconsoladas porque eu não queria sair do quarto de Eva, o único lugar onde me sentia segura.

Também me recordo que, aos 5 anos de idade, fui com Papa à universidade e me escondi debaixo da escrivaninha no anfiteatro onde ele dava uma palestra para centenas de estudantes. Os alunos escutavam fascinados as explicações do homem mais inteligente do universo, que decifrava os mistérios do corpo humano. A voz de Papa soava como se ele recitasse de memória a Torá. Ele repetia a palavra "fêmur" ao mesmo tempo que apontava para membros enormes num diagrama na parede, e decidi que o dia em que me deixassem ter um cachorro eu daria a ele o nome de Fêmur.

Minha terceira recordação é da ocasião em que completei 5 anos, quando meus pais prometeram que um dia faríamos um cruzeiro pelo mundo a bordo de um navio de luxo. Muitas noites depois disso, marquei no mapa que ficava na cabeceira da minha cama a nossa rota pelos países longínquos que visitaríamos. Eu me sentia a garota mais sortuda deste mundo.

Que tristeza! Essas são as únicas três coisas de que me lembro. E uma delas tem a ver com Eva, que nunca mais verei. Assim começará o meu processo de esquecimento. Meu novo livro de memórias está em branco.

Leo e eu estamos em pé na balaustrada do navio, observando enquanto os passageiros acenam para os parentes que estão lá embaixo. As pessoas em terra olham para nós não como se estivéssemos salvos, mas sim condenados a algum destino incerto, inconcebível.

Leo e eu nos afastamos da aglomeração e contemplamos o Rio Elba, que nos levará ao Mar do Norte e de lá para longe da terra dos

Ogros. Já era tempo de sairmos daquele porto que fede a petróleo e peixes. Não quero que meus olhos registrem mais nada desse dia. Fecho-os bem cerrados, agarrando-me a Leo para não sentir o balanço deste enorme monstro de ferro. Acho que vou ficar enjoada.

O capitão, que nos observa da ponte, anda de um lado para outro com as mãos atrás das costas. Apesar do bigode ridículo e da pequena estatura, sua figura é imponente. Ele nos faz sinal para nos juntarmos a ele. Leo, ainda mais animado do que eu, me puxa pela mão para que eu corra. Nossa aventura está começando.

Da ponte, o porto parece minúsculo. O cheiro de ferro enferrujado e o vaivém do navio me deixam enjoada novamente. O capitão se dá conta disso e fala diretamente para mim, com uma voz rouca que não corresponde ao seu corpo pequeno:

"Em alguns minutos, o navio vai se estabilizar e você não vai ver nem a água se mexendo dentro de um copo. Não vai me apresentar ao seu amigo, Hannah?"

Leo está explodindo de orgulho. Antes, ele queria ser piloto de avião, mas agora acho que quer ser capitão de navio. Ele corre ansiosamente para mexer nos comandos, mas o capitão avisa: "Vocês são bem-vindos aqui, mas não toquem em nada. Podem pôr em perigo os duzentos e trinta e um tripulantes e os oitocentos e noventa e nove passageiros que temos a bordo. E eu sou responsável pela vida de todos e cada um deles".

Leo quer saber exatamente quando chegaremos e a que velocidade pode navegar este navio com mais de 16 mil toneladas e 575 pés de comprimento.

"O que acontecerá se alguém cair do navio?", Leo pergunta sem fôlego. "Em que porto vamos chegar primeiro? Em que outros países vamos passar? E se alguém ficar doente?"

"Nosso primeiro porto de escala será Cherbourg, na costa francesa, onde subirão a bordo mais trinta e oito passageiros."

Eram muitas perguntas de uma só vez. O capitão não sorri, e Leo e eu temos a mesma sensação: esse homem é poderoso e sabe muito. E mais: ele quer ser nosso amigo!

"Agora, vão para o salão", ele ordena. "Já estão começando a servir a última refeição do dia."

Eu assumo a frente, e Leo me segue até o salão de refeições da primeira classe. Quando ele hesita na porta, é minha vez de levá-lo pelo braço.

"Eles vão me expulsar daqui, Hannah!"

Quando abro a porta enorme decorada com espelhos, folhas e flores em perfeita simetria, nós ficamos deslumbrados com a iluminação do salão: madeira polida e enormes candelabros de lágrimas de cristal, transparentes como diamantes. Leo mal pode acreditar em seus olhos. Estamos num palácio flutuante no meio do oceano.

Um amável funcionário vestido de branco, no estilo dos oficiais da marinha, aponta para os nossos lugares, e eu vejo Mama acenando para nós da mesa principal como se cumprimentasse admiradores.

Como um perfeito cavalheiro, Papa levanta-se com cerimônia e estende a mão para Leo, que a segura timidamente e faz uma ligeira reverência para Mama.

"Vocês precisam se alimentar muito bem. Vai ser uma longa travessia." A Deusa está de volta, com sua voz suave, as vogais claras e bem articuladas.

Eu não sei que tempo ela encontrou para trocar de roupa e retocar a maquiagem. O vestido simples de algodão cor-de-rosa, sem mangas, a faz parecer uma colegial. Ela também trocou seus brincos de pérola por um par de diamantes que brilham quando ela mexe a cabeça. Papa veste um terno cinza de flanela e gravata borboleta.

Numa extremidade do salão, há uma grande mesa repleta de todos os tipos de pão, salmão, caviar preto, fatias finas de carne e hortaliças de várias cores. Este é o "buffet light" com que o *St. Louis* nos recebe ao sair de Hamburgo.

O garçom serve a Mama seu champanhe favorito. Leo e eu tomamos leite quente, para nos ajudar a dormir.

Papa estufa o peito outra vez, e sua expressão demonstra que ele está mais à vontade de novo, em seu ambiente. Quatro homens saem das mesas onde estão acompanhados da família e vêm até ele cumprimentá-lo, chamando-o de professor Rosenthal. Ele se levanta e estende a mão com gentileza. Abraça o último, batendo nas costas do sujeito, e lhe diz algo que ninguém mais pode ouvir. Os homens também cumprimentam Mama, mas sem se aproximar, e ela retribui o sorriso sentada na cadeira vienense, com uma taça borbulhante na mão direita.

Está muito calor. Mama tira um lenço e enxuga o rosto para evitar que o suor estrague a maquiagem. Dois elementos da tripulação correm as cortinas de veludo vermelho para abrir as janelas. A brisa do mar ameniza o odor de carne e peixe defumado que começa a me deixar enjoada.

O garçom se aproxima de Leo e pergunta se ele gostaria de mais alguma coisa, chamando-o de "senhor". Não sei o que assusta mais: vê-lo ser chamado de "senhor" ou alguém se aproximando dele dessa maneira respeitosa. Leo não responde nada, então o garçom continua rodeando a nossa mesa, à espera de pedidos. É óbvio que Leo não está acostumado a ser bem tratado, especialmente por alguém da "raça pura".

"Acredita nisso?", ele sussurra tão perto do meu ouvido que parece que vai me beijar. "São os Ogros que estão nos servindo!"

Ele começa a rir, levantando o copo de leite para brindar comigo.

"À sua saúde, marquesa Hannah! Esta será uma longa e maravilhosa viagem!"

Eu dou uma gargalhada que faz Mama sorrir.

"Sim, Leo, beba seu leite quente, que lhe fará muito bem", eu respondo, imitando o tom afetado de uma velha marquesa.

Na mesa ao lado, quatro jovens erguem as taças também. Papa lhes sorri e acena com a cabeça ligeiramente, fazendo um brinde a distância. Leo e eu olhamos, tentando não rir.

"Vamos nos divertir muito amanhã!", ele sussurra alegremente, tomando todo o seu leite de um só gole.

13 DE MAIO DE 1939

DOIS OUTROS NAVIOS ESTÃO A CAMINHO DE HAVANA: O INGLÊS *Orduna* E O FRANCÊS *Flandre*, COM O MESMO NÚMERO DE PASSAGEIROS. IMPERATIVO QUE SIGAM A TODA VELOCIDADE. TEMOS CONFIRMAÇÃO DE QUE, ACONTEÇA O QUE ACONTECER, SEUS PASSAGEIROS DESEMBARCARÃO. NÃO HÁ RAZÃO PARA ALARME.

CABOGRAMA DA HAMBURG-AMERIKA LINE

Segunda-feira, 15 de maio

*E*u me sinto perdida. Ao despertar, ouço as notas de um violino tocando o *intermezzo* de uma das óperas que Papa costumava ouvir em casa ao entardecer. Estou no meio de um sonho. Regressamos a Berlim. Os Ogros não passam de um pesadelo criado pela minha mente transtornada.

Eu me vejo aos pés de Papa, junto ao gramofone. Ele acaricia meus cabelos, me despenteia, enquanto me conta sobre a heroína de uma ópera francesa: Thaïs, a sacerdotisa e cortesã da poderosa Alexandria, no Egito, a quem queriam despojar de todas as posses e obrigar a negar os deuses que reverenciava. Eles a forçaram a atravessar o deserto para que ela pagasse pelos seus pecados.

Eu abro os olhos e vejo que estou em minha cabine. As portas para o quarto de Papa estão abertas e eu vejo o gramofone. Ele está lendo na cama, ouvindo "Méditation", da ópera *Thaïs*, como nos bons tempos. A orquestra nos separa do resto do mundo.

Eles nos mandarão de volta para Berlim porque temos um gramofone. Tenho certeza de que ele foi registrado entre os pertences de nosso apartamento no dia em que fizeram o inventário. Quem, pelo amor de Deus, teve a ideia absurda de trazê-lo conosco? Mama nunca perdoaria Papa. Ela vai começar a gritar e culpar a mim também, e mandar nós dois embora. Talvez tente me envenenar com o terrível comprimido que Papa mandou o pai de Leo comprar.

No entanto, Mama entra na cabine mais radiante do que nunca e até mais elegante. Saiu da letargia dos últimos quatro meses, quando estava à caça de nossos vistos nas ruas poeirentas de Berlim, atulhadas de Ogros marchando em sincronia. E isso lhe fez muito bem. Está vestindo pantalonas largas e soltas de gabardine marfim, uma blusa de algodão azul com um turbante do mesmo tom, uma echarpe em volta do pescoço e um par de óculos escuros de tartaruga para protegê-la do sol do convés. Um largo bracelete de ouro brilha em seu braço esquerdo e o deslumbrante anel de casamento regressou à sua mão direita.

A Deusa está de volta, em todo o seu esplendor.

"Pode ir aonde quiser, menos na casa das máquinas", ela me diz. "É perigoso. Vá se divertir, Hannah. Seu pai ficará aqui lendo. Está um lindo dia!"

Ela sai da cabine como se fosse a dona do navio, como se respirasse ar puro pela primeira vez em meses.

Ainda estamos na Europa. Eu de repente ouço os ruídos de outro porto. Não vejo a hora de estar em alto-mar. Fico irritada com as gaivotas que nos dão rasantes, com o cheiro de peixe e de sangue seco misturado com o óleo lubrificante das máquinas e o apito dos navios que chegam e partem.

No convés, vejo Mama recostada na balaustrada. Servem-lhe chá enquanto ela contempla o porto de Cherbourg, na França, observando os 38 passageiros subirem a bordo. Ao que parece, ela não reconhece ninguém, pois vai até uma das cadeiras reclináveis da proa.

Não acho que ela vá fazer amizade com alguma das mulheres da primeira classe. Ela as observa enquanto passam e as cumprimenta com amabilidade, mas logo recoloca os óculos escuros, finge dormir e ignora todas essas senhoras elegantes que adorariam se sentar ao lado dela. Ela gosta de ficar sozinha. Depois de tantos meses confinada, com as janelas fechadas e sem nunca confraternizar com as amigas, ficou meio antissocial.

Sei que a brisa marítima faz bem à Mama. Ela agora é livre. E pode vestir suas melhores roupas, usar suas joias, ter ao seu redor pessoas que a sirvam. No entanto ela não quer mais voltar ao salão de baile. Quando abriu a porta na noite anterior, encontrou na parede em frente uma bandeira vermelha, preta e branca. Ela a fitou com um asco que só eu percebi, deu meia-volta e saiu sem dizer nada. Foi direto falar com o capitão. Não sei o que falou, mas hoje de manhã a bandeira não estava mais lá. A primeira coisa que fez ao se levantar, antes de tomar o café da manhã, foi se dirigir ao salão para ver se o capitão mantivera sua palavra.

"Pelo menos durante a travessia", ela disse mais tarde, "ele velará por nós. O capitão é um cavalheiro."

O navio começa a se mover. Escuto o apito outra vez. Agora, sim, vamos para o alto-mar.

Por trás dos óculos escuros, Mama sorri com uma tranquilidade que nunca vi antes.

Leo chega por trás de mim e cobre meus olhos. Suas mãos estão úmidas. Eu entro na brincadeira e pergunto se é Papa.

Rindo alto, ele puxa meu braço com toda a força. Ele já se sente à vontade na primeira classe. Entra e sai do nosso convés como se fosse o senhor absoluto. Já perdeu o medo de que alguém o mande voltar para a cabine do seu pai, de classe turística. Seu lugar é aqui comigo. O capitão e todos os camareiros sabem disso.

Fico encantada ao ver Leo tão bem-arrumado. Seu paletó marrom de botões grandes e bolsos no peito o deixa parecendo mais velho, mas seus shorts e as longas meias três quartos denunciam sua idade.

Ele dá alguns passos para trás, para que eu possa dar a minha opinião, abre os braços como se me perguntasse o que eu penso da sua indumentária transatlântica e espera ansioso a minha avaliação. Eu o olho de cima a baixo sem dizer nada. Eu o faço sofrer, e ele se desespera.

"Você não vai me dizer o que acha?"

"Um perfeito marquês", digo de brincadeira, e ele ri.

"A única marquesa neste navio é você, Hannah", ele me contesta e se aproxima da balaustrada, dando início a sua excursão pela primeira classe.

Se encontra alguém encostado na balaustrada, ele pede licença e espera até que a pessoa saia do caminho. O trajeto que ele havia planejado para conhecer em detalhes o navio em que passaremos as próximas duas semanas não pode ser modificado.

Eu sigo ao lado dele como se fosse sua fiel escudeira. É a primeira vez que o vejo feliz.

15 DE MAIO DE 1939

CANCELEM A PARADA EM CHERBOURG. DEVEM PARTIR QUANTO ANTES E A TODA VELOCIDADE. SITUAÇÃO TENSA EM HAVANA.

CABOGRAMA DA HAMBURG-AMERIKA LINE

Quarta-feira, 17 de maio

"Já estou aqui há horas!", diz Leo, encostado numa das colunas de ferro do terraço.

"Olha, trouxe um biscoito para você. Era para eu guardar até a hora de dormir."

"À sala das máquinas!"

"O quê? Esse é o único lugar ao qual eu disse que não posso ir, Leo!"

Vários casais passeiam pelo convés para conhecer o navio. Há um salão de beleza, uma lojinha que vende suvenires, cartões-postais e echarpes de seda. Não acho que alguém vá querer gastar os dez *reichsmarks* que nos deixaram trazer da Alemanha.

Descemos seus pisos e atravessamos um amplo corredor que acaba numa pesada porta de ferro. Quando Leo a abre, o barulho é ensurdecedor, e o cheiro de óleo queimado me deixa nauseada. Se não me apoio na parede, posso arruinar meu vestido de listras azuis e brancas. Não quero aborrecer Mama.

Leo observa com curiosidade o complexo maquinário que impulsiona este gigante em que navegamos. Se dependesse só dele, passaria horas admirando aqueles pistões se movendo num compasso preciso e inalterável. Mas de repente ele abandona seu posto de observação.

"Vamos voltar para cima, com os outros!", ele grita para mim, e a sua voz se mistura ao ruído dos motores. Enquanto fala, ele volta a correr.

Ele já fez muitos amigos no *St. Louis*. Parece que está a bordo há meses. Subimos até o quarto convés, onde um grupo de garotos espera impacientemente por nós, ou melhor, por Leo.

Um menino alto com cara de bobo vestindo uma boina na lateral da cabeça se levanta quando Leo se aproxima. Suas bochechas estão queimadas por causa do frio.

"Edmund, você vai ficar resfriado", grita a mãe dele, que está enrolada numa grossa colcha marrom, debaixo de um dos toldos do convés.

Edmund não presta atenção e bate os pés no chão como um bebê fazendo birra.

Os outros dois garotos, de uns 6 ou 7 anos, são irmãos dele. O mais novo se apresenta, dizendo que se chama Walter, e o mais velho, que me ignora, é Kurt. Os dois usam chapéu e paletó que parecem enormes para eles, assim como os sapatos e as meias, que ficam soltas em volta dos calcanhares. Acho que os pais compraram as roupas de viagem vários números maiores, para que durem vários meses em Cuba e provavelmente para onde forem depois.

"Então você é a famosa Hannah, a Garota Alemã", diz Walter, baixinho. Ele deve ter a minha idade ou ser um pouquinho mais velho.

Eu me faço de desentendida e Leo trata de aliviar a tensão descrevendo o navio: a chaminé, a ponte de comando, o mastro, que é o ponto mais alto da embarcação, a diferença entre bombordo e estibordo. Ele fala do capitão como se fosse seu amigo íntimo que o consulta toda noite sobre as decisões, antes de executá-las pela manhã.

A "garota alemã". Sabia que alguém mencionaria isso mais cedo ou mais tarde. A maldita capa da revista *Das Deutsche Mädel* vai me perseguir para sempre. Sim, eu sou a garota alemã. E daí? Tenho vontade de dizer: *posso ser muito alemã, mas sou tão indesejável quanto você*.

"Sabia que tem uma piscina no navio?", pergunta Kurt, tentando o tempo todo afastar o chapéu dos olhos. "Quando estivermos no meio do Atlântico, não estará tão frio, e eles vão abri-la. Vocês trouxeram roupa de banho?"

O garoto com cara de bobo sugere a Leo irmos brincar no convés principal, mas ele não escuta. Nós somos só a escolta do passageiro mais popular do *St. Louis*. Ele está no comando. É ele quem manda. Só falta o quepe branco de viseira preta que o capitão está usando. Portanto, todos nós ignoramos a sugestão de Walter.

Na realidade, tudo que fazemos é correr de um lado para outro, mas isso é suficiente para que Leo domine todo o navio. Ele já memorizou os labirintos que levam às cabines, aos salões de baile, à academia e às salas de comando do capitão, onde a tripulação se reúne para jogar cartas e fumar. Ele entra e sai à vontade nos lugares mais inimagináveis. E ninguém o proíbe de entrar.

As crianças se dividem por idade. Os mais novos ficam sob supervisão. As meninas não se atrevem a se misturar com os garotos e devem me achar diferente porque eu faço parte da gangue de Leo. Walter, o mais desajeitado dos irmãos – desde que nos conhecemos, ele já levou um tombo, perdeu o chapéu e foi deixado para trás tantas vezes que estamos prestes a abandoná-lo de vez –, tropeçou em uma das garotas de nariz empinado que já se acham adolescentes.

"Olhe por onde anda se não quiser arranjar problema", diz a garota mais alta, que usa um quepe grotesco de marinheiro e óculos escuros que ficam escorregando no nariz. "E você? O que faz com esse bando de moleques? Por que não fica aqui conosco? *Frau* Rosenthal não vai gostar nem um pouco se souber que está andando por aí com esses meninos."

Eu me detenho por um instante, não porque tenho algum interesse em fazer amizade com essas garotas, que são educadas com um único propósito na vida – se casar –, mas porque estou cansada de correr. Leo vem me buscar.

A garota de óculos escuros é da família Simons, que era proprietária de várias lojas em Berlim. Para não perder a fortuna, tiveram de passar seus negócios para um alemão "puro", que é, de alguma maneira, aparentado com eles. No entanto eles acabaram exatamente como nós, fugindo para Cuba no último minuto.

Mama conhecia Johanna Simons, a matriarca da família. Elas uma vez fizeram uma viagem de compras a Paris juntas, e depois disso eu tive de ser amável com a filha dela, Inês, no salão de chá do Hotel Adlon, por algumas horas que pareciam não terminar nunca. Enquanto isso elas conversavam sobre os drapeados, os modelos e as cores da estação. Inês desde então cresceu tanto que eu nem a reconheci.

"Vamos ao salão de chá. Serviram bolos e biscoitos", ela diz e começa a andar com a certeza de que todos nós a seguiremos.

O salão de chá parece nunca ter sido usado. Como pode um navio tão grande, que transporta umas mil pessoas e viaja durante vários meses por ano, ser mantido com tamanha perfeição? Os tapetes não têm uma mancha sequer. Os galões dourados das cadeiras estão como novos, as toalhas das mesas, imaculadas, e os talheres de prata, polidos e gravados com o emblema da Hamburg-Amerika Line. A iluminação, que é tênue a essa hora do dia, nos cobre com um tom rosa-pálido. Mama diria que, embaixo de uma luz assim, todo mundo fica bonito.

"Assim somos nós, alemães", comenta Inês, orgulhosa.

Ah, Inês, alemães?, tenho vontade de gritar. É hora de você parar de pensar que é um deles. Melhor se *lembrar de onde você está!* Estamos prestes a começar vida nova em algum ponto remoto do mar do Caribe, onde o resto do mundo não passa de uma esperança que não podemos ter.

"Em Havana", ela diz "estaremos em trânsito com a família Rosenthal. Minha mãe me disse que primeiro vamos ficar no Hotel Nacional por alguns dias e logo estaremos em Nova York."

Inês vive das fantasias da senhora Simons. Sempre nas nuvens, como diz Mama.

No fundo do salão está sentada uma menina solitária com uma expressão de profunda tristeza. Ela segura uma xícara de chá nas mãos, sem colocá-la na boca nem pousá-la na mesa. Seu vestido escuro faz com que pareça mais velha do que provavelmente é, mas seu cabelo cobre parte do seu rosto e não me deixa vê-la muito bem. Ela deve ter uns 12 anos de idade.

"Será difícil para ela agora conseguir um marido", declara Inês, como uma especialista no assunto, com uma fila de pretendentes na porta de casa. "O nome dela é Else. Mama reconhece que ela tem pernas bonitas, mas uma garota que só recebe elogios pelas suas pernas não pode ser muito bonita, não é?"

As outras duas garotas riem da piada enquanto bebem seu chá. Eu só quero sair dali. Isso é pior do que brincar de bonecas. Por sorte, neste momento, Leo aparece na porta. Ele está procurando por mim e faz um sinal para que eu o siga. Meu salvador! Não há tempo a perder; temos menos de duas semanas neste lugar em que podemos fazer tudo que quisermos.

Junto das cadeiras reclináveis foram deixadas algumas cópias do *Der Stürmer*. Parece que alguns tripulantes não gostam de nós ou estão tentando nos intimidar. Pelo menos eu me nego a ler as manchetes, mas Leo bate os olhos nelas e fica sério.

"Eles estão atacando Berlim", ele diz, no seu costumeiro tom conspiratório, e acelera o passo. "Os jornais estão falando de nós. Isso não vai terminar bem. Estão acusando quem está aqui no *St. Louis* de ter roubado dinheiro e saquear obras de arte."

Deixe que falem o que quiserem, Leo. Conseguimos partir; não podem nos fazer voltar. Estamos em águas internacionais e logo chegaremos à ilha onde temos permissão para morar pelo tempo que quisermos, mesmo que muitos só pretendam ficar algumas semanas. Vamos esperar pelo número mágico de uma lista de espera para entrarmos com nossos vistos de imigrantes em Nova York, a verdadeira ilha.

Um pouco depois, Leo e eu notamos o capitão dando ordens em voz baixa a um grupo de camareiros que rapidamente começam a recolher todos os jornais.

Leo para e saúda o capitão com um cumprimento militar. Este sorri para Leo e levanta a mão até a têmpora.

Bons ventos os levem!

Manchete do jornal alemão *Der Stürmer*
Maio de 1939

Quinta-feira, 18 de maio

Os únicos com quem mamãe se sente à vontade no navio são os Adler, embora eles sejam um pouco velhos demais para fazer companhia a ela tarde da noite. A cabine deles fica a duas portas da nossa, e toda vez que estamos no convés nós nos cumprimentamos. Desde que subiu a bordo, o senhor Adler não quer mais se levantar da cama. Levam suas refeições no quarto, mas ele raramente as toca. A sra. Adler está muito preocupada; ela nunca o viu assim antes.

"Para ele foi muito doloroso ter de enviar primeiro seu filho e sua nora para os Estados Unidos. Ele não se recuperou da separação", conta-nos a sra. Adler. "Ele achou que em alguns meses as coisas tomariam outro rumo, mas a situação só piorou. Nós perdemos tudo. Perdemos uma vida inteira!”

Enquanto conversa conosco, a sra. Adler coloca compressas frias na fronte do ancião de barba branca que nem uma única vez abriu os olhos desde que chegamos, atentas ao modo carinhoso como a esposa cuida dele. Agora ela lhe aplica um óleo mentolado que faz meus olhos lacrimejarem.

“Só concordou em subir a bordo deste navio porque eu insisti. Desde que saímos de casa, ele fica repetindo que esta viagem não faz sentido algum e que ele não tem forças para começar tudo de novo.”

A sra. Adler parece ter saído de um livro antigo. Ela usa um coque no alto da cabeça e veste um espartilho por baixo do longo vestido, como as mulheres do século XIX. Toda vez que a visitamos, ela me dá um presente, que Mama deixa que eu aceite. Às vezes, é um lenço de renda; outras vezes, é um broche dourado ou biscoitos açucarados, meus favoritos. Quem sabe onde ela os consegue? Porque faz muito tempo que sumiram das prateleiras dos mercados.

Nós ouvimos atentamente enquanto a sra. Adler conta a sua história. De certa forma, é a história de todos nós.

“Todos nós perdemos alguma coisa”, diz a sra. Adler fazendo uma pausa com um triste sorriso. “Quase tudo.”

Os Adler já viveram até os 87 anos, e por isso não têm motivo para reclamar. Oito décadas e sete anos. Pior é para nós, crianças, que temos a vida pela frente.

O declínio físico do casal fica mais evidente a cada hora que passa. O velho, imóvel na cama; a sra. Adler, sozinha, vendo o amor da sua vida, o seu grande arrimo, debilitando-se lentamente à medida que navegamos rumo à ilha que será a nossa salvação, o único caminho que conseguiram encontrar na idade em que tudo que se espera é ter paz para poder dizer adeus.

"Nós vivemos de ilusões e despertamos muito tarde", disse Mama, sem esperar nenhum comentário da sra. Adler, que só ouve a si mesma. "Devíamos ter visto logo o que havia pela frente e ido embora muito tempo antes."

Eu não quero que Mama fique triste. A bordo do *St. Louis*, ela voltou a ser ela mesma, enquanto Papa procurou refúgio na música, a única válvula de escape que o mantém são. A velha senhora deveria guardar sua tristeza para si mesma.

"Para onde, Alma?", a sra. Adler pergunta com firmeza. "Não podemos passar a vida toda recomeçando. Passa uma geração, nos aniquila, começamos de novo, e ela volta a nos aniquilar. É esse o nosso destino?"

Ambas olham para mim, percebendo de repente que eu estou na cabine ouvindo com atenção. Elas não precisam se preocupar, porém; eu não me assusto com o pessimismo delas. Elas viveram suas vidas. Eu estou apenas começando, e tenho Leo. O pesadelo já passou.

O sr. Adler começa a tremer, e uma tosse seca sacode seu corpo firme, embora debilitado, fazendo-o estremecer. Ele vai morrer. É como se não conseguisse respirar. Precisamos chamar um médico. Todos parecem nervosos.

"Ele tem essas crises", diz a sra. Adler, que evidentemente está acostumada com elas. "Vocês duas, vão contemplar o mar."

Ela e Mama se abraçam sem se beijar. A tristeza de uma contagia a outra e sua mútua compaixão é evidente.

Corro em direção ao corredor, mas ouço Mama gritando meu nome como se eu fosse uma garotinha novamente. Ela sabe muito bem que, em poucos dias, eu vou fazer 12 anos.

"Você não vai se despedir?"

Eu sorrio a distância, e isso é suficiente para a pobre sra. Adler, que não conseguiu desfrutar de um único dia da nossa viagem.

A cada dia o sol bate mais forte no convés e se derrama escaldante pelas escotilhas da nossa cabine. Devemos estar chegando mais perto dos trópicos. Que pena que os Adler vivem na escuridão. Eles transformaram sua cabine numa casa funerária: cortinas fechadas, tudo sombrio, a atmosfera carregada de óleo mentolado e álcool utilizado para baixar a febre e a respiração difícil desse ancião enfraquecido que embarcou no navio apenas para se deixar morrer.

Um bando de crianças corre atrás de um homem de patins. Ele parece sempre prestes a cair, como se estivesse patinando numa pista de gelo, não no convés escorregadio do navio. Ele desliza a toda velocidade, e nós ficamos preocupados que ele possa bater na balaustrada. Entretanto, no último momento, ele trava os patins com a ponta dos pés e para totalmente, como se esperasse aplausos. Levanta os braços e faz uma reverência exagerada.

As crianças correm para tentar derrubá-lo. Leo ri. O homem dança como um palhaço de circo. O enxame de meninos e meninas seguem-no por todos os lugares, e ele se mostra todo orgulhoso com seu grande feito nesse lugar onde nada acontece.

"Temos que aprender a andar de patins!", Leo anuncia. Eu reconheço a urgência no seu tom de voz; tenho que tomar nota desse novo projeto para nossa vida em Havana.

"O sr. Rosenthal e meu pai estão falando com o capitão. Você acha que o navio está com problemas? Será que vai afundar como o *Titanic*?", ele pergunta como se contasse uma história de terror em que nem mesmo ele acredita.

"Leo, estamos em maio. E no meio do Atlântico, muito longe de qualquer *iceberg*."

Ele me leva para um canto do convés, longe dos passageiros nas suas espreguiçadeiras. Tudo o que eu toco no navio está pegajoso por causa da maresia. Nós nos sentamos atrás de alguns barcos salva-vidas com a insígnia HAPAG, a empresa de transporte que é proprietária do *St. Louis*. Eu tenho certeza de que não há botes suficientes para mais de mil passageiros se houver um naufrágio.

"Vou pegar uma coisa para você", diz Leo de repente.

Ele está sempre mudando de assunto. Eu não consigo tirar os olhos dele quando fala comigo. Concentro-me em seus olhos, tentando decifrar o que ele está pensando. Estou feliz porque ele se dedica só a mim, como em nossos dias em Berlim. Mas eu não consigo adivinhar com que projeto sonha agora, o que busca. Ele deve ter um plano.

"Meu pai me prometeu que vai me dar o anel de casamento de Mama. Com o que ele vale, poderíamos sobreviver em Cuba, mas quero dar o anel a você, Hannah. Tenho que convencê-lo a me dar o anel o mais rápido possível. Se alguma coisa nos acontecer, ele deve estar com você. Podemos ajustá-lo para caber em seu dedo."

Ele diz tudo isso sem olhar para mim. Abaixa a cabeça timidamente e brinca com as mãos. Puxa os nós dos dedos como se quisesse arrancá-los.

Isso significa que estamos noivos? Não me atrevo a perguntar, mas ao mesmo tempo não consigo esconder a minha alegria. Ele deve ter visto como os meus olhos estão brilhando.

"Obrigada", digo quando ele coloca as mãos sobre os meus ombros.

"A partir de agora, você deve parar de dizer obrigada. É *gracias*, ok?" Às vezes, Leo insiste em falar comigo como um pai dando conselho à sua filhinha.

"*Gracias. ¿Comenzarás a hablar español?*", pergunto em espanhol, sabendo que ele não vai entender nada se eu usar minha pronúncia aperfeiçoada por horas de prática.

Ele repete *gracias* enfatizando o *g* e o *s* de um jeito muito cômico. Eu desato a rir. Leo é a única pessoa a bordo que pode me fazer esquecer o passado, porque ele é muito presente.

Uma música suave começa a tocar nos alto-falantes. No início, eu consigo distinguir apenas alguns acordes e não reconheço a música.

Nosso pequeno intervalo de felicidade dura pouco, pois Leo fica preocupado com alguma coisa. Nossos pais ainda estão na ponte de comando com o capitão e não deixam que Leo se aproxime. Eles até mesmo evitam falar na frente dele. Devem ter percebido que ele estava de orelhas em pé para captar qualquer pequeno detalhe, sempre alerta, para depois vir até mim com suas teorias e meias verdades.

Enquanto Leo faz uma pausa, eu posso analisá-lo sem deixá-lo incomodado. Ele está mais alto agora, com o queixo mais pronunciado, com os olhos ainda maiores. O volume da música está mais elevado; é "Moonlight Serenade", de Glenn Miller e sua orquestra, que está na moda em Berlim.

"É música americana, Leo!", grito, sacudindo-o pelos ombros, porque posso ver que ele está triste. Talvez seja a nostalgia de tudo que deixou para trás. Ou, talvez, porque tenha saudades da sua mãe.

"Estão nos dando as boas-vindas, Leo! A América está nos recebendo de braços abertos!"

Eu posso ouvir os trombones; em seguida, os instrumentos de corda. Fico em pé e começo a cantarolar a melodia.

"Vamos inventar uma letra para a música", sugiro, mas mesmo assim ele não reage.

Uma serenata ao luar prateado, que, lá fora, no convés, é só para nós dois. *Vamos inventar a letra.* Eu começo a girar lentamente com os olhos fechados, deixando-me levar pelas notas que flutuam sobre o oceano.

Leo segura minha mão. Abro os olhos e o vejo sorrindo, girando muito lentamente comigo. Nossos movimentos seguem o balanço do navio. Deixo-me levar de novo, e a brisa despenteia meu cabelo. Eu não me importo. Estamos dançando. Eu sigo o ritmo. Não sei quem está levando quem. A melodia está prestes a chegar ao fim. As notas se alongam. Sim, é o fim.

Agora tudo o que se pode ouvir é o apito do navio nos avisando que é hora do jantar.

A ENTRADA EM CUBA ESTÁ RESTRITA PARA TODOS OS
CIDADÃOS ESTRANGEIROS. PARA ENTRAR NO PAÍS,
EXIGE-SE UMA FIANÇA DE 500 PESOS, JUNTAMENTE COM
UM VISTO CONCEDIDO PELO CONSULADO DE CUBA NO
EXTERIOR E AUTORIZADO PELO MINISTÉRIO DE ESTADO E
DO TRABALHO, NÃO APENAS PELO SERVIÇO DE IMIGRAÇÃO.
TODOS OS DOCUMENTOS EMITIDOS ANTERIORMENTE SÃO
DECLARADOS INVÁLIDOS.
EM VIGOR, O DECRETO 937, ASSINADO PELO PRESIDENTE
DA REPÚBLICA DE CUBA,

FEDERICO LAREDO BRÚ.

GACETA DE CUBA
MAIO DE 1939

Sexta-feira, 19 de maio

A noite anterior foi difícil. Estivemos a ponto de perder Mama. Eu sabia que tinha de estar preparada. A qualquer momento posso ficar órfã, antes de completar 12 anos de idade. Não pode ser, Mama, você não pode fazer isso comigo, muito menos perto do meu aniversário, porque, sempre que comemorá-lo, eu vou me lembrar de você e uma imensa tristeza tomará conta de mim.

Papa fica até tarde fechado na cabine do capitão, e essas reuniões misteriosas me deixam preocupada. Ele sempre volta curvado, com os ombros caídos; o homem que foi o mais elegante de Berlim agora parece carregar uma tonelada nas costas.

Mama vomitou a noite toda. Eu tive que deixá-la sozinha no banheiro porque não suporto vê-la mal desse jeito.

"Não é nada. Vá dormir. Explico amanhã."

Evidentemente ela sabe de algo que não se atreve a me contar. Será que perdemos todo o dinheiro? Que os Ogros estão se preparando para invadir a América e logo cruzarão o Atlântico? Que não temos escapatória e estarão nos esperando no porto de Havana?

Posso ouvi-la vomitando até com a porta fechada. Curvada sobre o vaso sanitário, o corpo trêmulo com os espasmos, ela parece tão frágil que me assusta.

Um cheiro insuportável começa a sair do banheiro, atravessa a cabine e chega até onde eu estou. Coloco o travesseiro sobre a cabeça para me proteger do cheiro e enfim caio no sono.

Na manhã seguinte, é como se nada tivesse acontecido. Ela está pálida, como de costume, com a maquiagem um pouco mais carregada para essa hora do dia, o cabelo recém-lavado e um perfume de aroma sutil que não reconheço. O novo aroma, misturado agora com a maresia e a recuperação milagrosa, me confunde. Mama percebe e pede para eu e Papa nos sentarmos perto dela. Nem o perfume nem o cheiro de sabonete, nem o que ela está usando no cabelo, seja lá o que for, são suficientes para apagar da minha memória o mau cheiro da noite passada.

"Tenho uma notícia para vocês", ela diz com a voz grave.

São boas notícias. Tem de ser. E, nesse momento, lembro-me de que ela tinha prometido, ao embarcarmos, que faria uma surpresa. Reencontrar-me com Leo me fez esquecer o que ela prometeu me contar.

Ela olha para Papa e depois fixa os olhos em mim. *Diga logo, Mama!*

"Esperei até hoje porque queria ter certeza."

Ela faz outra pausa. Depois olha para nós de um jeito travesso, como se nos desafiasse a adivinhar.

"Hannah...", ela diz, olhando para mim e ignorando Papa. "Você não vai mais ser filha única!"

Demoro alguns segundos para entender o que ela está me dizendo.

Mama está grávida! É por isso que está passando tão mal! Ela não está preocupada com as reuniões de Papa com o capitão! Essas são coisas de homens. Eu vou ganhar um irmãozinho – ou uma irmãzinha!

"Onde ele vai nascer?" Essa é a única coisa que me ocorre perguntar.

Que tola eu sou! Eu deveria ter perguntado algo mais de acordo com a minha idade. Deveria ter ficado mais alegre, pulado no colo dela e a abraçado. Gritado para os quatro ventos: *"Eu não vou mais ser filha única! Que maravilha!"*.

O feitiço dos filhos únicos da família Strauss foi quebrado. Um novo Rosenthal se juntará à comunidade dos impuros. Papa se curva e beija Mama com suavidade, mas também sem nenhuma emoção.

"Ainda não sabemos quanto tempo ficaremos em Havana. O bebê vai nascer no fim do outono."

Ela está feliz porque seu filho não nascerá na Alemanha. Ela está se livrando do peso fatídico que a família carregou durante muitas gerações, e que agora desaparece num passe de mágica.

"Hoje à noite vamos passar perto de algumas ilhas do Atlântico. Vamos ver a costa", eu digo para romper o silêncio provocado pela notícia inesperada. Os dois olham para mim como se não tivessem entendido. Ou como se estivessem pensando *"Será que ela é a nossa filha?"*.

Papa se aproxima de Mama por trás e a atrai para um meio abraço. Eles ignoram o meu comentário. Já sabem o que esperar de mim: sou uma criança boba. Mas não têm por que se preocupar; agora há uma nova Rosenthal a caminho que estará à altura do que eles têm sonhado. Às vezes, acho que sou um erro.

Eles não precisam de mim. Esse novo problema que Mama trouxe à baila é algo para os dois resolverem, por isso é melhor que eu os deixe sozinhos com o seu novo bebê. Pego minha câmera e vou para o convés.

"O sr. Adler ainda está doente", Mama me lembra, embora ela não espere que eu vá cumprimentá-los por conta própria.

Eu tento fotografar os passageiros da classe turística, mas vejo que isso os incomoda. Alguns ficam assustados; outros, no entanto, fazem pose quando me veem focando a câmera neles e estragam o efeito que eu estava tentando conseguir. É ainda pior na primeira classe: as famílias ali ficam ajustando as roupas, e algumas mulheres ainda me pedem para esperar um pouco para que possam retocar a maquiagem. A única pessoa que não posa é Leo. Se ele percebe que eu estou interessada em tirar uma foto, ele para só para ela não sair desfocada.

Eu tiro uma foto dele com o pai. O sr. Martin parece cansado, sentado numa poltrona, com um cobertor sobre as pernas. Ele envelheceu desde a última vez que eu o vi. Ao seu lado, Leo sorri, com uma mão na cintura.

"O anel será seu, meu pai prometeu. Em Havana, ele o dará para mim", Leo fala sem respirar. Ele atropela as palavras, e eu pareço ser a única pessoa que pode entendê-lo.

"Eu vou ter um irmão. Minha mãe está grávida de três meses." Essa é a minha desculpa para não ter de agradecer o anel e escapar desse momento estranho.

"Outra boca para alimentar", é a resposta dele.

Desta vez, sou eu que espero uns parabéns, algo como "Isso é ótimo! Você vai ter um irmãozinho ou uma irmãzinha!", mas, como sempre, Leo é prático e vai direto ao ponto.

Nós somos os primeiros a chegar lá em cima na plataforma quando os alto-falantes anunciam que estamos nos aproximando dos Açores.

Leo e eu nos juntamos aos meus pais na balaustrada a bombordo e contemplamos as ilhas a distância. Ninguém grita "Terra à vista!" como nos meus livros de aventura. Todos os pavimentos ficam repletos de passageiros olhando o horizonte num silêncio assustador.

O ar está congelando, a noite cai. Mesmo que Leo jure que em breve vão abrir a piscina, eu não posso imaginar quem se arriscaria a entrar na água com uma brisa fria como essa. Os trópicos ainda estão muito longe para qualquer pessoa sair e tomar sol.

Eu começo a ficar enjoada, não sei se é porque estou olhando o horizonte há muito tempo ou porque um bebê está a caminho. Por alguma razão, descubro que eu tenho de me pendurar na amurada do navio para manter o equilíbrio. Quanto mais perto chegamos das ilhas, mais o *St. Louis* parece balançar para lá e para cá.

Mama recosta-se em Papa. Sente-se protegida pelo homem mais forte do mundo novamente. Papa a abraça, mas vejo um olhar de pânico em seus olhos. Tento adivinhar seus sentimentos, o que ele pode estar pensando, o que o preocupa, se está doente ou esgotado ou se arrepende de ter de lutar o tempo todo e pensa em desistir. Eu não sei por que ele pode estar com medo, se estamos juntos. *Estamos a salvo, Papa. Nós conseguimos fugir. A Alemanha está cada vez mais longe de nós.*

Passamos pelos Açores a toda velocidade. Quando vemos o arquipélago começar a desaparecer no arco da porta, nos parece uma oportunidade perdida, como se um salvo-conduto para a liberdade estivesse escapando de nossas mãos. Como seria viver lá, longe dos Ogros? Deveríamos ter comprado vistos para os Açores. Poderíamos ter sido seus novos habitantes. Teríamos mudado seu nome, é claro. Em vez de ilhas dos Açores, eu as chamaria de "ilhas impuras". Nossos filhos falariam "impuro", um idioma que inventamos que é diferente da nossa língua materna. O primeiro estado impuro.

Esse é o lugar onde meu irmão ou minha irmã deveria nascer – livre da tristeza de ser alemão, sem ter de falar a língua alemã. Feliz por ser impuro! Sem a necessidade de se esconder de ninguém, como se não houvesse uma única pessoa pura no mundo. *Pense, Leo, que paraíso!*

Leo aperta minha mão. Meus pais não percebem porque estão perdidos em seus próprios pensamentos, encostados um ao outro enquanto contemplam o horizonte, onde as ilhas estão começando a desaparecer no meio do desconsolado Atlântico.

Minha mão está congelando, mas Leo me aquece.

"Eu consegui um par de patins para amanhã." Leo é capaz de se livrar de qualquer pensamento sombrio. Eu já posso imaginar o que me espera quando acordar pela manhã.

"Você consegue aprender em uma hora?", pergunto a ele. Ele me lança um olhar como se dissesse "Claro que sim, e muito mais rápido do que você pensa!". Suas gargalhadas são contagiantes. Rir é a melhor coisa que podemos fazer.

É então que percebo que Papa está me observando, com certa angústia – e eu sonhando com Leo e seus patins! *Eu acho que é hora de acabar com seu silêncio, Papa, de nos permitir sentir que você está aqui conosco, que você toma conta de nós. Que, se qualquer coisa estiver acontecendo, você vai nos dizer, porque sabe que somos fortes. Nós sempre vamos nos sentir seguras com você.*

Sua voz é solene quando ele anuncia secamente: "Estamos na metade do caminho".

19 DE MAIO DE 1939

SITUAÇÃO EM HAVANA SE AGRAVANDO. PROTESTOS CONTRA IMIGRANTES EUROPEUS. CONTINUE EM CURSO.

CABOGRAMA DA HAMBURG-AMERIKA LINE

Terça-feira, 23 de maio

A terça-feira teria que chegar. Desde que embarcamos, ninguém se interessa em saber que dia da semana é. O que nos interessa é quantos dias faltam para desembarcarmos. Eu não vejo a hora de que chegue o sábado, dia em que vamos desembarcar. Além disso, o meu aniversário se aproxima, e ele cairá numa terça-feira, o pior dia de todos. Bem, de qualquer maneira, dá no mesmo, porque estamos navegando no meio do Atlântico e ainda falta uma semana para chegarmos ao nosso destino. A essa altura, eu já nem acredito mais na minha má sorte.

Estou acordada desde cedo porque um membro da tripulação foi enviado pelo capitão para chamar Papa. Decidi não contar isso ao

Leo. Ele começaria as suas especulações, suas intermináveis teorias de conspiração.

Faz alguns dias que mamãe está nervosa. Achei que revelar seu segredo a deixaria mais aliviada, mas não foi o caso. Agora ela está cheia de pressentimentos, muitas vezes sem fundamento, que ela fica remoendo o tempo todo, deitada na cama, afundada entre os travesseiros de plumas. Estremece cada vez que a luz do sol entra pelas escotilhas da nossa cabine.

Todo mundo sabe que eu não quero uma festa, visto que não há nada para comemorar. Mas até o capitão sabe que é meu aniversário. Leo diz que vou receber um presente muito especial, mas que tenho de ter paciência. Eu acho que ele ainda está atrás do anel de sua mãe, mas seu pai seria louco se desse a ele a única coisa valiosa que eles têm.

Quando Mama finalmente se levanta, ela vai direto para minha cama e se deita ao meu lado. Seu corpo parece tão frio que me faz sentir um arrepio.

"Minha Hannah", ela diz, acariciando meu cabelo.

Mama não diz mais nada, mas eu sinto que ela quer me contar alguma coisa. Eu me viro para olhar para ela, para incentivá-la.

"É hora de você ganhar a Lágrima, Hannah."

Suas mãos geladas deslizam pelo meu pescoço. Ela começa a fechar o colar com a pérola imperfeita que seu pai deu à mãe dela para que ela o usasse na abertura do Hotel Adlon – a joia preciosa que ela mesma recebeu quando tinha a idade que estou fazendo hoje. A delicada corrente de ouro branco complementa maravilhosamente a pérola, engastada num triângulo de ouro branco, com um pequeno diamante na ponta.

O quarto nos envolve, e o lustre de bronze com suas três fileiras de lâmpadas leitosas parece um deslumbrante bolo de casamento de cabeça para baixo, competindo com os raios do sol. Eu não quero que o tempo passe. Estamos suspensas no centro desse espaço luminoso. De repente, eu me sinto intimidada pela pérola agora aninhada no meu pescoço; é uma responsabilidade ser dona dessa joia que está na minha família há gerações. Corro para o espelho para examinar a Lágrima, e decido usar um suéter rosa-claro para combinar com o presente.

Quando vê minha emoção, Mama faz um esforço para se levantar e vir até mim. Improviso algumas poses familiares, para fazê-la pensar que eu me sinto como uma deusa, também. Ela ri. Por um curto período, brincamos de ser felizes.

Ela põe um vestido azul e branco, e nós duas vamos celebrar o meu aniversário.

Ao nos aproximarmos da cabine dos Adler, vemos vários membros da tripulação saindo de lá. Batemos na porta, mas ninguém responde. Insistimos, e então percebemos que a deixaram destrancada. Mama entra, e eu a sigo. Encontramos Papa, o capitão, dois marinheiros e o médico do navio, todos eles parecendo desamparados. Papa vem nos abraçar. Posso sentir nele o cheiro de mentol da cabine dos Adler.

"Na noite passada, o sr. Adler começou a ter dificuldade para respirar. Ele se foi."

Ele se foi, partiu, faleceu, nos deixou. Teria sido muito mais fácil dizer "ele morreu", mas eles não quiseram; eles têm medo da palavra. A sra. Adler aparece, com um sorriso triste no rosto, mas sem nenhum sinal de ter chorado. Ela pega Mama pela mão.

"Quero enterrá-lo em Havana, mas o capitão recebeu um cabograma dizendo que será impossível. Temos de fazer o velório esta noite e atirá-lo ao mar. Pode imaginar um final como este, Alma?"

O capitão está conversando com dois dos membros da tripulação, que mostram a ele os últimos cabogramas. A certa altura, ele levanta a cabeça e me diz baixinho – tão baixinho que só eu posso entendê-lo, porque leio seus lábios – *"Alles Gute zum Geburtstag, Hannah!"*[4].

Então todo mundo sabe que é meu aniversário. Eu avisei Mama que não queria nenhuma comemoração como as realizadas nas noites anteriores para outras crianças a bordo. Com certeza, depois da morte do sr. Adler, ninguém estará no clima para uma festa. Saio e vou procurar Leo. Ele, é claro, já sabe de tudo. Então, me diz que ocorreu outra morte durante a noite.

"Um passageiro?"

"Não, um dos tripulantes. Aparentemente, ele cometeu suicídio pulando no mar. Eles não conseguiram resgatá-lo. Uma tragédia após a outra."

Uma grande notícia para começar o meu aniversário! Claro, tinha de ser uma terça-feira.

"O que aconteceu com o sr. Adler já era esperado", eu digo a ele. "Não se levantou da cama desde que subiu a bordo. Queria morrer. Estava cansado."

Eu não sinto pena dele, porque no final ele desistiu, mas eu sinto compaixão pela sra. Adler; ela terá que enterrá-lo e continuar essa batalha incerta. Leo sente minha melancolia. Ele descansa as mãos sobre os meus ombros e diz: "Hannah, me prometa uma coisa. Nós vamos viver juntos até completarmos 87 anos. Depois disso, não vale a pena viver. Quem quer ficar deitado numa cama como o sr. Adler?".

Eu prometo, Leo, é claro que sim. Eu digo isso a mim mesma, porque ele já começou a andar, sem esperar a minha resposta.

As notícias sobre ambas as mortes já tinham se espalhado entre os passageiros. Walter, o amigo de Leo, veio com outra teoria. Que o sr.

---

[4] Feliz aniversário, Hannah! (N.T.)

Adler havia cometido suicídio. Que o membro da tripulação tinha sido morto. Que poderia haver mais tentativas de suicídio.

"Nossos vistos são inúteis. Eles dizem que o governo cubano está agora exigindo um bônus para cada um de nós, uma fortuna que nem os mais ricos conseguirão pagar", Walter murmura. Ele olha em volta, com cautela para que ninguém mais ouça seu segredo.

"Eu não acredito em você", digo com firmeza. "Minha mãe recebeu nossos vistos do consulado cubano em Berlim e comprou um para o meu pai nos escritórios da HAPAG em Hamburgo."

Estou farta de toda essa especulação, essas teorias sem sentido. Tudo vai ficar bem: eu tenho certeza disso.

"Sim, assim como os nossos. Estes são os que não valem mais." Walter parece tão seguro de si que eu me sinto intimidada.

"Se não nos deixarem entrar em Cuba, teremos outras opções?", pergunto, começando a ficar preocupada.

"As negociações ainda estão em curso para ver se alguma outra ilha do Caribe nos aceita." Leo assume o controle novamente, não querendo parecer desatualizado. Ele quer ser o único a dar notícias, não Walter, que acha que é tão inteligente quanto ele.

Pelo menos nenhum deles disse que estamos voltando para a Alemanha. Esta não pode ser uma possibilidade. Nós já entregamos nossas casas; não há nenhum lugar para irmos. Ninguém iria sobreviver. Agora eu entendo por que há tantos rumores sobre suicídio.

"Você acha que eu deveria confrontar os meus pais para que me digam a verdade?", pergunto a Leo, sem que os outros me ouçam.

"Não, o que você tem a fazer é encontrar aquelas cápsulas o mais rápido possível. Se vocês não puderem entrar em Cuba, os Rosenthal já têm um plano", ele diz com determinação. "E nós não podemos permitir isso, Hannah. Aconteça o que acontecer, temos de ficar juntos."

Obedeço, ainda que ele seja apenas alguns meses mais velho que eu.

Estamos num novo pesadelo. Eu não sei se é real ou apenas um sonho.

Chego à cabine dos meus pais. Eles estão sentados em silêncio, imóveis, perdidos em pensamentos. Eu me fecho no meu quarto e descubro na minha mesa de cabeceira um envelope com a insígnia do *St. Louis* e os dizeres "Para Hannah".

Dentro há um postal do maior e mais luxuoso navio que já cruzou os mares. "Feliz aniversário, Hannah". Assinado "O capitão". É verdade o que a minha mãe disse: esse homem é um cavalheiro. Eu deveria ir até a ponte para agradecer.

Posso ouvir Mama chorando do lado de fora. Levo o postal ao peito e fecho os olhos. Quero ter a ilusão de que estamos seguros dentro desta ilha de ferro. Sufocada com os soluços, a voz de Mama soa estridente e eu mal consigo entender o que ela diz:

"Não há argumento. Se nós três não pudermos desembarcar, ninguém desembarcará. Nem Hannah nem meu filho que vai nascer, nem eu vamos voltar para a Alemanha, Max. Você pode ter certeza disso."

23 DE MAIO DE 1939

A SITUAÇÃO DA MAIORIA DOS PASSAGEIROS VIOLA O NOVO DECRETO 937 DO GOVERNO CUBANO E ELES PODEM NÃO TER PERMISSÃO PARA DESEMBARCAR. A SITUAÇÃO AINDA NÃO ESTÁ COMPLETAMENTE CLARA, MAS É CRÍTICA SE NÃO FOR RESOLVIDA ANTES DA SUA CHEGADA EM HAVANA.

CABOGRAMA DA HAMBURG-AMERIKA LINE

Quinta-feira, 25 de maio

*E*u não tenho medo da morte. Que chegue a hora final, que tudo se apague e eu fique no escuro. Eu não tenho medo de me ver entre as nuvens, contemplando os que aqui ainda caminham em liberdade pela cidade. Morrer é como se a luz se apagasse, e com ela, todas as ilusões.

Mas eu não quero que os meus pais decidam *quando* isso tem de acontecer. Ainda não é o momento de eu retornar ao pó. Eles que não se atrevam, porque eu vou me defender. Não me importo que nossos vistos não tenham valor ou que não queiram deixar que entremos nessa ilha sem graça.

À noite, enquanto eu dormia, ouvi vozes me dizendo para levantar, sair do quarto, ir para o convés e me atirar ao mar. A corrente me levaria para o único lugar onde eu poderia chegar e ser aceita: outra pequena ilha que não aparece em nenhum mapa. Eu me vejo totalmente sozinha, sem os meus pais ou Leo. Lá do alto, eu não passo de um pontinho, perdido na costa. É assim que deve ser a morte.

Desde o nascimento, nós os impuros estamos preparados para enfrentar uma morte prematura. Por anos, mesmo em momentos felizes, nós nos esquivamos a cada passo, esbarramos nela e, então, seguimos adiante. Às vezes, eu me pergunto que direito temos de acreditar que podemos sobreviver enquanto os outros caem como moscas.

O que eu mais detesto na ideia da morte é não poder dizer adeus, ir embora sem uma despedida. Só de pensar nisso eu estremeço.

Eu não vou permitir que outras pessoas decidam o meu destino. Eu tenho 12 anos! Não estou pronta ainda, e tenho de encontrar aquelas malditas cápsulas. Se eu não encontrar, Leo é que vai me matar. Ele explicou que eu tenho de procurar um pequeno cilindro de bronze com uma tampa de rosca. Dentro, há três ampolas de vidro fino com a substância letal, as que Mama sugeriu ontem que poderiam libertá-la da agonia se não formos autorizados a desembarcar em Havana.

Eu tenho que procurar em cada canto, cada mala, e não me esquecer de arrumar depois, para deixar tudo como estava – para ninguém notar.

Nessa noite, vai haver um baile a fantasia, uma tradição no *St. Louis* antes do desembarque. No entanto, não sabemos ainda se vamos chegar, se o navio será autorizado a atracar, se teremos permissão para desembarcar. Nós não temos um destino final.

O apito do navio anuncia que é hora de ir ao salão de baile. Leo já se esqueceu dos patins, ou de correr pelo convés, ou do nosso jogo de brincar de ser conde e condessa. A hora de brincar acabou. Ele é um conspirador outra vez.

Depois da discussão que meus pais tiveram em nossa cabine, eu duvido que eles queiram ir a um baile de máscaras sem sentido. Atravesso o corredor da primeira classe. A cada dia que passa, ele parece mais estreito para mim: o teto está mais próximo e as arandelas amarelas nas paredes lançam sombras em todos os lugares. Eu busco as escadas laterais e as desço com relutância, cansada das queixas de Mama, do silêncio de Papa, das exigências de Leo. Chego à porta do mezanino e, quando a abro, ouço o *pop* das rolhas de champanhe, a conversa dos passageiros, enquanto esperam a orquestra começar a tocar, a risada daqueles que ainda estão confiantes de que logo desembarcaremos no porto de Havana.

As crianças não têm autorização para entrar no baile, mas Leo reservou para nós um espaço no balcão do mezanino, decorado com flores de papel, para, nas palavras dele, ver como se diverte uma cambada de imbecis antes de receber uma bofetada das autoridades cubanas ao amanhecer do sábado.

O clima ainda está calmo. O capitão e o comitê dos passageiros se incumbem disso, sentindo-se responsáveis por essas 936 almas à deriva.

Walter e Kurt não conseguem conter a emoção e apontam com o dedo toda vez que uma máscara os surpreende. Leo, ainda com o seu jeito conspirador, analisa cada gesto dos casais na pista de dança.

Os convidados são como espíritos, flutuando entre os candelabros lustrosos, exageradamente decorados com guirlandas para criar um falso ar festivo. Do nosso posto de observação, o salão, que antes me impressionava com seu ar majestoso, agora parece um medíocre cenário teatral. Posso ver no teto as molduras de gesso que simulam os palácios franceses, as cópias malfeitas de paisagens bucólicas, em elaboradas molduras douradas, painéis de madeiras nobres, arandelas de esfinges de bronze, espelhos de cristal. Uma fantasia no meio do oceano. Luxo barato, diria Mama.

Inês continua triste, à espera de um pretendente que nunca chegará. Ela usa uma tiara de diamantes falsos e um vestido de tule e renda, que parece ser feito de algodão barato. Está fantasiada de princesa sem trono e, com ar altivo, cumprimenta seus súditos: três meninas de azul-celeste, cada uma delas com uma rosa branca no decote e brincos de diamante. Inês percebe que observamos de cima e nos cumprimenta com a cabeça.

Walter e Kurt quase aplaudem quando um homem irrompe no salão usando maquiagem pesada. Suas bochechas estão coloridas de vermelho, os olhos, delineados de preto, e as pálpebras, pintadas de sombra azul. Ele veste um traje branco coberto com uma fantasiosa capa de veludo vermelho e na cabeça tem uma coroa dourada de louros.

Uma senhora alta que viaja sozinha está usando um vestido preto de lantejoulas com mangas largas salpicadas de estrelas. Uma tiara de pérolas com uma enorme pluma no centro da cabeça completa o traje. Os lábios vermelhos brilhantes e as profundas olheiras lhe dão um ar lúgubre. Ela se esconde atrás de um imenso leque de penas de avestruz quando atravessa o salão, onde agora é quase impossível andar.

"É a rainha da noite!", exclama Kurt.

"Não, ela é uma vampira!", Walter o corrige, e todos nós rimos.

As fantasias mais comuns são as de pirata. Alguns homens estão vestidos de marinheiro e também há várias deusas gregas, com túnicas drapeadas e um ombro descoberto.

À medida que o burburinho aumenta, ainda podemos ouvir o tilintar das taças cheias de bolhas inebriantes. No espaço entre as escadas que dão acesso ao salão, a orquestra começa a tocar nostálgicas canções alemãs que deprimem o ânimo de todos. Não nos permitem esquecer.

Então a orquestra faz uma pausa e há um breve silêncio. Entram os trompetistas que se colocam no centro e começam a tocar uma melodia que, pelo menos para mim, pertence a todos. Leo me olha: ele também a reconhece. Quando as primeiras notas de "Moonlight Serenade" começam a soar, vejo Papa entrar no salão com seu *smoking* feito sob medida. Ele traz pelo braço a Deusa, que está usando um vestido de renda preto com uma fenda até metade da perna e que termina com uma cauda. Ambos estão usando máscaras de veludo pretas; a de Mama é decorada com plumas e brilhantes.

Eles descem as escadas lentamente, no compasso dos acordes da orquestra que tenta imitar Glenn Miller. Todos param para admirar a entrada triunfante dos Rosenthal. Se eles vieram ao baile, isso é sinal de que não deve haver problemas. Desembarcaremos sem contratempos no tão esperado ponto de Havana. Essa era a mensagem que o capitão queria que os Rosenthal transmitissem para os desalentados passageiros. Contudo, do jeito que as coisas estão, nem a música alegre da banda nem o colorido das fantasias nem o ar distinto de meus pais conseguem dissipar a atmosfera sombria do salão de festa.

Por trás da máscara, Papa parece o herói de algum melodrama barato. Mama, com o rosto congelado, está tentando em vão manter um sorriso. Ela parece estar dizendo a ele: *Você me obrigou a vir, e aqui estou. Mas não espere que eu também me sinta feliz.*

Os casais começam a dançar no ritmo de "Moonlight Serenade". Papa conduz Mama ao centro do salão. Ela encosta levemente a cabeça sobre o ombro dele enquanto ele dá passos curtos como quem dança uma valsa fora do compasso: ele não conhece essa música nova.

Enquanto giram ao ritmo da música, Papa cumprimenta com a cabeça vários homens. Mama os ignora e evita fazer contato visual.

Doze dias, isso foi tudo que nossa felicidade durou.

Agora eu tenho que ir. Chegou o momento de inspecionar nossa cabine.

26 DE MAIO DE 1939

AO CHEGAR, MANTER-SE LONGE DO ATRACADOURO.
PERMANEÇA PERTO DO PORTO,
MAS NÃO APROXIME O NAVIO DA COSTA.

CABOGRAMA DA FILIAL CUBANA DA HAMBURG-AMERIKA LINE

Sábado, 27 de maio

Hoje é o dia de desembarcarmos no porto de Havana. Muitos a bordo esperam se reunir com familiares que já estão morando em Cuba; outros irão para suas casas ou se hospedarão em algum hotel. Esperam se instalar na ilha, aprender espanhol, abrir negócios. Há quem planeje morar ali apenas alguns meses, antes de ir para a ilha Ellis, a porta de entrada de Nova York, seu destino final.

Em Havana, poderemos ter filhos, e a ilha pouco a pouco se encherá de impuros. Contudo, embora nossa intenção seja morar e trabalhar na ilha, sempre estaremos alerta, porque os Ogros têm longos tentáculos e quem sabe se um dia chegarão também ao Caribe?

O destino das 936 almas a bordo do *St. Louis* está agora nas mãos de um único homem. Ninguém sabe se, dependendo do humor com que sair da cama, ele dirá sim ou não. O presidente de Cuba pode nos proibir de desembarcar e nos enxotar das águas cubanas como ratos fedorentos. Então teremos que retornar à terra dos Ogros, onde eles nos prenderão e teremos de enfrentar inevitáveis mortes prematuras.

Eu já estou acordada às quatro da manhã, quando o apito do navio anuncia que estamos chegando ao porto. Procurei as cápsulas nos últimos dois dias e só dormi algumas horas por noite. Virei o quarto de Mama do avesso e depois tive de colocar tudo no lugar com muito cuidado. Não encontrei coisa alguma. Leo chegou à conclusão de que Papa as escondeu na sola dos sapatos.

Walter e Kurt estão convencidos de que no fim vão nos deixar desembarcar, mas Leo tem lá suas dúvidas. Quanto a mim, não sei o que esperar.

Todos os passageiros colocaram suas bagagens nos corredores, por isso é quase impossível andar por eles sem tropeçar. Em frente à nossa cabine não há nenhuma mala, no entanto, e isso me preocupa. Ouço o chamado para o café da manhã. A rotina parece indicar que os problemas estão resolvidos, embora em nossa cabine a incerteza ainda reine. Meus pais não arrumaram nossa bagagem. Eles parecem convencidos de que não sairemos do navio.

O café da manhã transcorre rapidamente. Todo mundo está muito agitado, e as crianças correm de um lado para outro. Os passageiros vestiram suas melhores roupas. Eu não. Estou confortável com uma blusa e shorts; o calor e a umidade são insuportáveis!

"Espere só para ver os meses de verão! Você não vai aguentar o calor", Leo diz para me incentivar. Esse é bem o estilo dele.

Ele sabe que eu leio nas entrelinhas: se o calor vai ser de matar no futuro, isso significa que vamos desembarcar. Ele se senta ao meu lado no chão, e Walter e Kurt fazem o mesmo. Não há espaço nas mesas do café.

"Já está tudo resolvido", comenta Kurt. "Meu pai disse que os jornais do mundo todo estão noticiando o que se passa conosco."

Para mim isso não significa nada. Os jornais não vencem batalhas.

Um médico cubano sobe a bordo. Ele vai examinar todos nós, por isso disseram que temos de permanecer no salão onde é servido o café. Que será que estão procurando? Deixo meus amigos tomando o café da manhã e corro para avisar Mama.

Chego lá o mais rápido que posso, desviando-me das malas; abro a porta da cabine sem bater. Os dois já estão vestidos, prontos para o *checkup* médico. Mama está num canto, protegendo-se nas sombras. Sua palidez até me assusta. Papa se aproxima de mim.

"Fique com a sua mãe. O capitão está à minha espera."

Não me pede com doçura como de costume. É uma ordem. Eu não sou mais sua garotinha.

Eu abraço Mama, mas ela me afasta. Em seguida, se desculpa, sorri e começa colocar as mechas do meu cabelo atrás da orelha. Ela não olha para mim. Nós nos sentamos juntas, esperando as ordens de Papa.

O navio está ancorado perto do porto, mas ainda dá para sentir o balançar das ondas.

"Vou me deitar um instante." Ela me empurra com delicadeza e vai para a cama.

Acaba de se levantar e está outra vez entre os travesseiros. Eu volto para o salão do café da manhã. Leo me chama. Tem nas mãos algo amarelo de onde escorre um líquido pegajoso. Uma fruta.

"Você tem que experimentar isso."

Abacaxis cubanos foram trazidos a bordo. Eu mordo um pedacinho; é delicioso, embora deixe a minha boca ardendo.

"Primeiro, mastigue para extrair o suco, depois, cuspa o bagaço", explica Walter, instruindo-nos, os ignorantes.

Agora que estamos nos trópicos, nosso paladar vai descobrir a surpresa das frutas cubanas.

"Um navio deixou Hamburgo hoje com destino a Havana e teve que mudar de curso quando disseram que o governo cubano não deixaria os passageiros desembarcar", diz Leo, que sempre está a par das últimas notícias.

Não sei como isso poderia nos afetar. Talvez tenham desviado o navio porque, com o nosso já no porto de Havana, eles não teriam como administrar tantos passageiros. Por sorte, todos nós no *St. Louis* temos permissões de desembarque, assinadas e autorizadas por Cuba, e muitos têm inclusive vistos para o Canadá e os Estados Unidos, assim como a minha família. Estamos na lista de espera, e ficaremos em Cuba por pouco tempo, em trânsito. Isso vai tranquilizar as autoridades. Tudo vai ficar bem.

Pelo menos é o que espero, não há por que acreditar em outra coisa. Claro que tudo vai ficar bem.

Vamos para o convés do navio, onde a brisa traz os odores de Cuba: uma doce mistura de maresia e gasolina.

"Olha os coqueiros, Hannah!" De repente, Leo é outra vez o garotinho de olhos arregalados, encantado com a descoberta de um novo lugar.

Quando o sol nasce, podemos ver os prédios majestosos no horizonte cubano. Vemos um primeiro grupo de três homens e depois mais quatro se juntarem a ele na costa. Agora há dez pessoas correndo para o atracadouro. *Estamos aqui! Não podem nos mandar de volta agora!* Meus amigos e eu começamos a pular e gritar. Leo ensaia um passinho de dança cômico.

Familiares de vários passageiros do *St. Louis* receberam a notícia da nossa chegada e, em poucas horas, o porto está apinhado de gente.

Barquinhos repletos de parentes desesperados começam a se aproximar, mas são forçados a manter uma distância segura do nosso navio em quarentena. A guarda costeira nos rodeia como se fôssemos criminosos.

Pelos alto-falantes, nos avisam para deixar nossos documentos à mão. Vão comprovar a validade das nossas permissões de desembarque, assim como outros vistos.

Walter chega correndo. Tão logo recupera o fôlego, vai dizendo:

"Estão exigindo de cada passageiro um bônus de garantia de quinhentos pesos cubanos!", diz, repetindo o que ouviu dos pais.

"Quanto é isso?", eu pergunto.

"Cerca de quinhentos dólares americanos. É impossível!" Leo tem cabeça para números.

Gastamos o pouco dinheiro que nos restava na Alemanha comprando objetos valiosos que poderíamos revender em Cuba.

"Isso é um circo dos horrores", diz uma senhora perto de nós, com uma sombrinha branca na mão. "Um circo dos horrores!", ela repete, como se esperasse que alguém escutasse e reagisse.

Tem de haver uma solução. O capitão não vai permitir que nos mandem de volta. Ele está do nosso lado. Não é um Ogro.

Eu observo a longa avenida à beira-mar e, por mais que tente, não consigo me imaginar ali com Leo e minha família.

Espera-se que hoje seja solucionado o
problema dos hebreus provenientes
de portos europeus.

Diario de la Marina, jornal de havana

28 de maio de 1939

Terça-feira, 30 de maio

*H*á momentos em que é melhor aceitar que está tudo acabado, que não há mais nada a fazer. Desistir e perder as esperanças: render-se. É assim que me sinto hoje. Não acredito em milagres. Isso aconteceu conosco porque insistimos em mudar um destino que já estava escrito. Não temos direito a nada. Não podemos reinventar a história. Estamos condenados ao engano desde que viemos ao mundo.

Se Leo ficar neste navio, eu também ficarei. Se Papa ficar, Mama também ficará.

Até agora eles só permitiram que dois cubanos e quatro espanhóis deixassem o navio. Nem chegamos a vê-los durante a travessia do Atlântico. Eles ficaram no canto deles, sem falar com ninguém.

Se a verificação dos documentos continuar nesse ritmo, e só nos deixarem desembarcar em grupos de seis, vamos ficar aqui mais uns três meses. Até lá, o balanço do navio já terá acabado comigo.

Através da escotilha da nossa cabine, Havana parece enevoada, pequena e inalcançável como um cartão-postal velho abandonado por um turista de passagem. No entanto eu mantenho o vidro da escotilha fechado porque não quero ouvir os gritos dos familiares que rodeiam o *St. Louis* em suas lanchas de madeira caindo aos pedaços que uma onda pode fazer emborcar. Nomes e sobrenomes soam dos pavimentos da nossa imensa embarcação atracada para os frágeis barquinhos abaixo. Os gritos se misturam: Köppel, Karliner, Edelstein, Ball, Richter, Velmann, Münz, Leyser, Jordan, Wachtel, Goldbaum, Siegel. Todo mundo procura todo mundo, mas ninguém acha ninguém. Não quero ouvir mais nenhum nome, mas os gritos continuam. Nem Leo nem eu ouvimos alguém gritar os nossos nomes. Ninguém está vindo nos salvar.

Na avenida à beira-mar, posso ver carros passando em alta velocidade como se nada estivesse acontecendo. Para eles, somos apenas mais um navio cheio de estrangeiros que por algum motivo insiste em ficar numa ilha em que há escassez de trabalho e o sol aniquila toda força de vontade.

Alguém bate em nossa porta. Como sempre, estremeço; talvez seja alguém vindo buscar Papa. Os Ogros estão em todo lugar, até mesmo nessa ilha que a minha mente ainda não aceita como parte do nosso futuro.

O sr. e a sra. Moser vieram nos ver. Eu digo olá, e a sra. Moser, banhada em suor, me abraça. Percebo que estão a ponto de começar a chorar. O sr. Moser está abatido, como se não dormisse há dias.

"Ele prefere morrer", explica exaltada a sra. Moser. "Quer se atirar no mar. Mas o que será de nós? O que acontecerá com nossos três filhos? Sem casa, sem dinheiro, sem país."

Meus pais a ouvem com calma. Mama se levanta e conduz o sr. Moser, que se senta numa cadeira, inclina-se para a frente e, envergonhado, esconde a cabeça entre as mãos. Mama sente muita pena desse homem. Não tanto pelo que ele está sofrendo, mas porque ela pode ver que ele e a esposa acreditam que os poderosos Rosenthal podem ajudá-los a sair desse tormento.

"Não posso deixá-lo sozinho", continua a sra. Moser. "Ele quer cortar os pulsos, se atirar no mar, enforcar-se na cabine..."

Ao que parece, ela o surpreendeu no meio de cada uma de suas tentativas de se despedir prematuramente. Está escrito na testa dele: pode não ser hoje nem amanhã, mas acontecerá.

Acho que o sr. Moser na verdade não quer se suicidar de fato; está jogando com a sorte. Porque, se alguém realmente quer se matar, consegue. É fácil, se você de fato se propõe a isso. Você pula do convés ou corta os pulsos enquanto todo mundo está dormindo.

"Mesmo que estejamos de mãos atadas", diz Papa, tentando apaziguar o angustiado casal, "vamos encontrar uma solução."

Numa fração de segundo, ele é o professor outra vez: aquele capaz de convencer qualquer um, que detém a verdade nas mãos. O sr. Moser levanta a cabeça, seca as lágrimas e concentra todas as suas esperanças na pessoa vista por todos como o passageiro mais influente do *St. Louis*. Só ele poderia mudar o destino de mais de novecentos passageiros. Ele e o capitão.

"Devemos escrever ao presidente de Cuba, dos Estados Unidos, do Canadá, em nome das mulheres e das crianças que estão no navio", continua Papa.

O sr. e a sra. Moser sorriem timidamente e aos poucos seus rostos se iluminam um pouco; sentem um pouco de esperança e, pela primeira vez em muitos dias, acham que pode haver uma razão para não desistirem.

Acho que todos eles enlouqueceram. Não sobrou ninguém a bordo em seu juízo perfeito. Que diferença faz escrever uma carta? Os presidentes não se importam nem um pouco conosco ou com o destino onde iremos parar. Ninguém quer resolver os nossos problemas. Ninguém quer a Alemanha como inimiga. Para que aceitar todos esses impuros em seus países, esses paraísos de harmonia e bem-estar?

O primeiro grande erro foi zarpar de Hamburgo. Durante toda a travessia, não temos vivido mais do que ilusões patéticas. Não acredito em fantasias ou em um mundo irreal. Por isso, sempre detestei minhas bonecas macabras, estáticas e com os olhos cravados em mim, perguntando-me por que não brinco com elas, se são tão esplêndidas, perfeitas, loiras e caras.

As economias que o sr. Moser fez ao longo da vida se diluíram na compra das autorizações de desembarque em Cuba e nas passagens para ele e a família no *St. Louis*, mas agora ele parece recuperar sua fé apenas ao ouvir Papa. Isso encorajou-o a descrever seu próprio drama, como se eles fossem os únicos desterrados a bordo.

"Perdemos tudo. Meu irmão está esperando por nós em Havana, onde ele comprou uma casa. Se eles nos enviarem de volta, não teremos para onde ir. O que vai acontecer com os nossos três filhos? Se escrever para o presidente cubano, tenho certeza de que o coração dele vai amolecer."

Ao ouvi-lo tão esperançoso, a esposa deve ter concluído que o perigo passou. Que o pai dos seus filhos já não pensa em encerrar uma vida um dia tão apreciada. Eles voltarão para sua cabine, onde ela fará suas camas. Hoje à noite ela poderá dormir sossegada; havia inclusive começado a respirar com mais serenidade.

Entretanto o destino dessa família já está escrito: desde o instante em que o sr. Moser deixou a nossa cabine, de cabeça baixa e feliz, eu soube o que aconteceria. Vou para a cama e fecho os olhos. Minha cabeça começa a dar voltas e não me permite dormir em paz.

Primeiro, a sra. Moser vai colocar as crianças na cama, cantando para elas uma canção de ninar, cobrindo-as e dando-lhes beijos de boa-noite. Enternecida com a respiração suave dos inocentes, ela vai se retirar para descansar ao lado do homem em quem sempre confiou e com quem decidiu constituir uma família. O homem com quem deixou sua aldeia, abandonou seus pais, irmãos e irmãs para assumir um sobrenome desconhecido. Ela dormirá ao lado dele, como nos bons tempos.

Enquanto a família estiver dormindo, o sr. Moser deslizará para fora da cama. Irá ao banheiro, procurará uma navalha de prata, com a insígnia do *St. Louis* no punho de couro, e cortará suas artérias com um golpe determinado. Primeiro ele sentirá uma dor lancinante, mas logo o pânico ofuscará toda a dor. Ele desmoronará no chão, e o sangue se esvairá lentamente do seu corpo contraído, tão lentamente que lhe permitirá ver pela última vez, do chão frio de ladrilhos, as pessoas que mais amou em vida dormindo profundamente.

Enquanto seu corpo convulsiona, o sangue ainda quente começa a jorrar. Embora ainda permaneça consciente, a sua visão vai escurecer e seus batimentos cardíacos aos poucos enfraquecerão. Por fim, ele ficará imóvel. O sangue começará a secar, e de vermelho passará a preto. O líquido coagulará.

Ao amanhecer, a sra. Moser vai acordar e perceber que o marido não está ao lado dela. Ela tocará os lençóis frios, sem nenhum vestígio do calor do corpo amado. Verá a porta do banheiro entreaberta. Caminhará lentamente na direção dela, com medo do que poderá encontrar. Cheia de maus pressentimentos, sua respiração ficará mais rápida, mais urgente. Ela terá vontade de gritar, mas não conseguirá.

Ao se deter na porta, ela verá a imagem, um pouco confusa, de uma cena em que tinha evitado pensar nos últimos dias, nas últimas semanas e até nos últimos meses. Ela fechará os olhos, respirará fundo e começará a chorar silenciosamente.

No piso do banheiro, o corpo do marido está em posição fetal. Ela se ajoelha e o abraça, mesmo sabendo que ele não sente nada, que não está mais lá. Um grito brota da sua garganta e se transforma num choro desesperado. A primeira pessoa a se juntar a ela é a filha mais nova, de 4 anos, segurando um ursinho de pelúcia branco. Em seguida, o filho de 6 anos de idade. A filha mais velha, de 10 anos, tenta levar o irmão e a irmã, para poupá-los de uma visão que irá assombrá-los pelo resto da vida.

Logo depois, alguém vem dar a notícia a Papa. Ele não demonstra qualquer emoção: estava preocupado demais com a sua própria angústia.

Eu fico na cama. Não consigo parar de pensar na sra. Moser ao encontrar o corpo do marido. Espero que seus filhos nunca se esqueçam desse dia. Eles têm que se lembrar de quem são os culpados.

Alguém terá que pagar por isso.

Mais de novecentos passageiros, quatrocentas mulheres e crianças, rogam para que use a sua influência e nos ajude a sair dessa situação terrível. O humanitarismo tradicional do seu país e a sua sensibilidade feminina nos dá a esperança de que você não recusará nosso pedido.

Comitê dos passageiros do *St. Louis* à primeira-
-dama Leonor Montes de Laredo Brú, esposa do presidente cubano Federico Laredo Brú
30 de maio de 1939

Quarta-feira, 31 de maio

"*H*oje vamos incendiar o navio", Leo sussurrou em meu ouvido assim que deixamos a minha cabine e corremos pelo convés.

Em menos de dez minutos já tínhamos subido e descido escadas, visitado a casa das máquinas, corrido da primeira classe até a terceira. Não sei o que buscamos.

"Se não nos deixarem desembarcar, vamos pôr fogo nele."

Não será necessário, Leo. Está tão quente aqui que as grades e o piso do navio já estão pegando fogo. É impossível ficar aqui fora. O sol é outro inimigo.

Leo me disse que, até agora, Cuba aceitou menos de trinta passageiros – aqueles que tinham permissão de desembarque emitida pelo Departamento do Estado –, mas rejeitou os assinados pelo diretor-geral da Imigração, Manuel Benítez. Esse é um patife que, junto com seu mentor e aliado militar, embolsou todo o nosso dinheiro. Os "Benítez" já tinham perdido sua validade enquanto cruzávamos o Atlântico. Ou, quem sabe, muito antes disso.

Agora, esse chefe militar, o verdadeiro dono do poder na ilha, está convalescendo de uma gripe em sua luxuosa residência, cercado pelos familiares e seguranças, e não ousa dar as caras.

Seu médico pessoal o proibiu de atender ao telefone, não quer que o incomodem com problemas triviais como a vida de mais de novecentos passageiros!

Quando Mama comprou o Benítez para Papa, comprou também mais dois para nós, porque achou que os vistos poderiam perder a validade. Mas também temos os vistos americanos e estamos na lista de espera para entrar no país. Não sei o que mais esperam de nós.

"É possível que tudo se resolva *mañana*", Leo pronuncia a palavra com um sotaque espanhol forte e ridículo. *Mañana* – a única palavra, além de *gracias*, que ele sabe dizer na língua falada na ilha – será o último dia de negociações.

"*Mañana*", ele disse outra vez, como se essas três sílabas tivessem outro significado e pudessem transmitir esperança.

O passaporte de Papa foi carimbado com um grande R de "Retorno", "Rejeitado" ou "Repudiado". Fizeram o mesmo com o passaporte do Leo e do sr. Martin; de Walter, Kurt e da família deles; e de Inês. Ninguém se salva. Não passamos de uma horda de indesejáveis, prontos para sermos atirados ao mar ou mandados de volta para o inferno dos Ogros.

Ninguém se importa com o fato de termos comprado esses documentos com as economias de toda uma vida. Agora um presidente desalmado ousa assinar um decreto para invalidá-los.

Leo acha que, se incendiarmos o navio, é mais provável que nos levem em consideração. O comitê presidido por Papa perdeu seu poder de persuasão ou negociação, se é que um dia teve. O capitão não sabe o que dizer aos passageiros, que depositaram tanta confiança nele. Desde o primeiro dia, o mais poderoso homem a bordo nos fez acreditar que desembarcaríamos – que não haveria dificuldade alguma quando chegássemos ao maldito porto de Havana.

Duas semanas perdidas. Nós, os otários cheios de esperança, acreditamos nos Ogros quando nos autorizaram a partir em troca de nossos negócios, de nossas casas, de nossas fortunas. Como, pelo amor de Deus, pudemos ser tão idiotas a ponto de confiar neles? Tudo devia já estar planejado de antemão, até mesmo antes de Mama comprar as permissões de desembarque para Cuba, escritas em espanhol. Eles sabiam desde que zarpamos de Hamburgo; a banda tocando para nós já foi uma farsa. Agora está muito claro por que nos obrigaram a comprar passagens de ida e volta; eles queriam que cobríssemos os custos do nosso regresso.

Em Cuba, eles nos subestimam; o resto do mundo nos ignora. Todos baixam os olhos, sem saber o que fazer; como se tentassem se livrar do embaraço. Querem lavar as mãos para se livrar da culpa.

Os três rapazes que brindaram conosco no primeiro banquete conspiram agora com Leo – um menino de 12 anos! – para incendiar este descomunal transatlântico. *Por favor, chega de falar bobagens! Deixem as aventuras para quando pisarem em terra firme, se é que isso vai acontecer um dia!* Há quem pense em tomar o navio de assalto, mudar seu curso e destituir o capitão do comando. Um sequestro em alto-mar. Ou pelo menos numa baía decadente.

"O que ela está fazendo aqui?", pergunta a Leo o rapaz com pinta de galã de cinema.

"Ela é de confiança, e pode nos ajudar." *Ajudar em quê, Leo?* Se eu parar para pensar no que eles estão planejando, é bem possível que eu saia correndo e os deixe ali organizando seus esquemas sem propósitos.

Mas esse garoto sem futuro parece saber bem o que quer. Em seu desespero, não pensa em regressar. É jovem e bonito demais para ter uma morte prematura, portanto, é capaz de atirar no mar qualquer um que se interponha em seu caminho, se isso garantir sua sobrevivência. Sinto-me tentada a dizer a eles que só um bando de idiotas pode pensar em atear fogo num mamute de 16 mil toneladas, mas no fim decido deixá-los em sua conspiração e subir até o último convés para tirar fotos.

Que o queimem, se puderem. Que o destruam. Que afundem o maior navio na baía. E com ele, seus passageiros. É a melhor coisa que pode nos acontecer.

Vou ao outro extremo do convés, onde não há ninguém implorando para desembarcar nem barquinhos observando o nosso desespero. Um lugar de onde eu não posso ver o litoral de uma cidade que pagará bem caro pela sua indiferença – não hoje nem amanhã, mas um dia.

Eu me reclino sobre a balaustrada e fecho os olhos porque não quero ver o mar nem esse farol que chamam de El Morro. Quando sinto que há alguém atrás de mim, não preciso me virar; imediatamente reconheço o cheiro de óleo da casa das máquinas, de biscoito de baunilha, de leite quente. Ele fica ao meu lado e segura a minha mão. Aperta-a com toda a força, e eu sorrio.

Abro os olhos porque sei que vou me deparar com os longos cílios do meu único amigo. *Olhe pra mim, Leo, não nos resta muito tempo,* quero dizer a ele, mas fico calada. Se alguém sabe disso, é ele. Leo sabe tudo. Sempre.

Deste lado não se escutam os gritos. O silêncio é nosso. Um barco se aproxima cheio de passageiros. Devem ser "puros", suponho, porque o barco entra no porto e vai direto para o seu atracadouro, o apito soando.

E nós dois aqui, sem dizer nada e de mãos dadas, os vemos passar e voltamos o rosto para a vastidão do oceano e do céu.

Levante-se, Leo. Vamos nos atirar no mar e deixar que a corrente nos leve. Alguém vai nos resgatar longe do porto. E, se perguntarem nossos nomes, vamos inventar um que não cause asco, nem repulsa nem ódio.

Teria sido melhor se tivéssemos ficado em Berlim. Você e eu, sem os nossos pais. Estaríamos correndo pelas ruas cheias de cacos de vidro, rindo dos Ogros, ouvindo rádio num beco escuro. À nossa maneira, éramos livres e felizes.

Meus pensamentos são mais rápidos do que minhas palavras, e não consigo articulá-los.

Olhe para mim, Leo. Não me deixe sozinha aqui. Vamos brincar. Vamos andar de patins de andar em andar. Por que aperta tanto a minha mão? O que você pensa em fazer? Você decide. Você é mais velho do que eu.

Vamos, chegou a hora.

Junho de 1939

Sua excelência, Federico Laredo Brú
Presidente da República de Cuba

Sua Excelência,
    De acordo com a conferência a mim
outorgada, tenho a honra de apresentar a
seguinte proposta do Comitê Nacional de
Coordenação de Ajuda aos Refugiados e
Imigrantes que Vêm da Alemanha, para permitir
a entrada em Cuba dos refugiados que estão a
bordo do SS Saint Louis:
    Um bônus da Maryland Casualty Company,
autorizada a fazer negócios em Cuba, será
depositado imediatamente, com a sua aprovação,
em nome da República de Cuba, no valor de
$ 50.000.

Lawrence Berenson, conselheiro honorário do
Comitê Nacional de Coordenação de Ajuda aos
Refugiados e Imigrantes que vêm da Alemanha.

Quinta-feira, 1º de junho

*M*añana é o último dia. *Mañana* – a palavra mais popular entre os passageiros, a que Leo não para de repetir com seu forte sotaque –, será decidido o nosso destino.

Meus pais vão esperar até que eu durma para pegar o receptáculo de bronze onde guardam o pó salvador. Papa vai me segurar e abrir a minha boca. Eu, sem impor a menor resistência, morderei o revestimento de vidro para liberar o cianeto de potássio que me provocará morte cerebral imediata. Não sentirei dor alguma. Obrigada, Mama e Papa, por não me fazerem sofrer, por pensarem em mim, por colocarem um fim na minha agonia. Eu me despedirei feliz, com um sorriso. Chegou a hora.

Eu me deito ao lado de Papa na cama e observamos Mama se preparar para o último jantar a bordo. Ela vai até a penteadeira e pega sua caixa de joias, uma antiga caixinha de música.

Desde pequena, fico hipnotizada cada vez que abro essa caixinha preta incrustada de madrepérola e vejo a bailarina mecânica que dança no compasso de "Für Elise", de Beethoven. Mama me deixava brincar com ela, e eu podia passar horas dando corda na caixinha de música. Flutua até a cama o aroma delicado de flores de lavanda, conservadas num saquinho de seda dentro da caixa. No compartimento onde fica o mecanismo de corda da bailarina, Mama abre uma gavetinha e pega seu anel de noivado, a joia mais valiosa que ela trouxe de Berlim.

Nesse momento, num lampejo, eu descubro. Eu quase dou um pulo, mas me contenho. Todos aqueles dias tentando encontrar o recipiente de bronze, e ele aparece assim, bem debaixo do meu nariz! Esse tinha de ser o esconderijo! Se as cápsulas valem seu peso em ouro, que lugar melhor para guardá-las a não ser junto a um grande diamante, o bem mais precioso de Mama.

Ouço o apito do navio. Acho que nada me irrita mais do que esse estrondo. Sim, lá estão eles: estranhos batendo na porta. É hora de voltar ao salão, onde servirão nosso último jantar em Havana. Meus pais estão os dois de branco, parecem congelados no tempo.

"Já vou, não estou pronta ainda", digo a eles. Eles olham para mim surpresos, mas decidem silenciosamente respeitar a minha rotina, que a cada dia se torna mais absurda.

Eu me sento em frente à penteadeira e pego a caixinha de música. Eu poderia atirá-la no mar e fazê-la desaparecer, com as joias e tudo, mas, em vez disso, dou corda e observo a frágil bailarina girar. Uma volta, duas. Mais uma. Não me atrevo a abrir o compartimento secreto porque, se não estiverem ali, eu desisto.

Mal consigo controlar o tremor nos dedos quando abro a gavetinha escondida e percebo o brilho do recipiente de bronze. É tão pequeno que quase me faz rir. Então começo a sentir meu coração batendo tão forte que temo que alguém, mesmo fora da cabine, possa escutar. Pego com cuidado o recipiente que contém o pó letal e minhas mãos tremem tanto que tenho dificuldade para desenroscar a tampa.

Calma, Hannah. Não está acontecendo nada.

Num momento como esse, Leo deveria estar aqui comigo.

Quando abro a tampa, seguro a respiração. Vejo que as cápsulas realmente estão lá dentro e num segundo volto a rosqueá-la outra vez. Tenho medo que, ao abri-la, partículas minúsculas do cianeto escapem, contaminando o ambiente, e nos paralise a todos. Um barulhinho dentro dele me faz notar que há mais de uma. Claro, deve haver três!

Não entendo como algo tão pequeno pode ser tão poderoso! Basta inalar e as moléculas entram pela pele e levam a pessoa para o outro mundo. Penso em pôr uma na boca agora mesmo, mas não posso fazer isso com Leo. É uma decisão que temos de tomar juntos, e seria uma traição que ele não perdoaria nunca. *Vamos fazer isso juntos, Leo!*

Eu corro para encontrá-lo.

Tropeço em alguns passageiros da primeira classe que descem para o jantar de despedida. Quando entro no salão, fico aturdida com o barulho dos talheres nos pratos, com o burburinho das conversas e o cheiro de carne assada. Vejo Leo em uma das portas laterais, acompanhado pela sua escolta habitual, Walter e Kurt.

Quando ele me vê, faz um discreto sinal para que eu fique onde estou: ele virá até mim. Ele atravessa o salão rápido, baixa os olhos para a minha mão direita e imediatamente entende que estou de posse do tesouro. Não sorri. Na verdade, acho que está, pela primeira vez, assustado.

Ele pega a minha mão e eu a abro, deixando cair na dele o tubinho de bronze com as três cápsulas de cianeto de potássio. Leo se certifica de que ninguém está olhando ou seguindo-o e sai do salão sem dizer nada, como um autêntico conspirador.

Posso ver meus pais conversando com um dos camareiros. A senhora Moser, sem os filhos, está sentada sozinha a uma mesa e Mama a convida a se juntar a eles. Ela aceita timidamente.

O jantar de despedida é um banquete que começará com caviar negro sobre tostadas *au gratin*, aipo no azeite, aspargos com molho holandês, espinafre ao vinho e minestrone. Em seguida, lombo de porco com batatas fritas de Saratoga, macarrão com parmesão, batatas Lyonnaise e, por fim, pêssegos da Califórnia e queijo *brie* com framboesas. Eu mal toquei em nada, mas provo o macarrão e os pêssegos. Tudo o que eu quero é ver esse jantar absurdo chegar ao fim.

Então começa o baile. A orquestra toca a valsa "Flor de Lótus de Ohlse", continua com "Volta a Sorrento", seguida de um *mix* de Schreiner e uma peça do compositor húngaro Franz Lehár. As luzes do teto foram apagadas, e agora a iluminação é muito mais suave: uma luz âmbar se derrama sobre os dançarinos, que parecem flutuar sobre uma camada de neblina.

De repente, a orquestra faz uma pausa.

Os casais esperam a próxima música sem voltar aos seus assentos, e o burburinho aumenta entre as mesas. Os camareiros estão fazendo milagre para atravessar o salão, que vai ficando cada vez mais cheio.

Uma mulher alta e esbelta, trajando um vestido amarelo sem alças e com uma grande flor vermelha atrás da orelha, sobe com relutância ao palco, como se fosse forçada a se tornar a protagonista do próximo ato. Ela fala com os músicos, que fecham suas partituras. Aparentemente, não precisam delas. A mulher pega o microfone com as duas mãos, fecha os olhos e, num tom baixo, começa a cantar.

Quando se ouve o primeiro verso em alemão de "In einem kühlen Grunde", todo mundo fica em silêncio: *In einem kühlen Grunde,/Da geht ein Mühlenrad,/Meine Liebste ist verschwunden,/Die dort gewohnet hat*. "No frescor de um vale,/Gira a roda de um moinho,/Meu amor que um dia aqui viveu/Agora me abandonou."

Ninguém se atreve a mover um dedo. Casais se abraçam enquanto a orquestra acompanha a cantora. No momento em que termina de cantar o último verso, ela se retira em silêncio. Até então, a atmosfera na sala é triste. Vestidos de branco, papai e mamãe são a nota dissonante na maré de preto, cinza e marrom.

Leo vem atrás de mim, ofegante.

"Missão cumprida", ele sussurra em meu ouvido, tentando recuperar o fôlego.

Estremeço. Ele os jogou no mar. Perdemos a nossa única chance de nos salvarmos juntos! Não lhe ocorreu que essa podia ser nossa rota de fuga.

Sentado ao meu lado, ele olha encantado para a profusão de comidas exóticas. Seus olhos brilham enquanto ele se serve, enchendo quanto pode um prato de porcelana com o emblema do navio. Ele já havia esquecido as cápsulas, a possibilidade de nos lançarmos no mar, de fugir.

Ele está com fome, e esse banquete que um garçom descreve com nomes ininteligíveis nada mais é para ele do que salada, carne e batatas, frutas e queijo. Ele devora tudo como se fosse, de fato, a sua última refeição. Seu primeiro comentário parece ter sido tirado de um dos cabogramas que o capitão recebe e transmite a Papa:

"Você está salva."

Não tenho o que temer: estou usando minha pérola e meu melhor amigo está ao meu lado.

Por decreto presidencial, o navio a
vapor *St. Louis* deve zarpar
imediatamente. Deve deixar o porto com
os imigrantes que tem a bordo. Se não
partir pelos seus próprios meios, vai
ser rebocado por um cruzador cubano
várias milhas mar adentro.
Diario de la Marina, jornal de Havana
2 de junho de 1939

Sexta-feira, 2 de junho

Os gritos de Mama me acordam. Acaba de raiar o dia, e as escotilhas estão abertas. A atividade matinal do porto começa a chegar até nós, e com ela uma brisa quente que eu acho sufocante. Mama recorre desesperada ao pequeno espaço onde passou a maior parte da noite acordada. As almofadas de seda e a colcha estão amontoadas numa pilha num canto da cama.

Ela voltou para a cabine logo após o jantar, recusando-se até mesmo a olhar para Havana, visível através das janelas. Era uma cidade que nunca iria pertencer a ela.

É como se uma tempestade tivesse passado pela cabine. Malas abertas, o conteúdo das gavetas esparramado, roupas espalhadas pelo chão, como se tivéssemos sido assaltados enquanto dormíamos. Meus pais tinham ficado acordados durante horas. O cansaço deixava seus movimentos lentos. Fecho os olhos, sem querer ser incluída nessa batalha sem inimigos. Quero continuar dormindo, para que pensem que não estou ouvindo, que não existo para eles nem para ninguém. Sou invisível, ninguém me encontrará.

"Elas não podem ter desaparecido, Max. Alguém deve ter roubado! Essa era a minha última esperança, Max, entenda. Eu não posso voltar, Max. Nem Hannah nem eu suportaríamos." Ela repete o nome de Papa a cada frase, como um encantamento que pode salvá-la.

As cápsulas. Não as encontram em lugar nenhum. Acabarão descobrindo que fui eu. Que Leo as atirou no mar, onde elas se dissolveram nas águas quentes do Golfo. *Deus meu! O que eu fiz? Me perdoe, Mama.*

Ela está chorando, e é como se sangrasse a cada lágrima. Papa, de costas para o furacão que Mama provocou na cabine, contempla o litoral de Havana perdido em pensamentos. A cidade está nas sombras, uma massa de ar sem vida. O porto é um horizonte distante que ninguém a bordo vai alcançar. Eu continuo com os olhos fechados, aperto as pálpebras com toda a força, desejando poder fazer o mesmo com os meus ouvidos, para não precisar escutar os soluços dessa mulher desesperada.

É chegado o fim, e será muito pior por culpa minha. Os dois terão agora que me sufocar com um travesseiro. Estou pronta: não vou resistir. Aqui estou, e não haverá cápsulas. Será uma morte lenta, mas eu a mereço, porque sou a única culpada por não termos mais o pó mágico que nos pouparia da dor. Não há como voltar atrás. Vou confessar meu crime. Com certeza, cuspirão em mim. Vão me bater. Me jogarão no mar.

Por fim, olho pelo canto do olho e vejo Mama sentada na cama. Ela está mais calma. Talvez pronta para se tornar uma assassina. Não a culpo.

Ela se troca. Muito lentamente, calça suas meias de seda e seus sapatos brancos feitos à mão. Penteia os cabelos curtos e passa um batom de um tom rosa suave. Então aplica um creme nos braços, no pescoço e no rosto. Um escudo contra o sol.

Há três malas na porta. Uma é minha. Eu a reconheço. Espero que tenham guardado lá minha câmera.

Papa parece distraído, fitando o vazio. Não há solução. É hora de dizer adeus.

"Hannah", a voz de Mama não é mais gentil. "*Nos vamos*", ela me comunica em espanhol.

Finjo acordar. Ainda estou com o mesmo vestido com que caí no sono na noite passada. Mal tive tempo de calçar os sapatos. Não quero causar mais problemas.

Ouço uma batida na porta e, como de costume, isso me assusta. São os Ogros, que vêm nos buscar. Eles vão nos lançar no mar, no abismo.

Um tripulante uniformizado nos diz que chegou a hora de desembarcar. Vão nos levar num bote para o porto desta cidade que, do navio, parece um lugar totalmente imaginário, irreal.

Mama sai primeiro. Eu a sigo e sinto Papa atrás de mim. Então, ele acelera o passo e se coloca ao lado de Mama e deixa cair seu valioso relógio na bolsa dela.

Lá fora, no convés, tudo o que ouço são gritos e choros, famílias berrando seus sobrenomes na esperança de que alguém na costa nebulosa e distante os ouça; alguém que os salve da sua miséria.

O capitão espera por nós. Ele parece minúsculo ao lado de Papa. E Leo? Onde está o Leo? Eu preciso vê-lo, que me permitam dizer adeus.

Com dificuldade, abrimos caminho em meio à multidão. Os funcionários cubanos em seus uniformes suados nos olham com desprezo. Estamos acostumados a isso.

Há uma comoção no convés. Alguém abrindo caminho à força.

"Não cabe todo mundo aqui. Espere a sua vez", grita um velho que mal consegue ficar em pé quando a sua bengala de cabo de prata é derrubada no chão.

Uma mão apanhou a bengala e a devolveu ao velho. *Leo! Eu sabia que você não ia me abandonar, Leo! Vamos pular juntos, fugir. O mar é nosso.*

Leo segura a minha mão e coloca algo nela. Eu não sei o que é, porque tudo que eu quero é olhar para ele. Eu estou apavorada com a possibilidade de esquecer o rosto dele. Fecho a mão com força, para não perder o meu presente. Em seguida, seu pai aparece, puxando-o pelo braço, separando-nos antes que eu possa até mesmo agradecer. Leo resiste e chega perto de mim de novo:

"Não abra a caixa até nos encontrarmos novamente, Hannah! Eu vou encontrar você, eu juro! Hoje, amanhã ou em outra vida, mas vou encontrá-la! Está me ouvindo, Hannah?"

Sinto meu corpo começar a tremer, acho que vou desabar no chão. Leo ainda está na minha frente, seus lábios tremem. Eu não consigo entender o que ele está tentando dizer. *Fique comigo, Leo. Não deixe que nos separem!*

"Se nunca mais nos encontrarmos, espere até os 87 anos para abrir."

Prometemos ficar juntos até essa idade.

"Não, Leo. Você vai vir me buscar. Eu não quero chegar aos 87 anos sozinha. Para quê?", eu digo. Posso ver que ele está lutando contra as lágrimas.

Ele vai me beijar, mas não podemos nos abraçar – a multidão nos separa.

"Não chore, Leo", peço, quase sem conseguir falar.

Mas as lágrimas brotam em seus olhos, e seus longos cílios quase não podem contê-las. Ele limpa o rosto; não quer que eu o veja chorando. Eu não consigo respirar; meu coração bate na boca.

Leo desaparece em meio à multidão com seu pai.

"Leo!", eu grito sem saber se ele pode me ouvir ou não. Na comoção de passageiros frenéticos, eu o perco de vista.

"Prometa, Hannah!", posso ouvir sua voz enquanto ele se afasta, mas não posso mais vê-lo.

Eu não quero que ninguém me veja chorar. Mas o sol e o calor só deixam mais difícil controlar os soluços. É tarde demais para responder a Leo; eu não sei o que dizer.

"Claro que prometo. Não vou deixar esta ilha até você chegar, não vou abrir a caixa até nos encontrarmos novamente", murmuro desconsolada, sabendo que ele não pode mais me ouvir.

Eu abro a mão para ver o que ele me deu. É uma caixinha azul-anil. Aperto-a com tanta força que ela me deixa marcas na palma.

Eu não posso abri-la porque Leo a selou. Eu sei que é o anel. Ele finalmente conseguiu o que havia prometido. O anel nos manterá unidos até o fim, até que tenhamos 87 anos de idade.

Mama não está mais chorando. Também não resta muito da sua maquiagem, além de um rosa pálido em seus lábios rachados. Os oficiais cubanos verificam os nossos documentos, nossos vistos cubanos e norte-americanos. Abaixo nos espera um barco, o *Argus*, que parece minúsculo e está caindo aos pedaços, e também está repleto de soldados e parentes de alguns dos passageiros. Todos se amontoam na proa, e o barco balança perigosamente nas ondas, deixando os passageiros preocupados com a possibilidade de ele afundar.

Mama fixa os olhos em Papa, e num tom que eu nunca antes ouvi a Deusa falar, ela jura:

"Meu filho não nascerá nesta ilha!", ela enfatiza a palavra "ilha" com todo o desprezo que pode imprimir à palavra. "Você pode ter certeza de que eles vão pagar por isso, Max. A partir de hoje, eu não sou alemã nem judia. Eu não sou nada."

Foram suas últimas palavras em alemão, idioma que ela prometeu nunca mais voltar a falar.

"Alma!", alguém chamou.

Acima dela, ela viu a sra. Moser com seus três filhos olhando para baixo como se implorasse: "Por favor, leve-os com você! Salve os meus filhos!". Como se fosse possível.

"Por que eles e não nós?", geme uma mulher carregando um bebê, e eu evito olhar nos olhos dela.

Mama não responde. Ela não diz adeus. Não beija Papa.

Eu me atiro nos braços do homem mais forte do mundo e o abraço com todas as minhas forças. Ele se inclina na minha direção e sussurra algo que não compreendo. Sinto o calor das suas bochechas. Abrace-me forte, Papa. Não deixe que me levem, não me abandone. Papa repete o que me disse antes, mas ainda é um murmúrio incompreensível.

Ainda que seu peito seja uma enorme couraça, posso ouvir seu coração batendo e seu sangue correndo nas veias. Ele sussurra em meu ouvido outra vez. Não quero que os segundos passem, quero que o mundo pare.

Um oficial cubano me separa abruptamente dele, e alguém já me arrasta pelas escadas. Eu me agarro à grade coberta de salitre o mais forte que posso. Fecho os olhos para absorver o cheiro de Papa, mas só consigo sentir a onda de suor e o cabelo oleoso do militar que me conduz. Mama está andando com o passo firme à minha frente. O que mais me apavora é que alguém possa tirar da minha mão a caixinha azul; eu me agarro a ela com todas as minhas forças.

"Papa! Papa!", começo a gritar, mas ele não responde.

Choro descontroladamente e sem a menor intenção de esconder o choro. Meus soluços sacodem todo o meu corpo. Papa se recusa a olhar para mim, a me ver partir.

Minhas lágrimas me impedem de falar. Estou com tanta vergonha de estar partindo, que chamo meu pai aos gritos. *Estão nos separando! Ele está nos abandonando numa ilha desconhecida onde não podemos sobreviver sozinhas! Papa!* Os passageiros me veem chorando e se desesperam ainda mais. Alguém me chama. Grita meu nome.

"Hannah!" Não consigo distinguir quem é.

Alguém está se despedindo de mim. Talvez seja melhor nem saber quem é. Só umas trinta pessoas têm permissão para desembarcar. Estamos entre os eleitos, entre os sortudos. Uma sorte que para mim é mais uma sentença, um terrível castigo.

No navio, ficam os desgraçados, os que não têm futuro. Ninguém sabe o que vai acontecer a eles. O capitão não pode fazer nada. Ele voltará para alto-mar com 906 passageiros, muito lentamente, para não ter de ancorar em Hamburgo. Meu pai está entre eles, assim como Leo.

Mama embarca no *Argus* e escorrega no piso molhado do barco, manchando seus sapatos brancos. Ela se segura na lateral do barco e se volta para o *St. Louis* sem olhar para Papa, que tenta fazer sua voz rouca se sobrepor às outras.

Mas eu o ouço. É ele, eu sei. Quero que todos se calem, que me deixem ouvi-lo. Eu me concentro; ignoro o barulho em volta e me concentro. Por fim, consigo escutar. Ele está pedindo que eu faça alguma coisa. *Não entendo, Papa...*

"Esqueça seu nome!", ele grita.

Não ouço mais os gritos desesperados. Só meu pai existe agora.

Mas ele não me chama de Hannah.

"Esqueça seu nome", ele grita outra vez com todas as forças.

O *Argus* arranca com um ronco, cobrindo a baía com uma fumaça preta, e começa a se afastar do maior navio já visto no porto de Havana. Aqui não nos espera uma banda com marchas triunfantes.

Só ouvimos os gritos dos passageiros que permanecerão no navio, à deriva, sem destino.

Os Ogros tiraram Papa de mim. Os Ogros cubanos. Nem pude beijá-lo. Nem pude me despedir dele, de Leo e do capitão.

Eu queria me atirar no mar. Naquelas águas escuras que balançam o *Argus*. Essa é a minha última chance. Não quero ouvir mais nada, só quero que o motor pare.

De repente, todo mundo no *Argus* fica em silêncio. Chegamos ao atracadouro. Alguém atira uma corda da doca.

Silêncio. Agora o silêncio é completo. Em meio à calma, eu ouço pela última vez a voz de Papa, flutuando sobre a água, ecoando através do espaço onde tínhamos sonhado ser felizes.

"Hannah, esqueça seu nome!"

PARTE TRÊS

Hannah e Anna

Havana, 1939-2014

Anna
2014

Hoje vou descobrir quem eu sou. Aqui estou eu, papai, na terra onde você nasceu.

Quando desembarcamos do avião, a luz do sol me ofusca, mas, quando passamos pela imigração e pela alfândega, está quase escuro.

Registram a bagagem de mamãe e a funcionária a cumprimenta pelos seus vestidos.

"Nunca vi nada assim. Quantos dias vão ficar? Aí tem roupa para trocar muitas e muitas vezes", ela diz esticando as vogais sem deixar de mover os músculos da face. Só de observar já me sinto cansada.

Hoje vou conhecer tia Hannah. Repito para me acalmar.

O homem nos ajuda a fechar as malas e pergunta à mamãe se ela tem um frasco de aspirina sobrando.

"Aqui são difíceis de conseguir."

Não sabemos se ele está nos testando ou se o homem mal barbeado usando uniforme militar realmente quer as aspirinas porque tem dores de cabeça constantes. Ela entrega o frasco a ele, que nos indica a saída.

"É a primeira vez que fico nervosa ao passar pela alfândega", diz minha mãe em voz baixa. "Sinto-me como se tivesse feito alguma coisa errada."

Avançamos em meio à multidão, que se aglomera do lado de fora do aeroporto, e subimos num táxi enviado por tia Hannah.

O cheiro de gasolina me deixa enjoada. Primeiro, quando subimos no avião, depois, no carro, e agora, ao entrar na cidade. Tento colocar meu cinto de segurança, mas ele não funciona. Mamãe olha para mim de canto de olho. Ela está procurando ser amável com o motorista, que parece intimidado.

"Querem ouvir música?", ele pergunta.

"Não!", nós duas respondemos juntas e depois rimos.

Baixamos o vidro para atenuar o cheiro de tabaco impregnado no banco do carro.

Os buracos das ruas e a péssima suspensão do carro me deixam com medo de sermos, a qualquer momento, catapultadas pela janela. Mamãe nunca para de sorrir para o motorista, que dispara a falar das dificuldades do país e da falta de recursos para consertar as ruas de Havana.

"Há ruas melhores do que esta", ele diz como se quisesse se desculpar.

Quanto mais nos distanciamos do aeroporto, mais densa fica a atmosfera. Eu me pergunto se toda a Havana é assim.

Um jovem sem camisa, numa bicicleta enferrujada, para ao nosso lado, esperando o semáforo abrir.

"Olá! Turistas? De onde vêm?", ele pergunta.

O motorista só lhe dá uma olhada e ele abaixa a cabeça e sai pedalando sem esperar resposta.

"Um desocupado!", ele diz, dirigindo-se para Vedado, o bairro onde nossa tia mora desde que veio de Berlim. O lugar onde papai nasceu.

"É um dos melhores bairros da cidade", fala o motorista. "É bem no centro. Dali, podem ir andando a qualquer lugar."

Deixamos para trás a avenida do aeroporto e cruzamos uma grande praça, que tem um obelisco cinza sob a escultura de um dos heróis históricos da ilha. Ela é rodeada de grandes cartazes de propaganda e prédios modernos que, segundo nosso guia nos informa, é onde está a sede do governo.

A praça se abre para uma ampla avenida, com um canteiro cheio de árvores no centro e mansões enfileiradas de ambos os lados. Em várias esquinas, pessoas fazem fila em frente a construções com pintura descascada que parecem mercados.

"Já estamos em Vedado?", pergunto em espanhol quebrando o silêncio. E o motorista assente com um sorriso.

Vários jovens de uniforme acenam para nós de uma escola. É como se a palavra "turista" estivesse estampada na nossa testa. Vamos nos acostumar!

Por alguma razão, pressinto que estamos chegando. O motorista diminui a velocidade e estaciona atrás de um carro do século passado. Mamãe segura a minha mão enquanto olha para a casa de pintura desbotada com plantas meio murchas num jardim. A varanda está vazia; há rachaduras no telhado. Um portão de ferro quebrado separa a casa da calçada, rachada em vários pontos pelas raízes de uma árvore frondosa que parece ter sido plantada ali de propósito, para proteger a casa do sol tropical.

Um garoto sentado embaixo da árvore me cumprimenta e eu sorrio para ele. Minha mãe anda em direção à casa com nossas malas. O garoto se aproxima.

"Vocês são as parentes da alemã?", ele pergunta em espanhol. "São alemãs também? Vão morar aqui também ou só estão de visita?"

Ele faz tantas perguntas de uma vez que mal consigo pensar numa resposta.

"Eu moro ali perto da esquina", ele diz. "Se quiser, posso te mostrar Havana. Sou um bom guia, e você nem tem que me pagar."

Caio na risada, e ele também.

Tento entrar no jardim sem encostar no portão de ferro, mas o garoto faz isso antes de mim.

"Meu nome é Diego. Então, alugaram um quarto na casa da alemã? Todo mundo aqui diz que ela é nazista, que veio para Cuba no final da guerra."

"Ela é tia do meu pai", eu respondo. "Quando ele tinha a minha idade, ficou órfão, e ela o criou. Sim, ela é alemã, mas veio para cá com os pais antes de começar a guerra. E ela não é nazista, disso pode ter certeza. O que mais você quer saber?", pergunto num tom áspero.

"Ei, não precisa ficar brava! Ainda está de pé o convite para conhecer Havana. Só precisa sair e chamar meu nome e estarei aqui num piscar de olhos. Não me importo se você for nazista também."

A insolência dele me faz rir outra vez. Então eu lhe dou as costas e entro pelo portão no instante em que a porta se abre. Escondo-me atrás de mamãe e seguro a mão dela, que aperta a minha com força.

Quando a porta de madeira carcomida se abre, sentimos um aroma de violetas.

"Bem-vindas a Havana!", diz ela numa voz fraca, em inglês.

É a garotinha do navio.

Ainda não posso ver seu rosto. É difícil identificar se é a voz de uma jovem ou de uma anciã. Ela se mantém no umbral da porta, esquivando-se da luz, como se quisesse evitar ser vista. Não se adianta para nos cumprimentar, mas abre os braços para nos receber lá dentro.

"Obrigada, Ida, por virem!", ela diz numa voz baixa e em seguida baixa os olhos para me olhar, sorrindo. "Você é muito bonita, Anna!"

Entro e lhe dou um abraço rápido, um pouco constrangida. Para mim, ela ainda é uma sombra. Seu cabelo branco, repartido no meio, tem o mesmo corte que vi nas fotos, com as pontas viradas para dentro e algumas mechas atrás das orelhas. Começo a observá-la com curiosidade até que minha mãe coloca uma mão em meu ombro como se dissesse que já é hora de parar.

Na penumbra da sala, minha tia parece tão jovem quanto mamãe. Ela é alta e esbelta, tem um queixo bem marcado e o pescoço longo. Quando se aproxima mais da luz, as rugas aparecem no seu rosto sereno. Tenho a sensação de que a conheço há muito tempo.

Ela está usando uma blusa bege com botõezinhos de pérola, uma saia reta cinza, meias de seda e sapatos pretos de salto baixo.

Tia Hannah fala baixo. Pronuncia as vogais e consoantes com cuidado no final de cada palavra.

"Venha, Anna! Esta é a casa de seu pai, e sua também."

Ouço sua voz cristalina fraquejar levemente. Quando chego mais perto, posso ver os sulcos em seu rosto, as manchas nas mãos e as mãos com veias aparentes. Os olhos azuis penetrantes brilham contra uma pele tão branca que parece que ela jamais se expôs ao sol tropical.

"Seu pai ficaria muito fez se visse você agora", ela suspira.

Ela nos conduz por um corredor de ladrilhos até os fundos da casa. As janelas estão cobertas por grossas cortinas cinzas.

Na sala de jantar, sentimos um cheiro forte de café fresco. Nós nos sentamos a uma mesa cuja superfície é um espelho rachado coberto de manchas.

Tia Hannah se desculpa, vai para a cozinha e volta com uma senhora negra que anda com dificuldade. Servem café para elas e para minha mãe e me oferecem uma limonada. A mulher se aproxima de mim e gentilmente leva minha cabeça ao encontro da sua barriga, que cheira a canela e baunilha.

Ela diz que se chama Catalina, e é difícil dizer quem ajuda quem, porque as duas parecem ter a mesma idade. Hannah se mantém ereta, mas Catalina curva-se para a frente, talvez por causa do peso dos grandes seios. Quando anda, ela arrasta os pés, não sei se por costume ou por cansaço.

"Menina, você é igual à sua tia!", ela exclama, bagunçando meu cabelo com uma familiaridade que me surpreende.

Enquanto tia Hannah e mamãe conversam sobre a viagem, eu olho para o teto com manchas de umidade, a pintura descascada e o cômodo cheio de móveis gastos de uma família que parece ter vivido bem muito tempo atrás.

Embora minha mãe não pare de falar sobre nossa vida em Nova York, Hannah não tira os olhos de mim. Ela me pergunta se estou entediada e se não seria uma boa ideia sair na rua para que o garoto que fala rápido me leve para conhecer a cidade.

"Você pode sair e brincar um pouco, se quiser", ela insiste.

Não sei se existe algo por aqui com que eu possa brincar.

"Melhor ficar aqui e descansar um pouco", sugere mamãe. Ela tira da bolsa o envelope com as fotos.

Não me parece que seja o momento certo. Acabamos de chegar. Talvez seja exigir muito de tia Hannah que ela volte agora a um passado tão distante, mas aparentemente mamãe não consegue pensar em mais nada para dizer.

Eu gostaria de conhecer o andar de cima, onde devem ficar os quartos. Queria que me deixassem sozinha para ver onde papai dormia e guardava seus brinquedos e livros.

Mamãe espalha as fotografias de Berlim sobre o espelho rachado. Hannah sorri, embora pela sua expressão eu ache que ela preferia continuar me observando em vez de voltar ao passado.

"Esses foram os dias mais felizes da minha vida", ela diz.

O azul dos seus olhos fica mais intenso ao recordar. Sinto que recobra a vida, embora seja evidente que não a interessa muito, pelo menos agora, falar sobre a sua dramática travessia pelo Atlântico. Me surpreende ouvi-la dizer que foram seus dias mais felizes.

"Eu tinha a sua idade, e corria livre pelo convés do navio, às vezes, até altas horas da madrugada", ela conta. Eu não sei o que dizer.

Ela faz uma longa pausa entre as sentenças.

"Minha mãe era tão bonita! E Papa era o homem mais ilustre e respeitado a bordo do *St. Louis*."

Ela pega a foto de um homem de uniforme e mostra para nós.

"Ah, e o capitão... nós o adorávamos!"

Mamãe aponta para a foto de um menino que aparece tanto nas imagens de Berlim quanto nas do navio.

"Quem é este menino?"

"Ah, esse é o Leo...", ela faz uma pausa. "Éramos muito crianças." Outro momento de silêncio, antes de ela finalmente olhar para nós outra vez. "Ele me traiu, então eu o apaguei da minha vida. Mas creio que já é hora de perdoá-lo." Outra pausa. "Será que algum dia estaremos preparados para perdoar?"

Não soubemos o que dizer. Esperávamos que ela nos contasse a história da única pessoa que posava com naturalidade – que obviamente era o personagem principal da coleção de fotos. Fiquei intrigada. Queria saber mais sobre Leo: se tinha desembarcado em Cuba mais tarde, por que ele a tinha traído. Mas se eu perguntar, mamãe me mata. Continua em silêncio. Então tia Hannah pega o cartão-postal do navio no meio do oceano.

"O *St. Louis* era o transatlântico mais luxuoso que já havia chegado ao porto de Havana", ela se lembra enquanto suspira. "Era a nossa única esperança, nossa salvação, ou pelo menos era o que pensávamos, Anna querida, até que nos demos conta de que estávamos enganados. Um homem morreu durante a travessia e foi lançado ao mar. Só 28 pessoas puderam desembarcar. Todos os outros foram mandados de volta para a Europa e, menos de três meses depois, estourou a guerra. Ninguém nos queria. Éramos indesejáveis. Mas eu tinha a sua idade, Anna, e não conseguia entender por quê."

Mamãe se levanta e abraça titia. O que eu quero é que aquela conversa termine ali para acabar com o suplício que provocamos na pobre velhinha. Acabamos de chegar! E é obvio que ela acha que a única cura para o seu mal é esquecer. Ela parece mais interessada em saber sobre a nossa vida no presente, pois somos tudo que restou do garoto que cresceu naquela casa e desapareceu sob os escombros de altos edifícios, numa cidade distante e desconhecida.

"Todo dia me pergunto por que ainda estou viva", ela sussurra e de repente começa a chorar.

Hannah
1939

O carro segue margeando a costa, deixando o porto para trás. Podemos ouvir a distância a buzina do *St. Louis*, mas a minha mãe nem sequer reage. Eu me viro para olhar pelo vidro de trás do carro e vejo como já estamos longe. O navio está deixando a baía, enquanto nós vamos para o centro da cidade. Eu paro de chorar. Meu pai não passa de um ponto no infinito, perdido no enorme navio onde um dia fomos uma família pela última vez.

A senhora que viaja junto ao motorista decide conversar conosco no momento em que paro de chorar.

"Sou a sra. Samuels", ela diz. "Vamos para o Hotel Nacional. Espero que seja só por algumas semanas, até a casa em Vedado estar mobiliada e pronta. O sr. Rosenthal deixou tudo organizado."

Quando ouço o nome de Papa, um calafrio percorre a minha espinha. Tudo o que eu quero é apagar o passado, esquecer, não sofrer mais. Estamos seguras em terra, mas papai e Leo se foram.

"E este é o equivalente cubano do Hotel Adlon?", pergunta a Deusa, erguendo uma sobrancelha com ironia quando entramos no Hotel Nacional.

Felizmente, nosso quarto não tem vista para o mar, mas para a cidade, por isso não precisamos ver os barcos entrando e saindo do porto. De qualquer maneira, a vista é o que menos importa, pois durante as duas semanas que ficamos no hotel Mama mantém as cortinas fechadas.

"Temos que nos proteger do sol e da poeira", ela insiste.

Sempre que a camareira vem arrumar o quarto, Mama grita "não!" quando a pobre moça tenta abrir as cortinas. Todo dia é uma camareira diferente, e nunca saímos antes que ela chegue, para que Mama possa adverti-la de que não quer nem um raio de sol no quarto.

Nessas duas semanas, nem uma vez ela menciona o nome de Papa. Ela encontra a sra. Samuels todos os dias num dos terraços do pátio interno – o único lugar em que ficamos a salvo de uma orquestra que, na opinião dela, só sabe tocar *guaracha*, as músicas cubanas.

"Música de ilha", ela declara com desdém.

Às vezes, ela pergunta ao garçom se os músicos podem, por gentileza, tocar mais baixo ou simplesmente parar de tocar.

"Claro, *señora* Alma." E a resposta a irrita ainda mais, pois o garçom a chama pelo primeiro nome, talvez porque não consiga pronunciar seu sobrenome alemão, enquanto ela, uma estrangeira, sabe falar um espanhol perfeito.

Enquanto isso, a *guaracha* continua.

Minha mãe decide usar o mesmo traje azul-marinho em todos os encontros com a sra. Samuels. Quando volta para o seu quarto, ela o manda lavar e passar. Essa é a nossa rotina num hotel em que ela jura nunca mais pôr os pés.

Pela manhã, ela encontra o nosso advogado, o *señor* Dannón, que está tratando dos documentos para ficarmos em Cuba. À tarde, ela recebe o representante do banco canadense para onde Papa transferiu a maior parte do nosso dinheiro, e que é responsável por administrar nosso fundo fiduciário. Depois disso, vai procurar o gerente do hotel, sempre com uma queixa ou outra, geralmente por causa da orquestra e do barulho que invade o quarto mesmo com as janelas fechadas.

Posso dizer que a vi satisfeita no dia em que chegaram os cartões de identificação cubanos. Não porque finalmente tínhamos o direito legal de permanecer no país e de morarmos na casa que até o momento ela se recusara a visitar, mas porque ela podia, de uma vez por todas, livrar-se do seu nome ancestral – graças à burocracia cubana ou à ignorância de funcionários incompetentes, incapazes de pronunciar *Rosenthal*. Agora nossos nomes tinham um som mais castelhano, e ela seria chamada de "*señora* Rosen". Meu primeiro nome mudou de Hannah para Ana, mas eu decidi dizer a todo mundo que ele devia ser pronunciado com um R no início, como se fosse "*Rana*".

Mama nunca pediu para seu nome ser corrigido, embora tenha insistido com seu advogado – um fumante de cabelo cheio de brilhantina – que ele deveria imediatamente tentar conseguir um visto americano temporário, porque ela tinha de estar em Nova York em quatro meses. Ele nos confundia falando de decretos e resoluções legais de um governo cuja divisão de poder entre civil e militar era precário. Quando voltamos para o nosso quarto, Mama insistiu em repetir para mim, como se eu já não tivesse escutado no navio, que meu irmão nasceria em Nova York.

A princípio, eu sempre falava com ela em alemão, só para ver se ela manteria a promessa que fez a Papa, mas toda vez ela respondia em espanhol. Decido que esse será o idioma em que nos comunicaremos enquanto estivermos na ilha.

Ela reclama de manhã até a noite, seja do calor, das rugas que o sol pode nos causar ou da falta de modos dos cubanos. Eles não falam, eles gritam. Estão sempre atrasados, usam cominho demais ao cozinhar e abusam do açúcar nas sobremesas. Sempre deixam a carne passar do ponto, e a água tem gosto de canos enferrujados. Percebo que, quanto mais detesta o que a rodeia, mais ela encontra com que se ocupar e mais rápido esquece o que aconteceu com os 906 passageiros que ficaram no *St. Louis*, evitando falar de Papa. A essa altura, não sabíamos o que tinha acontecido a eles: se encontraram outra ilha que os receberam ou se foram devolvidos à Alemanha.

No dia em que finalmente descemos até o saguão do hotel e encontramos o motorista que nos levaria para a nossa casa em Vedado, o *señor* Dannós nos diz que o *St. Louis* tinha atracado em Antuérpia, na Bélgica, e conseguido que os passageiros fossem aceitos na Grã-Bretanha, na França, na Holanda e na Bélgica.

"O *señor* Rosenthal já tomou um trem para Paris."

Minha mãe não reage. Recusa-se a demonstrar alguma emoção na frente de um desconhecido que certamente lhe cobra mais do que o devido por seus serviços. Ela fita alguns homens que estavam entrando no hotel usando sombreiros de fibra vegetal e camisas com pregas e botões de madrepérola. O "uniforme cubano", ela o chama, considerando-o vulgar.

A sra. Samuels nos apresenta a um motorista vestido de terno preto, com abotoaduras douradas e um quepe que o faz parecer um policial. Tem os olhos esbugalhados e é impossível adivinhar sua idade: às vezes, parece muito jovem, e às vezes, mais velho que Papa.

"Bom dia, *señora*. Meu nome é Eulogio."

Ele tira o quepe com a mão esquerda, descobrindo sua cabeça escura e calva. Estende sua mão direita, enorme e cheia de calos, para Mama e depois para mim. Nunca senti uma mão tão quente! É o mesmo homem que dias antes nos buscou no porto, mas não tínhamos prestado muita atenção nele na ocasião. Achei difícil identificar seu sotaque: não sei se é tipicamente cubano – engolindo metade das palavras e comendo os "s" – ou um estrangeiro que veio de outra ilha ou talvez da África. Agora nosso motorista tem um nome, embora não saibamos ainda qual é o seu sobrenome ou se nos acompanhará ao longo de toda a nossa estadia em Cuba.

Deixamos o Hotel Nacional pela Avenida O e depois viramos na Calle 23. Todas as avenidas têm letras no nome e obedecem a uma ordem crescente. Eu abro a janela do carro para sentir a brisa quente e ouvir o burburinho da cidade. Então fecho os olhos e tento imaginar Papa no trem, com Leo e *Herr* Martin, chegando à Gare du Nord, em Paris. Eles tomariam um táxi para Le Marais e morariam no mesmo apartamento enquanto os vistos americanos não estivessem prontos.

Eu começo a ver não as ruas de Havana, mas os bulevares parisienses. Imagino Papa sentado numa mesinha na calçada, lendo seu jornal, e eu correndo com Leo em uma das antigas praças da capital francesa, a Place des Vosges, de onde se pode ver a janela do quarto em que Victor Hugo costumava escrever.

Nesse instante o carro dá uma freada brusca e me devolve à ilha onde não tenho nenhuma vontade de ficar. Eu me entretenho contando os pequenos blocos de pedra brancos que identificam cada rua.

Viramos numa avenida chamada Paseo e depois na Calle 21. Então, passamos para a Avenida A e o carro para alguns metros antes de chegar à esquina.

Minha mãe identifica a casa tão logo a vê. Abre o pesado portão de ferro e entramos num jardim cheio de folhas amarelas, roxas e verdes. Nos fundos está a varanda coberta de um sobrado muito modesto em comparação à mansão ao lado, que ocupa um terreno duas vezes maior. O *señor* Eulogio começa a tirar do porta-malas as nossas bagagens, enquanto eu fico na calçada, louca para conhecer o bairro em que vamos morar nos próximos meses.

Minha mãe se detém na varanda, esperando que o homem com a pele mais escura que ela já viu na vida lhe abra a porta. Uma senhora de baixa estatura e cabelos grisalhos aparece na entrada. Está usando blusa branca, saia preta e um avental azul.

"Bem-vindas!", ela diz com uma voz firme, mas gentil. "Sou Hortênsia."

A entrada leva a uma sala quadrada com molduras nas paredes e no teto. Um pequeno palácio no meio do Caribe! Os móveis são uma imitação do clássico estilo francês: cadeiras com braços e encosto em medalhão, pés *cabriolet* e detalhes dourados. Quando vê os móveis, a nova *señora* Rosen solta uma sonora gargalhada.

"Aonde viemos parar? Hannah, bem-vinda ao Petit Trianon!"

Um longo corredor leva aos fundos da casa. No final, chega-se à sala de jantar, que tem móveis pesados e uma mesa com tampo de espelho. Uma escada leva a quatro quartos espaçosos no andar de cima. Há espelhos em toda parte e uma infinidade de elaboradas marchetarias.

Meu quarto fica em cima da varanda e tem vista para a rua. Os móveis ali são verde-claros, há uma pequena penteadeira em formato de meia-lua, rodeada de espelhos, e uma cômoda com flores pintadas à mão. Abro uma porta, achando que é um armário, e descubro que é meu banheiro. Tenho outra surpresa quando vejo o piso de ladrilhos, que me lembram no mesmo instante a estação Alexanderplatz: a mesma cor verde-gris do café onde costumava me encontrar com Leo ao meio-dia.

O quarto de Mama fica nos fundos da casa: a mobília de madeira escura tem linhas sóbrias e retas. Hortênsia e eu espiamos pela janela, que ficará fechada a partir de agora, e vemos a casa de hóspedes em cima da garagem, que ocupa a maior parte do quintal.

"É ali que eu moro", ela diz. "O quarto de Eulogio fica ao lado."

Mama não está nem um pouco satisfeita de ter tanta gente morando na sua propriedade, mas não diz nada. No fim ela percebe que é melhor tê-los na casa. A sra. Samuels assegura: "Eles são de inteira confiança".

No andar de baixo há um escritório preparado para meu pai, e fico feliz ao ver que ele foi levado em consideração. Ao lado, uma pequena biblioteca desperta minha mãe da letargia em que ela caiu desde a primeira conversa com aquela senhora baixinha e gorducha que será nossa única companhia não sei por quanto tempo. Ela passa os olhos pelos títulos e autores, rejeitando a maioria deles com expressões tipicamente suas: erguendo uma sobrancelha, mordendo o lábio, balançando a cabeça ou rolando os olhos.

"Literatura cubana? Não quero aqui nem um só autor desta ilha", ela decreta, sem pensar duas vezes.

Não sei se Hortênsia conhece esses autores, mas, de qualquer maneira, concorda com a cabeça. Cada vez que minha mãe passa por uma janela, ela a fecha, mas deixa que o sol entre na cozinha e na sala de jantar, calculando que será onde Hortênsia passará a maior parte do tempo. De todo modo, elas não se abrem para a rua, mas para o quintal dos fundos.

"Eulogio é um menino muito trabalhador", diz Hortênsia, de um jeito protetor. Isso responde à minha pergunta: Eulogio não é velho; e ele não tem nem a idade dos meus pais. Acho que ele deve ser uns dez ou vinte anos mais velho do que eu, embora tenha o ar cansado de um velho. Estou cheia de curiosidade. Quero saber de onde ele é, quem são seus pais, se estão vivos ou mortos.

Subo ao meu quarto e ouço a sra. Samuels chegando. Do andar de cima pode-se ouvir tudo que é dito na casa. Assim como os sons de fora. Estou começando a compreender o que é viver numa casa aberta em uma cidade cheia de ruídos.

Eu me jogo na cama, fecho os olhos e penso em Papa e Leo. Devíamos ter ficado com eles: agora estaríamos todos em Paris! Eu tento dormir, acalmar meus pensamentos, mas ouço meu nome e presto atenção: vamos ficar uns três meses aqui e devemos ser muito discretas enquanto morarmos no Petit Trianon.

"Neste país, eles não veem os estrangeiros com bons olhos", explica a sra. Samuels. "Eles acham que estamos aqui para roubar seus empregos, suas propriedades, seus negócios. Evitem usar joias ou trajes muito chamativos. Não levem nada de valor com vocês. Se saírem na rua, evitem aglomerações. Pouco a pouco, as coisas vão voltar ao normal, e o *St. Louis* será esquecido."

Essa lista de limitações com que deveremos viver não nos atrapalhará em nada.

"As aulas começam em dois meses", acrescenta a sra. Samuels. "Baldor é a melhor escola para Hannah. É bem perto. Eu vou providenciar tudo."

Dois meses! Uma eternidade! De repente, me dou conta de que nossa passagem por Cuba não será de alguns meses. Será de pelo menos um ano!

Quando chove, explodem os aromas de Cuba. A grama molhada, a cal das paredes, a brisa e a maresia se mesclam. Meu cérebro se ativa e eu tento identificar cada um deles. Não me acostumo às tempestades tropicais. É como se o mundo fosse acabar.

"Prepare-se para os furacões! Da sua janela você vai ver as telhas voando, as árvores caindo. Só em Cuba, Ana!", exclama Hortênsia.

"Meu nome é Hannah", eu a corrijo com firmeza. "E em espanhol você tem que pronunciar como se tivesse um R no começo."

"Ah, menina, Ana é muito mais fácil, mas, se quer assim, vai ser *Jana*! Porém na escola você não vai poder corrigir todo mundo o tempo todo."

Neste momento, eu penso em Eva. É a primeira vez que me recordo dela desde que partimos de Berlim. Eva era como se fosse da família, estava conosco desde que nasci, e sempre nos tratava com respeito. Hortênsia, no entanto, que acaba de nos conhecer, nos trata com uma familiaridade a que não estamos acostumadas.

Quando o verão está quase acabando – se é que em alguma época deixa de ser verão nesta ilha –, recebemos as primeiras notícias de Papa. Sua carta demorou mais de um mês para chegar a Havana. Quando Eulogio entrega à minha mãe a correspondência, ela vai correndo se trancar no quarto. Não quer comer e não responde a nenhum dos nossos chamados.

"Estou bem, não se preocupem", é tudo o que ela diz.

Pensamos que seu isolamento está relacionado aos exames médicos, porque ela sempre vai às consultas sozinha e nunca deixa Hortênsia ou eu acompanhá-la. Hortênsia acha que o bebê está com algum problema ou que Mama está com a pressão baixa ou sangramentos.

"Vamos deixá-la repousar", ela me aconselha.

Mama esperou que as luzes da casa se apagassem e que Hortênsia e Eulogio se retirassem, para entrar no meu quarto.

"Recebemos uma carta de Papa", ela diz simplesmente. Depois se deita ao meu lado na cama, como nos dias em que tínhamos o mundo aos nossos pés.

Não foi fácil para Papa se comunicar conosco. O plano é que nos encontrássemos em Havana ou Nova York. Ele está vivendo com austeridade, num bairro bem tranquilo de Paris. A situação é tensa lá também, mas nem se compara a Berlim.

Quero que conte mais, que me dê detalhes.

"Ele pede para nos cuidarmos, que nos alimentemos bem e para pensarmos no bebê que está a caminho. Precisamos ter paciência, Hannah."

Vou tentar. Que alternativa eu tenho? Mas preciso ver Papa, ouvir o Papa.

"Por que ele não escreveu algumas linhas para mim?", eu me atrevo a perguntar.

"Papai adora você. Ele sabe que você é muito forte, muito mais que eu, e ele já te disse isso."

Eu adormeço nos braços dela. Não tenho pesadelos, mas caio num sono profundo. Amanhã será outro dia, apesar de que, em Cuba, a pior coisa é que o tempo não passa. Ele é denso, lento, tem muitas pausas. Um dia pode ser uma eternidade, mas vamos nos acostumar.

Na verdade, queria saber de Leo. Saber se ele e o pai estão juntos no mesmo quarto. Se eles estão em segurança. Papa deve ter mencionado na carta. Eu quero perguntar à Mama, mas resolvo ficar quieta: melhor entrar no quarto dela e encontrar a carta, ler em segredo ou mesmo guardá-la. Só o medo pelo que aconteceu no *St. Louis* me detém: não quero que o episódio das cápsulas se repita. Se Mama enlouquecer em Havana, eu posso perdê-la: podem levá-la e prendê-la numa clínica, ou deportá-la, e eu nunca mais a verei outra vez. Ah, mas eu quero tanto ver e tocar a caligrafia de Papa!

Mama nunca vai concordar em me mostrar a carta. Eu até chego a pensar que ela a inventou para manter minhas esperanças, mesmo sabendo que nenhuma de nós duas tem futuro, que Papa morreu durante a travessia ou que nem chegou a encontrar um país que o aceitasse e teve de voltar para a Alemanha.

Eu nunca realmente a entendi. Tentei, mas o problema é que somos muito diferentes. Ela sabe disso.

Com Papa é diferente. Ele não tem vergonha de expressar o que sente, mesmo que seja dor, frustração, perda ou fracasso. Eu sou sua garotinha, seu refúgio, a única pessoa que o entende, que não faz exigências, que não o culpa de nada.

Antes do café da manhã, no dia em que Mama finalmente vai para Nova York dar à luz, com um visto americano temporário, usando uma jaqueta que disfarça a barriga, ela chama Hortênsia e eu na sala de jantar. Segura as mãos de Hortênsia com firmeza e olha dentro dos olhos dela.

"Eu não quero que Hannah saia de casa. Fique com ela todo o tempo que puder. Toda segunda-feira de manhã, o sr. Dannós passará aqui para saber o que vocês precisam. Cuide de Hannah para mim, Hortênsia", ela diz e sela seu pedido com um rápido sorriso.

Enquanto Mama está longe, eu tenho esperança de que Papa me escreva, que a carta chegue às minhas mãos e não às dela, mas nada chega. A guerra começou. França e Inglaterra declararam guerra à Alemanha dois dias depois do ataque de 1º de setembro à Polônia. Eu imagino Papa escondido, sem poder sair do seu sótão escuro, na interminável atmosfera cinza do outono-inverno em Paris.

A vida é mais fácil agora que Mama está fora. Abrimos as janelas e eu ajudo Hortênsia com os afazeres da casa. Ela me ensinou a preparar flãs, arroz-doce, pudim de pão, musse de abóbora – receitas que aprendeu com a avó materna, que era da Galícia, na Espanha, e sempre teve uma mão boa para doces.

Um dia, eu digo à Hortênsia que quero aprender a fazer uma torta de merengue branco para um aniversário. Ela continua sua tarefa sem dizer nada.

"Quando é o seu aniversário?", pergunto a ela.

Ela dá de ombros.

Tenho a impressão de que não registram os bebês recém-nascidos em Cuba, ou que Hortênsia possa ter vindo de outro país – da Espanha, como a avó –, e por isso não tem certidão de nascimento.

"Eu sou testemunha de Jeová", ela diz, com hesitação. "Não celebramos aniversários nem natais."

Ao dizer isso, ela me dá as costas e continua a lavar os pratos. Eu fico envergonhada de ser tão indiscreta e de tê-la colocado numa situação delicada. Tento me colocar no lugar dela. Lembro-me dos nossos últimos meses em Berlim, nossa amargura diante do desprezo ao nosso redor. Uma religião impura. Do seu jeito, Hortênsia também é impura. Fecho os olhos e vejo-a sendo perseguida pelas ruas de Berlim, surrada, presa, expulsa de casa.

Pela expressão dela, acho que essas "testemunhas" também devem ser indesejáveis em Havana. Hortênsia não mencionou suas crenças com orgulho, embora não pareça se envergonhar delas também. Foi mais seu tom de voz que me fez desconfiar de que se tratava de algo para manter em segredo.

Não se preocupe, quis dizer a ela. *Não celebramos o Natal também. Quer dizer, a não ser que Mama, em sua nova vida aqui, decida começar a celebrá-lo para se passar por uma pessoa "normal" e esconder o fato de que é uma refugiada sem nenhum país que a aceite.*

Eu adoro passar o tempo com Hortênsia, que é viúva, como me disse numa daquelas noites abafadas de Havana. Nesses dias, para que eu não me sentisse sozinha na casa, ela dormia no quarto ao lado do meu. Eu insistia em dizer que não tinha medo e que podia me deixar sozinha, que eu já tinha 12 anos, mas ela havia prometido à Mama, e sua palavra era uma dívida para com ela.

O marido de Hortênsia havia morrido de uma terrível enfermidade da qual ela preferia não falar, e ela tinha uma irmã mais nova, Esperanza, que morava nos arredores de Havana e havia se casado pouco tempo atrás.

"Foi um casamento muito bonito", ela me diz com os olhos brilhando, talvez porque o seu próprio não tivesse sido nada especial ou porque houvesse acabado de um jeito triste.

Hortênsia nunca teve filhos. Agora sua irmã é que está incumbida de levar adiante uma família que corre o risco de acabar sem descendentes.

"Ela é uma Testemunha, assim como o marido", Hortênsia diz em voz baixa.

Outro segredo entre nós, e decidimos que não vamos contá-lo a ninguém.

A essa altura, eu já comecei a frequentar a Escola Baldur, e a cada dia volto mais convencida de que não há nada novo para aprender. Eu estou cansada da escola, onde pretendem me ensinar a ser uma dama. Temos aulas de corte e costura, culinária, datilografia, artesanato e caligrafia. Eu sou conhecida como "a Polaca", e sou aceita. Nem tento fazer amigos, porque sei que no final acabaremos indo embora da ilha, sem deixar aqui algo que valha a pena. Na escola, fala-se o tempo todo da guerra, e isso é o que mais me angustia.

Sempre que chega a correspondência, espero receber uma carta de Papa, mas tudo que chega são cartões-postais de Nova York, enviados por Mama. Os voos podem ser suspensos, porque tudo pode acontecer durante uma guerra. Então me passa pela cabeça que ela pode decidir, pelo bem do bebê, ficar morando em nosso apartamento em Manhattan. Se isso acontecer, quem vai cobrir todos os meus gastos, pagar o meu visto e os meus documentos? Eu não tenho acesso a coisa alguma. Sinto-me abandonada e me refugio em Hortênsia, que fala mais sobre a vida dos seus parentes na Espanha do que da sua própria vida em Cuba. Talvez esta seja uma ilha transitória para ela, uma viúva sem filhos, condenada a enterrar seus parentes aqui e onde muito provavelmente será enterrada também, pois a Espanha é uma ilusão que pertence ao passado.

⁓

"É um menino. Ele pesa três quilos e duzentos gramas e seu nome é Gustav. A *señora* Alma mandou avisar quando você estava na escola."

Hortênsia está ainda mais feliz do que eu. Ela me conta os detalhes sem deixar de mexer um creme que cozinha em fogo baixo. Acho que eu gostaria mais de ter uma irmã, porque eu poderia brincar com ela e poderíamos ir juntas a Paris com Papa.

"Ter um menino é a melhor coisa que podia ter acontecido", garante Hortênsia. "Um homem pode se sustentar e cuidar de vocês duas, duas mulheres sozinhas neste país."

Quando soube que eu não era mais filha única, fui à pequena biblioteca da nossa casa, com a ideia de fazer uma surpresa para minha mãe. Eu me dedico à tarefa de tirar das estantes todos os livros de autores cubanos, como ela queria ao chegarmos. Esse seria meu presente a ela.

Eulogio nos leva a uma livraria no centro de Havana, para ver o que há de literatura francesa. O único problema é que os livros são escritos em espanhol. Não há edições na língua original. Hortênsia aponta para um homem que trabalha na livraria ou que talvez seja o dono.

"Ele é um 'polaco', como você."

"Eu não sou 'polaca'", retruco, sem me conter. "Que obsessão é essa por polacos!"

O homem sorri ao me ver. Ele parece perceber na hora que sou um fantasma como ele. Que tenho a mesma marca no rosto. Que somos ambos indesejáveis, perdidos numa cidade castigada sem piedade pelos raios de sol. Hortênsia e eu nos aproximamos dele e perguntamos sobre livros na sua língua original.

A princípio, ele fala comigo em hebraico, o que me deixa sobressaltada. Logo em seguida, começa a falar em alemão, mas eu respondo instantaneamente em espanhol. Quando ele percebe que eu não vou ceder, ele me lembra, novamente em hebraico, que ninguém entende o que estamos dizendo e que eu não preciso ter medo. Meus olhos começam a se encher de lágrimas, e ele deve ter percebido quanto medo eu tenho.

Não chore, Hannah, ninguém vai fazer nada com você, fique calma, digo a mim mesma, embora sinta as pernas bambas. *Você não devia ter saído de casa, devia ter seguido o conselho da sra. Samuels! Ficado escondida, sem atrair a atenção de ninguém, evitando todos os cubanos, vivendo com as janelas fechadas, em completa escuridão.*

Recupero as forças, determinada a não fraquejar.

"Onde eu posso encontrar livros do Proust em francês?", eu pergunto em espanhol.

O homem, que tem um nariz enorme, cabelos crespos e os ombros do paletó cobertos de caspa, responde em espanhol com um forte sotaque alemão que, por causa da guerra, ele não pode garantir que os livros cheguem da Europa.

"Antes, as encomendas da França chegavam no prazo de um mês."

Com um amável sorriso, seguido de uma longa explicação em francês muito mais fluente do que em espanhol, ele pergunta se eu sou francesa.

Tudo o que eu consigo fazer é responder obrigada. Hortênsia fica um pouco desconcertada com a minha timidez, mas não me pergunta nada. Saímos da livraria carregadas de livros que minha mãe certamente adoraria ler: Flaubert, Proust, Victor Hugo, Balzac, Dumas – todos em castelhano. Os enfeites perfeitos para seu Petit Trianon. Só resta saber se Gustav dará a ela tempo para ler, algo que um dia foi um dos seus maiores prazeres.

Eulogio não consegue entender por que precisamos de mais livros se ainda não lemos nenhum dos que estão na biblioteca. Para ele, sua única utilidade é deixar as estantes menos vazias. Coisas que os ricos fazem.

Como a "*señora* Alma" não está em casa, nós quebramos as regras. Por exemplo, Hortênsia se senta comigo no banco de trás e insiste em dizer que eu tenho de fazer amigos.

"Em alguns anos, que passarão voando, se você não se casar, vai ficar solteirona. E, para uma senhorita, isso não é nada bom."

Os comentários dela me fazem rir, enquanto o vento que entra pelas janelas despentea nossos cabelos. Me vem à memória o rosto de Leo. Eu estou convencida de que ele virá me buscar e que viveremos juntos por toda a vida. Mas esse é o meu segredo mais precioso, e não tenho por que contá-lo a Hortênsia.

O melhor dos meus dias com ela é que me fazem esquecer um pouco meus verdadeiros problemas. Eu descubro que, para sobreviver, é melhor viver no presente. Nesta ilha, não existe passado nem futuro. O destino é o hoje.

Pouco antes de chegar em casa, enquanto percorremos ruas cheias de motoristas que ignoram todas as leis de trânsito, tomo coragem para perguntar a Eulogio sobre os pais dele. Ele me diz que a família é muito pobre. O pai dele abandonou a mãe com nove filhos: seis meninos e três meninas. Eulogio, que é o filho do meio, conseguiu escapar da pobreza graças a um tio por lado de mãe, que era motorista e o ensinou a dirigir. O tio dizia que, de todos os irmãos, ele era o mais honesto e "de caráter". Ele ajuda a mãe e a visita sempre que tem uma folga. Os irmãos têm cada um a sua vida e moram em diferentes partes da ilha. Os avós eram escravos africanos, mas sua família é de Guanabacoa, um vilarejo muito bonito cercado de colinas, onde todos se conhecem.

"Onde é Guanabacoa?", pergunto intrigada.

"É no sul da cidade, não muito longe daqui. Levo você lá um dia. Aposto que vai gostar. Eu cresci lá, conheço o lugar como a palma da minha mão."

Ele pisa no freio para dar passagem a uma mulher empurrando um carrinho de bebê.

"Ali fica também o cemitério de vocês", ele acrescenta.

Não entendo o que ele quer dizer e fico calada por um instante. É uma situação embaraçosa, principalmente para Hortênsia, que se sente culpada por ter permitido que eu desse confiança a um empregado. Se minha mãe soubesse, ela e Eulogio poderiam ser demitidos.

Mas, em vez de ficar calada, continuo a fazer perguntas.

"O cemitério é de quem?"

Hortênsia olha para ele, para ver o que vai responder. Quando dobramos a esquina da Paseo para entrar na Calle 21, Eulogio explica:

"O cemitério dos polacos."

Anna

2014

Nosso primeiro passeio em Havana é para ver um cemitério. Eu nunca vi uma cidade dedicada aos mortos antes. Tia Hannah insistiu em visitar Alma – a mãe dela, avó de meu pai, minha bisavó, que morreu em Cuba em 1970. Mamãe não ficou muito feliz com a ideia, mas, quando ela percebeu meu entusiasmo, concordou em ir.

Embarcamos em outro automóvel caindo aos pedaços; Catalina na frente, nós três atrás. Tia Hannah envolta numa nuvem de água de violetas e mamãe usando uma grossa camada de protetor solar que a deixa branca como um cadáver. Quando subimos a Avenida 12 e cruzamos a Calle 23 para entrar no cemitério, sou surpreendida com o aroma de mil flores, cortadas só para confortar os vivos.

O aroma forte de rosas e jasmins se mistura com o cheiro de flores de laranjeira e manjericão. Coroas de um verde intenso e de rosas vermelhas, amarelas e brancas estão empilhadas num carrinho levado por uma senhora esquelética, com o cabelo desgrenhado e a pele queimada pelo sol.

Eu quero começar a fotografar, mas o carro ainda está em movimento. Então, paramos para Catalina comprar rosas. O odor que se desprende da senhora do carrinho, mistura de cigarro e de suor, me obriga a prender a respiração quando aponto a câmera para ela. Ela percebe e se assusta. Quando meus pulmões já imploram por oxigênio, eu me aproximo da minha tia para que ela me proteja com sua fragrância de violetas. São muitos cheiros misturados!

Tia Hannah toma o meu gesto como uma demonstração de afeto e acaricia minhas bochechas, vermelhas por causa do calor. Minha mãe está orgulhosa de mim. Eu, a filha esquiva e sempre solitária, sendo amável com a única pessoa ligada a um pai que nunca conheci. Fecho os olhos e me deixo levar. Pela primeira vez, eu me sinto próxima de minha tia.

O cemitério é uma verdadeira cidade murada. O arco da entrada é coroado por uma escultura de tema religioso.

"Ela representa a fé, a esperança e a caridade", explica Catalina quando me vê olhando para a escultura. Estacionamos dentro do cemitério e fazemos o resto da visita a pé. Catalina carrega rosas vermelhas e brancas e usa uns galhos de manjericão atrás da orelha.

"Eles me refrescam", ela diz.

Ao perceber que reparo em tudo à minha volta, ela se torna minha guia.

"A *señora* Alma ainda não encontrou a paz. Ela sofreu muito. Partiu com uma bagagem pesada, e nós devemos ir para o nosso túmulo o mais leves possível. Não se esqueça do que estou dizendo, filha. Isso vale para você também...", ela diz, subindo o tom de voz para tia Hannah ouvir.

Surpreende a familiaridade com que Catalina trata tia Hannah. Ela não a trata de uma forma muito polida, embora seja sempre muito respeitosa. Fala com tia Hannah como se tivesse mais experiência.

"Temos que deixar o passado para trás", diz Catalina, inspirando o aroma das rosas. Ela continua: "Estas são para a *señora* Alma. Ela ainda precisa de muita ajuda!"

Andamos devagar não por causa de minha tia, mas sim de Catalina, a quem pesam as pernas. Ela está sempre se abanando. Tia Hannah se apoia no braço de mamãe enquanto observa as alamedas cheias de mausoléus. Ao sair da avenida principal, nós nos surpreendemos com o mar de esculturas de mármore: cruzes a se perder de vista, ramos de louros e tochas invertidas adornam os monumentos. Uma verdadeira ode à morte.

Alguns dos mausoléus parecem palácios. De acordo com tia Hannah, muitos deles foram vandalizados. "Que grande sociedade em decadência!", sussurra mamãe.

Eu paro para ler as lápides. Uma delas é dedicada aos heróis da república, outra, aos bombeiros, outra ainda, aos mártires e, claro, aos heróis das forças armadas e da literatura. Em um dos túmulos lê-se a inscrição "Bondoso caminhante: abstraia sua mente deste mundo cruel por alguns instantes e dedique um pensamento de paz e amor a estes dois seres cuja felicidade na Terra foi truncada pelo destino e cujos restos mortais repousam nesta sepultura, cumprindo um sagrado juramento". Essas palavras fúnebres me distraem do calor insuportável de maio.

A pedido de Catalina, vamos até a capela central. Ela diz que quer rezar pelos mortos, e suponho que também por nós. Enquanto esperamos, ficamos em silêncio. Quando ela volta, entramos na Avenida Fray Jacinto para procurar o lote da família Rosen, e por fim chegamos a um mausoléu com seis colunas e um portão aberto. Um templo que oferece sombra aos mortos e àqueles que o visitam. O nome da família está gravado na frente.

São cinco lápides, uma para cada Rosen, independentemente de terem nascido, vivido ou morrido neste lugar de trânsito. A primeira diz "Max Rosen, 1895-1942"; a segunda, "Alma Rosen, 1900-1970"; a terceira, "Gustav Rosen, 1939-1968". A quarta é do meu pai: "Louis Rosen, 1959-2001". A quinta lápide está em branco: acho que está reservada para a minha tia, a última Rosen na ilha.

Catalina se ajoelha com grande dificuldade em frente ao túmulo da minha bisavó Alma, porque no fim, ela explica, é o único que realmente contém um corpo. Os outros são sepulturas simbólicas. O mausoléu manterá por toda a eternidade só as duas mulheres que um dia desembarcaram de um navio sem destino. Os homens da família morreram em outras terras, e seus corpos nunca foram recuperados.

Catalina junta as mãos, baixa a cabeça e depois passa alguns minutos fazendo uma prece para uma mulher que "veio a este mundo para sofrer e partiu cheia de dor". Ela deposita as rosas no túmulo de minha bisavó e depois se levanta e fica em pé com muita dificuldade. Mamãe pega quatro pedras de sua sacola – onde ela as conseguiu? – e coloca-as cada uma sobre cada um dos túmulos. Catalina parece quase ofendida; ela arregala os olhos para demonstrar seu espanto, como se esperasse uma explicação para essa atitude tão rude, mas ninguém se preocupa em oferecê-la.

"Não existe um morto neste mundo que prefira uma pedra em vez de uma flor", ela diz em voz baixa, como se não quisesse aborrecer mamãe ou minha tia, que parece tocada pelo gesto dessa mulher que também amou seu querido Louis.

"As flores murcham", eu explico a Catalina. "As pedras duram. Elas ficarão ali para sempre, a menos que alguém se atreva a tirá-las. As pedras protegem."

Por mais que eu explique, Catalina nunca entenderá. Para ela, as rosas custam dinheiro, foram cultivadas e cuidadas. As pedras, cobertas de pó, sabe Deus de onde vieram. Não é certo que sejam depositadas junto aos mortos.

Ainda inconformada, Catalina faz uma pausa, segura a minha mão e pede para que eu vá com ela. Tia Hannah e minha mãe ficam ali em silêncio no mausoléu que minha bisavó mandou construir quando recebeu a notícia da morte de meu bisavô. No caminho para o cemitério, minha tia havia nos contado que naquele dia Alma fizera um juramento: todos os Rosen que morressem na ilha, assim como os que nasceram ali, teriam de ser enterrados no mausoléu. Para minha bisavó, o perdão não existia. Ela culpou a ilha pela sua desgraça e jurou que "ao menos pelos próximos cem anos" Cuba pagaria pela tragédia de sua família.

"A maldição dos Rosen!", tia Hannah conclui com um sorriso resignado, reconhecendo o ódio que sua mãe tentou em vão incutir nela.

Catalina me leva até um túmulo muito visitado, coberto de flores. Vejo várias pessoas em postura de reverência diante de uma escultura de mármore branco que representa uma mulher com um bebê nos braços recostada numa cruz. Os devotos deixam o lugar sem se atrever a virar as costas para a escultura.

Quando ergo minha câmera, Catalina me lança um olhar severo.

"Aqui não", ela diz, cobrindo a lente com a mão.

Ela fecha os olhos e os mantêm fechados durante alguns minutos e, por fim, diz, sem dar mais detalhes: "Este é o túmulo de Amelia la Milagrosa".

Esperando que ela continue, observo o ritual silencioso de peregrinos que visitam o túmulo.

"La Milagrosa morreu dando à luz. Ela foi enterrada com o bebê aos seus pés, mas, quando o túmulo foi aberto anos depois, encontraram a criança em seus braços."

Catalina me obriga a chegar mais perto e passar a mão na cabeça de mármore do bebê. "Para dar sorte", sussurra no meu ouvido.

Ao voltarmos para o mausoléu da família, vemos tia Hannah com a mão sobre a sepultura de sua mãe. Quando ela se levanta, me ocorre que caberá a nós, seus descendentes, gravar o nome dela na lápide em branco. Algum dia, viremos aqui e deixaremos uma pedra sobre seu túmulo. Se Catalina estiver viva ainda, trará flores.

"Acho que está na hora de reivindicarmos nosso nome verdadeiro", diz tia Hannah com voz grave, fitando o nome gravado sobre o pequeno templo grego no meio do Caribe. "Sermos Rosenthal outra vez."

Enquanto ela está conversando com a mãe falecida, coloca outra pedra sobre o túmulo.

Ao anoitecer, voltamos para casa, e mamãe e eu vamos para a cama sem jantar. Acho que isso preocupa minha tia e Catalina, mas o fato é que estou exausta. Deitada, mamãe fala sem parar sobre tia Hannah, até eu cair no sono.

Ela diz que tia Hannah é magra e frágil, mas que sua dignidade é como uma couraça. Eu também estou impressionada com o modo como ela anda com a coluna reta, como uma bailarina. Minha mãe diz que seus gestos são femininos e que há uma doçura pouco usual neles. E que, apesar de tudo que sofreu, ela se recusa a deixar que a amargura tome conta dela.

"Posso ver você nela, Anna. Você herdou sua beleza e sua determinação", ela sussurra em meu ouvido. Eu mal a ouço, pois o sono me rende. "Foi uma grande sorte a termos encontrado!"

Hannah
1940-1942

Minha mãe sente falta das manhãs frias. Ela detesta o verão eterno e as constantes tempestades da ilha.

"É um arquipélago de rãs e selvagens. Você não tem saudade das estações? Será que algum dia voltaremos a ver o outono, o inverno ou a primavera? O verão deveria ser uma estação de transição, Hannah", ela não para de repetir.

Moramos numa ilha com apenas duas estações, a seca e a chuvosa: onde a vegetação cresce indomável; onde todos reclamam e não falam de outra coisa que não seja o passado. Como se soubessem como realmente foi o passado! O passado não existe! É uma ilusão. Ele nunca vai voltar.

Ela voltou para Havana com Gustav num abafado e úmido 31 de dezembro. Ele era o menor bebê que já vi. Sem nenhum cabelo na cabeça e resmungão.

"Ele parece um velhinho rabugento", ria Hortênsia.

A chegada do bebê mudou a exigente *señora* Alma, pelo menos por ora. Ela não reclama mais das janelas abertas que deixam entrar os raios de sol nem da gritaria e do barulho de talheres do vizinho quando este dá arroz e feijão-preto aos filhos. Tampouco parece que se incomoda que escutemos na cozinha as absurdas novelas de rádio, cheias de traições, lágrimas e gravidezes ilegítimas, ou que Hortênsia me ensine a preparar bolos deliciosos ou inunde a casa com o aroma de essência de baunilha e canela.

Nessa primeira noite, nós a deixamos sozinha com o bebê. Eulogio vai celebrar o ano-novo com a família em Guanabacoa, e Hortênsia nos pede um período de folga. Só voltará dia 6 de janeiro. Tão logo ela se vai, Mama me faz uma grande surpresa:

"Papa está bem!"

Eu não pergunto como ela sabe. Se recebeu outra carta, ela não me diz. Tento não expressar emoção alguma no rosto e continuo fazendo graça para aquele bebê amorfo, que não reage a nenhuma das minhas musiquinhas ou aos meus ruídos engraçados.

Sem notícias de Leo, esse é o meu único pensamento. É difícil para mim entender por que não recebo nenhum sinal de vida dele.

Eu me dou conta de que estamos sozinhas pela primeira vez desde que chegamos a esta cidade estranha e hostil. Sozinhas com um bebê recém-nascido e sem um médico de família ou qualquer outra pessoa que possamos chamar numa emergência. Hortênsia nos deixou carne preparada, eu tenho de me incumbir do resto. Quando minha mãe me vê assumir a cozinha, não acredita em seus olhos. Ela parece pensar *"Agora eu a perdi! Mais um mês fora, e não a reconheço mais...".*

Ela volta para o seu quarto, com o bebê no cesto de palha que Hortênsia trouxe de casa antes de Mama voltar de Nova York. Forrou-o com lindos lençóis bordados com seda azul e o chamava de "moisés". Ela dizia "traga o moisés para cá", "não coloque o moisés tão no alto", "balance o bebê no moisés e vai ver como ele dorme". A princípio, não entedíamos a que ela se referia.

O moisés foi de grande ajuda nos primeiros meses de Gustav, porque nós o carregávamos com facilidade por toda a casa e até o levávamos para o quintal ao entardecer ou de manhã cedo para que ele pudesse tomar sol quando estava mais fraco – se é que podíamos chamar assim. Minha mãe dizia que, como as plantas, os bebês precisavam de luz e calor para crescer, e por isso eu o levava para tomar banhos de sol.

Naquele último dia de dezembro, nós três caímos no sono por volta das nove horas da noite, no quarto de minha mãe. Tinha sido um dia longo e exaustivo. Gustav precisava mamar de três em três horas; do contrário, era possível ouvir seu choro no polo Norte. Cada vez que ela o amamentava, ele caía no sono, mas logo acordava e começava a protestar novamente. Um ciclo que não tinha fim.

Não estávamos com ânimo para celebrar. Na realidade, não havia por que celebrar: nós duas estávamos presas no Caribe; Papa estava escondido em Paris com outros "impuros", com os Ogros em seus calcanhares. E agora tínhamos um bebê que, a todo momento, fazia com que eu me perguntasse por que ele fora trazido a este mundo hostil. Assim, fomos para a cama quase sem perceber que o ano estava acabando e outro estava começando, que seria tão terrível quanto o anterior.

À meia-noite, ouvimos as explosões de fogos e um tumulto incomum no bairro que normalmente era tranquilo. Minha mãe acordou sobressaltada e fechou as janelas e as cortinas. Fomos para o meu quarto espiar através das persianas e vimos nossos vizinhos jogando baldes de água na rua. Alguns deles jogavam inclusive baldes com gelo. Não entendemos o que estava se passando; se estávamos sob alguma ameaça ou se era algum costume excêntrico da região.

A vizinha ao lado abriu uma garrafa de champanhe com um gesto extravagante: a rolha voou e quase quebrou nossa vidraça. Ela bebeu diretamente da garrafa e passou-a para o marido, um homem careca, que estava sem camisa e tinha o peito muito peludo. Então começou a música: *guarachas* misturadas com gritos de "Feliz ano-novo!" que partiam de todos os lados.

Deixávamos outra década para trás. Os sinistros 1939 já pertenciam ao passado. Minha mãe observava o insólito espetáculo do seu Petit Trianon, protegida pelas paredes de uma casa que aos poucos ela transformou numa fortaleza.

Quando nossa vizinha nos viu na janela, ela levantou a garrafa borbulhante e nos desejou "Feliz 1940!".

Voltamos a dormir. Quando acordamos, já estávamos em outra década. Nossa vida havia mudado. Tínhamos um novo membro na família: um menininho que passava mais tempo nos braços de uma desconhecida do que no colo da mãe. Pouco a pouco, por mais difícil que fosse admitir, Hortênsia, à sua própria maneira, tornou-se outra Rosenthal.

Eu não entendia por que aquela mulher estava tão determinada a cobrir meu irmão de talco e molhar a cabeça dele com água de colônia cada vez que o trocava. Ele começava a chorar no instante em que recebia aquele álcool perfumado de cor lilás.

"É para refrescar", ela dizia.

Nesta ilha, "refrescar-se" é uma mania. Ou melhor, uma obsessão. A ideia de "se refrescar" explica a presença dos coqueiros, das palmeiras, das sombrinhas, dos ventiladores e dos leques, assim como das limonadas, que se bebe a toda hora. "Sente-se aqui na janela, para tomar uma brisa...", "Vamos conversar, andar do outro lado da rua, onde não bate sol...". "Vamos esperar que o sol baixe um pouco...", "Coloque um chapéu", "Cubra a cabeça...", "Abra a janela para deixar entrar ar...". Poucas coisas são consideradas mais importantes do que se refrescar.

Hortênsia pintou o quarto de meu irmão de azul e pendurou cortinas de renda nas janelas que combinavam com os móveis brancos. Gustav era apenas uma manchinha cor-de-rosa nos lençóis azuis, e suas sardas e seu cabelo ruivo estavam apenas começando a aparecer. Seus únicos brinquedos eram um cavalinho de madeira, abandonado perto de uma janela, e um ursinho de pelúcia de olhar triste.

Falávamos com ele em inglês a fim de prepará-lo para a viagem a Nova York, onde viveríamos com Papa. Hortênsia nos olhava intrigada, tentando decifrar uma língua que lhe soava áspera.

"Por que querem complicar a vida dessa pobre criança que nem aprendeu a falar ainda?", ela murmurava com seus botões.

Ela falava com Gustav em espanhol, com uma suavidade maternal e um ritmo a que não estávamos acostumadas. Numa manhã, enquanto o troca, nós a escutamos conversando com ele.

"O que disse meu polaquinho querido?"

Arregalamos os olhos, mas não falamos nada. Ficamos simplesmente em silêncio e deixamos que continuasse. Esse foi o dia em que percebi que minha mãe não tinha circuncidado Gustav, violando uma antiga tradição. Eu não a julguei; não tinha esse direito. Entendi que ela estava fazendo tudo que podia para apagar qualquer traço de culpa – a culpa que nos fez fugir de um país a que achamos que pertencíamos. Ela queria salvar seu filho; dar a ele a chance de começar do zero. Ele havia nascido em Nova York, morava temporariamente em Cuba e nunca conheceria a origem dos pais. Era um plano perfeito.

No entanto, circuncidado ou não, aqui Gustav era apenas mais um "polaco".

Sem nos consultar, Hortênsia um dia deu ao meu irmão uma pequena joia. Minha mãe se sentiu um pouco incomodada, porque não sabia se agradecia, devolvia a joia ou pagava por ela. Ela também achava que usar um broche na roupa seria perigoso para o bebê, ainda que fosse de ouro. A pequena conta de ônix num alfinete foi colocada em sua bata de linho branco, do mesmo lado do coração.

"É um azeviche, para protegê-lo de todo mal", ela explicou, muito séria, à minha mãe, sem esperar aprovação ou desaprovação, porque ela estava certa de que também queríamos o bem do menino.

Essa pedra negra no peito se tornou um talismã inseparável. Nós a aceitamos porque, se parte da infância de Gustav se passaria em Cuba, então teríamos de aprender a viver segundo os costumes e as tradições do país.

◦◦◦

Em questão de meses, meu corpo começou a mudar: curvas e volumes começaram a aparecer onde eu menos esperava. Passei a usar blusas folgadas, mais por causa do calor, mas uma manhã, quando me viu tirando Gustav do moisés, minha mãe pareceu se dar conta do que estava acontecendo e imediatamente foi para a cozinha cochichar com Hortênsia.

Eu não estava pronta para me tornar mulher. Nos meus sonhos, ainda via Leo como uma criança e me apavorava pensar que, enquanto eu crescia, ele ainda continuava pequeno, como eu me recordava.

Alguns dias depois, Eulogio apareceu com uma entrega que mudou nossa vida no Petit Trianon. Era uma máquina de costura Singer, junto com uma caixa de tecidos tão grande que mal entrava na sala de jantar. Eu fiquei encantada, porque pelo menos agora teríamos algo com que nos ocupar, e eu me incumbi de organizar nos armários os vários rolos de tecido de diferentes cores, junto a caixas de botões, novelos, fitas de seda, rolos de renda, elásticos e zíperes. Havia também muitas resmas de papel de seda, fitas métricas, agulhas e dedais.

A mesinha de ferro continha o que Hortênsia chamava de "o braço": um mecanismo com uma agulha, uma bobina e uma roldana. Na parte inferior havia um pedal que eu adorava operar cada vez que me pediam para encher um carretel de linha, porque eu era a que tinha "a vista melhor". Chamávamos a máquina simplesmente de "a Singer".

Modistas e costureiras passaram a tomar as minhas medidas e desenhar modelos para o meu novo guarda-roupa, que enfeitávamos com laços e fitas. Elas esqueciam suas preocupações e se concentravam em pregas, forros e plissados. Pouco depois disso, Eulogio trouxe um manequim que deixou minha mãe eufórica. Acho que naquela época ela foi feliz, ainda que seu novo "uniforme cubano" parecesse indicar o contrário: uma saia preta e uma longa blusa branca sem mangas, abotoada de cima a baixo.

O glamour da Deusa de Berlim dera lugar a uma simplicidade mais discreta. A verdade é que ela não tinha tempo nem energia para nostalgia. Seus rituais de beleza também tinham se reduzido a um corte de cabelo que ela mesma fazia em casa. Tesoura na mão, Hortênsia garantia que seus cabelos não passassem dos ombros.

"Pode cortar, Hortênsia, não tenha medo!", ela incentivava sua cabeleireira improvisada a cortar um pouquinho a mais.

Hortênsia tricotava blusas que Gustav se recusava a usar e engomava tanto suas camisas que ele começava a chorar no instante em que as via. Para acalmá-lo, Hortênsia o apertava contra os seios e cantava boleros sobre mortes e enterros que deixava meus cabelos em pé, mas que por alguma razão inexplicável o tranquilizavam.

Aos dois anos e meio, Gustav era uma criança curiosa, inquieta e rebelde. Ele não tinha o jeito reservado dos Rosenthal; era capaz de demonstrar suas emoções com espantosa facilidade. Via-me mais como uma tia do que como uma irmã, e seu apego a Hortênsia, longe de nos preocupar, mais nos enternecia.

Para ele, o espanhol era o idioma do carinho, das brincadeiras, dos sabores e dos aromas. O inglês, a ordem e a disciplina. Minha mãe e eu obviamente pertencíamos ao segundo grupo.

Sem que percebêssemos, Gustav, o nome do capitão do navio, logo se tornou Gustavo, e nós aceitamos. A versão em espanhol do nome combinava melhor com aquele menino impaciente que andava quase sempre seminu e banhado em suor.

Ele tinha um apetite voraz. Hortênsia o alimentava com pratos cubanos: arroz com feijão-preto, fricassê de frango, banana frita e bata-ta-doce, sopas espessas cheias de legumes e embutidos, assim como so-bremesas que eu aprendera a preparar com perfeição. À tarde, eu ajudava Hortênsia a fazer os doces que mimavam esse menino que, na realidade, ela queria só para si e com quem falava apenas com diminutivos.

Gustavo não herdou nada nem de minha mãe nem de mim. Não conseguimos lhe transmitir nem um único hábito ou uma tradição do lugar de onde viemos. Não sabíamos se um dia ele descobriria que sua primeira língua era o alemão e que o nome de sua família não era Rosen, mas Rosenthal.

Gustavo pertencia a Hortênsia. Ainda sob a sombra da ausência de Papa, minha mãe foi cada vez mais se distanciando de sua educação. A insegurança, a desinformação, a impossibilidade de pensar no futuro a impediam de se concentrar no filho que ela não havia pedido para trazer a este mundo. Às vezes, Gustavo chegava até a dormir no quarto de Hortênsia ou ia com ela passar o fim de semana na casa de Esperanza, onde também não se celebravam aniversários, o Natal ou o ano-novo.

Para Gustavo, a vida fora do Petit Trianon existia graças a uma mulher simples a quem pagávamos para cuidar dele. À noite, era Hortênsia quem o colocava para dormir, contava histórias de bruxas e princesas adormecidas e cantava canções de ninar: "*Duérmete mi niño, duérmete mi amor, duérmete pedazo de mi corazón*". Essa era a fórmula para que Gustavo dormisse até o dia seguinte.

Ele era brincalhão e travesso. Gostava de sentar no colo de Eulogio, atrás do volante do carro, para fingir que estava dirigindo a toda velocidade.

"Você vai muito longe neste país, garoto!", dizia Eulogio, encorajando-o. "Esse menino sabe muito!"

Essa previsão nos apavorava. Quem queria ir longe "neste país" quando tudo que desejávamos era sair dele o mais rápido possível e morarmos longe do seu eterno calor?

⁓⁓

Três anos se passaram e eu já tinha a altura de uma mulher adulta; alta demais para os trópicos. Eu era até mais alta do que os meninos da minha classe, que por essa razão me evitavam. Eles me viam como uma aliada da professora. Em algumas ocasiões, a pobre mulher me pedia ajuda para controlar aquela horda de ignorantes que, por provir de famílias ricas, se achavam melhores do que ela. Eles me provocavam o tempo todo: os "polacos" só se casavam entre eles, não tomavam banho todo dia, eram cruéis e gananciosos. Eu fingia não ouvir nada disso, porque, no final, pensava que aqueles idiotas nem percebiam que eu não era uma polaca e que em nenhuma circunstância eu iria querer ser aceita por eles.

Mamãe continuava se dedicando à modelagem e costurou para ela um modelo tropical branco e preto. A comunicação com Papa tinha sido completamente suspensa e também não sabíamos nada sobre Leo e o pai dele. O que mais poderíamos fazer? A Segunda Guerra Mundial estava no seu apogeu e, a cada noite, antes de fechar os olhos, eu rezava para que ela terminasse. No entanto, na minha prece inocente, nunca pensei na possibilidade da derrota. O que me interessava era que a "ordem" fosse restabelecida – uma ordem que, para mim, se referia à correspondência: eu queria receber e enviar cartas a Paris e ter notícias dos meus entes queridos.

Numa tarde de terça-feira – tinha de ser terça-feira! – em pleno verão, a pior época do ano naquela cidade miserável, o advogado que cuidava das nossas finanças apareceu sem avisar.

Nesse dia, que se somou à minha lista de terças-feiras trágicas, compreendi que o *señor* Dannón era um de nós. Embora o trópico tivesse suavizado suas "impurezas", ele era indesejável como os Rosenthal, a quem ele ajudava em troca de uma quantia mensal. Ele nunca era chamado de polaco, no entanto, porque seus ancestrais eram espanhóis ou talvez da Turquia. Como nós, seus pais haviam fugido e encontrado abrigo numa ilha que aceitou toda a sua família, sem dividi-la, como fizeram conosco.

Num tom grave, o *señor* Dannón pediu que nos sentássemos na sala de estar. Hortênsia levou Gustavo para o quintal e nos deixou a sós. Embora ele não inspirasse muita confiança, eu sabia que o advogado sempre trazia notícias importantes.

Não posso reproduzir as palavras dele, porque não as entendi. Só as palavras "campo" e "concentração" me impressionaram. Não conseguia entender por que ainda não tínhamos pagado todos os nossos pecados. Queria sair na rua e gritar "Papa!". Mas quem me ouviria? O que havíamos feito? Até quando teríamos de suportar tanto sofrimento? Cobri o rosto com as mãos e comecei a chorar descontrolada. *Papa! Papa!*

Ao menos podia gritar seu nome em silêncio dentro de mim e chorar diante do *señor* Dannón, ainda que minha mãe não gostasse. *Papa!*

Num gesto repentino de solidariedade, o advogado – que no final das contas era quase um desconhecido para nós – nos disse que ele havia perdido sua única filha. Uma epidemia de tifo, que havia tirado a vida de milhares de crianças em Havana, a deixou acamada até que seu corpo frágil por fim sucumbiu. Por isso ele e a mulher decidiram ficar em Cuba, perto dos restos mortais da filha.

"Não temos forças para chorar por uma menina desconhecida", eu tive vontade de dizer a ele. Que coisa mais estúpida! "Nos restam tão poucas lágrimas, *señor*. Não espere nossa compaixão. Ainda temos muito que chorar."

"*Papa!*", gritei sem conseguir mais me conter. Alarmada, Hortênsia entrou correndo. Atrás dela, Gustavo começou a chorar.

Subi ao meu quarto e fechei a porta. Tentei me confortar pensando em Leo, mas evitei imaginá-lo em Paris. Não sabia qual teria sido seu destino. Só o Leo que eu havia conhecido, aquele que corria comigo pelas ruas de Berlim e pelo convés do *St. Louis*, poderia ser de alguma ajuda para mim naquele momento.

Derramei todas as lágrimas que ainda me restavam. Esperei que a minha dor se aliviasse em meu peito, que meus olhos não refletissem a angústia e o ódio que me consumiam. Desejei até aquela epidemia de tifo ou qualquer outra calamidade que poderia me levar dali. Imaginei-me na cama, amarela e debilitada pela febre tifoide, meu cabelo caindo em punhados no travesseiro, médicos ao meu redor, minha mãe pálida e nervosa no canto do quarto. E Papa? E Leo? Nenhum dos dois aparecia nesse meu devaneio, mesmo sendo eu quem decidia como ele começava e terminava.

Minha mãe, também trancada no quarto, passou a noite em desespero. Abafava seus gritos no travesseiro, mas ainda assim eu podia ouvi-los.

Fiquei no meu quarto até a manhã seguinte, até sentir que não tinha mais o que chorar. Hortênsia me perguntou o que havia acontecido. Ela deve ter pensado o pior, mas tomamos o café da manhã como se nada tivesse acontecido. No final, não sabíamos de fato qual tinha sido o destino de Papa.

Eu não me atrevia a perguntar por que não íamos para o nosso apartamento em Nova York, onde se podia ver o pôr do sol da sala de estar que dava para o parque. Para a cidade onde havia quatro estações e as tulipas cresciam. Compreendi que minha mãe tinha medo de não conseguir se libertar dos tentáculos dos Ogros, que haviam conseguido chegar aos cantos mais remotos da Europa. Paris estava repleta de alto- -falantes do terror e da combinação mais nefasta de cores: vermelho, branco e preto.

Logo sentiríamos sua presença em Cuba, um país que já parecia estar favorecendo-os. No final, eu tinha certeza de que os cubanos haviam feito um pacto com os Ogros para não deixar que o navio fosse nossa salvação.

Desse dia em diante, Mama nunca mais costurou na Singer. Senti que nossa estada na ilha não era mais temporária. Ela duraria para sempre.

Anna

2014

Diego aparece de banho tomado, com o cabelo molhado e vestindo sua melhor roupa: uma camisa bem passada enfiada por dentro de uma bermuda amassada, meias brancas e tênis pretos que ele só usa em ocasiões especiais.

Tento definir seu cheiro, mas não é fácil; é uma mistura de sol, mar e talco. Em Havana, todos se cobrem de talco. Você pode vê-lo no colo das mulheres, nos braços dos bebês e na nuca dos homens. A brancura do talco contrasta com a pele de Diego. Entendo por que ele gosta de deixar o cabelo molhado: parece mais penteado. À medida que secam, seus fios começam a sair do controle.

Aqui eu posso fazer coisas que não são permitidas em Nova York. Não que Mama confie muito em Diego, que deve ter a mesma idade que eu; ela só não quer contrariar tia Hannah, que insiste em dizer que ela não precisa se preocupar, que ele é um bom menino e que conhece todos no bairro.

"Deixe que ela se divirta. Não vai acontecer nada a ela", minha tia garante.

Acho que eu poderia morar em Havana. Eu me sinto livre aqui, e Diego se dá conta disso e ri. Ele pega a minha mão e corre comigo por uma rua lateral. "Vamos ver o mar", ele diz. Na esquina, há um cachorro magro, e Diego se detém.

"Melhor vir por aqui", ele diz, seguindo na direção contrária, rumo a uma avenida arborizada que eu reconheço na hora: Paseo, aquela pela qual passamos ao chegar.

Diego tem medo de cachorro. Não pergunto por quê, apenas o sigo em silêncio. Não quero constranger meu único amigo aqui. Andamos até o centro da Paseo, que é caminho para a orla marítima.

"Depois daqui, só tem o Norte, onde você vive", ele me explica. "Meu pai foi para lá um dia e nunca mais voltou."

Chegamos ao muro de Malecón e daqui não consigo distinguir onde começa e onde termina a larga estrutura de cimento carcomido. Pergunto a Diego se toda a cidade é rodeada de muros como esse.

"Está louca, menina! Essa é só uma parte. Vamos, venha comigo!", – ele diz, disparando numa corrida.

Embora mal consiga respirar, disparo a correr também, porque não quero perdê-lo de vista: não tenho certeza de que sei voltar para casa. *Subir a Paseo até a Calle 21*, eu repito para mim mesma, só para não me esquecer. Paseo e Calle 21 e dali, sim, acho que sei chegar à casa da minha tia. Além disso, ela é a única alemã no bairro, todo mundo deve conhecê--la, e vão me ajudar a chegar lá. *Não estou perdida. Não vou me perder.*

Por fim, Diego para e se senta no muro áspero, úmido pela maresia e escurecido por causa do escapamento dos carros.

"E como vão as coisas com a sua tia?"

Ele me faz rir. Não tem freio na língua, simplesmente fala o que tem vontade. Acho que é melhor responder do mesmo modo, entrar no jogo, mas ele fala antes que eu tenha chance.

"Minha avó disse que, muito tempo atrás, sua tia sufocou a mãe dela com um travesseiro. Que a velha não morria nunca, então sua tia se cansou e a matou."

Eu não consigo segurar o riso e, quando ele vê que eu não me ofendi, continua com sua novela mexicana: "Nem houve enterro. Dizem que o cadáver está seco dentro de um saco, no guarda-roupa".

"Diego, ontem fomos ao cemitério. Visitamos o túmulo da minha bisavó. Eu vi a lápide com o nome dela. Pode acreditar, minha tia não tem nenhum corpo mumificado em casa. Mas, se quiser, você poder ir lá e perguntar diretamente para a minha tia. Tem coragem?"

"Os Rosen são amaldiçoados desde que chegaram a Cuba", ele continua, despejando as palavras que só pronuncia pela metade. "Um morreu num acidente de avião. O outro, quando as Torres Gêmeas caíram."

"Esse era meu pai", eu o interrompo, e ele põe fim à brincadeira. Fica sério e baixa os olhos envergonhado. Eu espero alguns segundos, para prolongar o tormento. Não digo a ele que nunca conheci meu pai, que ele morreu antes de eu nascer. Que não me entristece falar da morte dele, porque sempre foi assim para mim: sem recordações de papai.

Ele é o primeiro a romper o silêncio e mais uma vez começa a correr pelo Malecón, até chegar a uma praça cheia de bandeiras pretas e cartazes com mensagens esquisitas. Um alto-falante emite discursos que eu não consigo compreender. "A revolução é de todos nós." "Socialismo ou morte." "Ninguém aqui vai se render." E "Vamos continuar lutando".

"Que lugar é este?", pergunto. Diego vê que estou assustada.

"Não é nada", ele diz, rindo. "Estamos acostumados."

Entretanto, ainda que ele tente me acalmar, estou certa de que entramos numa zona de perigo. Os homens uniformizados podem vir e nos prender.

"Não se preocupe. Aqui um estrangeiro vale mais do que um cubano. Ninguém vai prender você. Se forem prender alguém, serei eu, por estar com você."

"Vamos sair daqui, Diego. Não quero que se preocupem em casa. Estamos muito longe."

Em meio aos guinchos dos alto-falantes e das explicações de Diego, eu fico ainda mais nervosa e começo a tremer.

❦

No dia seguinte, durante o café da manhã, minha tia me espera com uma foto amarelada nas mãos. Seus lábios estão curvados num sorriso e há um brilho em seus olhos.

"É tudo que conseguimos recuperar de Papa", ela diz e nos mostra a pequena imagem de uma garotinha sentada no colo de uma mulher. "Também há sua estrela amarela, que colocamos em seu túmulo no mausoléu dos Rosen. Outra das ideias da bisavó Alma."

A foto é de Alma e Hannah. É a última foto antes de partirem de Berlim; meu bisavô Max a guardou durante toda a sua longa peregrinação.

"Depois que o *St. Louis* foi expulso do porto de Havana e teve a entrada recusada nos Estados Unidos e no Canadá, Papa foi um dos 224 passageiros que desembarcaram na França. Talvez porque ele fosse fluente em francês ou porque conhecesse a cidade, ele acabou lá em vez de na Holanda ou na Bélgica, os outros dois países que aceitaram os passageiros. Se ele estivesse entre os 287 passageiros que ficaram na Inglaterra, os únicos que se salvaram na guerra e não terminaram nos campos de extermínio, hoje teríamos um corpo sepultado no mausoléu junto ao de minha mãe."

Tia Hannah conta a história sem pausas, em voz baixa, como se ela mesma não quisesse ouvi-la. Menciona números e datas com tanta frieza que surpreende mamãe. O sorriso de tia Hannah começa a diminuir e seus olhos agora são de um azul enevoado.

"Na noite de 16 de julho de 1942, meu pai foi uma das vítimas da infame Rusga do Velódromo de Inverno de Paris, comandada pela polícia francesa. Ele foi levado para Auschwitz, o campo de extermínio..." Ela faz uma pausa e suspira. "Não sobreviveu. Estava muito fraco, e tenho certeza de que se deixou morrer. Em nossa família, nós não nos matamos, nos deixamos morrer."

Ela fixa seu olhar em nossos olhos e segura nossas mãos. As mãos dela estão frias, talvez porque ela não tenha uma boa circulação ou porque esteja nos contando algo que gostaria de esquecer, mas não consegue.

Minha mãe, que até agora se controlou, não resiste mais e começa a chorar em silêncio. Ela não quer chatear tia Hannah, que continua seu relato com dificuldade e um sorriso triste.

"Um amigo do meu pai chamado sr. Albert esteve com ele durante os primeiros meses em Auschwitz e conseguiu guardar a foto e a estrela."

"Papa pediu que ele as mandasse para mim, porque ele achava que minha mãe não havia resistido e tivesse descansado em paz. Todos subestimaram Alma." Ela sorri outra vez. "Ela era mais forte do que pensávamos. Até chegar o dia em que nem ela suportou mais."

O coração de mamãe parece estar a ponto de se partir em pedaços. Tia Hannah continua:

"Devíamos ter ficado juntos no *St. Louis*." Agora minha tia fala com resignação, e seus olhos ficam cinzentos.

"O sr. Albert, que fechou os olhos de Papa pela última vez, visitou-nos em Havana depois da guerra." Ela sorri outra vez, como se estivesse agradecida por isso. "Ele se sentia em débito com o homem que o ajudou a sobreviver. Quando Papa chegou ao campo de concentração, o sr. Albert não conseguiu suportar a perda da mulher e das duas filhas e caiu doente. Papa cuidou dele, fazendo por ele todo o trabalho que lhe era designado, até Albert se recuperar um pouco."

Nesse momento tia Hannah fecha os olhos e faz uma longa pausa.

"O trabalho o libertará, é o que dizem." Ela suspira. "*Arbeit Macht Frei.* Colocaram essa inscrição em alemão na entrada daquele inferno. Um dia, Papa não aguentou mais e se entregou à morte."

Outro longo silêncio.

"'Guardem a estrela amarela de Max. Ele era um bom homem', o sr. Albert nos disse anos mais tarde, em Havana. Ele contou que foi mandado para Auschwitz porque ele e a família eram testemunhas de Jeová. Então, ele disse com tristeza: 'Mas eu não tenho ninguém para quem deixar meu triângulo roxo'."

"Eu acho que o sr. Albert teve sorte", diz minha tia. "Mas ele achava que havia sido Max quem tivera sorte. Que sentido tinha sobreviver depois de testemunhar a morte da esposa, dos pais e das duas filhas... de toda a família? Na opinião dele, Papa tinha sucumbido, mas nós duas estávamos seguras. O sr. Albert preferia esse destino. Pois todas essas perdas pesavam-lhe no coração, e o triângulo roxo das Testemunhas de Jeová pesava em seu bolso."

"O que aconteceu com o sr. Albert?", eu pergunto.

"Nunca mais ouvimos falar dele", responde tia Hannah.

Catalina entra na sala de jantar sem prestar muita atenção nas lágrimas de mamãe, no sorriso triste de minha tia ou em sua história, ela já deve saber de cor – toda aquela gente morta que ela nunca conheceu.

Ela já tem suas próprias desgraças e, no entanto, está sempre pronta a ajudar. Agora ela vem com um bule de café.

"Esta casa precisa de muitas rosas vermelhas e brancas", ela diz, enchendo as pequenas xícaras.

Na minha memória, a fragrância das rosas se mistura com o aroma de café quente que Catalina prepara como se fosse um sagrado ritual. Em Havana, as pessoas tomam café o tempo todo para manter os olhos bem abertos. Minha tia toma um gole de café e continua:

"Na época em que soube da prisão de Papa, minha mãe já havia chorado todas as lágrimas que lhe restavam. Talvez por isso ela não tenha chorado na frente de ninguém quando a morte dele foi confirmada. Depois de todas as lágrimas em Berlim, no *St. Louis* e na casa sombria em Havana, ela só conseguiu sentir indignação ao confirmar que a história de Berlim havia se repetido em Paris e que Papa sucumbira ao horror de Auschwitz. Sua dor se transformou em uma fria serenidade."

Segundo tia Hannah, daquele dia em diante nunca mais se abriram as janelas, se correram as cortinas ou se ouviu música na casa. Minha bisavó decidiu viver na escuridão. Ela raramente falava, e comia só porque era obrigada. Passava o tempo todo fechada no quarto, lendo literatura francesa em espanhol, traduções que tornavam ainda mais distantes aquelas histórias de séculos passados. Não consigo nem imaginar o que ela deve ter sentido.

Minha tia ficou surpresa quando minha bisavó mandou construir o mausoléu da família – não no cemitério de Guanabacoa, que era chamado de cemitério polaco, mas no cemitério Colón, o maior de Cuba.

"Aqui vai ter espaço para todos nós", ela costumava dizer sempre que supervisionava a obra – relembra minha tia Hannah, imitando o tom firme da mãe. "Mais do que para honrar os mortos, ela o fez para que ao menos seu corpo e o meu terminassem em solo cubano, o qual ela nunca deixou de culpar por não ter aceitado todos nós quando o navio aportou em Havana."

Outro silêncio. Catalina abre os olhos e balança a cabeça.

"Ela me fez prometer que nunca deixaria Cuba", conta tia Hannah. "Que meus ossos repousariam ao lado dos dela nesta ilha que ela amaldiçoou até seu último suspiro."

"Vão pagar pelos próximos cem anos", ela diz, imitando a mãe uma vez mais, gesticulando com as mãos dramaticamente no ar. Então, cai em silêncio outra vez.

Olhamos para ela estarrecidas. Manter a sanidade durante todos aqueles anos não deve ter sido fácil. Ela devia ter fugido o mais longe possível daquela maldição.

Catalina está ocupada com seus afazeres, mas, quando escuta sobre a maldição de Alma, ela estremece e passa a mão na cabeça como se quisesse afastar o mal que ainda pode estar na casa. Ela traz um copo de água à tia Hannah para ela limpar a garganta e toda a dor que a deixa engasgada. Passa a mão pela cabeça de novo e murmura: "Solte-a! Afaste-se daqui! Eleve-se, Alma!".

Tia Hannah estremece. Há um silêncio incômodo enquanto Catalina anda pela sala de jantar. Eu decido dizer alguma coisa:

"O que aconteceu ao Leo?", eu pergunto, embora mamãe me olhe como se me mandasse ficar calada.

"Essa é outra história", responde tia Hannah, sorrindo outra vez. Então ela engole em seco.

"Depois da guerra, consegui entrar em contato com um irmão da mãe de Leo no Canadá. Ela havia morrido um pouco antes da capitulação da Alemanha. Era uma época de buscas, de tentativas desesperadas de encontrar sobreviventes, para reunir as famílias fragmentadas.

Ninguém sabia de coisa alguma. Até que um dia eu recebi uma carta do Canadá."

Ela baixa a cabeça, coloca uma mecha de cabelo atrás da orelha e seca o suor da testa com um guardanapo.

"Leo e o pai nunca deixaram o *St. Louis*."

Hannah
1950

*M*inha mãe havia se transformado num fantasma, e Gustavo estava cada vez mais esquivo. Eulogio o levava para o Colegio de Belén, uma escola católica, mas nunca conhecemos nenhum dos seus amigos. Desde que ele era pequeno, Hortênsia o levava todos os fins de semana à casa de sua irmã Esperanza, porque ela tinha um filho chamado Rafael. Apesar da diferença de idade, Gustavo tinha pelo menos um amigo com quem brincar, ainda que ele não se sentisse muito feliz naquela casa de madeira que qualquer furacão poderia derrubar e onde se falava o tempo todo em apocalipse e num deus com quem ele não se importava.

Ele aos poucos começou a se distanciar de nós e especialmente de Hortênsia. Havia crescido com a vitalidade, desinibição e espontaneidade dos cubanos. Suponho que tivesse vergonha da mãe e de mim, mulheres incapazes de demonstrar seus sentimentos em público e cheias de segredos. Duas loucas trancadas em casa, onde nunca havia um jornal, onde não se ouvia rádio nem se via TV, nem se celebravam aniversários, natais ou ano-novo. Uma casa onde o sol nunca brilhava.

Gustavo se irritava até com o nosso jeito de falar espanhol, que ele achava complicado e pedante. Nós o víamos entrar e sair como um estranho e, muitas vezes, evitávamos falar na frente dele. Nos jantares em família, quando Gustavo tentava falar de política, nós mudávamos para assuntos que ele considerava frivolidades de mulheres. Seu lugar à mesa estava quase sempre vazio.

Hortênsia insistia em dizer que isso era só rebeldia típica da adolescência e continuava mimando-o como se ele fosse seu eterno bebê. Para ele, no entanto, Hortênsia era agora uma mera empregada.

Foi graças a Gustavo que *guarachas*, a música sentimental de Havana que enlouquecia minha mãe, entrou com fúria em nossa casa. Ele levava o rádio – que não era ligado havia anos – para seu quarto pintado de verde e ouvia músicas cubanas o dia todo. Uma vez, quando eu passava pela porta, eu o vi dançando sozinho. Ele gingava os quadris, depois se agachava e levantava os braços e cruzava os pés no ritmo da música sem sentido, com frases incompletas e versos que não passavam de gritos e exclamações. Do seu jeito, ele era feliz.

Comecei a estudar na universidade de Havana e decidi que seria farmacêutica. Não queria mais depender do dinheiro que Papa havia depositado na conta do Canadá, pois não sabia até quando teríamos acesso a ela. Quando eu me concentrei em meus estudos, minha mãe e Gustavo ficaram em segundo plano. A traição de Leo, da qual fiquei sabendo um pouco mais tarde, também fez com que eu pensasse nele com menos frequência, e meu mundo se reduziu a aulas de química orgânica, inorgânica, quantitativa e qualitativa. Todos os dias eu subia a escadaria da universidade e, enquanto não passava pela estátua de bronze da *Alma Mater*, na entrada dos saguões senhoriais da universidade, não me sentia segura.

O casarão em Vedado ficava para trás por algumas horas. Minha mácula desaparecia e mais ninguém me chamava de Polaca, pelo menos na minha frente. Uma vez, um dos meus professores favoritos, o *señor* Nuñez, um homem pequeno e calvo com dois tufos de cabelo ruivo atrás das orelhas, se aproximou de mim e colocou a mão em meu ombro enquanto verificava as minhas equações. O peso da mão dele me fez sentir um vínculo inexplicável. Ele era alguém como eu! Talvez Nuñez não fosse seu nome verdadeiro, talvez ele tivesse vindo com a família, ou ainda criança, à espera de pais que nunca desembarcaram na ilha.

Sem entender por que, eu comecei a tremer. Estava cansada de viver tropeçando em meus fantasmas. O professor Nuñez percebeu; quem sabe, ele mesmo estivesse em situação parecida. Não disse nada, só me deu uma palmadinha nas costas e continuou corrigindo minha lição. A partir desse dia, ainda que eu não merecesse, ele me deu as melhores notas.

Toda vez que eu saía da aula e voltava para casa por um caminho diferente ou me perdia nas ruas secundárias da cidade, pensava em Leo. Sentia minha mão pequena na dele, guiando-me pelas ruas de Berlim. Quem saberia por que ele havia tomado a decisão que tomou? Numa época de tristezas que tornou todos nós infelizes, cada um encontrou a salvação como pôde.

Teria sido melhor, para mim, descobrir sua traição assim que cheguei a Havana. No entanto, tive de esperar vários anos para saber que Leo nunca se desfez daquelas valiosas cápsulas – nossas, dos Rosenthal, e não dos Martin. Ele nunca chegou a atirá-las ao mar, durante a última ceia do *St. Louis*.

Por muitos anos, vivi com a esperança de reencontrá-lo, de ter com ele a família que sonhamos naqueles dias dos mapas desenhados nas poças em Berlim.

Leo não era o tipo de pessoa que se rende. No entanto o Leo que ficou naquele navio era outro. A dor da perda nos transforma.

Nunca soube o que se passou realmente no dia que o *St. Louis* regressou para a Alemanha. Decidi pensar que Leo, orgulhoso por nos salvar das cápsulas, havia contado ao pai que ele estava com elas. Deveria atirá-las ao mar? Impossível! Ele tinha conseguido tirá-las das mãos dos desesperados Rosenthal! Ter salvo a minha vida era muito mais importante para ele.

Próximo aos Açores, na metade do caminho que o devolveria ao inferno, quando descobriram que estavam desamparados no meio do oceano, sem esperança de encontrar um país que os recebesse, talvez Leo e o pai tenham se refugiado no único espaço em que se sentiam seguros: na pequena cabine com cheiro de verniz. Então se deitaram para dormir.

Leo sonhava comigo. Sabia que eu estava esperando por ele, que eu esperaria por ele com a minha caixinha azul até que ele voltasse e colocasse no meu dedo o anel de brilhantes que pertencera à sua mãe e que o pai dele dera a mim. Nós iríamos viver perto do mar, longe dos Martin e dos Rosenthal, e de um passado que nada tinha a ver conosco. Teríamos muitos filhos, sem máculas ou amarguras. Não havia nada melhor para sonhar.

À meia-noite, o senhor Martin, que velava o sono profundo e feliz do seu único filho, levantou-se e contemplou o menino dos cílios mais longos do mundo. *Como se parece com a mãe!*, pensou. Esse era o ser que ele mais amava no mundo: sua esperança, sua descendência, seu futuro.

Ele fez um carinho em Leo e o abraçou com extrema delicadeza, e com todo o cuidado para não despertá-lo. Sentiu seu corpo pequeno cheio de vida, seu coração batendo no peito. Ele não pensou, não quis analisar o que estava prestes a fazer. Mas sabia que não havia alternativa. Há momentos em que a pessoa sabe que está condenada para sempre. Para *Herr* Martin, esse momento havia chegado.

Ele tirou do bolso seu pequeno tesouro: o pequeno estojo de bronze que, paradoxalmente, ele próprio havia comprado no mercado negro para *Herr* Rosenthal. Desatarraxou a tampa e tirou dali um comprimidinho, e colocou-o com todo o cuidado na boca do filho de 12 anos. Com o dedo indicador, empurrou-o até o fundo da boca, entre os molares, sem que o menino acordasse.

Leo emitiu um suspiro, acomodou-se e se aninhou um pouco mais no peito de seu pai, buscando o que só ele poderia lhe dar: proteção. O pai o abraçou outra vez. *O último abraço*, pensou. Colocou os lábios muito perto das bochechas do filho, que confiava cegamente nele e que tanto o admirava. Seu filho querido.

Herr Martin fechou os olhos. Achava que poderia se abster desse instante, que já era tarde demais para evitar, e apertou as mandíbulas delicadas do filho. Ele ouviu a cápsula de vidro se quebrando, e o som ecoou dentro de sua mente. Leo abriu os olhos, e seu pai não teve coragem de observar a vida se esvaindo do filho. A respiração de Leo começou a falhar, ele ofegou, não entendia o que se passava ou por que estava sentindo aquele gosto amargo na boca, que o queimava, que o separava do pai, do homem com quem que ele havia partido para conquistar o mundo.

Não houve lágrimas, nem queixas. Não houve tempo. Seus olhos abertos, sombreados por cílios enormes, miraram o vazio.

Herr Martin levou as outras duas cápsulas à boca. Era a melhor maneira de não sobreviver a essa terrível tragédia. Não se atreveu a chorar, nem a gritar, só o que sentia era um ódio profundo por tudo ao seu redor. Tinham tirado dele a vida do seu filho. Só uma força diabólica poderia tê-lo levado a cometer tamanha atrocidade. Não quis mais prolongar a agonia. Quando o cianeto de potássio entrou em contato com sua saliva, ele nem sentiu o gosto ou a textura do pó letal. Morte cerebral instantânea. Pouco depois. Seu coração parou de bater.

Eles encontraram os corpos do pai e do filho no dia seguinte, quando todos os passageiros receberam permissão para desembarcar fora da Alemanha. Um cabograma informou ao capitão que, por razões sanitárias, não seria possível esperar até que chegassem ao porto de Antuérpia para fazer o funeral. O garoto de cílios longos e seu pai foram sepultados no oceano, perto dos Açores.

Assim preferi imaginar o fim do meu único amigo, o menino que acreditava em mim. Meu amado Leo.

Anna
2014

O quarto de tia Hannah é muito simples. Ela fez questão de apagar todos os vestígios do passado. É por isso que ela nos enviou os negativos, os cartões-postais do navio, o exemplar da revista com sua fotografia na capa. Ela não quer guardar mais nada disso.

"Já guardei por tempo suficiente", ela diz, tocando a testa. "Eu gostaria de poder apagar essas lembranças daqui também."

Ela consegue andar de olhos fechados pelo grande quarto com vista para a rua, sem tropeçar na cômoda, na cama, no criado-mudo, na cadeira de balanço e no mancebo. Conhece de cor cada centímetro desse espaço que um dia ela achou que seria temporário. O quarto da menina agora é o quarto de uma anciã.

Ali não há fotos nem nas paredes, nem sobre os móveis, nem nas estantes. Ela também não tem livros. Pensei que seu quarto estivesse cheio de fotografias da sua infância em Berlim, dos seus pais. Somos muito diferentes. Eu passei minha vida toda cobrindo as paredes do meu quarto com fotos, e tia Hannah passou a vida se livrando delas.

Às vezes, tenho a impressão de que ela nunca teve uma infância, que a Hannah das fotos de Berlim e da capa da revista é outra menina que morreu na travessia.

Sobre a cômoda há uma travessa de porcelana branca decorada em azul.

"É da minha farmácia, mas eu a perdi. Um tempo atrás, tiravam tudo de você neste país imprevisível", ela diz sem explicar.

Não conserva a travessa por ter saudade dos tempos da Farmácia Rosen, que costumava ficar numa esquina em Vedado, mas para ter onde guardar as coisas que não quer que fiquem cheias da poeira dos trópicos.

No guarda-roupa, atrás de uma porta que está sempre emperrando, vejo uma coleção de blusas de algodão brancas e saias escuras de um tecido pesado. Esse é o uniforme que ela adotou nos seus últimos anos em Havana.

Ela abre a gaveta do criado-mudo e me mostra uma caixinha azul.

"Esta é a única coisa que eu guardo das minhas três semanas a bordo do *St. Louis*. Logo vai chegar a hora de eu cumprir a minha promessa. Falta pouco para eu poder abri-la."

Eu queria saber como ela conseguiu guardar aquela caixinha por tanto tempo sem querer ver o que tem dentro. Ela já sabia que Leo não ia voltar e que o havia perdido para sempre.

Também me mostra a câmera que seu pai deu a ela antes de embarcarem no *St. Louis*.

"Fique com ela, Anna", tia Hannah me diz. "É sua. Está guardada desde que chegamos a Havana, talvez ainda funcione."

Antes que ela feche a gaveta, eu vejo o verso de uma fotografia com algo escrito. Consigo ler: "Nova York, 10 de agosto de 1963".

Percebendo meu interesse, ela pega a foto e olha para ela por vários instantes. É um homem vestido com um sobretudo, na entrada do Central Park.

"Este é Julian, com J", ela diz, sorrindo.

Nunca ouvi esse nome antes, por isso espero que ela explique. Pelo jeito como ela olha para a foto e também porque não estava entre as que enviou para Nova York, deduzo que não é alguém da família.

"Nós nos conhecemos quando estávamos na universidade. Foi uma época muito caótica."

Ela continua contemplando a foto em preto e branco, que está amarelada e um pouco amassada.

"Ficamos sem nos ver por muitos anos, porque ele foi estudar em Nova York. Quando ele retornou, voltamos a nos encontrar em minha farmácia. Éramos inseparáveis, mas ele foi embora outra vez. Todo mundo vai embora deste lugar, menos nós!"

Quando eu pergunto se ele era namorado dela, tia Hannah ri alto. Então, volta a colocar a foto na gaveta, levanta-se com dificuldade e vai para o corredor.

Entre o quarto dela e o nosso, há dois quartos trancados. Minha tia percebe que, embora eu não me decida a perguntar, observo as portas com muita curiosidade.

"Este era o quarto de Gustavo! Fui a culpada por criar esse monstro! Não me atrevi a dar este quarto ao seu pai no dia em que ele veio morar conosco. Naquela época, seu pai era nossa única esperança. Agora é você."

Eu me apoio no corrimão, atrás de tia Hannah, que pisa com cuidado ao descer as escadas. Não porque tenha medo de cair, mas para manter a postura ereta. Passo a mão pela parede, tentando imaginar papai nestas escadas quando tinha a minha idade, seguindo a tia que o salvou de crescer ao lado de um "monstro". Seus pais tinham morrido num acidente de avião e sua avó estava prostrada na cama, então foi a tia que se dedicou a cuidar dele. Ele cresceu protegido nessa pequena fortaleza em Vedado. Ele foi o único que deixou a ilha onde os Rosenthal estavam destinados a morrer.

Tia Hannah parece ter colocado um ponto-final nas explicações. Contudo, desde que ela usou a palavra "monstro" para descrever Gustavo, sabe que eu fiquei curiosa. Há um hiato entre os anos em que Gustavo era estudante e o acidente aéreo. Mas eu espero outra oportunidade; tudo a seu tempo.

Saímos juntas pela porta da frente. Por alguns instantes, contemplamos o jardim, onde, ela me diz, há bicos-de-papagaio, rosas, primaveras e arbustos de diferentes cores.

"Tudo aqui morre. E eu que queria tanto plantar tulipas... Meu pai e eu adorávamos."

Pela primeira vez, sinto uma nostalgia em sua voz. Os olhos de minha tia parecem se umedecer com as lágrimas que nunca caíram, mas elas estancam e deixam seus olhos azuis ainda mais brilhantes.

Eu a deixo com mamãe, pois Diego está esperando para me levar a outra parte secreta da cidade. Quando o encontro, ele diz com sua falta de jeito habitual:

"Acho que a sua tia deve ter pelo menos uns cem anos!"

Hannah
1953-1958

As coisas em Cuba mudam sem avisar. Você sai na rua com um sol abrasador, mas o vento traz uma nuvem e tudo se transforma. Num segundo você pode estar encharcado, antes mesmo de ter tempo de abrir o guarda-chuva. A chuva desaba, o vento sacode você, os galhos se desprendem das árvores, os jardins inundam. Quando para de chover, do asfalto se desprende um vapor sufocante, os aromas se misturam, as fachadas das casas desbotam e pessoas correm apavoradas pela rua. No final, nos acostumamos. São tempestades tropicais; você nada pode fazer contra elas.

Senti a primeira gota na esquina da Calle 23. Virei à direita na Avenida L, mas não tive tempo de fazer mais nada; já estava encharcada até a alma. Ao subir as escadarias da faculdade de farmácia, o sol já estava brilhando de novo e minha blusa já começava a secar, mas a água ainda gotejava do meu cabelo.

Num piscar de olhos, dezenas de alunos começaram a descer as escadarias em disparada, empurrando uns aos outros, como se estivessem fugindo de alguma coisa. Vi alguns em cima da estátua da Alma Mater, agitando uma bandeira. Estavam gritando frases que eu não conseguia entender, pois suas vozes se confundiam com as sirenes das viaturas de polícia que estacionavam ao pé da escada.

Uma garota perto de mim estava tão apavorada que agarrou o meu braço e o apertou sem dizer nada. Ela estava chorando, em pânico. Não sabíamos se deveríamos subir as escadas ou fugir pela avenida San Lázaro e nos afastar da universidade.

Os gritos se tornaram ensurdecedores. Um ruído como um golpe contra algo metálico, talvez um disparo, nos deixou petrificadas. Um rapaz que descia as escadas mandou que deitássemos no chão. Obedecemos, e encostei o rosto no chão molhado, cobrindo a cabeça com as mãos. De repente, a garota ao meu lado se levantou e correu escadaria abaixo. Eu tratei de me aproximar o máximo possível da mureta para evitar que pisassem em cima de mim e depois fiquei o mais quieta possível.

"Pode levantar agora", disse o rapaz, mas não atendi de imediato.

Fiquei deitada mais alguns segundos e, quando vi que tudo estava calmo, olhei para a frente e vi que ele ainda estava ali, com os meus livros embaixo do braço. Ele estendeu a mão e me ajudou a levantar.

"Levanta logo que eu tenho que ir para a aula."

Sem olhar para ele, segurei sua mão para me apoiar ao mesmo tempo que endireitava a saia e tentava inutilmente limpar a blusa.

"Você não vai se apresentar?", ele perguntou. "Não devolvo seus livros se não me disser seu nome."

"Hannah", respondi, mas tão baixo que ele nem me escutou. Franziu a testa e levantou uma sobrancelha; ele não compreendeu e insistiu num tom mais alto: "Ana? Seu nome é Ana? Você está na faculdade de farmácia?"

Mais um. Nunca me livraria de ter de explicar meu nome.

"Sim, Ana, mas pronuncia-se com um R no início", respondi irritada. "E, sim, sou da faculdade de farmácia."

"Muito prazer, Ana com R. Agora tenho que correr para a minha aula."

Fiquei olhando enquanto ele subia as escadas de dois em dois degraus. Quando chegou lá em cima, parou entre as colunas do prédio, se virou e gritou:

"Vejo você depois, Ana com R!"

Alguns professores faltaram nesse dia. Em uma das salas, várias alunas apavoradas murmuravam algo sobre tiranos e ditadores, golpes de Estado e revolução. Quanto a mim, nada que acontecia à minha volta me intimidava. Eram dias tumultuados na universidade, mas eu não estava interessada em descobrir o motivo dos protestos e muito menos em participar de algo que nada tinha a ver comigo.

Na hora da saída, me demorei um pouco no banheiro tentando limpar minha blusa, mas não havia o que fazer: ela estava arruinada. Quando finalmente deixei o prédio, de mau humor, eu o vi novamente, recostado na entrada da faculdade.

"Você é o rapaz das escadas, não é?", perguntei sem parar de andar, fingindo que não estava interessada.

"Eu não te disse meu nome, Ana com R. É por isso que estou aqui. Faz uma hora que estou esperando."

Eu sorri, agradeci pela segunda vez e continuei meu caminho. Ele começou a andar ao meu lado, me observando em silêncio. Sua companhia não me incomodava, mas estava curiosa em saber até onde ele me seguiria.

O céu estava claro outra vez. Agora as nuvens escuras eram vistas no final da avenida San Lázaro. Pensei em comentar que talvez estivesse chovendo a algumas quadras dali, mas preferi não falar qualquer bobagem só para ter assunto. Alguns instantes depois, ele resolveu falar por mim.

"Meu nome é Julian. Estamos unidos pelo som de R no início dos nossos nomes."

Eu não achei muita graça no comentário dele. Chegamos ao final da escadaria, e eu ainda não tinha dito nada.

"Estudo direito."

Eu não tinha ideia de como ele esperava que eu respondesse àquilo, por isso fiquei em silêncio até chegarmos à Calle 23, onde eu virava à esquerda todos os dias para ir para casa. Ele tinha que descer a avenida L, por isso nos despedimos na esquina. Ou melhor, *ele* se despediu, porque tudo o que eu fiz foi apertar a mão dele.

"Vejo você amanhã, Ana com R", eu o ouvi dizer enquanto seguia pela avenida.

Ele era o primeiro rapaz cubano que prestava atenção em mim. E aparentemente até Julian se recusava a dizer meu nome direito. O cabelo dele era um pouco comprido demais para o meu gosto, com cachos desordenados que caíam na testa. Seu nariz era reto e longo, e os lábios, grossos. Quando ele sorria, seus olhos se estreitavam sob as sobrancelhas espessas e escuras. Enfim, eu tinha encontrado um rapaz mais alto que eu.

Entretanto o que mais me impressionava em Julian eram suas mãos. Seus dedos eram longos e grossos. Mãos poderosas. Ele usava uma camisa com as mangas dobradas, sem gravata, e o paletó jogado sobre o ombro de um jeito descontraído. Seus sapatos estavam gastos e sujos, talvez por causa do caos que tínhamos vivido algumas horas antes.

Desde a nossa chegada em Havana, eu não tinha o mínimo interesse em fazer amigos num lugar que ainda considerávamos temporário. No entanto, quando cheguei em casa naquele dia, descobri que ainda estava pensando nele. O que mais me intrigava era que sempre me surpreendia sorrindo quando me lembrava do rosto dele ou da sua voz quando me chamava de Ana com R.

Ir à faculdade era a minha fuga da realidade. Agora havia outra razão para fugir: ver o "rapaz do J" outra vez. No dia seguinte, cheguei cedo à universidade, mas não o vi. Ainda esperei na entrada por alguns minutos, até ficar com receio de me atrasar para as aulas. *Melhor será esquecer alguém que nem se dá ao trabalho de pronunciar meu nome como se deve*, eu disse a mim mesma. Quando eu estava prestes a entrar, a poucos minutos de fecharem a porta da minha classe, me surpreendi ao sentir sua mão em meu braço. Antes que eu pudesse evitar, virei-me para Julian e sorri.

"Vim porque você não me disse o seu sobrenome, Ana com R."

Senti meu rosto enrubescendo. Não por causa do que ele havia falado, mas por medo de que ele percebesse que eu estava eufórica.

"Rosen, meu sobrenome é Rosen", disse a ele. "Mas agora eu tenho que ir, ou não vão me deixar entrar na classe."

Eu deveria ter perguntado o último nome dele também, mas estava muito nervosa. Ao sair naquela tarde, constatei desapontada que ele não estava me esperando. Nem no dia seguinte. Uma semana se passou, e o garoto da escadaria não voltou a aparecer. No entanto, continuei pensando nele. Sempre que tentava estudar ou dormir, eu me lembrava da sua risada ou via diante de mim seus cachos e tinha vontade de passar a mão neles.

Mas não o vi novamente.

❧

Quando terminei a faculdade, conversei com minha mãe sobre abrir uma farmácia em que eu mesma pudesse atender. Ela não ficou muito animada com o projeto, porque implicava uma ideia de permanência que ela ainda se recusava a aceitar, embora, depois de dezessete anos, tudo indicasse que não teríamos alternativa. Ela discutiu o assunto com o *señor* Dannón, e ele foi o primeiro a me apoiar com entusiasmo, especialmente porque seria uma nova e estável fonte de renda.

Abrimos a Farmácia Rosen num sábado nublado de dezembro. Ela ficava muito perto de casa, do outro lado do parque dos flamboaiãs. À minha mãe não agradava a ideia de abrir um negócio em pleno fim de semana, mas os sábados para mim sempre trouxeram um bom agouro. Ela teria preferido uma segunda-feira, porém as segundas-feiras ficavam perto demais das terças. Como não cedi, ela decidiu não assistir à cerimônia de cortar a fita.

Nessa época, comecei a passar o dia todo, e até parte da noite, preparando as prescrições num universo que se media em gramas e mililitros. Dei um emprego a Esperanza, irmã de Hortênsia, que se tornou a "cara" da farmácia. Ou da botica, como ela a chamava. Atendia os clientes atrás do estreito balcão. Ela sabia lidar com as pessoas, por assim dizer. Era extremamente paciente e escutava com gentileza as queixas de todos os clientes, que às vezes não vinham atrás de um remédio, mas apenas queriam ter quem os ouvisse e aliviasse seus pesares; vinham para conversar com aquela mulher serena, de olhos cândidos. Ela era muito mais jovem que Hortênsia, mas pareciam ter a mesma idade. Não cuidava das sobrancelhas, nem usava batom; nada de maquiagem no rosto rude, que irradiava bondade.

Esperanza trazia da escola de ensino médio seu filho, Rafael, que começou a nos ajudar com as entregas em domicílio. Rafael era alto e magro, tinha o cabelo castanho e liso, um nariz aquilino, olhos pequenos e rasgados e uma boca carnuda. Ele era educado e respeitoso como a mãe. Ambos viviam em constante agitação. Numa ilha em que a maioria das pessoas professa a mesma religião, eles cometiam o pecado de ser diferentes.

É por esse motivo que nunca compreendi por que os dois, embora vivessem com medo, às vezes aproveitavam a oportunidade para mencionar a "palavra de Deus" naquelas terapias furtivas. "Temos a missão de pregar a palavra", eles me diziam. Felizmente, nunca tentaram me converter. Tenho certeza de que Hortênsia tinha dito a eles que eu era polaca, e era melhor deixar os polacos em paz.

Com Esperanza e Rafael, eu me sentia segura; a uma distância saudável da amargura e da dor crescente de minha mãe. Ela havia perdido Papa, estava confinada num país que detestava e tinha perdido o controle sobre Gustavo. Na opinião dela, minha farmácia era minha tentativa de ser feliz, e isso era demais para Mama, pois ela tinha certeza de que para os Rosenthal a felicidade sempre seria uma utopia. A morte prematura estava em nossa essência. Para que pretender o contrário?

As saídas de casa também significavam certo risco. Em qualquer esquina os fantasmas podiam me surpreender. Por esse motivo, tinha colocado Esperanza para atender no balcão. Eu sabia que, se fosse eu a atender os clientes, em algum momento, apareceria um que me reconheceria e tentaria travar um diálogo que até então eu conseguira evitar.

Rafael me acompanhava aos armazéns para pegar pacotes volumosos, e no caminho eu evitava fazer contato visual com os transeuntes. Se alguém se aproximava demais, ou se numa esquina houvesse um grupo de jovens, eu baixava os olhos. Se eu avistava alguma anciã, atravessava a rua. Tinha certeza de que qualquer dia poderia encontrar um deles. Esse era o meu maior medo.

Numa terça-feira, descemos a Calle 1 até a Línea e encontramos um jardim. Comecei a admirar as roseiras que cresciam dos dois lados da entrada principal. Ao erguer os olhos, vi uma construção de estilo moderno com inscrições antigas sobre a porta, inscrições que fazia anos eu não via, mas que reconheci de imediato. Três meninas vestidas de branco saíram do prédio. Fiquei paralisada: elas tinham me reconhecido, sem dúvida. Mais uma vez, os fantasmas tinham encontrado um jeito de me surpreender. Comecei a transpirar copiosamente.

Rafael, que não fazia ideia do que estava acontecendo, me amparou. Desviei os olhos, tentando ignorar as moças, mas quando olhei para trás vi em seus rostos um sorriso irônico, um olhar de perversa satisfação. Tinham me encontrado, eu não podia mais me esconder. Pertencíamos à mesma raça: refugiados na ilha. Havíamos fugido da mesma coisa, mas não havia escapatória para nós.

Rafael olhou para mim, sem compreender.

"É a igreja dos polacos", ele me disse, como se eu não soubesse, e sem perceber que, na verdade, eu preferia não saber.

Ao voltar do armazém, passamos a evitar aquele caminho. Desde aquele dia, para mim, essa rua não existia mais.

À noite, antes de fechar as portas da botica, nós nos sentávamos, Esperanza, Rafael e eu, para conversar um pouco. Apagávamos as luzes para evitar que alguém entrasse e interrompesse nossas conversas, como o velho ranzinza que morava em cima da farmácia e contava cada comprimido da sua prescrição ou a mulher que recebia suas ampolas e pedia para que Rafael as aplicasse nela, ou o homem que, toda vez que vinha buscar um remédio para a esposa, advertia minha funcionária de que não tinha nenhum interesse em falar sobre Deus. Às vezes, eu ficava sozinha por horas, observando o ritmo das hélices do ruidoso ventilador que tínhamos instalado no teto, mas que eu quase conseguia tocar se resolvesse levantar o braço.

Naquelas noites, também escutávamos música: Esperanza sintonizava o rádio na estação que tocava boleros. Nós nos deliciávamos com canções de amores impossíveis, navios sem destino, abandonos, obsessões, sofrimento e perdão; de luas que pareciam pingentes no céu; de coqueiros verdejantes; de abraços roubados e noites insones. Esses melodramas cantados se mesclavam à fragrância adocicada das poções, da cânfora mentolada, do éter, do bicarbonato de sódio e do álcool para baixar a febre, que nessa época era o que mais se vendia.

Nós ríamos juntos. Esperanza cantava no compasso dos boleros e descansávamos depois do longo dia que parecia durar uma eternidade. Eles iam para casa, enquanto eu voltava para o sombrio Petit Trianon.

Hortênsia não sabia como agradecer por eu ter dado emprego à irmã e ao sobrinho. Nunca entenderia que a mais agradecida era eu. Para mim teria sido muito difícil encontrar empregados de confiança para nossa farmácia, que segundo a minha mãe estava condenada ao fracasso por ter sido inaugurada no sábado.

Gustavo começou a estudar direito e vinha dormir em casa com cada vez menos frequência. Nunca nos atrevemos a perguntar com quem ele andava, mas temíamos por ele. De acordo com Hortênsia, uma onda de violência se espalhava por Havana, mas, depois do que tínhamos passado em Berlim, nada nos tirava o sono. Para mim, a cidade continuava igual em sua monotonia: o barulho invasivo, o calor, a umidade, a garoa e a poeira eram invariáveis.

Uma noite, depois de irmos para a cama, Gustavo chegou inesperadamente, com a camisa rasgada, sujo e machucado. Hortênsia o levou para seu quarto para evitar que nos assustássemos, mas nós o vimos pela janela entreaberta. Minha mãe não se sobressaltou.

Depois de tomar banho e trocar de roupa, Gustavo subiu para o seu quarto e não saiu mais de casa durante o fim de semana inteiro. Não sabíamos o que estava acontecendo, se a polícia estava atrás dele para prendê-lo ou se ele tinha sido expulso da faculdade, que pagávamos em dia. A resposta de minha mãe era sempre a mesma:

"Já é adulto, sabe o que está fazendo."

No final da semana, ele nos contou a notícia durante o jantar: tinham assassinado um líder estudantil e a universidade estava fechada. Não pude deixar de pensar em Julian ao pé da escada. Ana com R, eu podia escutar claramente, e o imaginava saindo da Faculdade de Direito. *Aonde você foi, Julian? Por que não procurou mais por mim?*

O cheiro do fricassê de frango que Gustavo devorava com avidez me trouxe de volta para o presente. Com a voz cheia de paixão, meu irmão gesticulava enquanto continuava a falar de mortes, ditaduras, opressão e desigualdade. Hortênsia havia colocado uma faixa de gaze na testa dele e eu não conseguia desviar os olhos dela enquanto seu rosto ficava vermelho de fúria e impotência. Ele erguia a voz e eu respondia num sussurro. Ele estava ficando cada vez mais desesperado, tentando inutilmente me envolver com um discurso que não conseguia me comover. Hortênsia andava de lá para cá com nervosismo, recolhendo os pratos, servindo água e, por fim, trazendo a sobremesa com grande ar de alívio. Para ela, com o fim do jantar terminariam também as discussões e cada um iria para o seu quarto.

A certa altura, vi que a faixa de gaze de Gustavo começou a ficar manchada de sangue. Começou com um pontinho quase imperceptível para os outros, depois foi se espalhando até que um espesso fio de sangue começou a escorrer até sua orelha.

Despertei no chão, entre Hortênsia e Gustavo. Ele tinha na testa uma faixa de gaze limpa, sem nenhum vestígio de sangue. Eu sentia o calor voltando ao meu corpo. Hortênsia estava sorrindo.

"Levanta, menina, coma o seu pudim. Vai desmaiar só por causa de uma gotinha de sangue?"

Minha mãe nem se levantou da mesa. Eu a vi levando vagarosamente à boca uma colher cheia de pudim de arroz com canela. Quando me levantei, ela pediu licença e foi para o seu quarto.

Meu desmaio não a havia alarmado; o que a incomodava era o fato de Gustavo ter incluído Hortênsia num conflito familiar e também que de algum modo estivesse envolvido nesse assassinato, fosse pelo lado dos assassinos ou da vítima. Nenhuma das alternativas era aceitável para ela, porque ela havia tomado a decisão de sobreviver na ilha sem chamar atenção. Depois de fazer tantos sacrifícios para apagar a mácula com que ela o tinha trazido ao mundo, minha mãe agora via Gustavo envolvido em conflitos que poderiam custar a vida dos Rosen.

Gustavo não conseguia entender como podíamos ser tão frias, não reagir às injustiças num país que ele via como seu; como podíamos viver tão isoladas de tudo à nossa volta. Ele me perguntou por quê, mas naquele momento eu não tinha energia para continuar um diálogo que não levaria a lugar algum. *Tenho uma mãe que pode enlouquecer da noite para o dia e uma farmácia para cuidar*, eu vivia dizendo a mim mesma.

Em seu habitual tom apaixonado, Gustavo me falava de direitos sociais, tiranos, governos corruptos. Eu o escutava pensando "o que você sabe sobre tirania?", mas meu irmão tinha nascido com a necessidade de confrontar o poder e mudar a ordem estabelecida. A paixão com que ele imprimia seu discurso, seus gestos agressivos e a intensidade da voz deixavam Hortênsia e eu em pânico. Tínhamos a sensação de que um dia ele poderia acordar, sair na rua furioso e organizar uma revolta nacional. Ele não acreditava mais nas leis e na ordem de um país que, segundo ele, estava indo abaixo.

"Você nasceu em Nova York e é um cidadão americano. Pode ir embora sem problema", eu o lembrava, tentando oferecer ao meu irmão uma alternativa. Para ele, isso era como um tapa na cara.

"Nenhuma de vocês me entende! Será que não corre sangue em suas veias?", ele gritava exasperado, levando as mãos à cabeça.

Levantou-se furioso da cadeira e atirou o prato de sobremesa no canto da sala. Hortênsia correu para limpar a mancha na parede e, com um olhar de súplica, rogou que eu ficasse calada.

"Deixa, isso logo passa", ela me implorou num sussurro, como uma mãe protegendo o filho dos próprios erros.

Ela era a que mais sofria com a distância que se abria entre Gustavo e eu. Temia que seu filho adorado arranjasse problema.

"Quem vai defendê-lo se alguma coisa acontecer a ele? Três mulheres enfiadas num casarão?", ela murmurava.

Naquela noite, Gustavo subiu para o quarto e bateu a porta. Atirou coisas no chão e andou de um lado para outro, falando consigo mesmo. Então ele ligou o rádio, forçando-nos a ouvir uma *guaracha* a todo volume. Meia hora depois, ele desceu de novo, carregando uma maleta. Bateu a porta da frente atrás de si e desapareceu.

Não ouvimos mais falar dele até um final de ano turbulento, quando tudo mudou radicalmente. Naquela manhã, minha mãe previu que voltaríamos a viver em estado de terror novamente.

Anna
2014

Mamãe e tia Hannah agora têm um projeto. Elas se propuseram a esvaziar os quartos de uma família que não existe mais. Eu as peguei cochichando, como se elas se conhecessem a vida toda.

Tia Hannah está com dificuldade para abrir uma gaveta velha, onde há um emaranhado de cachecóis de lã de diferentes cores. Mamãe fica surpresa ao vê-los: cachecóis neste calor tropical?

"Leve-os com você para Nova York", tia Hannah diz, enrolando-os, um a um, no meu pescoço.

Ela também tira da gaveta suas agulhas de tricô e um novelo de lã. Desta vez, eu é que me surpreendo, tentando entender por que tricotar coisas que ninguém vai usar.

"Aliviam a minha artrite", tia Hannah explica, descendo as escadas apoiada no braço de mamãe.

Deixo sobre a minha cama a minha nova coleção de cachecóis – o último presente que esperava ganhar em Cuba – e aviso que vou sair com Diego. A mãe dele me convidou para almoçar, e ele vem me buscar.

A casa de Diego, que costumava ser branca, tem uma sólida porta de madeira imune ao passar dos anos. Do lado direito do batente há um pequeno objeto que mal se vê porque está coberto com inúmeras camadas de tinta. Diego não entende por que me detenho na entrada. Quando me aproximo, vejo que é um mezuzá. Não consigo acreditar no que estou vendo.

Dentro da casa, há caixas em todos os lugares, como se eles fossem se mudar. Diego explica que eles as usam para armazenar coisas.

"Que tipo de coisa?", eu pergunto.

"Coisas", ele diz, um pouco surpreso com a minha curiosidade.

Na sala de jantar, a mesa está posta, coberta com uma toalha de vinil. A mãe de Diego chega, sorri sem se apresentar e me dá um beijo. É magra como Diego, tem cabelos pretos ondulados, um longo pescoço e seios flácidos. Sua barriga parece enorme por baixo do vestido justo. Antes de nos sentarmos, Diego explica rapidamente para ela que minha mãe é professora de espanhol e que por isso eu falo espanhol. Que não sou alemã, moro em Nova York e temos a mesma idade. Eu sorrio e não digo nada.

A mãe dele traz uma travessa fumegante de arroz branco, uma sopa escura e um prato colorido de ovos mexidos. Dou uma olhada rápida para ver se eles têm salsicha, verduras ou tomates, mas é impossível definir o que são as tiras amarelas e verdes.

Eu me sirvo a menor quantidade possível, pois assim não os ofendo caso não goste. Enquanto estamos comendo, olho os retratos da família nas paredes, tentando ver se aqueles rostos se assemelham ao do meu amigo cubano ou de sua mãe. Talvez sejam seus avós ou bisavós.

Descubro algo mais: sobre o aparador, há uma menorá, com os setes braços cobertos com cera de várias velas derretidas. Surpresa e intrigada, eu paro de comer. A mãe de Diego, percebendo a minha expressão, diz:

"Não se preocupe, hoje provavelmente não vai faltar energia. Não temos mais velas. No mês passado, eles cortaram a luz várias vezes para economizar energia. Coma, garota, coma."

Primeiro o mezuzá, agora a menorá. E os retratos dos ancestrais. Decido que o melhor é perguntar. Escolho uma das fotos, que mostra um casal.

"Aqueles são seus pais?"

A mãe de Diego começa a rir alto, com a boca cheia de arroz e feijão. Levando a mão à boca, ela mastiga rapidamente para poder responder antes que eu continue.

"São fotos da família que morava aqui antes. Eles nos deram a casa poucos dias antes de deixar o país. Eu tinha a sua idade na época."

Não consigo entender como os bens de uma família podem passar a pertencer a outra. Pelo visto, eles ocuparam uma casa abandonada.

"Uns trinta anos atrás, vivemos uma crise, e o governo permitiu que muitas pessoas partissem. Eles se foram pelo mar, em barcos que os familiares mandavam dos Estados Unidos. Os jornais diziam que aqueles que partiam eram inimigos do povo. Eram chamados de escória, traidores. 'Vão tarde!', diziam as manchetes. Eu me lembro de que, no dia em que a família que morava aqui foi embora, os vizinhos esperaram na rua para insultá-los por meio do que na época chamavam de 'um ato de repúdio'", explicou a mãe de Diego.

Ela não para de comer enquanto fala. Acho que muito tempo já se passou, e isso não a afeta mais.

"Eles cuspiam neles e gritavam 'Saiam daqui, seus vermes!'. A filha da família costumava ir à escola comigo. Eu não entendia que crime eles podiam ter cometido para serem tratados daquele jeito ou por que chamavam uma menina de 12 anos de 'verme'. Ainda me lembro do jeito como ela olhou para mim, do carro que os levou."

Tento reconhecer a menina em alguma das fotos nas paredes, mas não consigo.

"Havia muito ódio e muita dor em seu olhar", ela diz séria e sem comida na boca. "Aqueles 'vermes' agora se tornaram borboletas, e os recebemos de braços abertos." Ela solta uma gargalhada. "Tudo muda com o passar dos anos. Ou de acordo com as nossas necessidades."

Ela continua contando a história e eu tento entender, mas é difícil acompanhá-la.

"O governo entregou a propriedade aos meus pais, que estavam numa lista de espera para adquirir uma casa desde que um furacão destroçou o teto da nossa."

Imagino a mãe de Diego no quarto da menina que olhou para ela com tanto desprezo. Suas roupas, seus brinquedos, passaram a ser dela. Ela tinha se tornado uma impostora.

"No começo, eu não conseguia dormir naquele quarto enorme, cheio de cortinas, mas aos poucos fui me acostumando."

Ela se interrompe, vai para a cozinha e volta com um pudim de baunilha mergulhado numa calda que parece licor.

"Meus pais mantiveram a casa exatamente como era", ela diz enquanto nos serve a sobremesa. Ela come depressa, como se tivesse medo de a comida desaparecer. "Deixaram os retratos, a mobília, tudo do jeito que estava antes."

A sobremesa e a história da casa haviam terminado. Com um sorriso, a mãe de Diego começa a tirar a mesa. Eu me aproximo de uma estante de livros empoeirada e paro em frente a um livro antigo de capa de couro. O título está em inglês – o mais longo que já escreveram um dia: *The Life, and Strange Surprizing Adventures of Robinson Crusoe, of York, Mariner: Who lived Eight and Twenty Years, all alone in an un-inhabited Island on the Coast of America, near the Mouth of the Great River of Oroonoque; Having been cast on Shore by Shipwreck, wherein all the Men perished but himself. With An Account how he was at last as strangely deliver'd by Pyrates. Writen by himself.*

Eu me volto para Diego.

"Eu sei este livro quase de cor", digo a ele. "Para mim, meu pai era o meu Robinson, e eu tinha inveja do Sexta-Feira."

Diego olha para mim confuso. Não entendeu nada.

Eu viro de costas e começo a olhar o livro. Assim como Robinson, antes de dormir, eu anotava todas as coisas boas e ruins que tinham acontecido comigo. Ainda me lembro de muitas das minhas anotações: "*Ruim:* nunca conheci meu pai. *Boa:* tenho uma foto dele e converso com ele todos os dias. Sei que ele está comigo e me protege". Na primeira página do meu diário, assim como Robinson, ao completar 7 anos, escrevi: "12 de maio de 2009. Eu, a pobre e miserável Anna Rosen, fiquei órfã de pai no meio de uma ilha durante um terrível ataque e cheguei à minha ilha sozinha". Digo isso em voz alta em inglês, esquecendo que Diego não pode me entender.

Meu amigo me olha como se eu fosse louca e começa a rir.

"Posso pegar o livro da estante?", eu pergunto.

"Claro! Você pode levar, se quiser. Ninguém lê nesta casa."

A edição é de 1939 e, na primeira página, a dedicatória está em hebraico: "Para a menina que é a pupila dos meus olhos".

Assinado: "Papa".

Hannah
1959-1963

Nesta ilha turbulenta, os finais de ano são grandes aconteci-mentos. Tudo pode mudar da noite para o dia. Você vai para a cama, dorme e acorda em outro mundo, completamente imprevisível. Típico dos trópicos, mamãe costumava dizer.

Na véspera do ano-novo, Hortênsia inundou a casa com o aroma de alecrim. Tínhamos plantado alecrim no quintal e ele cresceu com uma força que nos impressionou. Antes do fim do verão, nós o colhe-mos e pusemos para secar. Hortênsia guardou as folhas em caixas de papelão; no outono, preparou uma infusão para nós. A cada gole que tomávamos, ela nos enumerava as propriedades mágicas da erva. Na última noite de 1958, minhas mãos, meus cabelos e até os meus lençóis estavam impregnados de alecrim.

Na manhã seguinte, Hortênsia parecia ansiosa para nos colocar a par dos acontecimentos, do seu jeito dramático. Ela tinha se tornado nosso único contato com o mundo exterior. Tudo que acontecia nos chegava através do filtro de uma mulher para quem a ilha estava se esfacelando e que tingia tudo com a sua visão alarmista. Para ela, estávamos às vésperas do apocalipse, do Armagedom; vivíamos os últimos dias; o fim do mundo estava próximo. Discretamente, ignorávamos suas previsões sobre a vinda do esperado Reino de Deus.

"Começou a guerra! Não há mais governo!", ela exclamou ao nos ver entrar na sala de jantar, ainda mais exaltada do que de costume.

Embora ela estivesse acostumada a falar conosco sem interromper suas tarefas domésticas – às vezes, se estava ocupada, de costas para nós, achávamos difícil entender o que ela dizia –, desta vez ela se sentou à mesa e baixou a voz. Nós nos apressamos para nos juntar a ela; pude ver que mamãe ficou agitada.

"Partiram de avião, depois da meia-noite."

"Quem?", eu a interrompi.

Ah, aquele jeito de Hortênsia falar! Sempre presumindo que já sabíamos o que estava acontecendo.

"Aquele que sempre terminava seus discursos dizendo 'Saúde a todos'. Agora somos nós que desejamos saúde a ele", ela explicou.

Imaginei que a euforia, talvez velada pelo medo do que viria a seguir, seria sentida por toda a ilha, principalmente em Havana. Mas morávamos numa ilha dentro de outra ilha, trancadas no Petit Trianon, por isso não tínhamos razão para celebrar.

Nesse primeiro dia de 1959, pouquíssimas pessoas em nosso bairro estavam celebrando. A maior parte do alvoroço aconteceu ao redor dos hotéis e nas principais artérias da cidade. Nossa vizinhança barulhenta estava muito cautelosa: não abriram nem uma garrafa de champanhe à meia-noite. Só algumas pessoas lançaram na rua baldes de água com gelo. A incerteza reinava.

∽⧼⧽∽

Gustavo abriu a porta de casa sem bater. Vestia um uniforme que não reconhecemos. Quando o vimos entrar de verde-oliva e com uma insígnia vermelha, preta e branca – aquela combinação fatídica de cores –, minha mãe fechou os olhos. A história se repetia. Era sua punição, ela pensou.

Gustavo foi até ela e a beijou com um sorriso largo no rosto. Depois me abraçou pela cintura e chamou Hortênsia, que veio correndo da cozinha tão logo ouviu a voz dele, sem nem parar para secar as mãos. Atrás dele, uma jovem, também de uniforme, apareceu no vão da porta.

"Esta é Viera, minha esposa", ele disse. Quando ouviu isso, minha mãe levou um choque. Com um só olhar, analisou a recém-chegada dos pés à cabeça, avaliando sua fisionomia, suas feições, seu perfil, seus dentes, a textura do seu cabelo castanho, o verde-amarelado dos seus olhos.

"Acabamos de nos casar. Viera está grávida, portanto, outro Rosen está a caminho!"

Quando olhei no rosto de mamãe, compreendi o que se passava em sua mente. *Não podemos perder esta criança. Olhe no que transformamos Gustavo por insistir numa vida impossível, por não deixarmos nunca de pensar naqueles que ficaram do outro lado do Atlântico, sem nunca aceitarmos de fato esta ilha onde teríamos de ficar.* Esse bebê seria agora a salvação da família, o único que não teria de suportar o peso das nossas culpas. Ela se levantou da poltrona, ignorou Gustavo e abraçou Viera.

Deslumbrada, colocou a mão no ventre ainda plano daquela desconhecida, que traria ao mundo um bebê muito esperado, seu primeiro neto. Embora Viera parecesse um pouco assustada, deixou-se acariciar por aquela anciã que, seu marido lhe dissera, vivia no passado, virando as costas para um país que não lhe interessava.

Alma não sabia se comemorava ou lamentava que seu filho – que ela não tinha circuncidado e enviara para uma escola onde trataram de apagar qualquer vestígio que pudesse incriminá-lo – tivesse se casado com uma mulher impura, uma pessoa tão impura quanto ele. Quem sabia de onde a família de Viera tinha vindo, ou como ela se integrara à vida na ilha? Alma não se atreveu a perguntar o sobrenome dela. Para quê? O estrago já estava feito.

Naquele ano-novo, também perdemos Eulogio. Ele decidiu que era hora de começar sua vida fora do controle de uma família que não era a dele. Da noite para o dia, passou de chofer para operário e se sentiu pela primeira vez um homem livre em meio a uma revolução que estava só começando. Por fim, como ele disse a Hortênsia, somos todos iguais neste país, sem importar a quantidade de dinheiro que temos ou a família a que pertencemos. Ele logo fez as malas e foi embora sem se despedir.

Hortênsia nunca o perdoou, mas para minha mãe aquela partida tinha uma conveniência: um salário a menos para pagar.

◦⁓◦

À medida que se passavam os dias, as ruas começaram a ficar cheias de militares barbudos e cabeludos, todos eles usando uma banda no braço impossível de ignorar. Os vizinhos saíram na rua para saudá-los, as mulheres se jogavam nos braços deles, até os beijavam. A avenida Paseo se tornou uma artéria de militares. Multidões marchavam junto a eles, caminhando para a grande praça, onde se ouviam discursos revolucionários que podiam durar a noite inteira, na voz de um jovem líder que evidentemente adorava ouvir a si mesmo. Hortênsia nos contou toda orgulhosa que Gustavo tinha um lugar na tribuna, ao lado do homem que havia tomado o poder pelas armas. Mamãe ouviu isso horrorizada, mas não derramou uma lágrima. Já não lhe restava nenhuma.

Numa tarde de outubro, Viera saiu de um carro com o bebê nos braços enquanto Gustavo continuou sentado ao lado do chofer. Quando ela nos viu, anunciou sem antes nos cumprimentar:

"Este é Louis", disse num sussurro para não despertar o bebê.

Nós olhamos uma para a outra, consternadas. *Louis?* Gustavo não parava de nos surpreender. Minha mãe o tomou nos braços, depois Hortênsia. Eu o beijei na fronte, achando que se parecia mais com a família de Papa. Tinha nascido com o cabelo castanho e abundante.

Viera não quis beber nada, nem sequer se sentou.

"Gustavo me espera e está impaciente, não quero aborrecê-lo", ela nos disse, entrando no carro. Os dois partiram imediatamente.

Hortênsia tinha procurado saber "de onde saíra Viera", mas no final das contas isso nos pareceu totalmente sem importância, pois desde o primeiro dia minha mãe teve certeza de que ela era uma de nós. Numa tarde, Hortênsia confirmou a notícia:

"Viera é polaca. Nasceu na Alemanha como vocês, e aos 5 anos foi enviada de navio para morar em Cuba com um tio que chegou aqui antes. Pelo que parece, perdeu toda a família durante a guerra."

Minha mãe arregalou os olhos e parecia estar com a respiração entrecortada.

"O tio dela, um velho com ideias liberais, tem ligação com gente poderosa na ilha", esclareceu Hortênsia. "Seu verdadeiro nome é Abraham, mas passou a se chamar Fabius ao chegar em Cuba."

Naquele dia, eu fui para a farmácia encantada com a chegada do novo Rosen e me recusando a deixar que as notícias de Hortênsia me atormentassem. Ao subir as escadas, vi Esperanza conversando muito animada com um homem alto. Não consegui discernir o que conversavam. Quando me viu, ela sorriu e o homem se virou para mim, enquanto ela entrava.

De onde eu estava, uma sombra escondia seu rosto. O brilho do sol me impedia de distinguir quem era. Tudo o que eu podia ver era que ele usava um traje bege e que tinha ombros largos. Depois eu vi suas mãos. E as reconheci.

Era Julian. Sem os cachos no cabelo, com maxilares mais fortes e quadrados, pescoço forte, sobrancelhas grossas que dividiam seu rosto. Sorrimos, e os olhos dele se estreitaram como antes. A boca era a mesma, o olhar travesso também.

"Minha cara Ana com R! Pensou que eu tinha me esquecido de você? Gostei da sua Farmácia Rosen!"

Eu o abracei sem pensar, e ele pareceu surpreso, mas respondeu com uma risada e repetiu meu nome.

"Ana com R", ele sussurrou, desta vez. "Deve ter muita coisa para me contar."

Eu o peguei pelo braço, atravessamos a rua e fomos ao parque, nos sentar embaixo dos flamboaiãs.

Ele me contou que, em meio à crise da universidade, a família dele decidiu mandá-lo aos Estados Unidos, para estudar.

"Terminei a faculdade de direito lá, e acabo de voltar para ajudar meu pai no seu escritório... e encontro esta cidade cheia de soldados."

Enquanto ele falava, eu não conseguia desviar meus olhos dele. Julian não era mais um jovem universitário.

"Passei todo esse tempo pensando em você", ele disse, olhando para baixo, um pouco constrangido.

Sempre tinha me sentido uma estranha naquela cidade. Agora ele também se sentia assim, e isso nos uniu. Pela primeira vez, tive esperança. Talvez um ciclo se encerrasse para mim.

Daquele dia em diante, Julian vinha à farmácia todas as noites, antes que a fechássemos. Ficávamos no parque conversando um pouco e depois ele me acompanhava até em casa. Às vezes, ele vinha ao meio--dia e caminhávamos pela Calle 23 até o charmoso café Carmelo.

Julian queria saber mais sobre mim, mas eu não tinha muito para contar. Papa tinha morrido na guerra, enquanto o esperávamos em Havana para nos mudarmos para Nova York, e o que antes era uma estada de alguns meses em Havana passou a ser permanente.

Andávamos de mãos dadas; às vezes, ele colocava o braço em meus ombros e até me segurava pela cintura ao atravessar a rua para acelerarmos o passo. Passávamos horas juntos. O gesto mais ousado que fiz foi recostar a cabeça no ombro dele enquanto esperávamos o farol abrir.

Esperanza se referia a Julian como meu namorado, e eu não a corrigia. Estava cansada de dar explicações: que meu nome não era Ana, que não era "polaca", que Julian não era mais que um bom amigo cuja companhia eu apreciava.

Ele nunca me pediu para entrar em nosso casarão escuro. Eu tampouco o convidei. Os dias se passaram, e desfrutávamos mais do silêncio do que das conversas. Podíamos ficar horas juntos sem falar, só observando o burburinho dos estudantes na saída do colégio em frente ao parque.

Percebi que às vezes Julian parecia distante, que seus pensamentos estavam em outro lugar, que uma preocupação o angustiava e ele não se atrevia a me contar.

Uma tarde, ele me telefonou na farmácia. Esperanza me avisou que era ele e nesse instante eu tive uma estranha premonição. Os pais dele tinham conseguido visto para os Estados Unidos. Tinham acabado de se despedir no aeroporto. Ele não sabia quando os veria de novo.

Esse homem cheio de energia e otimismo, que me dava segurança, que resolvia com um sorriso qualquer problema, que era grande e forte como uma árvore do Tiegarten, estava abatido. Ele me pediu que eu fosse ao seu apartamento.

Peguei minha bolsa e deixei a farmácia sem dizer nada a Esperanza. Andei até a esquina da Línea com a L, onde Julian morava, por coincidência em cima de uma farmácia.

Era um prédio branco com varandas amplas. Peguei o elevador até o oitavo andar e, quando ia bater na porta do seu apartamento, percebi que estava aberta.

"Julian?", chamei baixinho, mas ninguém respondeu. Entrei no pequeno saguão que levava a uma sala sem móveis, com marcas de quadros nas paredes. Julian estava na varanda, contemplando o mar.

Eu me aproximei devagar e de repente percebi que estava olhando o mar de cima, como muitos anos atrás. Respirei fundo e meus pulmões se encheram com a brisa do Malecón.

"Julian?"

Silêncio. Dei mais um passo na direção dele e senti o calor de seu corpo. Eu estava tão próxima que podia tocá-lo. Meu coração começou a martelar no peito; fechei os olhos e o abracei por trás. Ele se virou, me abraçou com força e começou a chorar.

"O que foi, Julian?"

Ele estava desconsolado. Seus pais tinham sido forçados a partir; não havia mais lugar para os seus negócios naquele novo governo. Antes de partir, tinham conseguido vender a mobília e alguns objetos de valor. Conseguiram levar as joias da família por intermédio de uma embaixada. Com o câmbio da moeda decretado pelo governo, o dinheiro que tinham no banco perdera o valor.

"Eu fiquei para liquidar o que resta", ele me disse com a voz falhando.

"Você está partindo também?"

Eu sabia que ele não responderia. Olhei para Julian por alguns segundos e depois fechei os olhos e o beijei. Eu não queria pensar. Não queria me arrepender. Ao abrir os olhos, vi as ondas batendo contra o Malecón. Senti a minha boca salgada de maresia e lágrimas. Foi difícil entender o que me acontecia. Estava experimentando sensações desconhecidas para mim.

Julian me pegou pela mão. Eu o segui como se tivesse perdido toda a vontade própria. Ele me levou para o quarto. No centro do quarto havia uma cama com lençóis brancos. Fechei os olhos e seu rosto se confundiu com o meu.

"Ana, minha Ana com R", ele repetia em meu ouvido. Seus dedos traçaram o contorno do meu rosto com uma delicadeza que não se esperaria de mãos tão grandes e pesadas. Minhas sobrancelhas, meus olhos, meu nariz, meus lábios...

Não sei em que momento saí daquele apartamento, como regressei à farmácia, como dormi naquela noite.

Daquele dia em diante, na hora do almoço, eu ia sempre sentir o aroma do mar do oitavo andar daquele edifício e me perder nos braços de Julian.

Havana começou a ter outra dimensão para mim. Com Julian, eu me detinha para olhar mais de perto a folhagem das enormes árvores de Vedado, por exemplo. Costumávamos andar pela Paseo e nos sentar nos bancos que encontrávamos no caminho. Ao lado dele, os dias, as semanas, os meses eram apenas horas para mim.

Às vezes, caminhávamos da Paseo até a Calle Línea e dali para o apartamento dele. Não nos importávamos se o tempo estava quente ou se estava chovendo ou se havia manifestações a favor ou contra causas que não significavam nada para nós.

Numa segunda-feira ele me ligou na farmácia para dizer que não poderíamos nos ver aquela semana, pois ele precisava de tempo para resolver algumas coisas. Isso não me preocupou. Na semana seguinte, ele não me telefonou, e eu comecei a ficar alarmada, embora lá no fundo sempre soubesse que um dia Julian iria embora.

No dia em que soldados vieram confiscar a farmácia em nome do governo revolucionário, eu tinha chegado ao trabalho mais cedo. Quando abri a porta, encontrei uma carta no chão. Era de Julian.

> *Querida Ana com R,*
>
> *Não sei como me despedir, nem sou bom com despedidas. Estou voltando para Nova York com a minha família. Perdemos tudo aqui. Não há lugar para mim neste país.*
>
> *Sei que você não pode desamparar a sua mãe, que tem um débito para com a sua família. Comigo acontece o mesmo. Sou tudo que lhes resta.*
>
> *Gostaria de ter você ao meu lado, que só existíssemos você e eu. E sei que algum dia voltaremos a nos ver. Já nos separamos uma vez e voltamos a nos encontrar.*
>
> *Vou sentir falta das nossas tardes no parque, da sua voz, da sua pele branca, do seu cabelo. Mas acima de tudo vou me lembrar dos olhos mais azuis que já vi na vida.*
>
> *Você será para sempre a minha Ana com R.*
>
> *Julian*

Outra pessoa que me abandonava.

Não chorei, tampouco consegui trabalhar. Li a carta tantas vezes que podia repeti-la de memória. Eu a lia em silêncio e depois em voz alta, voltava a cada frase, ao começo, ao final. Meus encontros com ele no apartamento do oitavo andar com vista para o mar ficaram gravados em meu coração, em minha mente e na minha pele.

E também a chuva. Daquele momento em diante, sempre que chovia eu via Julian me estendendo o braço, me levantando e me abraçando. Tenho muito que lhe agradecer.

Prometi, a partir daquele dia, que mais ninguém entraria em minha vida. Aquele tipo de ilusão não era para mim. A cada minuto que passava, mais o rosto de Julian se apagava da minha memória. Só o que permanecia com clareza era sua voz: Ana com R.

E então chegaram os soldados.

Eu os vi descer dos automóveis e se aproximar da farmácia. Eu repetia em silêncio a carta de despedida de Julian, como se fosse um encantamento que poderia me proteger. Felizmente, Esperanza continuava calma e conseguiu me transmitir a sua serenidade. Esperei por eles atrás do balcão, sem dizer uma palavra. Eles tinham vindo roubar o que era meu – tudo o que eu tinha construído com o suor do meu trabalho. Eu não tinha mais nada a perder.

Olhando nos olhos deles, rasguei a carta em mil pedaços. Meu grande segredo acabava aos meus pés, num cestinho de lixo.

Não deixei que falassem. Desconcertados, os soldados simplesmente me observaram. Ainda em silêncio, dei um abraço em Esperanza e em Rafael e deixei a farmácia sem olhar para trás. Que ficassem com tudo. Não sentia mais medo algum.

A caminho de casa, acelerei o passo e ficava repetindo para mim mesma: esta é uma cidade de trânsito; aqui não viemos fincar raízes, como essas antigas árvores.

Quando cheguei em casa, Gustavo e Viera estavam na sala de estar com o filho, que tinha acabado de completar 3 anos. Gustavo estava determinado a manter Louis o mais longe de nós quanto fosse possível;

eu não sabia se para nos castigar ou para evitar que instilássemos na criança nosso rancor com relação ao país pelo qual ele mesmo estava disposto a dar a vida. Se aparecia depois de tanto tempo, pensei, era só para ver como reagiríamos ao fato de nos tomarem a farmácia.

O que havia sido nosso agora estava nas mãos de uma nova hierarquia da qual meu irmão fazia parte.

As noites eram cada vez mais difíceis para mim. Quando conseguia dormir, minhas lembranças eram um emaranhado sem sentido. Eu confundia Julian com Leo. Às vezes, acordava sobressaltada porque via Julian no convés do *St. Louis*, segurando a minha mão, subindo e descendo as escadas do navio, e Leo, adulto, sentado ao meu lado no parque dos flamboaiãs.

Voltei à nossa rotina doméstica e comecei a dar aulas de inglês a crianças que não se importavam em aprender. Eu me tornei a professora alemã que dava aula de inglês num bairro onde me conheciam como a Polaca. As crianças e os adolescentes que me procuravam na porta da minha casa para que eu as ensinasse que "Tom is a boy and Mary is a girl" estavam numa lista de espera para deixar o país com os pais. Um deles, um rapaz que cumpriria o serviço militar ao terminar o colegial, estava desesperado para deixar a ilha, mas me contou que isso seria impossível, porque estava em "idade de se apresentar ao exército". Eu tinha me transformado em professora e meu portão era um confessionário.

Esperanza e Rafael não tinham perdido seus empregos depois da intervenção da farmácia. Eles vinham me visitar às vezes e me contavam como eram as coisas com o novo dono: o Estado.

Outra novidade era que o marido de Esperanza tinha acabado na cadeia por professar uma religião que não era reconhecida por aquele governo improvisado. Eles a consideravam uma seita que colocava em risco o patriotismo que estavam tentando instilar na massa fervilhante e ansiosa por mudanças. Esperanza e seus correligionários Testemunhas de Jeová se recusavam a saudar a bandeira, não cantavam o hino nacional e eram contra a guerra. Eram inaceitáveis numa sociedade que deveria estar constantemente alerta para uma batalha que nunca foi declarada.

Uma tarde, ao se despedirem, notei que Esperanza estava preocupada. Sem que eu entendesse bem a que ela se referia, ela sussurrou que o novo governo "tinha se tornado uma melancia": verde por fora e vermelho por dentro.

Viera passou a trabalhar dia e noite ao lado de Gustavo, por isso começaram a deixar o menino mais conosco. Conversávamos com Louis em inglês e depois de alguns meses ele já nos entendia. Um ano depois, seu inglês era melhor do que o espanhol. Quando descobriram, nem Viera nem Gustavo protestaram. Estavam envolvidos num caótico processo social a que dedicavam todo o seu tempo. Nesses dias tumultuados, a família não era o mais importante.

Louis dormia em casa quase todos os dias da semana. Minha mãe concluiu que ele precisava de um quarto só seu, por isso preparamos o que ficava ao lado do dela. Tínhamos uma esperança. Não sei de quê, exatamente, mas vivemos tempos felizes. A mim, entusiasmava o fato de ver uma criança crescendo livre da culpa dos Rosenthal.

Ficávamos um pouco surpresas com o fato de Hortênsia se manter mais distante de Louis, ao contrário do que fizera quando Gustavo chegou recém-nascido de Nova York. Acho que naquela época ela o achara uma criança um pouco desamparada, mas com esta era diferente: devotávamos todo o nosso tempo a Louis e lhe demonstrávamos afeição. Ou talvez ela não quisesse se envolver emocionalmente para terminar outra vez no lugar a que Gustavo a relegou: o de uma simples empregada, e não da mulher que cuidou dele, alimentou-o e lhe deu amor quando ele mais precisava.

Num verão, o mais quente que todos nós havíamos passado desde então, recebi um envelope enviado por Julian de Nova York. Dentro, havia uma foto dele num parque parecido com aquele a que costumávamos ir juntos.

Não havia nenhuma carta, só a fotografia, com data e dedicatória. Julian era de poucas palavras. Considerei uma despedida as poucas linhas que escreveu no verso da foto: "Para minha Ana com R. Nunca lhe esquecerei".

Anna
2014

*A*qui amanhece de repente. Num minuto é noite e no seguinte é dia. Não há uma transição. Eu acordo com o sol me atravessando as pálpebras e sinto mamãe às minhas costas. Ela me contempla sorridente e despenteia o meu cabelo. Hoje ela também acordou com um aroma de violetas.

Olho a foto de papai que trouxe comigo e a coloco de um lado do abajur. Nós nos olhamos e posso ver que ele está feliz. Esta viagem mudou a todos nós.

"Não tenho dado muita atenção a você", digo a ele. "Mas agora você está em casa!"

Mamãe sorri ao me ver falar com a foto. Desde que chegamos, ela e minha tia se tornaram inseparáveis. Passam horas conversando, e eu me pergunto o que papai acharia disso.

As duas limparam cada cantinho, cada armário. Mamãe sabe que cada camisa dobrada, cada broche, cada moeda velha tem uma história que ela quer contar.

"Não devia se desfazer disso", ela diz para tia Hannah, apontando para alguns papéis amarelados amarrados com uma fita vermelha. "Guarde-os. Nunca se sabe."

São as escrituras dos apartamentos do prédio de Berlim, que para ela agora são sagradas.

"Mesmo que não tenham valor algum, ainda são relíquias de família", insiste minha mãe, segurando a mão de minha tia e acariciando-a.

A cada dia, papai está mais perto delas. Ele não é mais simplesmente o homem que ela conheceu num concerto na Capela St. Paul. Agora ele tem um passado, sua família tem um rosto, ele tem uma infância. Tia Hannah abriu para nós o livro de papai, nos contou sua história. As razões para mamãe se queixar aos poucos vão desaparecendo. É verdade que ela perdeu o marido e eu perdi meu pai, mas tia Hannah perdeu toda a sua vida.

Acho que ver a lápide no cemitério com o nome de papai e o contato com o passado dos Rosenthal ajudaram mamãe a colocar sua dor em perspectiva. Eu a abraço e, só para que ela não tenha dúvida, digo que está tudo bem, que sinto como se eu o tivesse conhecido; que agora temos alguém de quem cuidar.

Com o passar dos dias, tia Hannah parece cada vez mais frágil. Às vezes ela parece até perdida, como se não soubesse o que fazer ou aonde ir. A primeira vez que a vi no umbral da casa, ela era quase mais alta que o batente da porta. Agora, parece curvada, anda devagar, com os passos pesados dos velhos.

Talvez seja porque também cresci desde que cheguei em Havana. Pelo menos é o que mamãe me disse.

Ela também me disse que gostaria de voltar a Nova York.

Não entendo por quê. Talvez ela queira voltar para as suas aulas de literatura espanhola na universidade, retomar a vida que abandonou anos atrás. Se fosse por mim, ficaríamos aqui, moraríamos na casa de tia Hannah e procuraríamos uma escola que eu pudesse frequentar.

As pausas de tia Hannah, quando ela conta suas histórias, estão se tornando cada vez mais longas e frequentes. Elas pertencem a um passado muito distante, mas às vezes ela as conta como se fossem no presente, e nos confunde.

Eu me sento na frente dela por horas, ouvindo atenta essa espécie de monólogo que não deixa espaço para interrupções. Às vezes, enquanto ela conta suas histórias intermináveis, eu a fotografo, e ela não parece se incomodar. Quando fica em silêncio, mamãe e eu vemos quanto está vulnerável. Quando ela fala, a cor volta às suas bochechas pálidas.

No final dessa viagem, com certeza, mamãe não terá mais nada que perguntar sobre papai. Mas tudo indica que partiremos sem saber o que aconteceu com meu avô Gustavo. Tia Hannah se concentra em Louis.

Diego está impaciente. Posso vê-lo da porta de entrada. Ele não sabe o que fazer, então começa a atirar pedras na árvore, levanta um pedaço da calçada que nos faz tropeçar, depois limpa as mãos na calça e tenta me chamar sem despertar muita atenção. Ele tem medo que a velha alemã o veja e reclame com a mãe dele, porque, para ele, ela ainda é uma nazista.

Quando finalmente consigo sair, ele me dá um abraço caloroso e eu me volto para ver se alguém nos viu. Ainda não acredito que um garoto está me abraçando em plena luz do dia numa cidade que eu nem conheço! É o meu segredo, e eu o levo comigo.

Diego e eu andamos sob o sol que faz o asfalto arder. Chegamos ao parque, e ele me mostra uma farmácia na esquina.

"Olha lá, minha avó disse que essa farmácia era da sua avó."

Nas paredes manchadas ainda há resquícios de tinta amarela. Acima da porta, sobre o cimento, podem-se ler as letras do meu sobrenome: Farmácia Rosen.

Corremos pela avenida Calzada e atravessamos uma passagem estreita entre duas grandes casas. Prefiro não perguntar a Diego aonde vamos ou se ele tem permissão para entrar ali. Já é tarde demais, no entanto, porque já estamos na propriedade de alguém. Chegamos a um pátio e subimos por uma escada metálica em caracol que balança como se fosse se desprender da parede. À medida que subimos, ouço alguém tocando piano e uma voz de mulher dando instruções em francês e contando num estranho compasso.

Pulamos um muro não muito alto e estamos num terraço. Pela janela, vejo uma aula de balé mais abaixo. As garotas estão perfeitamente alinhadas, os braços esticados em direção ao teto, como se quisessem alcançar o infinito. Provavelmente, querem parecer mais leves do que o ar, mas, de cima, parecem pesadas, à mercê da gravidade. Diego se senta de costas para a janela. Está concentrado na música.

"Às vezes, tem uma orquestra ou dois violinistas acompanhando o piano", ele diz com um olhar sonhador.

Diego está sempre me surpreendendo com coisas que eu menos espero. Nunca fica quieto no mesmo lugar, mas aqui está sentado, escondido no terraço de uma residência, ouvindo monótonos exercícios.

Eu quero ir embora. Sinto-me desconfortável num lugar em que não nos convidaram a entrar. Mas Diego quer continuar sua terapia musical.

"Cuidado, você pode estar pisando nas minhas formigas."

Ali em cima, Diego tem um formigueiro. Ele traz açúcar ou migalhas de pão e observa as formigas. São seus animais de estimação. Ele tira com cuidado do bolso um pedaço dobrado de papel contendo seu pó mágico. Quando derrama os cristais de açúcar num canto, elas aparecem na hora. Algumas são vermelhas, outras são pretas. Elas formam uma longa fila de uma extremidade da parede a outra. Diego faz uma pausa para vê-las carregando os pequenos grãos brancos de volta para o ninho. Então ele pega uma e olha de perto.

"Estas não picam", ele me diz, colocando a formiga cuidadosamente de volta no chão. "Em poucos anos, vou aprender a nadar. Então vou subir numa jangada e vou ver você."

"Você, também, Diego? Então é verdade que todo mundo aqui é obcecado com a ideia de lançar-se ao mar?"

"Não há futuro aqui, Anna", ele responde muito sério.

Ele fala com o pessimismo que já notei nos adultos daqui.

"Quer ser minha namorada?", ele pergunta de repente. É óbvio que foi difícil falar; ele não me olha no rosto. Menos mal, porque não suporto que alguém me veja corar, mesmo sendo algo que não posso controlar; qualquer um pode dizer o que estou sentindo. E as minhas emoções só dizem respeito a mim, não são para ninguém saber.

Eu instantaneamente me vejo em Fieldston, contando às meninas da minha classe que estou apaixonada por um garoto de cabelos pretos e ondulados, grandes olhos e pele queimada de sol. Alguém que só fala espanhol, que engole os s até fazê-los desaparecer, que não lê quase nada, corre pelas ruas de Havana e quer deixar seu país numa jangada improvisada assim que aprender a nadar.

"Diego, eu moro em Nova York. Como vou ser sua namorada? Está louco?"

Ele não responde, e continua de costas para mim. Deve ter se arrependido do que acaba de dizer e não sabe como sair da situação. E eu não sei como ajudá-lo.

Eu pego a mão dele, e ele toma um susto – será que entendeu que meu gesto é um sim? Ele aperta minha mão com força e eu não consigo me desvencilhar. Está quente demais para ficarmos tão perto. Mas eu não quero ser rude.

Por fim, ele larga a minha mão, levanta-se e anda até a escada em caracol.

"Amanhã vamos nadar no Malecón."

Hannah
1964-1968

O *señor* Dannón veio nos visitar pela última vez. Ele entrou com o mesmo ar pomposo, o habitual odor de tabaco, mas com o cabelo despenteado. A brilhantina estava escassa, e seu cabelo rebelde precisava de um pouco mais para permanecer grudado no seu enorme crânio.

Desta vez, minha mãe não o recebeu na sala de estar, mas na de jantar. Acho que ela percebeu que o advogado vinha pôr um ponto-final em nosso relacionamento, que sempre foi meramente baseado no dinheiro e na conveniência, mas ela era grata por isso, embora nunca tenha dito a ele.

Na realidade, não sei o que seria de nós sem o *señor* Dannón durante todos esses anos. Ele nos cobrava uma fortuna, mas nunca nos abandonou. Nem nos enganou, disso eu tenho certeza.

Hortênsia lhe serviu um café fresco e um copo de água gelada, e depois se aproximou de mim e lamentou por ele.

"Pobre homem, ele está numa encruzilhada", ela me disse baixinho.

Embora o *señor* Dannón não tivesse mencionado ainda nenhum dos seus dilemas, ela podia deduzi-los pelo modo como ele transpirava, secava a testa com nervosismo e tentava assentar os fios rebeldes. Desde o dia em que nos contou que perdera sua única filha, Hortênsia o via com outros olhos. Acho que minha mãe também.

O cheiro penetrante de tabaco que ele exalava não permitia que eu me aproximasse muito dele. O máximo que eu conseguia era ficar no mesmo cômodo. Ele se sentou mais perto de minha mãe e falou quase no ouvido dela enquanto ela o escutava muito calma. Nem Hortênsia nem eu entendemos se ele trazia boas ou más notícias. De repente, ela se levantou e subiu as escadas. O *señor* Dannón bebeu um gole de água, secou os lábios com o guardanapo branco, que ele deixou manchado de marrom, pegou sua pesada maleta e seguiu-a até o quarto dela.

"Algo ruim está acontecendo", disse Hortênsia, mas eu preferi não prestar muita atenção nela. Na verdade, eu estava um pouco nervosa, mas não queria começar a me fazer perguntas que não levariam à parte alguma. Eu estava farta de pensar nas piores possibilidades para depois ficar aliviada quando as coisas se revelavam menos ruins. Além disso, nunca fui boa em previsões. Esse era um jogo do qual, àquela altura, eu já tinha desistido.

Fui me sentar com Hortênsia nos degraus do quintal, esperando que o *señor* Dannón fosse embora, para que eu pudesse saber das notícias a respeito da nossa situação legal e financeira em Cuba. Talvez tivéssemos até que partir para outro país.

Dali a uma hora, eu teria de pegar Louis em sua escola com nome de mártir, onde ele tinha começado a cursar o jardim de infância e estava feliz. Nos primeiros dias, chorava quando eu o deixava na classe. Quando eu ia pegá-lo, voltava a chorar desconsolado, como para fazer eu me sentir culpada. Uma semana depois, ele já tinha se adaptado e, embora não tivesse facilidade para fazer amigos, já havia aprendido com rapidez como sobreviver socialmente. Sua única queixa da escola era que os amigos falavam muito alto. Eu pensei comigo mesma: *Você mora em Cuba, vai se acostumar.*

O *señor* Dannón desceu as escadas parecendo muito nervoso e disse que queria se despedir. Não achava que ele esperava um abraço, mas ele pareceu surpreso quando eu lhe estendi a mão. Em vez de apertá-la, ele a segurou gentilmente, e meus dedos se perderam na palma da sua mão úmida e macia. Era a primeira vez, em todos aqueles anos, que tínhamos algum contato físico.

"Cuide-se. Eu lhe desejo sorte", disse Hortênsia, dando uma palmadinha nas largas costas suadas dele.

Ele deixou nossa casa com a maleta muito mais leve. Parou no portão de ferro e se virou para se despedir com um aceno. Observou por alguns segundos a casa, as árvores, a calçada quebrada e depois suspirou, entrando no carro. Saímos no portão para vê-lo ir embora.

Eu fiquei um pouco ansiosa. Não pelas notícias que ele podia ter trazido, mas porque estava convencida de que nunca mais iria voltar. Compreendi que estávamos desamparadas num país sem rumo e com constante disposição para a guerra. Um país dominado por militares zangados que tinham se proposto a reinventar a história, à sua maneira, e mudar seu curso da forma que mais lhes conviesse.

Nossos vistos americanos já tinham expirado havia muito tempo, mas eu tinha certeza de que ainda podíamos encontrar um jeito de deixar o país se quiséssemos. Mas essa possibilidade nunca tinha nem passado pela cabeça de minha mãe. Ela já tinha decidido que seus ossos descansariam no cemitério de Colón. E estava até mais determinada agora, que sua amargura e seu rancor tinham diminuído depois da chegada de Louis. Acho que, de algum modo, ela sentia que sua presença era necessária em Cuba e seria até o dia que ela decidisse que seria o último. Na verdade, nem nesse dia eles conseguiriam se ver livres dela, porque essa terra tropical, segundo ela dizia, "terá que manter meus ossos por pelo menos mais um século".

Ela tampouco iria abandonar Louis nas mãos daqueles pais convencidos de que estavam inventando um novo sistema social, que na realidade não passava de um jogo de absurdos, bem no espírito da expressão popular "desvestir um santo para vestir o outro". Tiraram o poder dos ricos e o entregaram aos pobres, que passaram a ser ricos, tomaram posse de casas e comércios e se sentiam invencíveis. O círculo vicioso assim recomeçava: sempre havia alguém abaixo, no fundo do poço.

Minha mãe me chamou no quarto dela; Hortênsia fez um gesto para que eu não a deixasse esperando. Ela sabia que minha mãe nunca compartilharia a notícia com ela, fosse boa ou ruim. Além disso, ela não precisava; quando nos visse na hora do jantar, saberia no mesmo instante.

Como era de esperar, o exercício da advocacia do *señor* Dannón havia sofrido uma intervenção. Os Estados Unidos tinham rompido as relações diplomáticas com Cuba, três anos antes, mas ele e a esposa obtiveram permissão de saída e estavam deixando o país por um porto próximo a Havana, onde os barcos vinham de Miami buscar famílias inteiras. Não seria bom para nós se ele voltasse a nos visitar, porque agora ele era visto como um "verme".

Quando minha mãe ouviu aquela palavra, estremeceu. Era assim que eles tinham começado a chamar aqueles que queriam deixar o país ou não concordavam com o governo. Para ela, era como se estivesse revivendo um pesadelo. As pessoas estavam sendo tratadas como vermes novamente. A história se repetia. *Que falta de imaginação*, eu pensei.

O *señor* Dannón havia lhe deixado uma quantia considerável de dinheiro. Dali em diante, seria mais difícil ter acesso à nossa conta no Canadá. Podia até ser vista como algo ilegal pelo novo governo, e nós provavelmente teríamos de desistir dela.

Decidimos que não valia a pena nos preocuparmos. Poderíamos sobreviver com o dinheiro que tínhamos. Eu recebia uma quantia ridiculamente pequena todo mês como indenização pela farmácia expropriada pelo governo; também tinha minhas aulas de inglês. Nós não precisávamos de muito mais.

Naquela noite, depois do jantar, Hortênsia recebeu um telefonema urgente da irmã, que não queria entrar em detalhes por telefone. Elas estavam com medo de que suas conversas fossem ouvidas pelos agentes do governo. Hortênsia pediu dois dias de folga e se apressou para ver a irmã, em pânico. Eu nunca a tinha visto daquele jeito antes.

Os dois dias se transformaram em cinco. Então ela telefonou para dizer que uma mulher chamada Catalina viria nos ajudar. Daquele dia em diante, essa mulher assumiu o controle da casa e nunca mais nos deixou. Catalina era um furacão. Ela era obcecada por ordem e perfumes. Insistia em nunca sair da casa sem se perfumar. Foi então que eu também comecei a usar a água de violeta que Hortênsia costumava borrifar na cabeça de Louis todos os dias antes de ele ir para a escola.

"É para afastar o mau-olhado", ela explicava.

Catalina era descendente de escravos africanos misturados com espanhóis durante o período colonial. A mãe era a única pessoa da família que ela havia conhecido. Catalina vinha do extremo oriental da ilha e havia chegado sozinha a Havana dois anos antes, depois que um ciclone destruiu sua casa e as inundações enterraram sua vila na lama. Após o ciclone devastador, Catalina também perdeu a mãe. Ela dizia que tinha trabalhado duro durante toda a vida e nunca "tinha tido tempo para maridos" ou para uma família.

Graças à Catalina, a vida voltou à sua velha rotina, e a casa se encheu de girassóis.

"Onde quer que você os ponha, eles procuram a luz", ela dizia.

Logo se tornou a sombra da minha mãe e se comunicava perfeitamente com ela apesar do jeito entrecortado de falar, cheio de expressões coloquiais que muitas vezes achávamos difícil de entender. Catalina usava formas familiares do espanhol comigo e era tão aberta conosco que no final passamos a achar divertido.

"Estamos no Caribe. O que mais podemos esperar?", dizia mamãe.

Aos poucos, nos acostumamos à vida sem Hortênsia. Sua irmã, Esperanza, com o marido na prisão, tinha mais necessidade dela do que nós; ou talvez alguém em sua família estivesse doente. Na realidade, nunca soubemos o que aconteceu com ela.

Catalina começou a plantar hortelã no quintal, que ela usava para fazer infusões. Também plantava manjericão para afastar insetos que ela chamava de *guasasas*, as moscas-da-fruta; e jasmim-estrela, para que, quando fôssemos para a cama, uma brisa perfumada soprasse através das janelas e nos ajudasse a descansar.

Uma semana depois, Hortênsia e a irmã apareceram sem aviso tarde da noite. Louis já estava dormindo e já tínhamos nos retirado para nossos quartos. Catalina nos pediu para descer, pois havia pessoas esperando por nós na sala de jantar.

Elas não nos cumprimentaram nem retribuíram meu sorriso; na verdade, me ignoraram. Ambas estavam olhando com expectativa para minha mãe, que foi se sentar na cabeceira da mesa. Aparentemente, ela era a única pessoa que podia fazer algo na situação desesperadora em que se encontravam. As duas rapidamente se sentaram em ambos os lados dela. Catalina e eu ficamos em pé no fundo da sala, porque achei que elas poderiam querer alguma privacidade, mas elas estavam tão ansiosas para falar com minha mãe que nem sequer nos notaram.

Hortênsia estava tentando manter a calma, embora fosse óbvio que ela achava difícil controlar a raiva. Não conseguia nem sequer falar, porque aparentemente, se dissesse alguma coisa, terminaria gritando, e sabia que deveria nos demonstrar respeito. Percebi que ela não só nunca mais voltaria a trabalhar para nós, como também aquela seria a última vez que a veríamos. Ela não ousava me olhar nos olhos, mas sua expressão era de repulsa, até de desgosto, por ter de estar sob o mesmo teto que nós.

Esperanza foi quem finalmente falou:

"Uma noite, quando estávamos prestes a fechar a farmácia, eles vieram procurar Rafael. Um carro cheio de soldados. Eu me armei de coragem para desafiá-los e perguntar por que estavam prendendo meu filho, o que ele tinha feito de errado, para onde o estavam levando, mas nenhum deles me respondeu. Eles me ignoraram e tiraram meu filho de mim."

Em seu desespero, Esperanza visitou todas as delegacias de polícia, mas foi em vão. No dia seguinte, ela descobriu que eles estavam detendo todos os jovens do sexo masculino de 16 anos de idade para cima, tirando-os de suas congregações e levando-os para um estádio no distrito de Marianao. Quando ela entendeu o que estava acontecendo, jogou-se no chão de casa e irrompeu em lágrimas. Ela começou a maldizer-se, culpando-se pelo fervor religioso com o qual havia criado o filho. Rafael era um rapaz que só conhecia o bem e era incapaz de fazer mal a alguém. Eles estavam tentando sair de Cuba fazia muito tempo, mas tornou-se impossível obter um visto de saída desde que o "grande líder" acusara seu grupo religioso de ser uma "terrível mácula na sociedade". Eles não tinham dinheiro ou parentes estrangeiros que pudessem ajudá-los. Dependiam da compaixão de sua congregação, que já era oficialmente considerada ilegal.

Minha mãe permaneceu imóvel enquanto ouvia Esperanza; os braços apertados contra as laterais do corpo e as mãos entrelaçadas no colo. Desta vez, ela não estava enfrentando uma limpeza racial que buscava a perfeição física, o tamanho e a cor para atingir a pureza. Agora era uma purificação de ideais. Era da mente do povo que tinham medo, não de suas características físicas. Pensou por um instante nas dúvidas expressas por um filósofo louco de seu país que ela costumava ler: "É o homem um erro de Deus ou Deus é um erro do homem?".

Como Rafael era considerado menor de idade, estava a poucos meses do décimo oitavo aniversário, obtiveram permissão para visitá-lo num campo de trabalho, no centro da ilha. Era ali que prendiam as pessoas hostis ao novo governo e as que tinham crenças religiosas. Deus tinha se tornado o principal inimigo dos novos governantes. O governo devotou-se a purgas políticas, morais e religiosas. O campo de trabalho forçado em que tinham confinado Rafael era rodeado por cercas de arame farpado, e na entrada havia um enorme cartaz que dizia "O trabalho fará de vocês homens".

Elas foram autorizadas a vê-lo por meia hora. Rafael não teve chance de contar – era impossível, porque havia guardas por perto o tempo todo – como as coisas eram ruins para ele. Ele havia perdido dez quilos. Sua cabeça tinha sido raspada.

"Ele tem bolhas nas mãos", continuou Esperanza. "Está sendo forçado a saudar a bandeira, cantar o hino nacional, negar sua religião. Ele se recusa, então aumentaram mais o seu castigo. Ele é apenas um rapaz, Alma, um menino..."

Rafael teve tempo, porém, de contar a elas que uma delegação tinha inspecionado os campos, que eram conhecidos como Campos de Trabalho de Reabilitação Terapêutica. No grupo havia vários membros do governo que estavam preocupados com as condições dos presos e que perguntaram como estava indo o processo de reeducação. Rafael tinha reconhecido um deles, que retribuiu seu olhar. Rafael sorriu e de repente sentiu um brilho de esperança.

"Gustavo fazia parte da delegação", disse Esperanza, olhando nos olhos da minha mãe.

Ao ouvir o nome do filho – o menino que ela não tinha circuncidado, que ela educou para ser livre –, minha mãe começou a tremer. Ela não derramou lágrimas, mas seu corpo estremeceu com soluços silenciosos. Ficou óbvio que não era apenas sua alma que estava atormentada: ela estava sofrendo fisicamente.

Catalina pôs seu braço em volta de mim. Fiquei muda; eu não podia acreditar. Hortênsia ficou de joelhos na frente da minha mãe e segurou as mãos dela.

"Alma, você é a única que pode nos ajudar. Rafael é a nossa vida, Alma", ela implorou.

Mamãe fechou os olhos com força. Ela não queria ouvir. Não conseguia entender por que ela ainda tinha de pagar por sua culpa.

"Fale com o Gustavo. Implore para que Rafael volte para nós. Não vamos pedir nada mais para ele. Se Rafael morrer...", Hortênsia não terminou a frase.

Minha mãe continuava ausente, olhando para a parede. Seu corpo inteiro tremia.

Depois de um longo silêncio, Hortênsia levantou-se. Esperanza pegou-a pelo braço, e as duas caminharam em direção à porta. Não disseram adeus, e nunca mais ouvimos falar delas novamente.

Ainda trêmula, minha mãe tentou se levantar da cadeira. Catalina e eu corremos para ajudá-la. Ela tinha dificuldade para andar, e com muito esforço – quase carregando-a – nós a colocamos na cama. Ela se escondeu sob os lençóis brancos, enterrou a cabeça no travesseiro e pareceu cair no sono.

Ao amanhecer do dia seguinte, entrei no quarto dela com Louis para que ele pudesse se despedir antes de ir para a escola. Quando ele lhe deu um beijo na testa, ela abriu os olhos, agarrou o braço dele e olhou fixamente para o neto. Invocando a pouca força que lhe restava, sussurrou em seu ouvido numa língua que ele não podia entender:

"Du bist ein Rosenthal."[1]

Ela queria que ele se lembrasse de que era um Rosenthal. Desde que chegamos ao porto de Havana e desembarcamos do desafortunado *St. Louis*, aquela foi a primeira vez que minha mãe falou alemão. E também foi a última.

---

[1] Você é um Rosenthal. (N.T.)

Anna
2014

$\mathcal{E}$sta viagem tem sido mais difícil para mamãe do que ela imaginou. Quando tia Hannah lhe contou o que aconteceu a Rafael, ela não conseguiu entender como Cuba, o país que ela idolatrava como o baluarte do progresso social, podia ter criado campos de concentração para purgar seus "indesejáveis" enquanto o mundo simplesmente observava. Talvez vovô Gustavo pensasse que estava agindo corretamente; que ele realmente estava reabilitando aqueles que tinham se extraviado, aquela "mácula da sociedade" que precisava ser reformada. O crime de meu avô Gustavo foi um gesto de salvação. O que eu não consigo entender é por que a tia Hannah nunca pediu ao irmão para fazer algo a fim de ajudar Rafael. Ela deixou tudo nas mãos da minha bisavó.

Um ano se passou antes que Rafael fosse libertado e permitissem que toda a família deixasse o país, tornando-se exilada. Quando descobriu, Catalina correu para dar a notícia à minha bisavó, que vivia deitada em sua cama num ato de perpétua autopunição. De cada poro do seu corpo brotava ódio, e Catalina se deu conta de que ela maldizia o próprio filho.

Por fim, quando Gustavo e Viera apareceram um dia para dizer a Alma que estavam viajando para um país distante, como embaixadores da nação que ela tanto detestava, Catalina conta que minha bisavó virou o rosto para eles. Essa foi a sua única resposta. Catalina diz que bastou esse sinal para eles entenderem que Alma queria vê-los mortos. Seu gesto feriu Gustavo no fundo da alma. Meu pai ficou com minha tia Hannah desde o dia em que seus pais foram para o outro lado do mundo.

Catalina se dedicou a cuidar de Alma. Dava comida e banho nela, trocava os lençóis todo dia e curava as escaras terríveis que lentamente consumiam o corpo dela. Estranhamente, à medida que as feridas secavam, seu cabelo ia recuperando o antigo brilho.

Eu saio do meu quarto e vou para o de minha bisavó, que cheira a desinfetante. A colcha cinza, estendida sobre o colchão de molas quebradas, ainda conserva um pouco da sua presença. Sento-me num canto e posso senti-la, a dor de seus últimos anos, enquanto ficava deitada ali em perpétuo silêncio.

Tia Hannah guarda uma mecha do cabelo de Alma numa caixa de madeira preta, juntamente com suas joias mais preciosas. É uma relíquia da família Rosenthal. Também vejo ali um caderno de couro desbotado e a caixinha azul que minha tia nunca abriu, mantendo a promessa que fez no navio há muito tempo.

Catalina entra no quarto e coloca um braço em volta dos meus ombros.

"Isso é tudo o que temos de Viera. É o álbum de fotografias da família e algumas cartas que a mãe dela escreveu quando a deixou em Havana com o tio. Ela deve ter tido o pressentimento de que nunca mais iriam se encontrar novamente." Catalina fica em silêncio.

"Alma era uma boa mulher", ela prossegue depois de um tempo, como se quisesse me tranquilizar. "Fui eu quem lhe contou que o filho e Viera tinham morrido num acidente de avião. Por mais que você odeie seu filho, a morte é sempre um golpe, minha filha. Outro túmulo no cemitério sem um corpo."

De acordo com Catalina, fazia muito tempo que minha bisavó já não vivia de fato, mas não sabia como partir, embora soubesse que era hora de se juntar ao marido e ao filho.

"Se você não tem fé e não está disposta a perdoar, se não acredita em alguma coisa, não há como seu corpo e sua alma partirem juntos. Não me resta muito tempo. No dia em que cair prostrada, me deixo ir e acabou! Para que todo esse sofrimento?"

Catalina é uma senhora sábia.

Os últimos dias de minha bisavó foram terríveis; ela não conseguia respirar bem nem engolir. Catalina sentou-se ao seu lado numa poltrona e passava dia e noite sussurrando em seu ouvido:

"Você pode ir agora, Alma. Está tudo bem. Não sofra mais."

Catalina me conta que uma manhã, quando acordou, viu que minha bisavó Alma tinha parado de respirar e que seu coração não batia mais. Catalina fechou os olhos dela e aventurou-se a fazer o sinal da cruz sobre o rosto frio, acinzentado, antes de lhe dar um beijo de despedida.

Agora eu entendo por que minha tia diz que ninguém em nossa família morre – nós nos abandonamos; decidimos quando é hora de partir. Isso me faz pensar em papai. Talvez, ao se ver preso, ele também tenha se deixado morrer sob os escombros.

Hannah
1985-2014

Todo dia agora quando eu abro a janela do meu quarto e vejo as frondosas árvores que me protegem do sol agressivo da manhã, comprovo que ainda estou viva e continuo nesta mesma ilha onde os meus pais me trouxeram contra a minha vontade. Minha mente começa a viajar a uma velocidade que minha memória não pode acompanhar. Meus pensamentos voam com mais rapidez que minha capacidade de guardá-los. Eu não me lembro do que eu sonho. Não me lembro do que eu penso.

Minhas noites são agitadas. Eu não consigo encontrar a paz. Acordo com um sobressalto sem saber por quê. Eu já não estou em nosso apartamento no centro de Berlim; não consigo ver as tulipas da sala de estar. O *St. Louis* já está tão distante na minha memória que me é impossível evocar os odores que sentia a bordo.

Os anos em Havana tornaram-se confusos. Às vezes, eu penso que Hortênsia está prestes a entrar em meu quarto ou que eu vou com Eulogio a uma livraria da cidade. A farmácia, Esperanza, minhas caminhadas com Julian, a chegada de Gustavo, o nascimento de Louis. Tudo isso se junta desordenadamente. Eu posso ver Gustavo ao meu lado no corpo de um menino, ao mesmo tempo que vejo Louis dizendo adeus.

Ele era o único que tinha a possibilidade de se salvar.

Depois de terminar a faculdade, Louis começou a trabalhar num centro de estudos de Física. Quando chegava em casa, do escritório, ele se trancava em seu quarto para ler. Devorava todos os livros que encontrava. Pelas suas mãos podiam passar estudos sobre a produção do açúcar, um tratado sobre álgebra, a teoria da relatividade ou as obras completas de Stendhal. Ele lia com atenção página por página.

Falava muito pouco, mas tinha uma relação especial com Catalina. Ela sabia do que ele precisava, mesmo sem ele ter de pedir. Ele me dava um beijo na testa sempre que estava saindo de casa ou voltando. Isso era suficiente para mim.

Passava os fins de semana indo ao cinema. Ele não tinha que falar com ninguém lá; era o eterno observador.

Depois que foi para Nova York, ele nos telefonava uma vez por mês para avisar que tinha depositado dinheiro para nós, mas, aos poucos, seus telefonemas começaram a se tornar menos frequentes. Quando soubemos o que havia acontecido em Manhattan, naquela terrível terça-feira de setembro, imaginamos que não teríamos notícias dele por um período. No entanto, a falta de notícias se estendeu por muito tempo, então, decidi escrever para o escritório do gerente da nossa conta. Numa manhã, recebi um telefonema: Louis estava morto. Simples assim.

A dor me derrubou, embora na verdade já o tivéssemos perdido havia muito tempo.

"Não chore duas vezes sobre o mesmo cadáver", disse Catalina. "Sua partida já tinha nos preparado para isso."

Eu sei: estamos todos condenados a uma morte prematura.

Numa noite, dessas em que está tão quente que não se pode dormir, eu me banhei em essência de violeta. Para me refrescar e para sentir Louis perto de mim. Adormeci em menos de uma hora.

Abri os olhos e o vi caminhando pelas ruas de Nova York, entre linhas paralelas de arranha-céus. Ele era um pontinho minúsculo na enorme cidade. Tudo estava silencioso; não se podia ouvir o barulho dos carros, os passos rápidos dos pedestres ou o vento. Não havia ninguém por perto, e eu podia vê-lo a distância, sentado numa esquina fria, escura. Senti sua respiração entrecortada e pensei: *Ele está pronto para o que vai acontecer.*

De repente, o sol estava encoberto. Uma explosão. Logo depois, outra. E, então, a cidade foi lentamente engolida.

Eu corro em meio à escuridão em direção a ele e o encontro dormindo como um bebê. Ele é outra vez o meu garotinho. Fecho os olhos, e posso sentir o cheiro da sua fragrância. Eu os abro novamente, e lá está ele, meu bebê, em meus braços. Começo a cantar para ele uma canção de ninar: "*Morgen früh, wenn Gott will, wirst du wieder geweckt*" [Amanhã de manhã, eu vou acordá-lo, meu querido].

"Vamos juntos ver o sol", eu sussurro para ele em espanhol. Eu não estava em Berlim nem em Nova York, nem em Havana.

Naquele dia fatídico, eu deixei de existir, até que descobri que Louis tinha uma filha.

Um advogado de Nova York entrou em contato comigo, querendo saber se eu estava interessada em entrar com uma ação judicial para reivindicar a minha parte da conta aberta pelo meu pai para os Rosenthal. Esse homem, que estava esperando lucrar com uma reivindicação que eu nunca iria fazer, me deu um presente precioso: existe uma Rosen, Anna – alguém que veio ao mundo sem o fardo dos Rosenthal.

Não conseguíamos nem acreditar. Catalina pulava de alegria e me abraçava. Essa foi a primeira vez que a vi chorar. Louis não só tinha uma esposa, como também uma filha que levava seu sobrenome. Eram suas herdeiras. Como a sábia Catalina me assegurou, depois de uma tragédia, muitas vezes, você recebe uma notícia boa.

Catalina acreditava que os Rosen vieram a este mundo para carregar uma cruz. Tentei explicar que isso era impossível, especialmente quando se tratava dos Rosenthal.

Em nossa casa, a água de violetas estava fortemente associada a Louis. Desde o momento em que descobri que havia uma nova Rosenthal neste mundo, sua filha, comecei a passar algumas gotas roxas em meu cabelo grisalho. Agora sempre a levo comigo.

Eu estava prestes a completar 87 anos, a idade em que se deve começar a dizer adeus. Eu achava que deveria entrar em contato com Anna, o único rastro que nossa família deixara neste mundo. Teria sido injusto com meus pais se eu tivesse escondido seu legado. A pessoa deve saber de onde veio. Precisa saber como fazer as pazes com seu passado.

A esta altura, só me resta uma única dívida, um único desejo a cumprir: abrir a caixinha azul com Leo.

A última vez que soprei uma vela de aniversário foi a bordo do *St. Louis*. Já se passou muito tempo. Agora é o momento de celebrar.

Anna

2014

Papai cresceu muito próximo a tia Hannah e Catalina. Ambas se dedicaram a ele para que se tornasse um homem independente e também, talvez sem querer, um solitário.

"A morte de Gustavo e Viera não afetou muito o seu pai, ele tinha só 9 anos na época", conta minha tia. "O que o fez sofrer foi ver descerem o corpo quase sem peso da sua avó em seu túmulo no cemitério. Para Louis, seus pais tinham simplesmente ido embora um dia para nunca mais voltar. Isso bastava para ele. Mas dessa vez era um cadáver, o primeiro que ele já tinha visto, numa caixa que iam enterrar."

Meu pai viveu entre duas línguas. O inglês era a língua que ele falava em casa, e o espanhol, a que usava na escola, de que ele não gostava. Tia Hannah decidiu que não seria necessário que ele aprendesse o alemão. Ele estudou física nuclear e, pouco antes de se formar, tia Hannah foi com ele ao escritório de Interesses dos Estados Unidos em Havana, perto do Malecón. Ela levou consigo a certidão de nascimento de Gustavo para solicitar a cidadania americana de seu filho, Louis.

"Foi seu pai que teve finalmente a chance de se libertar do estigma dos Rosenthal", disse ela.

Tia Hannah acha que tem de ficar em Cuba com os restos mortais da mãe, até que seus próprios ossos repousem ao lado dos dela, para que o país pague pelo que fez à família, não deixando o marido dela entrar. Contudo, por mais que ela me explique as razões pelas quais não foi morar em Nova York, eu não consigo entender.

Quando chegou ao seu novo país, papai tomou posse do que é agora o nosso apartamento em Nova York e reativou as contas fiduciárias do meu bisavô Max.

Não há vestígios da presença de meu pai no quarto dele ou em qualquer outro lugar desta casa. A de minha tia Hannah e de minha bisavó Alma são fortes demais para que reste qualquer vestígio dele.

Não há fotografias da família aqui, também. O único instantâneo que minha tia tem é a imagem turva e amarelada em que ela aparece sentada no colo da mãe – a foto que meu bisavô guardou até o dia em que se deixou morrer nas terras invadidas pelos Ogros. Todas as outras imagens, de seus anos em Berlim ou no *St. Louis*, estão agora conosco.

Eu me sinto exausta, então, vou me encontrar com Diego. Prometi que iríamos nadar no Malecón. Pelo menos, *ele* iria dar um mergulho. Eu não me atrevo a mergulhar naquelas águas escuras em que ondas violentas batem contra o muro. A esta hora do dia, a praia, com seus recifes e ouriços do mar, é onde estão todas as crianças do bairro. No início, penso que o cheiro de peixe podre, de algas e de urina vai me provocar náuseas, mas fico surpresa ao perceber que, depois de alguns minutos, já o esqueci. Diego mergulha nas águas agitadas. Parece que vai se afogar; sua cabeça submerge e ele luta para voltar à superfície, mas então ele ri e brinca com os outros meninos na água.

Quando aponto minha câmera para ele, ele salta e sorri em meio àquelas ondas loucas.

Quando ele volta para o muro, vejo que está mancando. Tiro outra foto dele, e ele faz pose com a perna ferida levantada. A sola do pé direito está cheia de espinhos de ouriço-do-mar. Ele se senta ao meu lado, e eu pacientemente começo a retirar os espinhos negros, um por um. Ele aguenta a dor sem dar um gemido, embora lágrimas brotem em seus olhos. Ele sorri novamente, estufando o peito e mostrando os dentes, como se dissesse "Isso não é nada, eu já vi coisa pior!".

Depois de eu remover todos os espinhos, ele mergulha de volta no mar. O sol está se pondo no horizonte e os meus pensamentos voam para outros lugares. Eu quero ter o maior número de fotos dele possível quando voltar para Nova York. Uma nuvem esconde o sol, e por alguns minutos ficamos na sombra.

Largo minha câmera e de repente me sinto oprimida. Não consigo parar de pensar em Diego e nessa família, minha família, que só agora estou conhecendo. Eu sou uma Rosenthal! É tarde demais para voltar atrás agora.

Enquanto voltamos a pé para casa, Diego fica chateado. Ele sabe que mamãe e eu vamos partir em poucos dias. As aulas vão começar em breve, e talvez a gente escreva um para o outro. Eu tenho de convencer minha mãe a voltar para Cuba. Agora que já conhecemos tia Hannah, eu acho que não podemos simplesmente abandoná-la. Nós somos a única família que ela tem.

Diego fala sem parar sobre seus planos para deixar o país. Ele não quer ser como seus tios e suas tias, sempre preocupados se a casa deles vai cair, vivendo uma vida amarga e sem esperança. Uma catástrofe por família já é suficiente. Talvez ele vá encontrar o pai nos Estados Unidos, ou eu possa ajudá-lo a encontrá-lo. Talvez ele esteja em Miami, onde há muitos cubanos; talvez ele sinta pena do filho e o assuma. Diego diz que num piscar de olhos ele poderia estar no Norte. Fala o tempo todo sobre ir embora, sobre não nos separarmos.

É hora de descansar um pouco. Amanhã é outro dia.

Antes de voltar para Nova York, minha mãe quis visitar o cemitério novamente para dizer adeus. Vamos apenas nós duas, e o táxi nos deixa perto da capela. Mamãe não entra, mas fica do lado de fora por alguns instantes, fecha os olhos e respira fundo algumas vezes.

Eu não quero ler as lápides, nem admirar os anjos congelados no mármore, ou ver as pessoas chorando. Ali estão todos aqueles cheiros pungentes outra vez!

Podemos ver o mausoléu da família a distância. Minha mãe percebe que tia Hannah mandou alterar a inscrição no frontão. Agora está escrito em espanhol "Família Rosenthal" e, embaixo, o que o nome significa em alemão, "Vale das Rosas". Ela voltou à sua essência. Não é mais Rosen, mas se tornou o que sempre foi: a filha de seu pai.

Lá estão as lápides, com suas inscrições. De meus bisavós Alma e Max, do meu avô Gustavo, pai do meu pai, e da minha tia: Hannah Rosenthal, 1927-2014. Quando vemos isso, a nossa única reação é apertar a mão uma da outra. Tia Hannah deve ter decidido que esse seria o seu último ano. E, como sabemos agora, em nossa família, não morremos – nós nos deixamos ir.

Mamãe finge não dar muita importância à nossa descoberta, para não me preocupar. Mas não posso deixar de notar um olhar de horror em seu rosto que nunca vi antes. Ela tenta diminuir a tensão: "Tenho certeza que ela vai mudar a data. Na idade dela, você acha que já está com um pé na cova. Não se preocupe, tia Hannah vai viver muito tempo ainda".

As flores murchas de Catalina ainda estão lá, assim como as pedras que mamãe colocou em cada uma das lápides, exceto na de tia Hannah. Ela oferece outra pedra para cada um dos nossos parentes mortos. Faz uma pausa na frente da lápide de tia Hannah, provavelmente pensando se vai deixar uma lá também, mas então decide não fazer isso. Ela sabe o que eu sei: tia Hannah já tomou sua decisão, e ninguém poderá fazer com que ela mude de ideia. A pedra volta para a bolsa.

Quando caminhamos de volta para o nosso táxi, o sol está incidindo sobre o mar branco de mármore, cegando-nos. Eu acho que a minha tia chegou a uma idade que ela nunca esperou chegar, num país que nunca pensou em ficar. Ela preferia voltar ao seu Vale das Rosas.

Nós voltamos para casa e começamos a preparar a festa de aniversário. Catalina e eu vamos fazer um bolo para minha tia. Eu bato as claras em neve, que crescem tanto que quase transbordam da tigela de porcelana. A farinha aos poucos vai tornando a espuma mais espessa. Uma colher de óleo, uma pitada de sal, untar a forma e já vai para o forno! Antes disso, porém, eu perfumo a massa com baunilha, e o ar fica doce e quente. O meu primeiro bolo!

Em seguida, faço a cobertura de glacê. A espuma branca cresce e eu acrescento açúcar até que ela engrosse. Algumas gotas de sumo de limão, sal e canela em pó. O glacê cobre o bolo, transformando-o numa bola de neve desequilibrada: o meu presente para tia Hannah.

Mamãe está admirada e diz que temos de fazer um bolo juntas todo ano.

A aniversariante ficou nos observando o tempo todo com seu lindo sorriso. Ela irradia uma sensação suave de paz que nunca vi antes. Saber que estamos deixando a ilha, que existe para nós a possibilidade negada a ela e sua mãe desde o dia em que desembarcaram do *St. Louis*, é suficiente para deixá-la feliz.

Catalina senta-se numa poltrona para descansar e adormece. Sempre que tem uma chance, ela se acomoda em qualquer lugar, fecha os olhos e temos de sacudi-la para que acorde. Ela ouve cada vez menos. Deve haver uma sinfonia de sons dentro de sua cabeça que a impede de entender com clareza o que está acontecendo aqui fora.

"É a velhice, não tem mais jeito", diz ela com um sorriso breve, e então se levanta para fazer alguma coisa, qualquer coisa, para se manter ocupada.

Mamãe acha que tia Hannah e Catalina precisam de alguém para ajudá-las. Ela fala sobre as duas como se fossem da família. E são de fato.

Tia Hannah nos pede para celebrarmos o seu aniversário ao entardecer: a hora em que o capitão do *St. Louis* apareceu em sua cabine com um cartão-postal que agora está conosco. Era seu décimo segundo aniversário. O que se seguiu foi uma longa vida neste lugar onde ela nunca se sentiu em casa. Para ela, os anos em Cuba são os menos importantes. Sua vida de verdade foi em Berlim e a bordo do *St. Louis*. O resto foi, em grande parte, um pesadelo.

Catalina encontrou uma vela queimada até a metade numa gaveta da cozinha e a espetou no meio do bolo branco. Eu saio à procura de Diego e o convido para provar o meu primeiro bolo.

Nós apagamos as luzes da sala de jantar e mamãe acende a vela. Primeiro, cantamos em inglês, por minha causa, embora meu aniversário já tenha passado. Minha tia insiste, e fazemos isso para agradá-la. Eu fecho os olhos e faço um pedido. O que eu mais quero neste momento é poder voltar a Havana.

Nós acendemos a vela novamente, desta vez para a tia Hannah. Catalina canta uma versão em espanhol que eu nunca tinha ouvido: "*Felicidades, Hannah, en tu día, que lo pases con sana alegría, muchos años de paz y armonía, felicidad, felicidad, felicidad*".

Emocionada, tia Hannah inclina-se sobre o bolo, fecha os olhos e faz um pedido secreto. Há uma longa pausa, e então ela sopra a vela, mas a respiração fraca não apaga a chama. No final, ela a apaga com os dedos, sorri para todos nós e me dá um grande abraço.

Quando eu vou para a cama naquela noite, encontro no meu travesseiro um pequeno frasco de água de violetas e um bilhete escrito com uma letra grande e trêmula: "Para a minha menina".

QUARTA PARTE

Hannah e Anna

Havana, terça-feira, 24 de maio de 2014

Anna

É hora de partir, e eu não sei como dizer adeus. Mamãe entra e sai da casa com nossas malas. Ela alisa o cabelo nervosa e enxuga o suor enquanto eu fico lá fora na calçada, a meio caminho entre tia Hannah, que está no portão, e Diego, em pé na esquina, de costas para mim, cabisbaixo.

"Anna, é hora de ir! Não podemos mais adiar. Rápido, nós não estamos indo para os confins da terra!" A voz da minha mãe me arranca do meu devaneio.

Eu corro de volta para minha tia e, quando a abraço, sinto que ela se apoia em mim para não cair.

"Cuidado!", minha mãe me adverte. "Lembre-se de que sua tia tem 87 anos."

Oitenta e sete. Eu não sei por que mamãe acha que ela tem que me lembrar disso.

"Dê-me outro abraço, Anna. Assim, minha menina. Agora, saia correndo desta ilha", minha tia diz, com a voz trêmula.

Eu posso sentir suas mãos frias sobre os meus ombros, mas eu mantenho os braços em torno dela. Não sei se Diego ainda está por perto ou se já foi embora.

"Olha, Anna, esta lágrima é para você. Posso colocá-la em torno do seu pescoço?" Sua voz parece realmente fraca agora. "É uma pérola imperfeita, e você é um pouco como ela: única. Está em nossa família desde muito antes de eu nascer, e agora é hora de ser sua. Cuide bem dela. As pérolas são para a vida inteira. Sua bisavó sempre disse que toda mulher deveria ter pelo menos uma."

Eu toco a perolazinha. Eu não posso perdê-la. Quando chegar em casa, vou guardá-la no meu criado-mudo, junto às lembranças do meu pai.

Parece que os minutos passam voando e que nunca mais vou voltar aqui.

"A minha mãe me deu essa pérola na nossa cabine a bordo do *St. Louis*, no meu décimo segundo aniversário. É sua agora."

Eu seguro a pérola e tento me afastar da minha tia, mas ela ainda está me segurando firme.

"Não se esqueça, quando chegar a Nova York, plante tulipas, Anna", ela sussurra. "Meu pai e eu gostávamos de vê-las florescer da janela com vista para o pátio do nosso apartamento em Berlim. Tulipas não crescem nesta ilha."

Eu corro para Diego e o abraço por trás. Ele não me olha, porque sei que deve estar com os olhos cheios de lágrimas.

Ele se vira e me dá um beijo na boca que eu não consigo evitar. Diego me beijou! Pergunto-me se alguém viu. Meu primeiro beijo! Quero gritar, mas não tenho coragem.

"Isto é para você", ele diz, olhando para mim.

Ele abre a mão direita e me mostra um pequeno caracol amarelo, verde e vermelho, que eu pego com todo o cuidado, e depois lhe dou outro abraço.

"Logo vamos nos encontrar de novo, você vai ver." Eu quero que ele tenha certeza de que vou voltar.

Eu me afasto dele, contando cada um dos meus passos até o carro, onde mamãe está me esperando. Tia Hannah ainda está em pé na varanda, mas eu não quero olhar para ela; não quero chorar. De repente, a brisa para. Todos estão congelados no tempo, e eu dou o último passo em câmera lenta.

"Anna!", grita minha tia, e eu volto até ela. "Aqui está outra história para você descobrir."

Ela me dá o álbum de couro marrom da minha avó Viera que ela guardava junto com a caixinha azul. Nós nos abraçamos de novo.

"É seu, agora."

Lentamente, ela me deixa ir. Eu entro no carro e me recosto em minha mãe, que abre a janela assim que o carro arranca, sem olhar para trás.

Em uma mão, eu tenho o caracol. Na outra, o álbum de fotos.

"Meu primeiro beijo, mãe. Acabei de ganhar meu primeiro beijo…"

"Você nunca vai se esquecer do primeiro", diz ela, sorrindo.

Nós ficamos em silêncio enquanto passamos pela velha escola de tijolos vermelhos onde meu pai estudou. Eu o imagino com o uniforme azul e branco que a minha tia descreveu para mim. Ali está ele marchando em alguma procissão de que teve de participar. Ou sentado no muro da escola com seus colegas, agitando uma bandeira de papel cubana.

Adeus, papai. Eu pego sua foto no bolso da minha blusa.

"Aqui estamos, realizando o seu sonho", digo para a foto, dando-lhe um beijo. "Nós fizemos a viagem juntos."

Eu coloco a foto no álbum da minha avó Viera e fecho os olhos.

Nós chegamos ao aeroporto, que está abarrotado de famílias carregando enormes malas. Eu observo seus rostos, que parecem familiares para mim: uma senhora frágil que vai visitar Miami, um soldado verificando com cuidado os documentos de viagem de um casal com uma filha, uma menininha que me olha e depois corre para se esconder atrás da mãe. Em seus olhos, eu descubro o medo da rejeição.

Da janela do avião, eu digo adeus ao país onde nasceu o pai que nunca conheci. Deixamos Havana para trás e voamos sobre o estreito da Flórida. Eu não posso deixar de me perguntar se esta será a última vez que vejo Diego e tia Hannah. Eu não sei se algum dia vou retornar para a terra onde minha bisavó está enterrada. Encosto a cabeça na janela e adormeço até anunciarem que estamos chegando a Nova York.

Eu olho para minha mãe, que está acariciando meu cabelo, e vejo que ela tem lágrimas nos olhos.

Estamos prestes a pousar. Abro o álbum de fotos, e a primeira coisa que vejo é um cartão-postal de transatlântico com as insígnias *St. Louis*, Hamburg-Amerika Linie.

"Lembre-se das tulipas, mãe. Vamos plantar tulipas."

Hannah

Eu ainda tenho um destino, ao menos hoje, uma terça-feira. E eu vou escolhê-lo. Eu posso escolher aonde vou, para onde me lançar. Eu posso ser quem eu quiser, abandonar tudo e começar de novo, ou terminar as coisas de uma vez por todas. Essa é a minha sentença. Eu me sinto livre.

Posso passear pela última vez entre os arbustos de diferentes cores, os bicos-de-papagaio, o alecrim, o manjericão, a hortelã no jardim abandonado que tem sido minha fortaleza numa cidade que nunca cheguei a conhecer. Eu deixo o aroma do café recém-passado me envolver, misturado com o cheiro de canela vindo do forno. Eu posso ver e experimentar o que eu quiser. Como me sinto afortunada!

Na soleira da porta do nosso Petit Trianon, onde vi Anna pela primeira vez e reconheci a mim mesma, eu aperto sua mão quente e em torno de mim vejo o mundo que nunca vou conhecer através dos olhos dela, que são os meus.

Minha mãe odiava despedidas. Ela não teve coragem de me dizer adeus. Ela se escondeu na sua cama com os olhos fechados e deixou seu corpo murchar.

Mas a verdade é que eu *preciso* de despedidas. Muito tempo se passou, e no entanto ainda não consigo esquecer que não me permitiram dizer adeus a Leo, ao meu pai, ao capitão, ou a Gustav, Louis, ou Julian. Hoje ninguém vai me impedir de fazer isso. A cada minuto, eu me vejo em Anna; no que eu poderia ter sido, mas não fui.

Estou confusa. Anna está à sombra do navio atracado na baía. Eu não posso distinguir os rostos daqueles que ainda estão gritando adeus para nós, mas, de repente, ouço a voz de Papa:

"Esqueça seu nome!"

Eu não posso despedir-me dela em paz. Eu a seguro em meus braços enquanto em meus ouvidos ouço o grito desesperado do homem mais nobre do mundo.

Se eu fecho os olhos, estou com Diego e Anna, que se abraçam. Sim, Diego, são muito tristes as despedidas. Vamos, beije-a, aproveite cada segundo. Obrigada, meus filhos, por me dar este momento.

O azul do céu agora está mais profundo, as nuvens passam depressa, deixando o sol brilhar enquanto se põe; seus raios estão menos ardentes na minha pele, que não resiste muito mais. O cheiro do mar invade minhas narinas. A brisa começa a nos despentear. Estamos nós três, sozinhos nesta esquina, em Vedado. E Leo? Leo não está aqui.

Ao lado de Anna, estou feliz. Estamos tão perto... Diego a beija. É seu primeiro beijo. Eu mal posso acreditar, também. Ela beijou um menino perto do seu décimo terceiro aniversário, e eu tenho que dizer adeus a ela.

Abro os olhos e deixo-a ir. Tudo chega a um impasse. Ela está partindo. Eu vou perdê-la. A distância entre Anna e Diego, entre Anna e eu, começa dolorosamente a aumentar.

Diego e eu ficamos desorientados. Eu não consigo parar de chorar, mas, quando ele percebe que estou olhando, sai correndo.

Estas duas últimas semanas têm sido uma eternidade. Eu revivi cada instante de uma vida que nunca teve sentido. Setenta e cinco anos presa numa cidade irreal, vendo tanta gente indo embora, fugindo e nos abandonando aqui, condenada a descansar numa terra que nunca nos quis.

Eu teria gostado de ser Anna por mais alguns minutos. Deixo o passado neste casarão arruinado; estou farta de pagar pelos pecados de outras pessoas, por suas maldições. Eu não me importo se tudo que sofremos for esquecido. Não estou interessada em recordar.

Todos eles se foram. Apenas Catalina está aqui atrás de mim. Viro-me e a abraço. Eu também não sei como dizer adeus a ela. Ela me olha e sabe; entende, mas prefere não dizer nada. Vira as costas para mim e, com seu andar lento e pesado, entra no Petit Trianon, que agora é dela, e bate a porta.

Eu ouço o apito do navio. Esse é o sinal. É hora de retornar para o mar. Eu desço a Paseo, contando cada passo que ainda tenho que dar para chegar ao Malecón. Descubro novos edifícios, jardins crescidos, as raízes das árvores frondosas que se recusam a ficar sob o asfalto.

Anna não está mais comigo, e isso dói. Eu me empenho para olhar as casas desbotadas e as crianças que descem a avenida correndo em suas bicicletas, mas não consigo. Tudo o que eu posso ver é ela, mesmo sabendo que ela não nasceu para viver nesta ilha onde estou condenada a morrer, como minha mãe costumava dizer. Depois de tudo, essa ideia me conforta.

Num dia como hoje, depois de ter comemorado meu aniversário, acho difícil entender como sobrevivi a todos da minha família. Leo, que traçou o nosso destino em mapas feitos de água e lama nos becos de Berlim. Julian, uma vã ilusão, que desde o início estava destinado a desaparecer no nada.

Não tenho desejo algum de voltar ao passado. É hora de pôr um ponto-final; até mesmo a dor tem data de validade. Eu vivo no presente, sim, no aqui e agora, naquilo que me dá alento, mesmo que seja o último. A meta está cada vez mais próxima, e eu sinto que tenho uma voz. Eu existo, mesmo que hoje eu não passe de um fantasma do que fui.

Parece que tudo o que estou usando me sufoca. As pérolas me puxam para baixo como um peso morto. Meu vestido é uma armadura que me impede de respirar. Meus sapatos aderem à calçada como se não quisessem dar outro passo. O ruge fraco que passei para mostrar que ainda estou viva não passa de uma arma infantil nesta batalha para viver no presente.

Minha memória é densa – tão densa que as despedidas estão perdidas no esquecimento.

Eu consigo reconstruir todos os detalhes do vestido que minha mãe estava usando quando embarcou no *St. Louis* setenta e cinco anos atrás, mas não consigo recordar o que eu fiz antes de dizer adeus a Anna. Será que fechei a porta do meu quarto? Eu não sei se deixei as luzes acesas, se disse adeus a Catalina, se Anna aceitou a nossa pérola. Pelo menos sei que estou usando ruge. Sim, há vida em meu rosto. Ou pelo menos uma aparência de vida.

A única coisa que me interessa é o hoje. Ontem e amanhã são para outras pessoas, e não para uma mulher idosa que já chegou à idade de 87 anos. Anna, você está de posse dos vestígios de uma família que nunca deveria ter sobrevivido. É por isso que lhe dei essas fotos e a pérola.

Sim, o momento chegou, e estou aqui para você.

Você pode me ouvir, Leo? Estou levando minha bolsinha marrom. Nela estão as chaves, meu pó compacto, meu batom, o puído lenço de renda que Papa me trouxe de Bruges numa de suas viagens. E o seu presente, Leo, o último, o que eu esperei até hoje para abrir: a caixinha azul que você colocou na minha mão antes que eu fosse arrancada de você. Nós não tivemos a chance de nos despedir, não como Anna e Diego. Eu nunca pude dar o beijo que lhe prometi.

Eu ainda tenho uma voz, digo a mim mesma de novo, para me convencer, mas o ruge nas minhas bochechas me separa de você, da minha infância. No entanto, eu sei que cada passo me leva para mais perto de você.

Por fim, vejo o horizonte. Eu me apoio no muro que protege a cidade do mar, corroído pelos anos e pela maresia.

"Estou com 87", eu digo em voz alta, surpreendendo um casal de namorados sentado no muro do Malecón. Eles respondem, mas não consigo ouvir o que dizem. Eu me acostumei a viver num murmúrio constante. À medida que o tempo passa, eu entendo cada vez menos o que as outras pessoas estão dizendo. Eu já nem tento formar frases ou aprender novas palavras. Na minha idade, que sentido teria?

Eu continuo caminhando até chegar ao túnel que liga Vedado a Miramar. Está começando a ficar difícil respirar; sinto frio e começo a tremer, mas não tenho medo. As batidas do meu coração enfraquecem e minha respiração está falhando.

Aqui, entre as rochas, ao lado das ruínas de um restaurante abandonado, eu desabo numa cadeira de ferro que um dia foi prateada. Fico aqui sentada, observando as ondas quebrarem nos recifes, muito além do porto. Eu já cheguei à idade a que prometemos chegar juntos, *lembra-se, Leo?*

"Eu sou a única sobrevivente da minha família, mas não estou prostrada na cama como os Adler", eu digo, para me convencer de que essa espera valeu a pena. "Não há mais o que pensar. Estou pronta."

Eu cumpri todas as minhas promessas, e me conforta saber que Anna é a melhor coisa que poderia ter nos acontecido, a nós, os Rosenthal. Quantas gerações perdidas...

Com cuidado, procuro na minha bolsa a caixinha azul que você me deu quando fomos separados no convés do *St. Louis*. Eu mantive minha promessa, Leo. Eu não posso deixar de sorrir, mesmo quando percebo que, durante todos esses anos de solidão na cidade à qual meus pais me condenaram, você sempre esteve comigo.

Chegou o momento de tingir as mãos de azul. Com toda a força que me resta, pego a pequena caixa que você me deu setenta e cinco anos atrás, enquanto meu pai ainda me implorava para esquecer meu nome amaldiçoado.

É hora de eu dizer adeus à ilha. A caixinha desbotada foi meu amuleto até hoje. Oitenta e sete anos de idade. *Conseguimos, Leo.*

Reúno as poucas energias que me restam para dedicá-las a você. Este é o nosso momento, aquele pelo qual esperamos há tanto tempo. *Obrigada, Leo, por este presente, mas eu não posso abri-lo sozinha. Eu preciso de você aqui comigo.*

Eu fecho os olhos e sinto você se aproximar. Você também tem 87 anos, Leo, e caminha lentamente. Não se apresse. Esperei por tanto tempo que um minuto a mais não vai mudar o nosso destino. Eu respiro fundo e você vem até mim com toda a intensidade que costumava me transmitir naqueles anos da nossa infância em Berlim, quando brincávamos de ser adultos.

Você está perto. Eu posso senti-lo. Você está aqui.

Você pega a minha mão e eu me levanto para abraçar você, algo que nunca nos atrevemos a fazer naquela época. Estou tremendo e me apoio em você para que aos poucos você possa me passar o seu calor. Este não é um momento para lágrimas: é o nosso sonho.

Você é mais alto e mais forte do que eu. Sua pele parece ainda mais morena agora que seus cachos estão brancos, tão brancos como minhas pobres tranças. E seu cílios? Eles ainda chegam antes de você...

Você esperou setenta e cinco anos para reaparecer, porque sabia com certeza que eu estaria aqui, à beira-mar, quando o sol estivesse se pondo, para que juntos pudéssemos desenterrar o tesouro que eu guardava para você.

Estou sonhando, eu sei disso. Mas é o meu sonho, e eu posso fazer com ele o que eu quiser.

Juntos, abrimos a caixa bem devagar. Ali está, intacto: o anel de diamante de sua mãe. Olha como ele brilha à luz do sol, Leo! E ao lado, não posso acreditar nos meus olhos: um pequeno pedaço de vidro amarelado.

Meu coração busca forças onde não há nenhuma e bate um pouco mais rápido. Eu tenho que aguentar.

Fecho os olhos e, por fim, entendo: é o último comprimido de cianeto que meu pai comprou antes de embarcar no *St. Louis*. O terceiro comprimido, o único que sobrou. *Você o guardou para mim, Leo!*

Eu me arrependo – e é uma das poucas ocasiões em minha vida em que isso aconteceu. Eu me arrependo de acusá-lo de me trair, pensando que você e *Herr* Martin tinham roubado as cápsulas que pertenciam a mim e aos meus pais. Eu entendo agora: você não tinha nenhuma maneira de saber quantas outras ilhas estariam fechadas para você. Todas as ilhas do mundo se ocultavam no silêncio. E, como sabemos, nas guerras, o silêncio é uma bomba-relógio.

Era inevitável que você guardasse as cápsulas. Isso estava escrito em todos os nossos destinos.

O velho comprimido de valor inestimável que você guardou para mim está vencido agora. Ele não pode me causar morte cerebral instantânea ou paralisar o meu coração. Mas eu não vou precisar mais dele. Eu esperei tanto tempo porque dei a você a minha palavra; eu mantive a promessa que fiz para o garoto com cílios longos. É hora de eu ir, de me deixar partir.

Eu vejo você mais perto de mim do que nunca, Leo, e estremeço de felicidade. No entanto, não posso deixar de me sentir culpada porque meus pais estão ausentes dos meus últimos pensamentos. Porque a verdade é que você e Anna são a minha esperança e a minha luz, mas Max e Alma são uma parte intrínseca da minha tragédia.

Eu não quero me sentir culpada. A leveza é essencial desde o momento em que uma pessoa decide partir.

O pôr do sol é ainda mais intenso quando é o último. A brisa assume outra dimensão. Meu corpo ainda está muito pesado, então eu me concentro nas ondas, no terrível cheiro de maresia que sempre me causou náuseas, nos jovens barulhentos que atravessam o túnel e na música estridente dos carros que passam. E, claro, o tempo todo eu posso sentir o calor úmido e irritante dos trópicos que eu tive de aturar até hoje.

Eu perco a noção do tempo. Deixei minha mente vagar, e, quando sinto meu coração prestes a parar, você desliza o anel de diamante em meu dedo.

Eu levo o comprimido aos lábios, a última coisa que você tocou com as suas mãos ainda quentes – como se, finalmente, eu fosse beijar você. Nesse instante, estamos juntos na cabine luminosa dos meus pais no *St. Louis*.

As tulipas, Leo, em breve começarão a florescer, eu sussurro em seu ouvido enquanto olho para você. Você pode me ouvir? Com os olhos bem fechados e aqueles longos cílios que sempre chegam antes de você.

Você agora é um jovem bonito de 20 anos. Também tenho 20, uma idade que nenhum de nós conseguiu desfrutar. Eu aproximo o meu rosto do seu ainda quente e, enfim, lhe dou o beijo que prometi dar no dia em que nos encontrássemos novamente em nossa ilha imaginária. Ainda estamos de mãos dadas, mais do que nunca, e eu vejo você ao meu lado, no topo do mastro, o ponto mais próximo do céu no magnífico *St. Louis*. Deixo para trás o peso que carregamos desde que fomos separados, e neste instante adquiro a leveza de que preciso para partir.

Começamos a sobrevoar o longo paredão do Malecón, olhamos para a avenida lá no alto. Pela primeira vez, Havana pertence a nós. Cruzando a baía, ficamos de frente para o silencioso Castelo do Morro e olhamos para trás, na direção da cidade, que se parece com um cartão velho deixado por um turista de passagem.

Temos 12 anos novamente, e ninguém pode nos separar. O dia não está terminando, Leo, está prestes a amanhecer. Havana está ainda mergulhada na escuridão, banhada pelo brilho âmbar dos postes. Tudo o que podemos divisar são alguns edifícios em meio às palmeiras.

Em seguida, ouvimos o barulho ensurdecedor do apito do navio.

Estamos no mesmo local do convés onde avistamos pela primeira vez a cidade. Numa idade em que não conseguia entender por que ninguém nos queria. Mas agora tudo está em silêncio. Não há súplicas; não há vozes desesperadas gritando nomes no vazio. Mais uma vez, os meus pais insistem em me separar de você, me arrastando contra a minha vontade para uma pequena faixa de terra entre dois continentes.

E eu não grito, não derramo nenhuma lágrima, nem peço para me deixarem ficar ao seu lado, Leo, no *St. Louis*, o único lugar onde fomos livres e felizes. Eu pego a mão delicada e suave da minha mãe e, sem olhar para trás, deixo que ela me lance no vazio.

E, desta vez, eu posso dizer: *Shalom*.

Nota do autor

Às oito horas da noite de sábado, 13 de maio de 1939, o transatlântico *St. Louis* da Hamburg-Amerika Linie (HAPAG) zarpou do porto de Hamburgo com destino a Havana, em Cuba. O navio levava a bordo 900 passageiros, a grande maioria composta de refugiados alemães e judeus, e 231 tripulantes. Dois dias depois, outros 37 passageiros embarcaram no porto de Cherbourg.

Os refugiados tinham autorizações de desembarque emitidas por Manuel Benítez, diretor do Departamento de Imigração Cubana, adquiridas por intermédio da empresa HAPAG, que tinha escritórios em Havana. Cuba seria apenas um ponto de passagem, pois os viajantes já tinham vistos para entrar nos Estados Unidos. Eles só ficariam em Cuba enquanto esperassem sua vez: uma estadia que poderia durar entre um mês e vários anos.

Uma semana antes de o navio partir de Hamburgo, em setembro, o presidente de Cuba, Federico Laredo Brú, publicou o Decreto 937 (assim chamado por causa do total de passageiros a bordo do *St. Louis*), invalidando as autorizações de desembarque assinadas por Benítez. Apenas os documentos emitidos pelo secretário de Estado e Trabalho de Cuba seriam aceitos. Os refugiados tinham pagado 150 dólares americanos por cada licença, e as passagens do *St. Louis* tinham custado entre 600 e 800 marcos. Quando zarparam, o governo da Alemanha exigiu que cada refugiado comprasse passagens de ida e volta e só permitiu que levassem com eles 10 reichsmarks por pessoa.

O navio chegou ao porto de Havana às quatro da manhã de 27 de maio de 1939. As autoridades cubanas não permitiram que ele atracasse na área correspondente à empresa HAPAG, e por isso foram obrigados a ancorar na baía de Havana.

Alguns dos passageiros tinham familiares esperando por eles em Havana, muitos dos quais alugaram barcos para se aproximar do navio; no entanto, não foi permitido que subissem a bordo.

Apenas quatro cubanos e dois espanhóis não judeus foram autorizados a desembarcar, juntamente com 22 refugiados que tinham autorizações do Departamento de Estado Cubano, anteriores às emitidas por Benítez, que foi apoiado pelo chefe do Exército, Fulgencio Batista.

Em 1º de junho o advogado Lawrence Berenson, um representante do Comitê Americano para Distribuição Conjunta dos Judeus, reuniu-se com o presidente Laredo Brú em Havana, mas não conseguiu chegar a um acordo para permitir que os passageiros desembarcassem.

As negociações continuaram, e posteriormente o presidente cubano exigiu de Berenson a quantia de 500 dólares americanos por passageiro para que pudessem desembarcar. Representantes de várias organizações judaicas, bem como membros da embaixada dos Estados Unidos em Cuba, dialogaram com Laredo Brú, sem êxito. Eles também tentaram entrar em contato com Batista, mas apenas foram informados pelo seu médico pessoal que o general havia pegado um resfriado no mesmo dia em que o *St. Louis* chegara a Cuba, e que por isso precisaria descansar e não poderia nem mesmo atender ao telefone.

Quando Berenson fez uma contraproposta, reduzindo a quantia de dinheiro exigido como garantia para 23,16 dólares por passageiro, o presidente cubano decidiu romper as negociações e exigiu que o navio deixasse as águas territoriais cubanas às onze horas da manhã do dia 2 de junho. Se a ordem não fosse obedecida, o *St. Louis* iria ser rebocado para mar aberto pelas autoridades cubanas.

O comandante do navio, Gustav Schröder, protegeu seus passageiros desde a partida de Hamburgo e fez tudo o que pôde para encontrar um porto fora da Alemanha onde pudessem desembarcar.

O *St. Louis* partiu em direção a Miami, mas, quando chegou perto da costa da Flórida, o governo de Franklin D. Roosevelt negou a sua entrada nos Estados Unidos. Essa recusa se repetiu no Canadá pelo governo de Mackenzie King.

O navio foi forçado a voltar a cruzar o Atlântico na direção de Hamburgo. Alguns dias antes de chegar, Morris Troper, diretor do Comitê Europeu para Distribuição Conjunta, chegou a um acordo com vários países para que aceitassem os refugiados.

A Grã-Bretanha aceitou 287; a França, 224; a Bélgica, 214; e a Holanda, 181. Em setembro de 1939, a Alemanha declarou guerra, e os países da Europa continental que tinham aceitado os passageiros foram ocupados pelos exércitos de Adolf Hitler.

Somente os 287 aceitos pela Grã-Bretanha estavam a salvo. A maior parte dos remanescentes do *St. Louis* sofreu os horrores da guerra ou foi exterminada em campos de concentração nazistas.

O capitão Gustav Schröder comandou o *St. Louis* por mais um tempo, e seu retorno à Alemanha coincidiu com a eclosão da Segunda Guerra Mundial. Ele não voltou a navegar, mas foi designado para cargos burocráticos na companhia naval. Durante os ataques aéreos dos Aliados sobre a Alemanha, o *St. Louis* foi destruído. Após a guerra, durante o processo de desnazificação, o capitão Schröder foi levado a julgamento, mas, graças a testemunhos e cartas dos sobreviventes do *St. Louis* a seu favor, as acusações contra ele foram retiradas. Em 1949 ele escreveu o livro *Heimatlos auf hoher See*, sobre a travessia do *St. Louis*. Em 1957, o governo federal da Alemanha lhe outorgou a Ordem ao Mérito por seus serviços no resgate dos refugiados.

O capitão Schröder morreu em 1959, aos 73 anos. Em 11 de março desse mesmo ano, Yad Vashem, a instituição oficial israelense dedicada à conservação da memória das vítimas do Holocausto, reconheceu-o postumamente como um Justo entre as Nações.

Em 2009, o Senado dos Estados Unidos emitiu uma resolução que "reconhece o sofrimento daqueles refugiados como resultado da recusa dos governos de Cuba, dos Estados Unidos e do Canadá para lhes oferecer asilo político". Em 2012, o Departamento de Estado dos Estados Unidos pediu desculpas publicamente pelo que aconteceu com o *St. Louis* e convidou os sobreviventes a visitar a sua sede e contar suas histórias.

Em 2011 foi inaugurado em Halifax, no Canadá, um monumento financiado pelo governo canadense conhecido como a *Roda da Consciência*, que lembra e lamenta a recusa desse país em aceitar os refugiados do *St. Louis*.

Até hoje, em Cuba, a tragédia do *St. Louis* é um tópico ignorado nas salas de aula e nos livros de história. Todos os documentos relacionados à chegada do navio em Havana e as negociações com o governo de Federico Laredo Brú e Fulgencio Batista desapareceram do Arquivo Nacional de Cuba.

Agradecimentos

A Johanna V. Castillo, minha editora, que me incentivou a revisitar a tragédia do *St. Louis*. Ela foi a minha primeira leitora e força motriz por trás desta história.

A Judith Curr e toda a equipe fantástica da Atria Books e da Simon & Schuster, por acreditarem em mim, por seu apoio no cuidadoso trabalho neste livro.

A minha avó Tomasita, a primeira pessoa que me contou, quando eu era criança, sobre a tragédia do *St. Louis* e me enviou para ter aulas de inglês em Havana com um vizinho que, em 1939, havia emigrado da Alemanha e era injustamente conhecido no bairro como "o Nazi".

A Aaron, meu amigo judeu em Havana.

A Guido, meu amigo Testemunha de Jeová da escola primária.

A minha tia Monina, por suas histórias sobre a época em que era estudante de farmácia na Universidade de Havana e por me ajudar a conhecer a vida das Testemunhas de Jeová em Cuba por intermédio de sua família.

A Lydia, a "madrinha", que reviveu para mim seus dias como estudante no Baldor durante os anos 1940, em Havana.

A Scott Miller, curador-chefe do Museu do Holocausto em Washington, D.C., nos Estados Unidos, especialista na tragédia do *St. Louis*, que permitiu acesso a mais de 1.200 documentos e colocou-me em contato com os sobreviventes.

A Carmen Pinilla, por me servir de guia em Berlim e pelo cuidado com que leu a primeira parte do livro, e por seus preciosos conselhos.

A Nick Caistor, meu tradutor, por capturar a essência e a voz de Hannah e Anna na versão para a língua inglesa. Obrigado pela sua excelente tradução.

A Elaine, por suas revisões minuciosas para a edição em inglês.

A Néstor e Esther Maria, pelo seu trabalho meticuloso como copidesques.

A Ray, por seu apoio e sua confiança.

A Mirta, que acreditou neste projeto desde o início.

À mãe de Mirta, que não permitiu que Hannah se despedisse sem Leo.

A Carole, que se apaixonou pelo meu romance antes mesmo de lê-lo e me incentivou a escrevê-lo.

A Maria, que se comoveu desde que encontrou a garota alemã e fez com que Hannah não fosse totalmente infeliz em Havana.

A Annie Philbrick, com quem viajei para Cuba depois de escrever o livro. Obrigado por ser a primeira pessoa a lê-lo em inglês, pelas suas palavras gentis e por ser a madrinha de *A Garota Alemã*.

A Leonor, Osvaldo, Romy, Hilarito, Ana Maria, Ovidio, Yisel, Diana, Betzaida, Rafo, Rafote, Herman, Sonia, Sonia Maria, Radames, Gerardo, Laura, Boris: minha família e meus amigos, que suportam com paciência a minha obsessão pelo *St. Louis*.

A minha mãe e a minha irmã, mais que protagonistas destas páginas.

A Gonzalo, por seu apoio incondicional e por cuidar da família quando precisei de tempo para escrever.

A Emma, Anna e Lucas, a verdadeira fonte de inspiração para esta história.

Aos 907 passageiros do *St. Louis* a quem negaram a entrada em Cuba, nos Estados Unidos e no Canadá, para quem sempre haveremos de estar em dívida.

Bibliografia

Afoumado, Diane. *Exil impossible. L'errance des Juifs du paquebot "St-Louis"*. Editions L'Harmattan, 2005.

Almendros, Néstor e Jiménez Leal, Orlando. *Conducta impropia*. (Documentário) 1984.

Arditi, Michael. *A Sea Change*. Londres: Maia Press, 2006.

Bahari, Maziar. *The Voyage of the St. Louis*. National Center for Jewish Film, 2006.

Bejar, Ruth. *An Island Called Home: Returning to Jewish Cuba*. New Brunswick, NJ: Rutgers University Press, 2007.

Bejarano, Margalit. *La Comunidade Hebrea de Cuba*. Instituto Abraham Harman de Judaísmo Contemporáneo, Universidad Hebrea de Jerusalem, 1996.

_____. *La historia del buque San Luís: La perspectiva cubana*. Instituto Avraham Harman de Judaísmo Contemporáneo, Universidad Hebrea de Jerusalem, 1999.

Breitman, Richard e Lichtman, Allan J. *FDR and the Jews*. Cambridge, MA: Harvard University Press, 2013.

Buff, Fred. *Riding the Storm Waves: The St. Louis Diary of Fred Buff.* 13 de maio de 1939 a 17 de junho de 1939. Margate, NJ: ComteQ, 2009.

Castro Ruz, Fidel. Discurso proferido (contra as Testemunhas de Jeová) no final da cerimônia de comemoração do sexto aniversário do assalto ao palácio presidencial, celebrado na escadaria da Universidade de Havana, em 13 de março de 1963. Departamento de versões estenográficas do governo cubano.

De la Torre, Rogelio A. "Historia de la Enseñanza en Cuba". Projeto educativo das escolas hoje. Ministérios para o Resgate de 2010.

Goeschel, Christian. Suicide in Nazi Alemanha. Nova York: Oxford University Press, 2009.

Goldsmith, Martin. *Alex's Wake: A Voyage of Betrayal and a Journey of Remembrance*. Boston: Da Capo Press, 2014.

_____. *A Inextinguishable Symphony: A True Story of Music and Love in Nazi Germany*. Nova York: John Wiley & Sons, 2000.

Hassan, Yael. *J'ai fui l'Allemagne nazie. Jornal d'Ilse* (1938-1939). Gallimard Jeunesse, 2007.

Herlin, Hans. *Die der Tragödie der St. Louis.* 13. mai-17. jun. 1939. Herbig, 1979.

Hitler, Adolf. *Mein Kampf.* Montecristo, 2011. Edição para Kindle.

Kacer, Kathy. *To Hope and Back: The Journey of the Saint Louis.* Toronto: Second Story Press, 2011.

Kidd, Paul. "The Price of Achievement Under Castro." *Saturday Review.* 3 de maio de 1969.

Korman, Gerd. *Nightmare's Fairy Tale: A Young Refugee's Home Fronts,* 1938-1948. Madison: University of Wisconsin Press, 2005.

Lanzmann, Claude. *Shoa.* (Documentário.) França, 1985.

Levine, Robert N. *Tropical Diaspora: The Jewish Experience in Cuba.* Gainesville: University Press of Florida, 1993.

Lozano, Álvaro. *La Alemania Nazi.* 1933-1945. Marcial Pons, 2008.

Luckert, Steven e Bachrach, Susan. *State of Deception: The Power of Nazi Propaganda.* Washington, D.C.: United States Holocaust Memorial Museum, 2011.

Mautner Markhof e J. E., Georg. *Das St. Louis-Drama.* Leopold Stocker Verlag, 2001.

Mendelsohn, John e Detwiler, Donald S., orgs. *Holocaust Series.* Vol. 7. *Jewish Emigration: The S. S. St. Louis Affair and Other Cases.* Nova York: Garland Publishing Inc, 2010.

Meyer, Beate; Simon, Hermann e Schütz, Chana, org. *Jews in Nazi Berlin: From Kristallnacht to Liberation*. Chicago: University of Chicago Press, 2009.

Montaner, Carlos Alberto. *Outra Vez Adiós. Tres Mujeres, Tres Vidas, una Huida Infinita*. SUMA de Letras, 2012.

Ogilvie, Sarah A. e Miller, Scott. *Refugee Denied: The* St. Louis *Passengers and the Holocaust*. Madison: The University of Wisconsin Press, 2006.

Ortega, Antonio. "A La Habana ha Llegado un Barco". Bohemia. Número 24, 11 de junho de 1939.

Padura, Leonardo. *Herejes*. Tusquets, 2013.

Porcheron, Michel. *"Le Drame du Paquebot* Saint Louis *à La Havane (mai 1939): Une Page de Honte de l'Histoire des USA, et donc de Cuba aussi"*. Tlaxcala de 2010.

Reinfelder, Georg. MS "St. Louis": *Frühjahr 1939 – Die Irrfahrt nach Kuba. Kapitän Gustav Schröder rettet 906 deutsche Juden vor dem Zugriff der Nazis*. Hentrich & Hentrich, 2002.

Ros, Enrique. *La UMAP: EL Gulag Castrista*. Ediciones Universal, 2004.

Rosenberg, Stuart. *Voyage of the Damned. Sir* Lew Grade para a Associated General Films, 1976.

Schleunes, Karl A. *The Twisted Road to Auschwitz: Nazi Policy Toward German Jews*, 1933-1939. Champaign, IL: Illini Books, 1990.

Schröder, Gustav. *Heimatlos auf hoher See*. Beckerdruck, 1949.

Seiden, Othniel. *The Condemned Journey of the S.S.* St. Louis: The Jewish Series History Novel Series Book 6. A Books to Believe In Publication, 2013.

Shilling, Wynne A. *Over the Big Water: Escaping the Holocaust Twice.* Plataforma de publicação independente CreateSpace, 2012.

Shirer, William L. *Berlin Diary: The Journal of a Foreign Correspondent,* 1934-1941. Rosetta Books, 2011 (ebook).

_____. *The Rise and Fall of the Third Reich: A History of Nazi Germany.* Rosetta Books, 2011 (ebook).

Sosa Díaz, Adriana. "Aproximaciones lingüísticas al estudio del antisemitismo en la prensa cubana: Diario de la Marina". *Perfiles de la cultura cubana.* Número 14, maio-agosto de 2014.

Sotheby's. *The Greta Garbo Collection.* (Catálogo) 1990.

The Jewish Virtual Library. "U.S. Policy During the Holocaust: The Tragedy of S.S. *St. Louis* (May 13–June 20, 1939)."

Thomas, Gordon e Morgan-Witts, Max. *Voyage of the Damned: A Shocking True Story of Hope, Betrayal, and Nazi Terror.* Skyhorse Publishing, 2010.

United States Holocaust Memorial Museum. *Voyage of the Saint Louis.* (Catálogo.)

Whitney, Kim Ablon. *The Other Half of Life: A Novel Based on the True Story of the MS St. Louis.* Alfred A. Knopf, 2009.

Wyman, David S., org. *The World Reacts to the Holocaust.* Baltimore: Johns Hopkins University Press, 1996.

Yahil, Leni. *The Holocaust: The Fate of European Jewry, 1932–1945.* Nova York: Oxford University Press, 1990.

OS PASSAGEIROS DO *ST. LOUIS*

O que se segue é uma reprodução da lista original dos 937 passageiros que empreenderam a funesta viagem a bordo do transatlântico *St. Louis* e as fotografias que retratam sua busca pela liberdade. Este livro é dedicado a eles.

O material incluído nesta seção foi generosamente fornecido pelo United States Holocaust Memorial Museum, em Washington, D.C.

United States Holocaust Memorial Museum, cortesia de Julie Klein, foto de Max Reid.

Dr. Lewith Julius und Valerie   Siegfried Weinstein
J. Sofie   Seefried Frank
Heymann   Walter g. Weinberg
Lea Sietz   Arno Heyne
Max F. Epstein u. Frau   Fritz Strauß
Susanne Jacoby   Alfred Braun
Wilhelm Spielberg   Frau Ruth Lewin
Emil Buck   Hans Wolfgang Philippi
A. Wolf Frau   Ruth Kulbein
Walter Hirschberg   Heinz Gembitz
Oskar Flechner   Günter Greff
Kurt Schmeyer u. Frau u. Kind   Manfred Frank
Egon Lustig u. Frau   Alfred Storus
Otto Jacoby und Familie   und Samuel Schillinger
Bruno Bzialowski   Marie Schillinger
Lici Bzialowski   Lotte Meyer
Adolf Grünthal   Oskar Wertschmann u. Frau
Berta Grünthal   Johanna Fischer u. Kinder
Walter Grünthal   Moritz Salomon
Grete Grünthal   Sibilla Salomon
    Siegfried Präger u. Frau
Eduard Weil   Johannes Brandt u. Familie
Emma Weil   Rosa Stahl
Alfred Friedheim   Lilli Gomski
Herta Friedheim   Joseph Wachtel u. Frau
Elly Reutlinger   Hermann Goldstein u. Familie
    Julius Heymann
    Ernst Roth u. Familie
    Kuhmann

Lucie Michaelis | Walter Michaelis

Richard Schlesinger | Ruth Fellner

Meta Schlesinger | Margot Bernstein

Julius Schulhof | Dr. Adler

Nelly Schulhof | Günther Skotzka

Moses Singer | Dr. Burchardt

Amalie Singer | Julius Marx

Josef Singer | Val. Höltel

Aron Secemski | Roger Seiwalik

Luise Secemski |

Otto Löwenstein | Oerlasheim

Arthur Breitbarth | Kurt Scholz

Ludwig Meyerstein | Hugo Oppract

[illegible] | Dr. Rich. Fischer

Dr. Oscar Schwartz | Alice Meyers Feise

Friedrich Marcus | Dr. Arthur Knappel

Richard Dresel | Felix Weil

Ruth Dresel | Vale Guth

Resy Geig | Urfel Guth

" Sona | Erich Spitz

" Wagner | Dr. Arthur Arndt

Flora Karliner | Georg Moses

Hertha Arndt | Louis Cohen

Paula Kahnemann | Friedrich Weisel

Salomon Carr | Gréa Löwy

Hilde Falkenstein |

3

Martin Rothmann   Rudolf Ball + Frau

Karl Alexander u. Braut   Dr Heinemann

Fritz Gottlieb u. Frau   Heinz Rosenbach

Max Herbert Lichtenstein   Ernst Weil

Dr Georg Meing   Wilhelm Herr Hamburg

Herbert Grünes   Hugo Schock

Herbert Maurice u. Frau   Dr. Ernst Löwenstein & Frau Alice

Valter Grove   Adolf

Arthur Blau   Albert Schwarz

Alfred Heldenmuth + Frau   Rosi Schwager

Gustav Kahn u. Frau   Siegf. Rosenzweig

Max Mainz

Regina Freitag u. Tochter   Emil Schumanowsky

Frau Ida Goldstein   Dr Lotzhiaus

Gustav Buchholz   Bruno Schulz

Sandershaar

Familie Edmund Lilienstein

Frau Johanna Jordan   Gustav Weil

Familie Adolf Goldschmidt   Siegbert Seligmann

Familie Isar Turkowitz   Adolf Kahn

Adolf Oppenheimer

Frau Milly Joseph

396

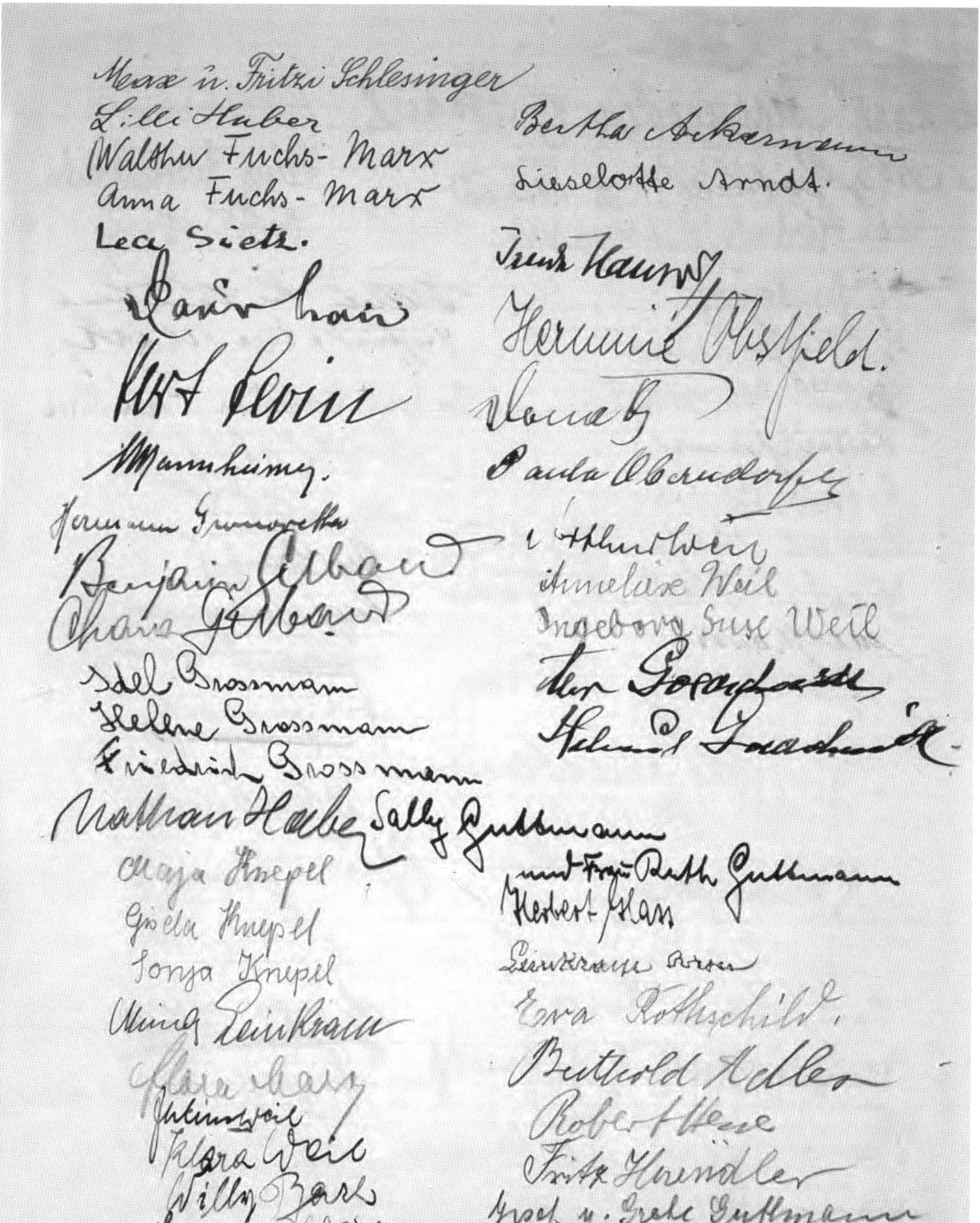

Max u. Fritzi Schlesinger
Lilli Huber
Walther Fuchs-Marx
Anna Fuchs-Marx
Lea Sieta.

Bertha Ackermann
Lieselotte Arndt.

Kurt Levin

Mannheimer.

Hermann Grunewald
Benjamin Albau
Chara Gilbau

sdel Brossmann
Helene Brossmann
Friedrich Brossmann

Nathan Haber

Maja Knepel
Greta Knepel
Sonja Knepel
Mina Leinkram
Clara Marx
Julius Weil
Klara Weil
Willy Bach
Susanne Weil

Irene Kaun
Hermine Obstfeld.
Jonas

Paula Oberndorffer

Arthur Weil
Annelise Weil
Ingeborg Suse Weil

Sally Guttmann
und Frau Ruth Guttmann
Herbert Kan
Leinkram Arou
Erwa Rothschild.
Berthold Adler
Robert Weil
Fritz Hirschfeld
Josef u. Grete Guttmann
Helga Guttmann
Harry Guttmann

Hermann Riesenburger
Georg Cohn - Frau
Josephine

Kurt Rosenthal u. Frau
Sara Cohn

Dr. H. Borchardt u. Frau
Dr. Mössemann Gertrud Schönemann

Berthold Weil
Westheimer Frau
Alfred Behns
Emma Behns
Hermann Strauss
Moritz Frank u. Familie
Selig Rosenberg
Louis Rosenberg
Franz Richter Rosenberg
Moritz Lehr u. Frau
Olga Roeh u. Hans Otto Loeb
Aron Einhorn u. Frau
Dr. Ina Finkelstein
Dr. Fritz Immerwann
Frau Gusti Cohen
Betty Unger
Max Braunschweiger u. Frau
Ernst Philippi u. Familie
Thea Freund u. Kracker

Emma Hoffmann
Dr. Heinrichsdorff u. Familie
Max Hirsch u. Familie
Nerna Liepmann
Herbert Liepmann
Philipp Bauermann u. Frau
Erwin Rothschild
Sophie Pronik
Moritz Pronik
Adolf Auerbach
Anna Auerbach
Claire Pronik
Hermann Auerbach
Gisella Gruber
Max Gruber
Alex Gruber
Kurt Stein u. Familie
Frau Betty Stein
Frau Grete Oppé
Max Opp
Dr. Dynadiviki
Harry Stueller
Siegfried Stueller
Etty Framberg
Paul Silzer
Leontine Silzer
Tela Lauchheimer
Hilde Levin 3 Kinder
Ernst Ostrodzki
Gisela Alexander

398

Marin Hirendler
Siegf Rosenzweig

[signature]
addi Häustein

Julius Bernkirk
Paul Kohove

Walter Borchett

Joseph Neufeld

Abraham Srog + Frau
Erich Teilsauer

Leo Wartolski

Anton Haa

Ruder Elisabeth
Hirsch Herman
Grete Stein

Erich Stein
Henriette Schapira
Julius Schapira
Henriette Altschüller
Selman Karl Hoffmann

Max Epstein
Hilde Ito
Inge Ito
Charlotte Mühlenthal
Jacob Wolfermann
Rosa Rosenbaum.
Kurt Siegenstein
Thea Siegenstein
Renate Silberstein
Gert Silberstein
Hubert Epus
Karl Epus
Olbe Guttmann.
Max Falkenstein
Julius Heinsberg
Regina Heinsberg

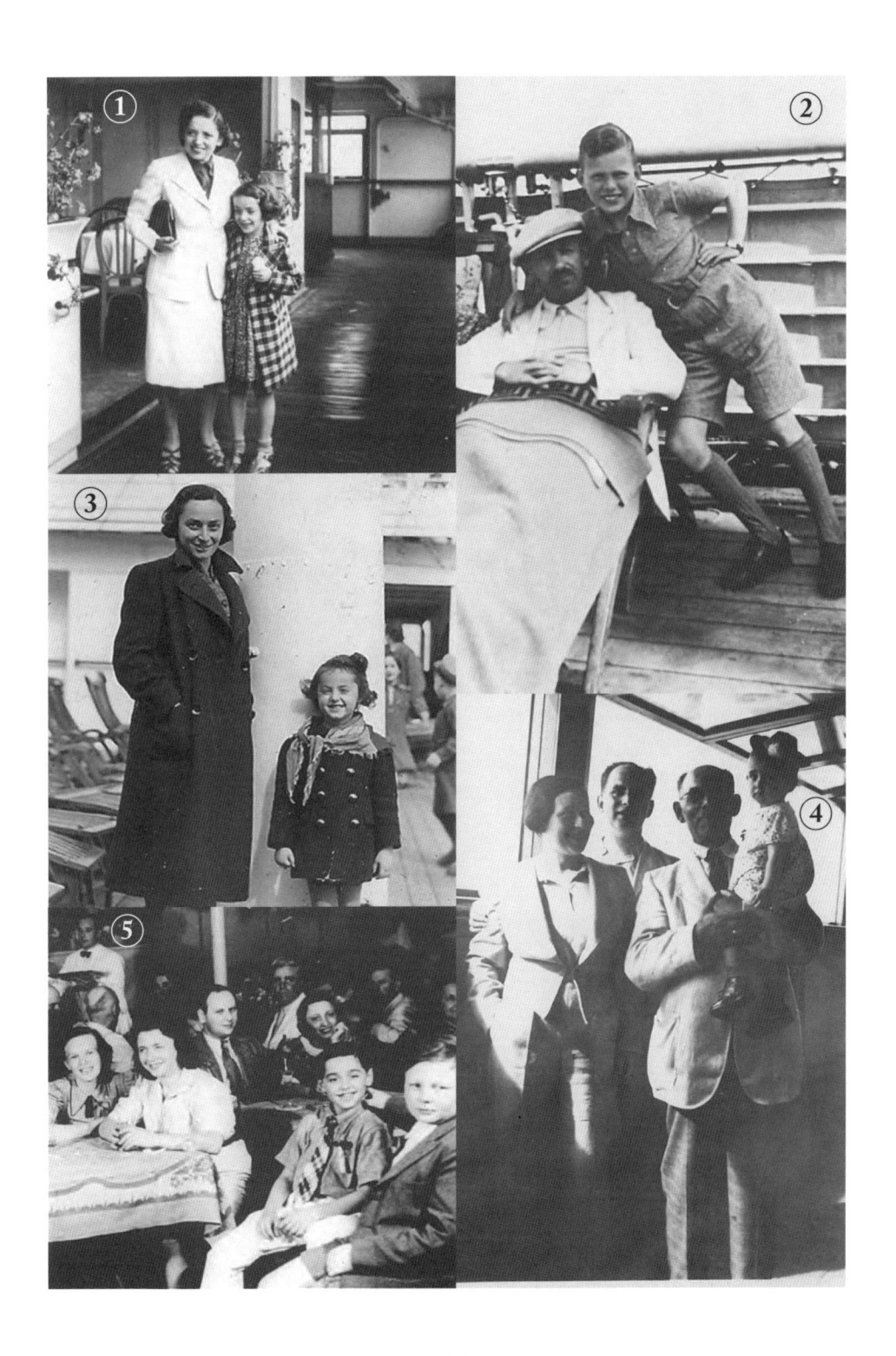

LEGENDAS E CRÉDITOS DAS FOTOGRAFIAS

1. Elly Reutlinger com sua filha Renate, de 9 anos de idade, posam perto de uma área de refeições do navio. (*United States Holocaust Memorial Museum, cortesia de Renate Reutlinger Breslow*)

2. Herbert Karliner posa com seu pai, Joseph, no convés do MS *St. Louis*. Herbert e seu irmão, Walter (não está na foto), foram os únicos membros da família a sobreviver à guerra, ao imigrar para os Estados Unidos em 1946. (*United States Holocaust Memorial Museum, cortesia de Herbert e Vera Karliner*)

3. Ana Maria (Karman) Gordon e sua mãe, Sidonie, no convés, maio de 1939. (*Cortesia de Ana Maria Gordon*)

4. Da esquerda para a direita: Irmgard, Josef, Jakob e Judith Koeppel, uma família refugiada judia-alemã. Irmgard e Josef morreram mais tarde em Auschwitz, e Judith foi enviada para viver nos Estados Unidos com os tios. (*United States Holocaust Memorial Museum, cortesia de Judith Koeppel Steel*)

5. *Em primeiro plano, da esquerda para a direita*: Ilse Karliner, Rose Guttman, Henry Goldstein (Gallant), Harry Guttman. *Atrás, à direita*: Alfred e Sophie Aron. (*United States Holocaust Memorial Museum, cortesia de Herbert e Vera Karliner*)

6. Retrato de grupo de crianças refugiadas judias. Entre elas estão Evelyn Klein (*fileira de trás, centro*), Herbert Karliner (*primeira fila, à esquerda*), Walter Karliner (*primeira fila, segundo a partir da esquerda*) e Harry Fuld (*primeira fila, à direita*). Os Klein foram autorizados a desembarcar em Cuba. (*United States Holocaust Memorial Museum, cortesia de Don Altman*)

7. Retrato de Gustav Schröder, capitão do MS *St. Louis*. (*United States Holocaust Memorial Museum, cortesia de Herbert e Vera Karliner*)

8. Passageiros a bordo do MS *St. Louis*. (*United States Holocaust Memorial Museum, cortesia da Dra. Liane Reif-Lehrer*)

9. Fritz (agora Fred) Buff e Vera Hess dançando no salão de baile. Após desembarcar do *St. Louis*, na Bélgica, Fritz conseguiu ir para Nova York em 1940. (*United States Holocaust Memorial Museum, cortesia de Fred Buff*)

10. Passageiros no navio ancorado tentando se comunicar com amigos e familiares em Cuba, que tinham autorização para se aproximar em pequenos barcos. (*United States Holocaust Memorial Museum, cortesia da National Archives and Records Administration, College Park*)

GRUPO EDITORIAL PENSAMENTO

O Grupo Editorial Pensamento é formado por quatro selos:
Pensamento, Cultrix, Seoman e Jangada.

Para saber mais sobre os títulos e autores do Grupo
visite o site: www.grupopensamento.com.br

Acompanhe também nossas redes sociais e fique por dentro dos próximos
lançamentos, conteúdos exclusivos, eventos, promoções e sorteios.

editoracultrix
editorajangada
editoraseoman
grupoeditorialpensamento

Em caso de dúvidas, estamos prontos para ajudar:
atendimento@grupopensamento.com.br

Pensamento   Cultrix   SEOMAN   JANGADA
GRUPO EDITORIAL PENSAMENTO